PETER GERDES

Hetzwerk

FALSCHE SPUREN Regionalpolitiker Carsten Fecht hat es bis zum Landtagsmandat gebracht. Für seine Karriere ist ihm jedes Mittel recht. In diversen Chat-Foren hetzt er gnadenlos gegen jeden, der ihm in die Quere kommen könnte. Bis er vor seinem eigenen Haus erschossen wird. Hat sich eines seiner Opfer gerächt? Oder fürchtete ein Mittäter peinliche Enthüllungen?

Hauptkommissar Stahnke und sein Team, verstärkt durch die neue Kollegin Annika Brühl, hat die Ermittlungen kaum aufgenommen, als eine Reihe von Anschlägen Ostfriesland erschüttert. Häuser werden in Brand gesetzt und bei einem Bombenanschlag stirbt ein Gewerkschaftsfunktionär. Hängen diese Fälle zusammen? Steckt womöglich ein ganzes Netzwerk dahinter? Und was sind die Motive?

Je näher Stahnke und seine Kollegen der Wahrheit kommen, desto brisanter wird die Lage. Nicht zuletzt für sie selbst. Aber als sie das erkennen, ist es bereits zu spät. Oder können sie die Katastrophe doch noch verhindern?

Peter Gerdes, 1955 geboren, lebt in Leer (Ostfriesland). Er studierte Germanistik und Anglistik, arbeitete als Journalist und Lehrer. Seit 1995 schreibt er Krimis und betätigt sich als Herausgeber. Seit 1999 leitet Peter Gerdes die »Ostfriesischen Krimitage«. Seine Krimis »Der Etappenmörder«, »Fürchte die Dunkelheit« und »Der siebte Schlüssel« wurden für den Literaturpreis »Das neue Buch« nominiert. Mit seiner Frau Heike betreibt der Autor die Krimi-Buchhandlung »Tatort Taraxacum« in Leer.

PETER GERDES

Hetzwerk

Ostfriesland-Krimi

GMEINER

Immer informiert

NEWSLETTER

Spannung pur – mit unserem Newsletter informieren wir Sie regelmäßig über Wissenswertes aus unserer Bücherwelt.

Gefällt mir!

Facebook: @Gmeiner.Verlag
Instagram: @gmeinerverlag
Twitter: @GmeinerVerlag

MIX
Papier aus verantwortungsvollen Quellen
FSC® C083411
FSC
www.fsc.org

Besuchen Sie uns im Internet:
www.gmeiner-verlag.de

Im Ehnried 5, 88605 Meßkirch
Telefon 07575/2095-0
info@gmeiner-verlag.de

1. Auflage 2021

Lektorat: Claudia Senghaas, Kirchardt
Herstellung: Mirjam Hecht
Umschlaggestaltung: U.O.R.G. Lutz Eberle, Stuttgart
unter Verwendung eines Fotos von: © hespasoft / stock.adobe.com
Druck: CPI books GmbH, Leck
Printed in Germany
ISBN 978-3-8392-2830-2

Personen und Handlung sind frei erfunden.
Ähnlichkeiten mit lebenden oder toten Personen
sind rein zufällig und nicht beabsichtigt.

1.

»Oh Gott, da ist er wieder.« Lars Noack trat zwei Schritte zurück und schob sich hinter ein Grüppchen miteinander schwatzender Ratsmitglieder, das genügend Deckung bot.

»Wer ist da?« Friedo Adams reckte den Hals. »Meinst du den Kellner?« Er hob sein Bierglas, musterte es. Noch halbvoll. Der hochgewachsene Insulaner schien unschlüssig, ob er den Rest umgehend vernichten und gleich nachbestellen sollte, solange die Chance bestand. Der Platz hinter der Waage am Hafen von Leer war voller Menschen, die wie jedes Jahr am 30. April zur Maibaumfeier erschienen waren, da war Getränkenachschub immer Glückssache.

Ratsherr Noack legte ihm die Hand auf die Armbeuge. »Nee, nicht jetzt! Sonst guckt er noch her.«

»Na, das soll er doch!« Adams kapierte nichts.

»Nicht der Kellner, Mensch. Der Fecht!« Noack, der auf Pressefotos sowieso immer an eine Schildkröte erinnerte, zog seinen Kopf noch ein Stückchen weiter ein.

»Ach so, der Fecht!« Adams guckte erstaunt. »Wieso, Carsten ist doch in Ordnung! Wie der neulich erst wieder diesem Schmierfinken von der Lokalzeitung die Meinung gegeigt hat …« Sein breites Lachen legte makellose Zahnreihen bloß.

»Ja, ja, der Fecht, der geigt den Leuten gerne die Meinung.« Mit zusammengekniffenen Augen linste Noack zwischen seinen Ratskollegen hindurch zu dem großen, breitschultrigen Mann mit dem rötlich schimmernden Pferdeschwanz hinüber, der gerade jede Hand schüttelte, die in seine Reichweite kam. »Gerne auch hinter deren Rücken, wie man inzwischen weiß. Großer Mist, wenn das dann doch rauskommt. Und groß in der Schmierfinken-Zeitung steht!«

»Ach, das meinst du.« Friedo Adams senkte jetzt auch sein Haupt, was aber nicht viel bewirkte, befand es sich doch eine ganze Etage höher als das von Noack. »Diese blöde Hackergeschichte! War doch nicht Carsten Fechts Schuld, diese Attacke. Er hat doch nur seine Meinung gesagt. Und das wird man ja wohl noch dürfen.«

Noack konnte einen hämischen Gluckser nicht unterdrücken. »Tja, Meinungen sind wie Arschlöcher, was? Jeder hat eins.« Er zog den Reißverschluss seiner Windjacke hoch. »Bloß, dass der Fecht zu allem und jedem eine Meinung hat. Intern oder nicht. Und selten eine schmeichelhafte! Außerdem hat er noch seine U-Boote, die für ihn die Torpedos abschießen. Es gibt eine Menge Leute, denen das stinkt. Auch unter den Genossen.«

»Arschlöcher! Denen das stinkt! Hähä, gut gesagt.« Adams war deutlich anzusehen, woran er gerade dachte. Auf anale Metaphern fuhr er voll ab. Sein anzügliches Grinsen verging jedoch schnell. »Mir hat Carsten aber geholfen damals«, sagte er. »Wenn er sich nicht für mich stark gemacht hätte, dann hätte ich die Stelle bei der Langeoog-Touristik vielleicht nicht bekommen.«

»Damals wusste er ja auch noch nicht, was du sonst noch so treibst«, sagte Lars Noack so leise, dass seine Worte von dem Wind, der in leichten Böen das kakaobraune Wasser des Leeraner Hafens kräuselte, gerade eben nicht verweht wurden. »Außerdem – dafür, dass er dir die Hand vor den Hintern gehalten hat, hat er seine Hand nachher ganz schön aufgehalten, oder nicht?«

»Ach, das war doch nur Spaß, was du meinst! Von wegen, was ich treibe. Zwei- oder dreimal höchstens! Alles überhaupt nicht ernst gemeint. Vergiss es!« Er machte eine wegwerfende Handbewegung, ohne an sein Bierglas zu denken. Noack konnte der schwappenden Flüssigkeit gerade noch ausweichen, zwei andere Ratsherren aber bekamen das Gebräu über die Hosenbeine und beschwerten sich lautstark.

Im nächsten Moment stand Carsten Fecht vor ihnen. »Na, Kollegen, Genossen, alles klar? Hat der Friedo euch nassgemacht? Sagt mir Bescheid, wenn er euch ärgert, dann helfe ich euch, das wisst ihr ja wohl!« Kräftige Hände an langen Armen schnappten zu, schüttelten andere Hände und klopften Schultern.

»Na, Lars, auch hier?« Ein abfälliger Blick aus tiefen Augenhöhlen, zwei herabgezogene Mundwinkel unter breiter Boxernase. Schon hatte sich Fecht wieder anderen Umstehenden zugewandt.

Lars Noack sah den rötlichen Zopf auf edlem Anzugstoff pendeln. Seine eigenen Hände hatte er rechtzeitig in den Hosentaschen verstauen können. Dort ballte er sie jetzt zu Fäusten.

»Also ich mag ihn, den Carsten«, ließ Friedo Adams sich vernehmen. »Der ist so richtig volksnah! Spricht das aus, was alle denken, ohne Rücksicht auf Greta oder diese verlogene *Political Correctness*. So einen brauchen wir doch heutzutage in der Partei, wo alles zu den Rechten rennt. Wenn Carsten Fecht bei uns das Sagen hat, dann müssen die Wähler das nicht.«

Noack starrte den Insulaner an. Ob ihm bewusst war, was das bedeutete, was er da gerade gesagt hatte? Vermutlich nicht. Schlimm genug war, dass er recht hatte.

»Meine lieben Freunde, Mitbürger, liebe Leeraner!« Jetzt schallte Carsten Fechts kräftige Stimme über den ganzen Waageplatz. Anscheinend war eine seiner gefürchteten spontanen Ansprachen fällig. »Und natürlich liebe Leeranerinnen«, schob er feixend nach. »Das hat mir meine Frau eingeschärft, weil sich das so gehört heutzutage, sagt sie. Was soll ich machen, sie führt eben bei mir zu Hause das Regiment!«

Satt blubberndes Gelächter ringsum, klar dominiert von Männerstimmen. Lars Noack lachte nicht mit. Er hatte die gleiche SPD-Sozialisation hinter sich wie Fecht, 13 Jahre länger sogar, denn eingetreten waren sie beide mit 17. In Ostfriesland war die SPD schon immer weit rechts aufgestellt gewesen, na klar, das war eben der Lauf der Dinge. Wenn eine Partei über Jahrzehnte an der Macht war, dann wurde sie automatisch zum Sammelbecken für Opportunisten, und die waren selten links. Oder wenn, dann nicht lange – jeder wollte doch irgendwann an die Fleischtöpfe. Aber was Fecht dort abzog, das war selbst Noack zu vorgestrig. Und unterirdisch. Wer fand denn so was heute noch witzig?

»Aber meine lieben Freundinnen, das sage ich nicht«, fuhr Fecht fort. »Sonst wird meine Frau wieder eifersüchtig.«

Das Gelächter schwoll an, jetzt auch durchmischt mit schrillen Frauenstimmen. Noack stellte fest, dass er falsch gelegen hatte. Mal wieder. Anscheinend konnte kein Niveau zu niedrig sein.

»Ich freue mich sehr, dass ich heute Abend hier auf unserem schönen Waageplatz in unserem wunderschönen Leer so viele von euch treffe, und ich freue mich natürlich ebenso über die vielen aufmunternden und unterstützenden Worte, die ich heute von euch zu hören bekommen habe.« Carsten Fecht breitete die Arme aus. »Das tut gut, das tut unheimlich gut in diesen Zeiten, in denen es so viele Anfeindungen gibt, in denen viele wohl vergessen haben, was meine Parteigenossen und ich schon alles für unser Land, für unsere Menschen getan haben. Umso schöner, dass ich hier viele von euch sehe, die ein besseres Gedächtnis haben.« Jetzt hob Fecht die Arme, als wollte er die Menge segnen. Dankbarer Applaus brandete auf.

Auch Friedo Adams hieb seine Handflächen aufeinander. Lars Noacks Hände blieben in den Taschen. Er selber hatte keinerlei aufmunternde und unterstützende Worte an Carstens Fechts Adresse vernommen. Nicht ein einziges. Aber eine starke Behauptung übertrumpfte eben jederzeit einen schwachen Beweis.

»Jetzt kann ich nur hoffen, dass ihr euch auch den nächsten Wahlsonntag dick im Kalender angekreuzt habt!«, rief Fecht. »In Rot natürlich! Wählen gehen! Denkt alle daran, nur wer wählen geht, kann auch bewahren und verändern!«

Noack spürte Friedo Adams' Ellbogen in seinen Rippen. Reflexartig begann auch er zu klatschen.

»Na, so begeistert?« Zwischen Noack und Adams tauchte plötzlich Mareike Feeken auf, die junge Lokalredakteurin der *Ostfriesen-Post*. »Hatten Sie sich nicht neulich von Carsten Fecht distanziert? Nachdem Ihr gemeinsamer Chat aufgeflogen war?«

Lars Noack verdrehte die Augen. Die Frau hatte ihm gerade noch gefehlt! »Von meinen eigenen Worte habe ich mich distanziert, wenn ich Sie mal korrigieren dürfte«, presste er zwischen zusammengebissenen Zähnen hervor. »Was ich über Jelto Harms geschrieben habe, hätte ich so nicht schreiben dürfen, ganz klar. Das gehört sich nicht, auch nicht intern, und das stimmt auch einfach nicht. Davon habe ich mich distanziert, nicht vom Genossen Fecht.« Er atmete tief durch; die Worte hatten ihn Kraft gekostet.

»Stilistischer Tonfall und Inhalte dieses Wortwechsels wurden aber eindeutig von Herrn Fecht diktiert«, bohrte die Journalistin nach. »Ich hab's ja selber gelesen. Er hat auch die Behauptung aufgestellt, Harms sei ein Pädophiler und hätte sich an kleinen Jungs vergriffen. Man kann sich vorstellen, was das für den Rektor einer Grundschule bedeutet.«

Noack brach der Schweiß aus. »Ich sagte schon, das war falsch, ich habe mich doch inzwischen davon distanziert. Ebenso wie von den Angriffen auf Christel Röben.« Er kramte in seiner Windjacke nach einem Taschentuch. Dann stutzte er. »Sie haben es gelesen?«, fragte er nach. »Im Original? Aber das steht doch schon längst nicht mehr online.«

»Wir verfügen über Downloads«, sagte Mareike Feeken. »Und wie es aussieht, bekommen wir bald noch sehr viel mehr davon.«

Noack tupfte sich die Stirn ab. Der Schweiß fühlte sich kalt an. »Mehr davon?«, fragte er. Seine Stimme brach, er musste sich räuspern. »Noch mehr Chatverläufe? Wieder von dem Hacker?«

Die junge Redakteurin schüttelte den Kopf. »Nein, von Carsten Fecht selbst! Er war heute zum Interview bei uns. In der Online-Ausgabe steht es schon. Er ist es leid, als Buhmann der SPD hingestellt zu werden, und will uns demnächst Material vorlegen, aus dem hervorgeht, dass er längst nicht als Einziger in der Partei so denkt und redet.« Mareike Feeken klang belustigt, als sie hinzusetzte: »*Buhmann* hat er gar nicht gesagt, sondern *Rotes Muli.* Er will nicht das

Rote Muli sein, das für die ganze Partei die Last tragen muss und dafür auch noch Prügel bezieht.«

Sie beugte sich zu Lars Noack hinüber; ihre Miene wirkte besorgt, als sie fragte: »Alles in Ordnung? Geht es Ihnen auch gut?«

»Aber ja.« Noack winkte ab, was wegen des Taschentuchs etwas theatralisch wirkte. »Leichtes Kratzen im Hals, das ist alles.«

»Dagegen hilft Trinken«, riet die junge Frau. »Notfalls auch Bier! Schauen Sie, Ihr Genosse Fecht macht es Ihnen vor. Der pichelt schon den ganzen Abend ein *Ostfriesenbräu* nach dem anderen.«

Das war nicht zu übersehen. Immer wieder griff sich Carsten Fecht ein Glas von einem Kellnertablett, ohne zu fragen, wer das bestellt hatte oder wer das bezahlte. Hat sich schon früher gerne aushalten lassen, dachte Lars Noack. Seit Fecht jedoch im Landtag saß, war das noch weit schlimmer geworden. Hatte er eigentlich aus der *Lebenshilfe*-Affäre nichts gelernt? Damals hatten einige seiner Genossen diese wohltätige Leeraner Einrichtung völlig schamlos als Selbstbedienungsladen benutzt, bis sie aufgeflogen waren. Oder aus der Affäre Wulff? Wenn sogar ein Bundespräsident wegen der Annahme kleiner und mittlerer Gefälligkeiten hatte gehen müssen, wie konnte Fecht glauben, dass sich ein Landtagsabgeordneter alles erlauben konnte?

Na ja, bis jetzt durfte er sich in dieser Ansicht bestärkt fühlen, dachte Noack bitter. Wegen Handaufhaltens hatte ihn noch keiner öffentlich kritisiert. Nur wegen Maulaufreißens. Und anstatt einzulenken, wollte er jetzt in die Offensive gehen? Noch mehr Chats öffentlich machen, um seine Kritiker bloßzustellen? Als Mittäter?

Das durfte auf keinen Fall passieren.

Noack schaute sich nach Friedo Adams um, der ihm während des Gesprächs mit der Redakteurin abhandengekommen war. Er entdeckte ihn bei einem der Kellner, in der einen Hand ein frisches Bier, mit der anderen nach Kleingeld kramend. Na klar, als lumpiges Gemeinderatsmitglied von Langeoog bekam man in Leer natürlich nichts geschenkt.

Er winkte Adams heran und setzte ihn über das gerade Gehörte in Kenntnis. Der hochgewachsene Insulaner, der eben zum Trinken angesetzt hatte, erstarrte in der Bewegung. Das Bier lief ihm in dünnen Strömen übers Kinn und versickerte in seinem dunkelblauen Troyer. »Was will er?«, fragte er nach, obwohl die plötzliche Blässe seines Gesichts verriet, dass er sehr wohl verstanden hatte.

»Carsten Fecht will uns an den Pranger stellen«, fasste Lars Noack zusammen. »Uns und auch andere. Um sich selber aus der Schusslinie zu nehmen. Die Vorwürfe gegen ihn kann er ja schlecht entkräften, weil die einfach stimmen und bewiesen sind. Also will er zeigen, dass andere genauso schlimm sind. Oder noch schlimmer.« Er zeigte auf Adams: »Weißt du noch, die Fotos, wo du mit erhobenem Arm beim Osterfeuer stehst? ›Sieg Heil‹ und so? Damals haben wir mit viel Mühe verhindern können, dass die veröffentlicht wurden. Ich bin mir sicher, dass Carsten Fecht die noch irgendwo gespeichert hat.«

»Aber was denn … wieso denn?« Mit Verspätung wischte sich Adams das Kinn ab. »Ich hab' euch doch erzählt, dass ich damals völlig besoffen war! Da ist mir das eben unterlaufen. Daraus kann man mir doch jetzt keinen Strick mehr drehen!«

»Das ist dir aber nicht nur diese eine Mal passiert, sondern mindestens dreimal«, verbesserte Noack. »Und das sind nur die dokumentierten Fälle! Und dass man dir einen

Strick daraus dreht, sobald das in der Zeitung gestanden hat, das kann ich dir versprechen. Einen sehr haltbaren Strick, da kannst du lange dran baumeln.«

»Ja aber, ich war doch … betrunken –.« Friedo Adams' Stimme erstarb.

Jetzt merkt er es wohl selber, dachte Noack. Alkohol tut nichts rein in die Köpfe, sondern lässt nur das raus, was vorher schon drin war. Das ist nicht jedem klar, aber vielen. Wenn das, was er getan hat, veröffentlicht wird, ist es mit seiner politischen Karriere vorbei, noch ehe sie richtig angefangen hat. Und nicht nur mit seiner.

Lautes Hallo in der Nähe ließ ihn aufblicken. Aha, Carsten Fecht begann sich zu verabschieden. Das pflegte eine Weile zu dauern, denn er bevorzugte die englische Methode; möglichst jeder Anwesende sollte noch seinen Händedruck und ein Bonmot dazu bekommen.

»Der ist doch auch nicht mehr nüchtern«, knurrte Friedo Adams. Von seiner Begeisterung für Fecht war nichts mehr zu bemerken. »Wenn der von den Bullen angehalten wird, ist er seinen Lappen los. Und sein Landtagsmandat kann er sich in die geölten Haare schmieren.«

Lars Noack bezweifelte das stark; in Hannover war schon manche politische Karriere trotz alkoholbedingter Delikte weitergegangen. Sofern der volltrunken am Steuer Erwischte männlich war.

»Wie hat er sich selber genannt?«, fuhr Adams fort. »Habe ich vorhin online gelesen, war ganz frisch. *Roter Esel*? Passt! Da gibt es doch so ein Sprichwort, von wegen den Esel schlagen, obwohl man den Sack meint.« Er knallte seine rechte Faust in die linke Handfläche. »Wenn dieser Sack das wirklich macht, was er angekündigt hat, dann wird sich das Sprichwort wohl bewahrheiten.«

Lars Noack verdrehte die Augen. »Wenn er das wirklich macht, dann ist es hinterher zu spät«, sagte er. »Wenn all das öffentlich wird, worüber Carsten Fecht Bescheid weiß, dann rettest du nichts mehr. Für dich nicht, für mich nicht und für viele andere auch nicht. Genossen oder nicht.«

Adams knallte sein leeres Glas auf den nächstbesten Tisch, ohne auf die missbilligenden Mienen der Maifeiernden, die dort saßen, zu achten. »Ich muss dringend mein Bier wegbringen«, schnaufte er und stapfte davon.

Auch Carsten Fecht brach jetzt endlich auf, nicht ohne sich noch ein paarmal umzudrehen und den Umstehenden zuzuwinken. »Treibt's nicht zu dolle!«, rief er laut. »Denkt daran, morgen früh heißt es: heraus zum 1. Mai!«

Dass ihm dabei nicht die Zunge verdorrt, dachte Lars Noack. Auch er begann, sich durch das Gedränge hindurch in Richtung Rathausbrücke zu schieben. Sein Auto hatte er zwischen den hochpreisigen Neubauten auf der gentrifizierten Halbinsel Nesse abgestellt. Fecht anscheinend auch. Der große Mann mit dem Pferdeschwanz war ihm schon 20, 30 Meter voraus. Noack hatte sich überlegt, ob er Fecht ansprechen sollte, abseits der Feiernden und bei fortschreitender Dunkelheit. Er hatte sich dazu aber nicht durchringen können. Jetzt war es sowieso zu spät dafür; Fecht schritt flott aus, sein Vorsprung wuchs stetig.

Noacks Wagen war ein dunkelgrauer Mazda, schon acht Jahre alt. Dass der SPD-Stadtrat mit seiner politischen Tätigkeit Reichtümer angehäuft hätte, hatte ihm bisher noch niemand nachgesagt. Er stellte ja auch nicht zur Schau, was er besaß. Tatsächlich hatte er seit einiger Zeit einen Aufsichtsratsposten beim Energieversorger *Nordwestkraft* inne, der ihm einen sehr netten Nebenverdienst bescherte, ohne dass er sonderlich viel dafür tun musste. Dafür fehlte ihm auch jede Qualifikation. Verdient hatte er sich diesen Job einzig durch Verlässlichkeit beim Abstimmungsverhalten. Auch Carsten Fecht hatte das seinerzeit abgenickt.

Wenn der wirklich mit allem an die Öffentlichkeit ging, was er so wusste und belegen konnte, dann war es mit der Extrakohle bald vorbei, da war Noack sich sicher. Dann würde er das große Haus in Leer-Loga auch nicht mehr lange halten können. Den Kaufvertrag dafür hatte er unmittelbar nach seinem informellen Treffen mit Fecht unterschrieben. Dabei hatten der Aufsichtsratsposten und die Bezüge dafür noch volle elf Monate auf sich warten lassen. An den Schulden, die sich in diesen elf Monaten angehäuft hatten, knabberte Noack immer noch.

Carsten Fecht lief mit langen Schritten an Noacks Auto vorbei, ohne es eines Blickes zu würdigen. Sein eigener Wagen stand 50 Meter weiter. Ein Porsche Cayenne, ein SUV, der sich mit 20 Litern Super auf 100 Kilometer sicher nicht zufriedengab. Dafür war er rot lackiert. Oh ja, äußerlich war Fecht immer ganz auf Parteilinie.

Rotes Muli, dachte Noack. Von wegen! Wenn es in der Partei Leute gab, die ständig ackerten und buckelten und die ganze Last für die anderen trugen, dann waren das Genossen wie er selbst! 80 Wochenstunden im Dienst der Allgemeinheit für kaum mehr als eine Ehrenamtspauschale. »Wir schuften hier wie die Grubenponys«, hatte mal ein Neumitglied aus dem Ruhrgebiet abends beim Bier getönt. Das hatte kaum jemand verstanden. Kohlegruben hatte es in Ostfriesland nie gegeben, und um zu wissen, dass die mit Kohle vollgeschaufelten Loren früher von Ponys durch abschüssige Stollen ans Tageslicht gezogen worden waren, musste man in Geschichte aufgepasst haben.

Wenn man sich so die Politik der SPD in Ostfriesland ansah, fand Noack, dann hatten die allermeisten Genossen in der Schule gepennt. Tief und fest. Nicht nur in Geschichte.

Er stieg ein. Der Cayenne setzte bereits aus der Parklücke zurück. Noack startete seinen Motor, parkte aus, fuhr los. Die roten Rücklichter des roten Porsche leuchteten vor ihm. Falls Carsten Fecht gerade nach Hause fuhr, dann hatte er denselben Weg wie Lars Noack. Natürlich wohnte er ebenfalls in Loga.

Natürlich. Loga war der Stadtteil der Besserverdienenden. Wo sonst sollte solch ein *Rotes Muli* wohnen? Etwa in der Altstadt, dem ehemaligen Rotlichtquartier? Hier war die Gentrifizierung zwar ebenfalls im Gange, aber noch längst nicht vollendet, außerdem waren viele Häuser zwar nett anzuschauen, aber eng, und die Grundstücke waren klein. Oder auf der Nesse? Die ehemalige Industriebrache mitten in der Stadt war erst vor ein paar Jahren mit teuren Stadtvillen bebaut worden; hier zu wohnen, war etwas zu offensichtlich. Heisfelde war etwas für die kleineren Leute, die Moormerlandsiedlung gut genug für Lehrer. Der Rest der Wohnquartiere steckte voller prekärer Einsprengsel. Dort wollte ein SPD-Landtagsabgeordneter zwar gewählt werden, aber doch bestimmt nicht wohnen!

Noack verschaltete sich; sein Getriebe krachte. Ein Spaziergängerpärchen drehte sich nach ihm um. Er rief sich zur Ordnung. Warum so bitter, fragte er sich, die Sozialdemokratische Partei Deutschlands war doch immer noch seine Partei, hatte immer noch das große S an erster Stelle!

Aber nur auf dem Papier. Noack erinnerte sich noch allzu gut, wie nach den Landtagswahlen 2013 Rot-Grün mit hauchdünner Mehrheit die Landesregierung stellen konnte. Wie er das gefeiert, was für Hoffnungen er seinen Wählern gemacht hatte! Die Schulen würden neu aufgestellt, die Landwirtschaft auf natürlich gedreht, und die geschundene, halbtote Ems würde endlich gerettet werden! Ha, Pustekuchen. Nichts davon geschah. Heute, nachdem Rot-Grün nach nur viereinhalb Jahren abgewählt worden war und eine rot-schwarze Koalition in Hannover die Geschäfte betrieb, waren die Gymnasien die einzig verbliebenen und entsprechend überfüllten Rettungsboote, alle anderen Schulformen kurz vor dem Absaufen. Gülle und Nitrat waren schon im Grundwasser nachweisbar. Und die Ems lag nicht mehr im Sterben, sie war tot. Mausetot!

Noacks Hände krampften sich um sein Lenkrad. Weit vor ihm bremste der Cayenne an einer roten Ampel, und er hatte nicht übel Lust, aufs Gas zu treten und ihm hinten reinzufahren. Aber was würde das nützen? Sein Mazda würde an dem schweren SUV zerschellen, ohne allzu viel Wirkung zu erzielen, nicht einmal in den Querverkehr würde er ihn schieben können, zumal gerade gar keiner da war. Der Airbag würde ihm die Brille verbiegen und vielleicht seinen neuen Stiftzahn lockern. Dann hätte er zum Spott auch noch den Schaden.

Die Ampel sprang auf Grün, gerade als Noack heran war. In moderatem Abstand kurvten Fecht und er an der Polizeiinspektion vorbei, an billigen Klamotten- und Kramläden, an der Hauptpost. Dann 90 Grad nach rechts, vor dem Bahnhof um den Kreisel herum, an dem frisch renovierten Hotel *Frisia* vorbei, dann rechts in die Logaer Hauptstraße. Tagsüber hatte man hier Staugarantie, abends aber konnte man diese Route durchaus fahren, falls nicht gerade gebaut wurde. Nur die Schranken waren immer für einen längeren Aufenthalt gut. Diesmal hatten sie Glück, die Sabotagebalken waren oben.

Noack fuhr exakt 50, obwohl er nur zwei Bier getrunken hatte und keine Kontrolle zu fürchten brauchte. Fechts Cayenne gewann schnell wieder an Vorsprung. War dem denn alles egal? Oder fühlte er sich schon unantastbar?

Hindenburgstraße, Gustav-Elster-Straße, An der Friedenskirche – hier in Loga gab es wirklich alles. Sogar einen Roten Weg. Das hätte gepasst, aber dort wohnten weder Lars Noack noch Carsten Fecht. Wenn auch ganz in der Nähe. Viel hatte nicht gefehlt, und sie wären Nachbarn gewesen. Gott sei Dank, dass ein paar Grundstücke dazwischen lagen, dachte Noack. Ihre Häuser sahen sich sogar ein bisschen ähnlich, auch von der Größe her. Nur, dass Noack sich für seines noch viele Jahre lang würde krummlegen müssen, während Fecht das seinige geheiratet hatte. Geerbt hatte er außerdem, Bargeld und Aktienpakete von seinem früh verstorbenen Vater, einem SPD-Regionalfürsten, wie er im Buche stand. Ein geschwollenes Radieschen, außen rot und innen weiß!

Fecht bog ab, Noack folgte ihm. Sein Haus kam zuerst in Sicht, Fecht wohnte weiter die Straße hinunter. Da war Noacks Einfahrt, an dieser Stelle nahm er gewöhnlich den Fuß vom Gas. Hier galt sowieso Tempo 30.

Spätestens jetzt hätte er stoppen müssen. Aber er tat es nicht, ließ den Mazda weiterrollen, dem Cayenne hinterher. Aus welchem Grund? Zu welchem Zweck? Sollte er Fecht vor dessen Haustür abpassen, mit ihm reden, ihn zu überzeugen versuchen?

Aber wovon? Gnade vor Recht? Gnade war kein Wort aus Fechts Vokabular. Weichei schon eher.

Da links war Fechts Haus, dort seine Einfahrt. Der Cayenne blinkte, rauschte auf seinen üblichen Platz. Die Reifen radierten leicht. Fecht stieß die Fahrertür auf. Beim

Aussteigen schwankte er merklich, musste sogar einen Ausfallschritt machen. Man hörte deutlich, dass er das witzig fand.

Lars Noack hielt am rechten Straßenrand. Hier konnte man überall parken, musste nur auf die Einfahrten achten. Er riss die Autotür auf, wollte sich beeilen, bei Fecht sein, ehe der im Haus verschwand. Trotzdem hielt er noch einmal inne, tauchte zurück ins Auto, nahm einen großen braunen Umschlag an sich. Dann warf er die Fahrertür zu.

Carsten Fecht hatte seine Haustür schon fast erreicht. Beim Geräusch der Autotür drehte er sich um. Lichtschrankengesteuerte Lampen flammten auf und erhellten den kunstvoll gepflasterten Vorplatz.

»Was willst du denn noch?«, blaffte Fecht. »Mit dir bin ich fertig!« Das Schlüsselbund in seiner Hand rasselte ungeduldig.

»Carsten, ich bitte dich!« Noack gestikulierte mit der linken Hand, behielt seine rechte hinter dem Rücken. »Überleg es dir gut, ehe du alles an die Presse gibst. Lass dir das noch mal durch den Kopf gehen! Da hat doch keiner etwas davon, wenn du jetzt die ganze Partei mit in den Abgrund reißt. Lass uns doch …«

»Ach so, nicht die Partei, was?«, höhnte Fecht. Er trat zwei Schritte auf Noack zu, stand fast Brust an Brust vor ihm, sodass der den Kopf in den Nacken legen musste. »Nicht die Partei, das heißt ja wohl vor allem: nicht dich, was? Du willst weiter schön deine Diäten kassieren. Was aus mir wird nach der nächsten Wahl, kann dir ja egal sein, was? Aus dem *unappetitlichen Herrn Fecht*!« Er hob die Hand mit dem Schlüsselbund, als wollte er Lars Noack ohrfeigen.

Noack riss seine rechte Hand hinter dem Rücken hervor. Darin hielt er einen braunen wattierten Umschlag, äußerlich unscheinbar, aber Fecht schnappte trotzdem nach Luft, starrte dem Stadtrat überrascht ins Gesicht. Dann machte er auf dem Absatz kehrt und eilte zu seiner Haustür, den Schlüssel vorgestreckt.

Der Schlüssel stieß ins Leere, denn die Tür schwang ohne sein Zutun auf. Drinnen war es stockdunkel. Jedenfalls einen Moment lang. Dann erhellte ein Blitz die Szenerie, begleitet von einem enorm lauten Knall.

Fecht wurde rücklings zu Boden geschleudert wie von einem Rammbock. Gleichzeitig ertönte ein Schmerzensschrei. Unmittelbar danach ein Repetiergeräusch.

Lars Noack rannte, als ob der Teufel hinter ihm her wäre. Erst vor seiner eigenen Haustür fiel ihm ein, dass er an seinem Auto vorbeigerannt war. Er schloss die Haustür von innen ab und hakte die Sicherheitskette ein, ehe er mit fliegenden Fingern die 110 wählte.

2.

»Ein roter Porsche? Seit wann gibt es Porsches in Rot?« Hauptkommissar Stahnke schüttelte den Kopf. »Rot ist doch die Ferrari-Farbe. Und englische Racer sind smaragdgrün, wie es sich gehört. Das weiß man doch.«

»Seit wann genau es rote Porsches gibt, kann ich dir nicht sagen. Aber es gibt sie. Serienmäßig.« Natürlich hatte Oberkommissar Oliver Kramer auch das recherchiert. Über die Relevanz der Frage seines Vorgesetzten verlor er kein Wort.

»Zeiten sind das!«, murrte Stahnke weiter. »Rote Porsches, die von Roten gefahren werden. Also zu meiner Zeit …«

»Wann soll das denn gewesen sein?« Oberkommissar Nidal Ekinci sah putzig aus in seinem weißen Overall, dessen eng geschnürte Kapuze seinen karamellfarbenen Teint noch unterstrich. »Wenn du mir die ungefähre Jahreszahl gibst, google ich gerne Postkutschenfarben für dich. Jahrhundert reicht.« Er grinste Stahnke vorwitzig an, während er an ihm vorbei das Haus betrat.

Der Hauptkommissar wandte sich ab und schob sich verstohlen ein weiteres Hustenbonbon in den Mund. Auch er hatte bereits kräftig in den Mai gefeiert, allerdings allein vor dem Fernseher, als ihn der Anruf der Polizeiwache am Hafenkopf erreichte. So, wie der Tote stank, der rücklings in einer ausgedehnten Blutlache lag, hätte man den Alkoholgeruch gut auf ihn schieben können. Aber Stahnke wollte auf Nummer sicher gehen.

»Offenbar hat der Täter in dessen Haus auf sein Opfer gewartet«, begann Kramer den vorläufigen Erkenntnisstand zu referieren. »Dort im Flur, in völliger Dunkelheit. Oder sagen wir lieber: in der Halle. Ist ja insgesamt etwas weitläufig, dieses Haus.«

Stahnke machte eine ungeduldige Handbewegung. »Fakten! Wie ist er ins Haus hineingekommen, auf welchem Weg hat er es wieder verlassen? Und was hat er hier sonst noch gemacht?«

»Ich fange mal hinten an«, begann Kramer. »Frage drei: Es gibt ein paar geöffnete Schubladen, aber so richtig durchwühlt wurde das Haus nicht. Ob etwas fehlt, wird noch geklärt, das dauert. Frage zwei: Verlassen hat der Täter das Haus allem Anschein nach durch die Terrassentür, also hinten. Da haben wir auch einen schönen Fußabdruck in einem Blumenbeet gefunden. Frage eins: Wie er hereingekommen ist, wissen wir noch nicht.«

»Auf demselben Weg rein wie raus vielleicht?«, schlug Stahnke vor.

»Keinerlei Spuren oder Hinweise, die auf eine gewaltsame Öffnung von außen hindeuten.« Kramer schüttelte den Kopf. »Wenn, dann müsste die Terrassentür offengestanden haben. Kann natürlich sein. Leider gibt es niemanden, den wir danach fragen können.«

»Was ist mit der Ehefrau?«

»Nicht da. Scheint unterwegs zu sein oder verreist. Nidal will sie anrufen, sowie er ihre Handynummer gefunden hat.«

»Da würde ich mal im Smartphone des Toten nachschauen«, knurrte Stahnke.

Hatte Kramer kurz die Augen gerollt? Der Hauptkommissar war sich nicht sicher. Die Stimme seines Kollegen klang ganz ruhig, als er erwiderte: »Das macht er auch, sobald die Spurensicherung ihn da ranlässt.«

»Kinder?«

»Gibt es keine.«

»Sonstige Personen, die dauerhaft in diesem Haus wohnen?« Stahnke schaute an der Fassade hoch. »Ist ja ein Riesending. Gibt es keine Haushälterin? Oder eine vermietete Einliegerwohnung?«

»Einliegerwohnung ja, aber nicht vermietet. Ist wohl für Gäste.« Kramer blätterte in seinen Notizen. »Keine Haushälterin. Eine Putzfrau kommt zweimal die Woche, sagt die Nachbarin von gegenüber. Soll sehr gründlich sein. Die lässt also eher keine Türen offenstehen.«

Eine Gestalt im weißen Overall kam aus der Haustür, einen Plastikbeutel in der Hand. Von den aufgestellten Strahlern geblendet, konnte Stahnke das Gesicht kaum erkennen, aber der Mann war deutlich größer als Ekinci. In dem Beutel war eine Patronenhülse.

Kramer pfiff durch die Zähne. »Ziemlich großer Brocken«, stellte er fest. »Stammt mit Sicherheit aus einer Langwaffe. Ins Labor, bitte.«

Der Overallträger nickte und ging.

»Eine Langwaffe«, wiederholte Stahnke. »Ein Gewehr also. So etwas hat ein Einbrecher nicht mal eben so dabei. Die Waffe wurde mit voller Absicht zum Tatort mitgebracht.«

»Falls der Täter sie nicht hier vorgefunden hat«, wandte Kramer ein. »Das werden wir prüfen. Also, ob das Opfer Jäger oder Sportschütze war. In dem Fall müsste es hier außerdem einen vorschriftsmäßigen Waffenschrank geben.«

»Weder Jäger noch Sportschützen besitzen Automatikwaffen«, sagte Stahnke. »Und nur Automatikwaffen werfen die Hülse nach dem Schuss sofort aus, quasi … na, automatisch eben. In jeder anderen Waffe bleibt die Hülse drin, bis neu repetiert wird.« Unwillkürlich ahmte der Hauptkommissar mit der linken Hand eine Repetierbewegung nach. »Falls es keine Automatik war: Wollte der Täter noch einmal schießen?«

»Nötig war das nicht«, sagte Kramer lakonisch und deutete auf die Blutpfütze. »Das Geschoss hat den Schädel durchschlagen, vorne rein, hinten raus. Müsste anschließend irgendwo steckengeblieben sein. Die Spurensicherung wird danach suchen, aber erst bei Tageslicht.«

Eine kleinere weiß gekleidete Gestalt tauschte auf; diesmal war es Ekinci. »Frau Fecht ist bei ihrer Mutter.« Der Oberkommissar hob das Smartphone hoch, das er in seiner latexgeschützten Hand hielt. »In Westerstede. Hatte sich auf mehrere Tage eingerichtet, aber jetzt kommt sie natürlich her.« Ekinci übergab das Handy dem nächststehenden Spurensicherer und ergänzte: »Gleich morgen früh.«

»Morgen früh?« Stahnke schüttelte ungläubig den Kopf. »Hör mal, ihr Mann ist erschossen worden! Und Westerstede ist keine 40 Kilometer entfernt. Über die Autobahn, wohlgemerkt.«

Ekinci zuckte mit den Schultern. »Sie machte einen sehr gefassten Eindruck«, sagte er. »Wer weiß, vielleicht geht es ihrer Mutter nicht gut.«

»Das hören wir dann ja morgen.« Stahnke blickte sich um. »Was ist übrigens mit diesem Sohlenabdruck? Kann man damit etwas anfangen?«

Wie aufs Stichwort erschien der hochgewachsene Kriminaltechniker erneut. Er präsentierte einen Abguss, ebenfalls sorgfältig verpackt. »Gummistiefel«, verkündete er. »Handelsüblich. Dem Profil nach zu urteilen ziemlich neu. Muss aber nichts heißen. Bei Gartenarbeit auf weichem Boden nutzen sich Gummisohlen nicht so schnell ab.«

»Größe?«, fragte Stahnke.

»44«, antwortete der Spurensicherer. »Weitere Details später im Bericht.«

Er und seine Kolleginnen und Kollegen begannen zusammenzupacken. Die gleißend hellen Scheinwerfer erloschen einer nach dem anderen. Zwei Bestatter, die sich bis dahin im Hintergrund aufgehalten hatten, traten heran, legten den Leichnam in einen Transportsarg, hoben ihn an und trugen ihn zum Leichenwagen. Außer der Blutlache blieben nur ein aufgesprühter Umriss und eine Reihe von Spurentäfelchen zurück.

Ehe sich der Leichenwagen in Bewegung setzen konnte, mussten erst die Schaulustigen zurückgedrängt werden. Trotz der späten Stunde hatte sich eine erstaunlich große Gruppe angesammelt, überwiegend Nachbarn, aber nicht nur. Mehr als ein Dutzend Fotohandys war im Einsatz. Stahnke sah Rieken und van Dieken, die beiden Graubärte vom Streifendienst, die Menge im Zaum halten. Ihre Münder standen dabei keinen Augenblick still. Unverbesserliche Klatschbasen, die beiden, fand der Hauptkommissar. Rieken und van Dieken jedoch würden ihr Verhalten bestimmt als Deeskalation bezeichnen. Mit dem üblichen abfälligen Grinsen; in der Tiefe ihrer schwarzen Seelen waren die zwei nämlich eher für ein handfestes Vorgehen zu haben.

Stahnke drehte sich weg. »Ich will mir mal diese Terrassentür ansehen«, sagte er. »Können wir außen herum?«

Das Grundstück war großzügig geschnitten; Wege zum hinten gelegenen Garten gab es an beiden Seiten, links durch den Doppelcarport, rechts durch eine hohe Zauntür, die nicht verschlossen war. »Auf dieser Seite wurde auch der Fußabdruck gefunden«, berichtete Ekinci.

»Dann wäre dies der Fluchtweg?« Stahnke schaute sich um. »Zur Straße hin? Dann hätte der Täter ja gleich durch die Haustür laufen können. Direkt nach der Tat.«

»Dort befand sich allerdings noch der Zeuge, der uns wenig später verständigt hat«, sagte Kramer. »Der ist zwar nach eigener Aussage sofort weggerannt, aber als Täter wäre ich doch lieber nicht in dieselbe Richtung geflüchtet.«

Sie hatten die hintere Hausecke erreicht. Dort, in einem aufgelockerten und frisch geharkten Blumenbeet, war die Fundstelle des Abdrucks markiert.

»Als ob der Täter erst in diese Richtung gerannt wäre, es sich dann aber anders überlegt hätte«, interpretierte Ekinci. »Er rennt also durch Halle und Wohnzimmer nach hinten, durch die offene Terrassentür raus, biegt nach rechts ab, tritt ins Beet, bemerkt dann, dass er in dieser Richtung wieder auf die Straße kommt, und wendet sich erneut nach hinten.« Der Oberkommissar unterstützte seinen Vortrag gestenreich; am Ende wies seine Hand zum gegenüberliegenden Garten, der nur durch eine kniehohe Hecke abgegrenzt war. Die offene Rückseite des dortigen Carports war deutlich zu erkennen. Dazwischen lag nichts als Rasen – vielmehr eine buckelige, stark strapazierte Wiese, übersät mit Spielzeug. Wenig Aussicht auf weitere verwertbare Spuren.

Stahnke blickte zu Kramer; der nickte stumm. Ihm fiel also auch nichts Besseres ein.

Die Terrassentür war ein schweres Ding. Sie wurde auf Rollen bewegt, die in Schienen liefen. Vorher jedoch musste sie erst einmal aus ihrer Verriegelung gehoben werden. Dazu musste man einen langen Hebel um 180 Grad drehen – drinnen natürlich. Das Ganze bestand aus Edelholz und Dreifachglas und war bestimmt nicht nur teuer gewesen, sondern auch clever konstruiert, fand der Hauptkommissar. Hier konnte man mit Holzkeil oder Schraubenzieher nichts erreichen. Und das hatte auch niemand versucht, sonst würde man Spuren davon sehen.

»Reingekommen ist der Täter hier nicht«, stellte er fest. »Sonst irgendwo Einbruchsspuren?«

Kramer schüttelte den Kopf: »Nirgends. Auch nicht im Obergeschoss.«

Das, dachte Stahnke, war wieder einmal typisch Kramer. Der rechnete auch mit Fassadenkletterern! Aber so wussten sie es wenigstens ganz genau.

»Schlussfolgerung?«, fragte er.

»Da niemand im Haus war, der den Täter reingelassen haben könnte, muss er einen Schlüssel gehabt haben«, sagte Kramer.

»Und woher?«, fragte Stahnke.

»Von Carsten Fecht, seiner Frau, der Putzfrau, einem vertrauten Nachbarn womöglich oder einem mobilen Hausmeisterdienst«, zählte Ekinci auf. »Da gibt es so einige Möglichkeiten.«

»Sehr schön.« Stahnke nickte ihm zu. »Du übernimmst das, und wir reden jetzt mal mit dem Tatzeugen. Das dort ist er doch, oder?«

Lars Noack hockte auf der vordersten Kante der zerklüfteten Ledersofalandschaft, die sich auf dem goldgelben Parkett erhob wie ein Korallenriff vor einem Südseestrand. Seine Windjacke hatte er eng um sich geschlungen, seine Füße exakt nebeneinandergestellt, die Knie zusammengedrückt. Dieser Mann, dachte Stahnke, wünschte sich eindeutig weit, weit weg von hier. Verständlich, hatte er vor diesem Haus doch einen Mord mit ansehen müssen. Trotzdem, wie sich dieser kleine dicke Mann da auf der Sofakante für alle sichtbar unwohl fühlte, war schon extrem.

»Herr Noack?« Stahnke reichte ihm die Hand; die von Noack war heiß und schweißnass. Fast hätte er ihm kondoliert.

»Bitte schildern Sie mir, was Sie erlebt haben«, bat der Hauptkommissar. Kramer kümmerte sich um die Tonaufnahme.

Noacks Augen weiteten sich, als laufe ein schrecklicher Film vor ihm ab. »Wir kamen von der Maibaumfeier an der Waage«, begann er. »Beide. Aber nicht zusammen. Wir sind nur in etwa gleichzeitig aufgebrochen und hatten beide auf der Nesse geparkt. Deswegen fuhr ich hinter ihm her.«

»Sie sind doch so gut wie Nachbarn«, sagte Stahnke. »Und Parteigenossen! Da hätten Sie auch gemeinsam zur Feier fahren können, oder? Dann hätte wenigstens einer von Ihnen Alkohol trinken können. Ich meine dürfen.« So unauffällig wie möglich schnupperte er in Noacks Richtung. Eindeutig Eukalyptusbonbons, aha.

Noack schüttelte den Kopf. »Keine Chance. Ich hatte vorher noch Fraktionssitzung, also vom Stadtrat aus. Carsten Fecht kam direkt aus Hannover, hatte dann ein Pressegespräch mit der *Ostfriesen-Post* und hat sich anschließend im Hotel *Ostfriesenhof* mit einer Gruppe von Reedern getroffen. Wir hatten völlig unterschiedliche Terminpläne. Außerdem …« Er stockte, seine Augenlider flatterten. »So gut verstanden wir uns auch nicht.«

Das sagt der Tatzeuge, dachte Stahnke, interessant. Dabei hatte er durchaus anderes gehört. »Gehörten Sie nicht mit zu Fechts berühmt-berüchtigtem Chatkreis? Wo diese anzüglichen Bemerkungen über alle möglichen Leute abgegeben wurden?«

Noacks blasses Gesicht bekam rote Flecken. »Das ist richtig«, gab er zu. »Aber doch eher am Rande, das heißt, ich war längst nicht in jeder seiner Chatgruppen drin. Außerdem habe ich mich kürzlich von all den Entgleisungen distanziert.«

»Wie dem auch sei«, sagte der Hauptkommissar, »weiter im Text. Sie fuhren also in Ihren jeweiligen Pkws Richtung Loga, also nach Hause. Und dann?«

»Dann fuhr Carsten Fecht auf sein Grundstück und stellte seinen Wagen ab«, sagte Noack leise. »Und ich …« Wieder zögerte er.

»Sie nicht«, ergänzte Stahnke. »Ihr Wagen steht hier schräg gegenüber, mein Kollege hat ihn identifiziert. Sie sind an Ihrem eigenen Haus vorbeigefahren. Warum?«

»Ich wollte noch einmal mit ihm reden.« Noack schluckte. »Mit Fecht. Ob wir nicht doch … auf einen Nenner kommen könnten.«

»Genauer?« Stahnkes Blick hatte Noacks endlich eingefangen. Seine wasserblauen Augen entwickelten ihren gefürchteten Sog.

»Er fühlte sich von mir verraten!« Noacks Stimme klang jetzt kräftiger. »Meinte, ich wäre ihm in den Rücken gefallen. Dabei habe ich mich nur geschämt, ganz einfach, für das, was ich in unseren Chats alles von mir gegeben habe! Über dämliche Frauen, unfähige Dicke und tuntige Schwule. Ehrlich, ich weiß gar nicht, wo das herkam! Ich denke doch eigentlich gar nicht so. Aber wenn dann ein Wort zum anderen führt, dann stellt man plötzlich fest, dass das irgendwie … befriedigend ist, so über andere herzuziehen.«

Wie erstaunt er guckt, dachte Stahnke. Fast so, als würde er seine Gedanken außerhalb seines Kopfes entwickeln und sich dann wundern, was dabei herauskam.

Dabei war das beschriebene Phänomen doch durchaus bekannt. »Das Stammtisch-Syndrom«, sagte der Hauptkommissar. »Man lässt sich mitreißen, meistens nach tief unten, und wird belohnt durch das Gefühl der Zugehörigkeit. Die Frage wäre: zu was dazu? Hatte Fecht denn so viel zu sagen in Ihrer Partei, dass sich alles nach ihm richten musste?«

Noack wiegte den Kopf. »Jein«, antwortete er. »Sicher musste sich nicht alles nach ihm richten. Aber ein Machtzentrum war er allemal. Ein wachsendes. Das hatte schon eine gewisse Anziehungskraft.«

»Für Opportunisten«, sagte Stahnke.

»Sicher«, sagte Noack.

»Schildern Sie uns jetzt bitte den eigentlichen Tatverlauf«, forderte der Hauptkommissar ihn auf.

Noack tat es. Das kurze Gespräch zwischen Fecht und ihm, die harsche Zurückweisung, die Haustür, die von innen geöffnet wurde, dann der tödliche Schuss, so laut wie eine Explosion, der Schmerzensschrei, das Repetiergeräusch. Und seine Todesangst beim Weglaufen. Den braunen Umschlag erwähnte er nicht.

Kramer schaltete sich ein. »Herr Noack, gibt es jemanden, der den Zeitpunkt Ihrer Abfahrt vom Parkplatz auf der Nesse bestätigen könnte? Oder Ihres Aufbruchs von der Maifeier? Nur der Vollständigkeit halber.«

»Ja natürlich.« Der Stadtrat schien an der Frage nichts Befremdliches zu finden. »Friedo Adams kann das. Parteigenosse von Langeoog. Mit ihm habe ich den größten Teil des Abends zusammengestanden.« Noack runzelte die Stirn: »Ach nein, kurz vor meinem eigentlichen Aufbruch ist er selber gegangen, zur Toilette. Aber er kann zumindest bestätigen, dass ich nicht ausreichend lange vor Carsten Fecht von der Feier weggegangen sein kann, um hier in sein Haus einzudringen und ihn zu erwarten. Mit einer Waffe in der Hand.«

»Warum hätten Sie das tun sollen?«, fragte Stahnke. Er gab sich ebenso unbeeindruckt wie Kramer, der seine bekannt stoische Miene aufgesetzt hatte.

»Sie erfahren es ja sowieso«, sagte Lars Noack. »Kurz vor meinem Aufbruch habe ich von Mareike Feeken, einer Lokaljournalistin, erfahren, dass Fecht vorhatte, weiteres Material zu veröffentlichen, das seine diversen Chatpartner in ein deutlich schlechteres Licht rücken würde als ihn.

Und einige andere Leute dazu. Das zu verhindern, hätte ein starkes Motiv sein können. Ich gebe auch zu, dass mir so etwas mal kurz durch den Kopf geschossen ist. Aber ich verfüge ja gar nicht über eine Schusswaffe, und ich bin auch nicht so gestrickt.«

»Ist vielleicht Friedo Adams so gestrickt?«, fragte Stahnke.

»Friedo? Wieso?«, fragte Noack zurück, die hellgrauen Augen erstaunt aufgerissen. »Keine Ahnung. Da sollten Sie ihn besser selber fragen.«

Der Hauptkommissar nickte. »Das machen wir ganz bestimmt«, sagte er. In Gedanken legte er eine Namensliste an. Noack stand mit darauf. Du bist cleverer, als du uns glauben machen willst, dachte er. Wir sind noch nicht miteinander fertig.

»Erst einmal vielen Dank«, sagte er und erhob sich. »Sie können jetzt nach Hause gehen, wir melden uns dann bei Ihnen. Ach ja – vergessen Sie Ihr Auto nicht.«

Als Noack draußen war, sagte Stahnke zu seinen Kollegen Kramer und Ekinci: »Morgen ist der 1. Mai. Das heißt *Tag der Arbeit* für uns. Morgen früh schwärmen wir aus.«

3.

Morgens halb acht auf Langeoog, dachte Lüppo Buss, da war die Welt noch in Ordnung! Zumindest sah sie so aus. Die Insel lag herausgeputzt in der Morgensonne, der Wind wehte ausnahmsweise lau, die Luft war frisch, die Möwen kreisten noch abwartend. Ruhe, Feiertagsfrieden, Idylle überall.

Klar, die Badegäste schliefen ja auch noch in ihren Pensions- und Hotelbetten. Und die Tagestouristen waren noch nicht da. Die Inselbahn aber näherte sich bereits. Der Inselpolizist seufzte, denn er wusste, was kommen würde.

Die Diesellok rollte an ihm vorbei, die bunten Waggons kamen zum Stehen. So lange hatten viele Passagiere aber gar nicht gewartet. Sie drängelten sich schon auf den offenen Plattformen, hatten die eisernen Pforten bereits entriegelt und sprangen noch während der Fahrt ab, sobald es ihnen vertretbar erschien. Lüppo Buss biss die Zähne zusammen. Der Anblick seiner adretten Uniform hielt hier niemanden von verbotswidrigem Tun ab, ebenso wenig wie der seiner beachtlichen Unterarmmuskeln. Was würde wohl passieren, wenn er die Leute stoppen und ermahnen würde? Oder ihnen gar Bußgeldbescheide ausstellte? Er mochte es sich nicht vorstellen. Auf jeden Fall könnte er noch am selben Tag sein Versetzungsgesuch einreichen.

Dabei war das hier ja überwiegend die arbeitende Bevölkerung, Feiertag hin oder her. Die Leute, die zwar auf Langeoog einen Job hatten, aber nicht genügend Geld damit verdienten, um sich eine Wohnung auf der Insel leisten zu können. Sie mussten sich irgendwo auf dem Festland einmieten und täglich mit der Fähre hin und her pendeln. Das kostete viel Zeit und Nerven, malte dicke dunkle Ringe unter verquollene Augen und machte schlechte Laune.

Dabei konnten die Langeoog-Pendler noch von Glück sagen, dass es hier eine verlässliche Fährverbindung mit festem Fahrplan gab. Auf manchen Nordseeinseln war das anders, etwa auf Juist oder Spiekeroog, wo die Fähre abhängig vom tidebedingten Wasserstand war. Tja, dachte Lüppo Buss, schlimmer ging es immer. Aber wurde es auch irgendwann einmal wieder besser? Kaum anzunehmen, angesichts der ins Unermessliche steigenden Immobilienpreise.

Was natürlich an den immer aufs Neue nachdrängenden Touristenmassen lag. Und wenn die erst anrollten, mit den späteren Fähren und Zügen, dann würde hier auf dem Langeooger Bahnsteig das nackte Chaos ausbrechen. In dicken Trauben würden sich die Leute an der Gepäckausgabe drängen, Ellbogen gespreizt und Stimmen erhoben, getrieben von einem gemeinsamen Gedanken: Ich! Jetzt! Zuerst! Und weil alle sich selbst die Nächsten waren, würde erst einmal keiner zum Zuge kommen. Die mal flehenden, mal ärgerlichen Durchsagen der Bahnsteigaufsicht würden wirkungslos verhallen. Bis dann irgendwann doch jeder irgendwie an seine Gepäckstücke gekommen war. Und bis zum nächsten Mal.

Lüppo Buss schüttelte sich diese Gedanken aus dem Kopf; deswegen war er nicht hier. Sondern wegen des hochgewachsenen Mannes, der gerade aus dem roten Waggon stieg, sich dabei im Gehen abwechselnd räkelte und die Augen rieb.

Der Inselpolizist trat auf ihn zu. »Moin, Friedo! Hast du ein paar Minuten für mich?«

Friedo Adams zwinkerte irritiert und blickte auf Lüppo Buss herab. Bis auf den Größenunterschied waren sich die beiden Männer nicht unähnlich: beide mittelblond, beide sonnengebräunt und windgegerbt, beide von schlanker, aber kräftiger Statur mit auffallend muskulösen Unterarmen, die sie ebenfalls beide gerne zur Schau stellten. Natürlich war Adams einige Jährchen jünger als der Oberkommissar, aber noch konnte der sich einreden, dass diese Differenz kaum ins Gewicht fiel.

»Eigentlich nicht«, sagte Friedo Adams und schob ein verspätetes »Moin« hinterher. »Ich müsste gleich ins Amt, da ist allerhand liegengeblieben die letzten Tage.«

Demonstrativ schaute Lüppo Buss auf seine Armbanduhr. »Und da willst du dich lieber ganz allein dran machen? Heute, am 1. Mai? Ohne dass irgendwer von deinen Kolleginnen und Kollegen da ist?« Er setzte seine dienstliche Miene auf. »Nur eine Befragung. Muss leider sein. Dauert auch nicht lange.«

»Worum geht es denn?«, fragte Adams. Seine Augenlider flatterten.

»Komm erst mal mit«, sagte der Inselpolizist, legte Adams eine Hand aufs Schulterblatt und schob ihn sanft, aber nachdrücklich an. Seite an Seite trabten sie los. »Wir machen das ganz nach Vorschrift«, fuhr der Oberkommissar fort, »in meinem Büro, mit Protokoll und so. Ist für die Leeraner Kollegen.«

Adams wurde blass; sein Körper versteifte sich. »Wegen Carsten?«, stieß er hervor. »Ist es wegen Carsten Fecht?«

Lüppo Buss war kein Verhörspezialist; sein Berufsalltag auf Langeoog verlangte andere Kenntnisse und Qualitäten. Kriminalistische Feinheiten überließ er gerne Leuten wie Stahnke, auf dessen Bitte hin er hier in Aktion getreten war. Aber natürlich kannte er den Begriff *Täterwissen*. War das hier welches?

»Wie kommst du darauf?«, fragte er so beiläufig wie möglich.

»Steht doch schon online«, sagte Adams. »Auf der OP-Seite. Carsten ist gestern Abend vor seinem eigenen Haus erschossen worden. Kurz vorher hatte ich ihn noch gesehen. Mensch, wer macht denn so was?«

Tja, dachte Lüppo Buss, genau das war die Frage. »Du warst in Leer, auf der Maifeier am Hafen?«, fragte er, was er bereits wusste. »Wann bist du denn da weg?«

»Ach, wann bin ich da weg?«, echote Adams. »Erst habe ich länger mit dem Noack gequatscht, dann musste ich pinkeln. Bin rüber ins *Klottjehus*, das war offen. Danach bin ich dann auch bald los.«

»Uhrzeit? In etwa?«

Adams zuckte mit den Schultern. »Hab nicht auf die Uhr geschaut. Aber als ich in Wittmund ankam, war es schon länger dunkel.«

»Wie lange hast du denn gebraucht für die Strecke?«

Wieder Schulterzucken. »40 Minuten vielleicht? Kennst mich doch.«

Ja, Lüppo Buss kannte Friedo Adams. Und dessen Neigung zu übermäßig schnellem Autofahren. Wie viele Insulaner, die es sich leisten konnten, unterhielt Adams eine Zweitwohnung auf dem Festland, um der dörflichen Enge und der mangelnden Anonymität immer mal wieder zu entkommen. Und wie viele, die auf Langeoog auf ein Auto verzichten mussten, lebte er gerne den aufgestauten Drang zum Rasen aus, sowie sich die Gelegenheit bot. Als Tourismusmanager verkündete Adams jederzeit das Hohe Lied der Autofreiheit, und womöglich glaubte er auch wirklich daran. Aber sobald er vier Räder unter dem Hintern hatte, mutierte er zur Pistensau.

»Und wann warst du zu Hause? Oder hast du da auch nicht auf die Uhr geguckt?«

»Nö, warum sollte ich? Hab' mich gleich vor die Glotze gehockt. War ja ein anstrengender Tag gewesen. Erst das Touristikertreffen in Leer, dann noch mit Genossen zusammengesessen, am Abend die Maifeier …«

Klar, dachte Lüppo Buss, das klang nach harter Arbeit! »Was hast du denn geguckt in der Glotze?«, fragte er.

Friedo Adams' Lippen klappten im Leerlauf auf und zu. Eindeutig auf dem falschen Fuß erwischt, dachte der Inselpolizist, typische Aquariumsoptik!

»Tagesthemen?«, stieß Adams verspätet und im Frageton hervor. »Herrgott, ich guck' ja ständig Nachrichten, um auf dem Laufenden zu bleiben, da weiß ich manchmal selber nicht mehr, wann und auf welchem Sender.«

Die beiden Männer waren flott marschiert, schneller sogar als manche der gehetzt wirkenden Gestalten, die an ihre Arbeitsplätze eilten. So hatten sie das Polizeibüro An der Kaapdüne nach wenigen Minuten erreicht. Es lag unterhalb des Wasserturms und nahe der Inselbuchhandlung, wo bereits reger Betrieb herrschte. Auch Badegäste hungerten nach Informationen, in diesem Fall auf Papier.

Lüppo Buss setzte sich hinter seinen Schreibtisch mit der auf Hochglanz polierten Platte und wies Friedo Adams den Besucherstuhl zu. Beide beugten sich vor und legten ihre Unterarme sorgfältig auf den Tisch. »Friedo«, sagte der Inselpolizist, »ich brauche es genauer. Weil, du brauchst auch etwas. Nämlich ein Alibi für die Tatzeit. Und das sehe ich noch nicht.«

Adams wurde bleich, extrem bleich sogar. Die Augen

drohten ihm aus dem Kopf zu quellen. »Was heißt das denn?«, hauchte er. »Wieso brauche ich …« Er brach die überflüssige Frage ab.

»Wir wissen doch alle, was du manchmal so treibst.« Wenn er wollte, beherrschte der Inselpolizist auch den Tonfall eines Therapeuten. »Und was du so redest. *Am deutschen Wesen soll die Welt genesen. Ein Volk, ein Reich, eine neue Runde. Heil dir im Siegerkranz, nimm, was du kriegen kannst.* Und bei jeder passenden und unpassenden Gelegenheit *Sieg Heil*! Bisschen merkwürdig für einen Sozialdemokraten, oder?«

»Aber hör mal, Lüppo, das ist doch alles bloß Spaß!« Adams gab sich empört, aber seine Stimme zitterte. »Das hat doch nichts zu bedeuten! Ist doch nur, weil … so reden doch viele!«

»Komisch. Die Leute, die ich kenne, reden nicht so.« Lüppo Buss verschränkte seine Arme vor der Brust. Er fand das nicht spaßig. »Ob das vielleicht eher an dir liegt? Ob du wohl solche Typen anziehst durch die Art, wie du dich gibst? Schon mal darüber nachgedacht?«

»Was soll ich denn machen? Das sind die Leute, von denen ich gewählt werden will!«, rief Friedo Adams aus. »Die sind uns doch scharenweise weggelaufen in den letzten Jahren. Jetzt müssen wir sie zurückholen. Und dazu muss man eben dahin gehen, wo es wehtut!«

Der Inselpolizist wusste sich zu beherrschen. »Reden wir mal nicht davon, was ich darüber denke«, sagte er. »Reden wir davon, wie deine Parteigenossen außerhalb von Langeoog und Wittmund darauf reagieren würden, wenn die das alles wüssten. Wenn jemand das veröffentlichen würde, mit Zitaten und vielleicht sogar mit Bildern. Was wäre dann?«

Schweißperlen erschienen auf Friedo Adams' bleicher Stirn. »Was dann wäre?«, flüsterte er. »Gar nichts mehr. Das darf auf keinen Fall passieren. Nie und nimmer.«

Lüppo Buss entriegelte seine Arme und beugte sich wieder vor. »So ist das, Friedo«, sagte er. »Jetzt denk mal daran, dass du außerdem noch Mitglied im Langeooger Schießverein bist. Zweimal Vizemeister Kleinkaliber lang. Also brauchst du ein Alibi. Dringend. Von jemandem, der bezeugen kann, wann du wo warst. Und wir wissen beide, wen ich meine.«

Adams schlug die Augen nieder. »Du weißt?«

»Na klar weiß ich«, sagte der Inselpolizist. »So gut wie jeder hier auf Langeoog weiß das. Bis auf deine Frau.«

»Oh Gott, wenn sie das erfährt.« Friedo Adams, ein Kerl wie ein Baum, hockte auf seinem Stuhl wie ein Häufchen Elend. »Nie darf sie das erfahren! Lüppo, da musst du für sorgen! Denk mal an unsere Kinder. Was das für die bedeuten würde, wenn meine Frau mich verlässt. Kannst du das verantworten?«

»Was? Ob ich das verantworten kann?« Lüppo Buss platzte der Kragen. »Ob *ich* es verantworten kann, dass *du* deinen Schwanz nicht in der Hose lassen kannst? Sag mal, hast du völlig den Verstand verloren? Und so was will Politik machen! So einer will anderen Leuten sagen …«

Der Inselpolizist unterbrach sich, denn Friedo Adams glotzte ihn nur an, ebenso erschrocken wie verständnislos. Da war jedes weitere Wort verschwendet.

»Also, wir behandeln das vertraulich«, sagte er stattdessen. »Warst du nun gestern Abend bei deiner Freundin, ja oder nein?«

»Ja«, sagte Friedo Adams heiser.

»Gibst du mir ihre Telefonnummer, damit ich direkt fragen kann?«

Adams nickte und zückte sein Handy. »Ich schick' sie dir«, murmelte er.

»Dann kannst du jetzt gehen«, knurrte der Inselpolizist. Aber als Adams schon aufgestanden war und die Hand an der Türklinke hatte, rief er ihn noch einmal zurück. »Du hältst dich zu meiner Verfügung, verstanden?«, sagte er mit viel Eisen in der Stimme.

Als die Tür hinter Friedo Adams zugefallen war, lehnte Lüppo Buss sich in seinem Stuhl zurück und verschränkte zufrieden die Hände hinter seinem Kopf. Das hatte er schon immer einmal sagen wollen.

4.

»Und jetzt machen Sie Ihre eigene Partei auf?«, fragte Stahnke und versuchte, nicht allzu ungläubig zu klingen. »Einfach so? Nur weil Carsten Fecht Sie beleidigt hat?«

Jelto Harms lächelte mild. »Keineswegs *einfach so*«, korrigierte er den Hauptkommissar sanft. »Da kam schon eine Menge zusammen, ehe ich so weit war. Immerhin bin ich überzeugter Sozialdemokrat, da fiel es mir schon mal nicht leicht, aus der Sozialdemokratischen Partei Deutschlands auszutreten. Geschweige denn eine neue Partei zu gründen! Es war ja nicht dieser Fecht alleine, der mich letztlich aus der SPD getrieben hat, das war ein regelrechtes Netzwerk! Es war auch nicht nur ein einzelner Vorfall, das erstreckte sich über Jahre. Und es waren mehr als nur Beleidigungen. Fecht und seine Corona haben mich massiv verleumdet! Das ging schon an die Substanz. Und letztlich auch an meine Existenz.«

Grundschulrektor Harms hatte Stahnke in sein Büro in der Schule gebeten, als der ihn früh morgens zu Hause angerufen hatte: »Ich bin schon auf dem Sprung, muss noch aufarbeiten, das geht am besten an Feiertagen.« Das altehrwürdige, menschenleere Schulgebäude roch penetrant nach Bohnerwachs, draußen auf den Fluren war es betäubend still. Stahnke saß aufrecht auf seinem altersschwachen Stuhl, eingezwängt zwischen Armlehnen, die für einen so massiven Körper wie den seinen nicht gedacht waren, und fühlte sich unbehaglich. Weder war er so ausgesucht elegant gekleidet wie der Mann auf der anderen Seite des Schreibtisches noch so sorgfältig rasiert. Gewöhnlich drückte er sich auch nicht so kultiviert aus. Und dass er ähnlich verständnisvoll sein könnte, hatte ihm auch noch niemand unterstellt. Harms, zehn Zentimeter kleiner als er und bestimmt 30 Kilo leichter, beschämte ihn allein durch das Vorbild, das er abgab. War es das, was ein Pädagoge tun sollte? Oder empfanden Kinder das weniger einschüchternd als ein desillusionierter Staatsdiener jenseits der Lebensmitte?

»Sie hören doch noch gut, oder?«, kommentierte Jelto Harms Stahnkes ausbleibende Erwiderung. »Wir Pädagogen haben ja vielfach Probleme mit dem Gehör. Hat sich was mit *Kinderlärm ist Zukunftsmusik*! Von zu viel Musik kann man auch taub werden, nicht wahr?«

Der Hauptkommissar rieb sich die Ohren. »Danke der Nachfrage. Diese Unterstellungen, die Sie ansprachen – da handelte es sich um ...«

»Pädophilie«, ergänzte Harms lächelnd. »Indirekt verbunden mit dem Vorwurf des Missbrauchs. Sie wissen ja, Pädophilie an sich ist nicht justiziabel. Niemand kann schließlich etwas für seine sexuellen Präferenzen, nicht wahr? Erst wenn der Pädophile seinem Drang nachgibt, macht er sich strafbar. Aber diese Differenzierung findet in der öffentlichen Diskussion leider kaum statt.«

In der Tat, dachte Stahnke. Pädophiler gleich Kinderschänder, das galt als gesicherte Wahrheit. Dass es viele pädophile Menschen gab, die ihrer Neigung widerstanden, die jede Versuchung mieden und ihr ganzes Leben auf Verzicht ausrichteten, wurde ignoriert. Womöglich hätte man denen sonst noch Anerkennung zollen müssen!

»Nur zur Klarstellung.« Stahnke schluckte. »Sie sind also nicht pädophil?«

»Nein«, erwiderte Harms freundlich. »Wäre ja sonst auch etwas unklug von mir, in solch einer Position tätig zu sein, nicht wahr?« Er griff nach einem Bilderrahmen, der auf seinem Schreibtisch stand, und rückte ihn so, dass der Hauptkommissar das Foto sehen konnte. »Ich bin schwul. Das hier ist mein Mann.«

Der Mann auf dem Foto war deutlich älter und breiter als Jelto Harms. Er war korrekt gekleidet und sah ziemlich bieder aus. Geschieht mir recht, dachte Stahnke, der nicht wusste, wie er reagieren sollte. Was hatte ich denn erwartet? Olivia Jones?

»Angenehm«, stotterte er.

Jelto Harms lächelte stolz.

Genau der richtige Moment für die Standardfrage, dachte

der Hauptkommissar. »Herr Harms, wo waren Sie gestern Abend? So etwa zwischen 21 und 22 Uhr?«

»Ich war zu Hause«, sagte Jelto Harms, eindeutig nicht überrascht. »Unterricht vorbereiten. Als Leiter einer Grundschule bekomme ich nur wenige Unterrichtsstunden erlassen, wissen Sie? Wogegen ich im Prinzip nichts habe, denn Lehrer wird man ja schließlich, weil man gerne mit Kindern arbeiten möchte, nicht wegen der Verwaltung. Aber beides zusammen füllt doch den Tag ziemlich aus, wenn man alles vernünftig machen will.«

»War Ihr Mann auch daheim?«, fragte Stahnke, ohne zu stocken.

Harms lächelte bedauernd. »Nein, leider nicht. Martin arbeitet als Verlagsvertreter, er ist viel unterwegs. Gestern Abend haben wir nicht einmal telefoniert, weil er noch ein längeres Geschäftsessen hatte. Er hätte mir bestimmt gerne ein Alibi gegeben, aber so …«

Das hatten andere Ehepaare schon ganz anders hingedreht, dachte Stahnke. Da wurde gelogen, dass sich die Balken bogen. Jelto Harms tat das nicht, er war ehrlich. Oder wollte er nur den Anschein erwecken?

»Können Sie mit einer Schusswaffe umgehen?«, fragte Stahnke.

»Sicher«, antwortete der Rektor. »Ich war schließlich bei der Bundeswehr. 15 Monate bei den Panzergrenadieren. Da hatten wir das volle Programm: Pistole, Sturmgewehr, MP und Maschinengewehr. Ich habe sogar die silberne Schützenschnur.«

Damit vergibt er sich nichts, dachte Stahnke. In der Onlineausgabe der Ostfriesen-Post stand, dass Fecht aus kurzer Distanz erschossen wurde. Da wäre auch eine goldene Schnur egal gewesen. Harms wusste das bestimmt.

War seine sympathisch erscheinende Offenheit nichts als Berechnung?

»Aber sagen Sie mir doch einmal«, fragte jetzt der Rektor, »wieso hätte ich meinen ehemaligen Genossen Fecht denn eigentlich erschießen sollen? Der Schaden, den er mit seinen Verleumdungen verursacht hat, war doch schon angerichtet! Verschlimmert durch diesen Hackerangriff, natürlich, aber die Schuld liegt eindeutig bei Carsten Fecht und seinem unappetitlichen Netzwerk. Ich frage noch einmal: Warum morden, wenn man damit nichts mehr ändern kann?«

»Aus Rachsucht natürlich«, sagte Stahnke. »Viele Menschen werden zu Straftätern, weil sie sich für etwas rächen wollen, das sie erlitten haben. Verspüren Sie dieses Bedürfnis nicht?«

»Ehrlich gesagt schon«, sagte Harms. »Ein wenig. Aber nicht genügend, um deswegen aktiv zu werden. Aufwand und Resultat stehen in keinem Verhältnis, verstehen Sie? Ich müsste ja Fechts gesamtes Netzwerk niedermetzeln.«

Interessanter Gedanke, dachte Stahnke. Den wollen wir mal im Auge behalten.

»Für den Moment kann ich Ihnen also nur mein Wort anbieten«, sagte Harms und breitete die Hände aus. »Ich hatte zwar eine gehörige Abneigung gegen meinen ehemaligen Parteigenossen Carsten Fecht, aber die reichte bei Weitem nicht aus, ihn umbringen zu wollen. Ebenso wenig kann ich mir vorstellen, dass es von seiner Seite noch irgendetwas über mich zu enthüllen gäbe, das mich veranlassen könnte, ihn zu töten, um das zu verhindern. Ergo habe ich es auch nicht getan. Sondern mich gestern Abend auf meinen Beruf konzentriert. Damit ich morgen wieder etwas Vernünftiges unterrichten kann.« Er verschränkte seine Finger unter dem Kinn: »Und jetzt muss ich mir den

Verwaltungskram vom Hals schaffen. Kann ich denn noch etwas für Sie tun?«

»Erst einmal nicht, vielen Dank.« Stahnke erhob sich. »Ich komme zu gegebener Zeit wieder auf Sie zu.«

Harms geleitete ihn zur Tür. »In drei Wochen ist übrigens die Gründungsversammlung meiner neuen Partei anberaumt«, sagte er. »Im Kulturspeicher. Wir werden uns *Die Unpopulären* nennen.«

»Ungewöhnlich«, erwiderte Stahnke. »Heutzutage geben doch eher die Populisten den Ton an.«

»Genau deswegen ja! Sehr gut erkannt.« Harms strahlte. »Wir wollen ein Gegengewicht setzen. Niemandem nach dem Munde reden, sondern das tun beziehungsweise fordern, was vernünftig ist, auch wenn es vielleicht unbequem sein könnte. Das fehlt doch der Politik heute, quer durch alle Parteien.«

»Aha. Und was wäre das?«, fragte Stahnke, weniger aus Interesse denn aus Höflichkeit.

»Beispielsweise ein Tempolimit auf Autobahnen«, sagte Harms. »Jeder weiß, dass das sinnvoll ist, und alle anderen Länder haben eines in der einen oder anderen Weise, nur wir nicht! Das ist unvernünftig!«

»Freie Fahrt für freie Bürger«, zitierte Stahnke. »Dafür gibt es einfach keine Mehrheit, darum traut sich da seit Jahren keiner mehr ran.«

»Eben! Und das ist schlimm, das muss sich ändern! Jüngste Umfragen geben Hoffnung.« Harms' Augen funkelten vor Begeisterung. »Die Haltung zum Böllern in Wohngebieten beginnt sich ebenfalls zu verändern. Zeit, ein allgemeines Verbot zu fordern! Oder nehmen wir die ständigen Zerstörungen durch die Randale sogenannter Fußballfans. Das geht Jahr für Jahr in die zig Millionen.

Wir verlangen, dass Fans und Vereine selber für alle Schäden aufkommen, bis zum letzten Heller!«

»Sie wissen schon, wie populär Feuerwerk ist? Ganz zu schweigen von Fußball?« Stahnke wiegte zweifelnd den Kopf. »Der ist ja quasi eine Ersatzreligion.«

»Gutes Stichwort.« Harms war nicht mehr zu bremsen. »Religionen! Deren Privilegien gehören gründlich überdacht. Keine religiöse Beeinflussung Minderjähriger mehr! Schon gar keine Körperverletzung Schutzbefohlener, auch Beschneidung genannt. Und überhaupt: Keine Religionsgemeinschaft, die die Gleichstellung der Frau nicht respektiert, sollte sich in Deutschland betätigen dürfen.«

»Das beträfe Juden, Muslime und natürlich Katholiken«, zählt Stahnke an seinen Fingern ab. »Außerdem Autofahrer und Fußballfans. Gibt es noch eine weitere einflussreiche gesellschaftliche Gruppe, mit der Sie sich anlegen wollen?«

»Bestimmt!« Jelto Harms strahlte. »Das war ja noch lange nicht alles! Kommen Sie doch ruhig zu unserer Gründungsversammlung. Ich habe den Eindruck, dass Sie das interessieren könnte.«

»Mal schauen.« Stahnke verabschiedete sich.

Draußen auf der Straße schnaufte er erst einmal tief durch. Dieser Mensch ist ja größenwahnsinnig, dachte er. Will sich mit Gott und aller Welt anlegen! Viel Feind, viel Ehr', oder was geht dem Mann durch den Kopf?

Auf jeden Fall war dieser elegante Herr ziemlich kämpferisch drauf, überlegte der Hauptkommissar, während er die Autotür hinter sich zuzog und sich angurtete. Und für einen Verkünder der puren Vernunft war er ziemlich emotional. Das sollte man bei der Bewertung seiner Aussage im Hinterkopf behalten.

Stahnke startete den Motor. Diese Parteigründungsversammlung ging ihm nicht aus dem Kopf. *Die Unpopulären*, ha! Ob er da vielleicht wirklich mal reinschauen sollte? Schließlich war er ebenfalls ziemlich streitlustig veranlagt.

5.

Eine gutaussehende Frau, dachte Nidal Ekinci. Wenn man hochgewachsene Blondinen mochte. Was er tat. Seine Frau war der entgegengesetzte Typ, aber das war ja auch etwas ganz anderes, da machte er klare Unterschiede. Frau Fecht jedenfalls sah richtig gut aus.

Eigentlich. Bis auf den verhärmten Zug um den Mund. Entweder war sie sehr erschöpft oder sehr enttäuscht. Mit Trauer hatte das jedenfalls nichts zu tun. Den Umriss ihres getöteten Gatten und die Spuren der inzwischen beseitigten Blutpfütze auf der Auffahrt des gemeinsamen Hauses musterte sie jedenfalls mit kühlem Interesse. Bestenfalls.

»Darf ich?« Sie hob ihre rechte Hand mit dem Hausschlüssel. »Oder ist das hier noch gesperrt? Tatort und so?«

»Sie dürfen.« Ekinci nickte. »Die Spurensicherung ist schon durch. Tatortreinigung auch. Ich würde gerne mit

Ihnen einmal durch die Räume gehen, um zu prüfen, ob etwas fehlt.«

Cornelia Fecht nickte und schloss auf.

Ekinci folgte ihr in den hallenartigen Flur. »Bitte sagen Sie, wenn Ihnen etwas auffällt«, sagte er. »Jede Kleinigkeit könnte wichtig sein.«

»Jede Kleinigkeit, ja? Okay.« Sie musterte den Oberkommissar von oben herab. Anscheinend hielt sie nur mit Mühe ein abfälliges Grinsen zurück. »Erste Beobachtung: An der Garderobe hängen keine typisch weiblichen Kleidungsstücke. Darauf hat er nicht immer geachtet.«

Die Verachtung in ihrer Stimme überraschte Ekinci, aber sie lieferte ihm die Erklärung für ihren verbitterten Gesichtsausdruck. »Ihr Verhältnis zu Ihrem Gatten war also … gestört?«, fragte er.

»Gestört ist gut!« Jetzt lachte sie wirklich, so böse, dass Ekinci Schauer über den Rücken liefen. »Carsten hat alles gevögelt, was nicht bei drei auf den Bäumen war. So was gilt doch als Sucht, oder? Also war er gestört. Obwohl, der eine sagt so, der andere sagt so. Viele hielten ihn für einen tollen Kerl, und tolle Kerle tun das eben. Tja, die waren entweder selber so, oder sie wären gerne so gewesen.«

»Ihr Mann hat Sie also betrogen?«, fragte Ekinci sicherheitshalber nach.

»Soll ich Ihnen ein Bild malen? Oder wollen Sie es schriftlich?« Wieder so ein geringschätziger Blick. »Obwohl, es liegt ja tatsächlich schriftlich vor. Wissen Sie das gar nicht?«

Ekinci wusste nichts. Er verstand auch nichts. Das sah man ihm an.

»Der Hacker«, erläuterte Cornelia Fecht, »der Carstens Chats öffentlich gemacht hat. Von dem wissen Sie doch? Gut. Dieser Hacker hat verschiedene Chatgruppen geknackt. Und auch online gestellt. Die lokale Zeitung hat sich natürlich auf die gestürzt, in denen es um Politik ging. Beziehungsweise Politiker. Sie kennen doch dieses Blatt, die lassen keine Chance aus, die SPD in die Pfanne zu hauen, stimmt's?«

Nidal Ekinci nickte, dabei gehörte Lokalpolitik zu den Aspekten der deutschen Kultur, die ihn am wenigsten interessierten. Europapolitik, transatlantische Beziehungen, vor allem natürlich der Nahe Osten und die Situation der Kurden, das waren Themen, in denen er sich bestens auskannte. Aber Landes-, Kreis- und Stadtpolitik hatte er stets geringschätzig ignoriert. Vielleicht ein Fehler, überlegte er. Immerhin lebte er hier, und was zum Beispiel der Stadtrat von Leer beschloss oder auch nicht, ging ihn unmittelbar etwas an.

»Über Carstens ausschließlich private Chats aber haben sie nichts geschrieben«, fuhr Cornelia Fecht fort. »Da scheinen diese Schreiberlinge eine Hemmschwelle zu haben, die ihnen ansonsten abgeht. Einer von denen hat mir mal erzählt, dass Ex-Kanzler Gerhard Schröder, als er noch Ministerpräsident in Niedersachsen war, bei einem Pressetermin auf einer Bohrinsel in der Nordsee ganz offen mit einer Journalistin geturtelt hat, obwohl er noch anderweitig verheiratet war – und kein einziger der Pressekollegen hat auch nur eine Zeile darüber geschrieben! Scheint so eine Art Kerlekodex zu sein. Wenig später hat sich Schröders Gattin dann scheiden lassen, und die blonde Journalistin wurde seine Ehefrau Nummer vier. Inzwischen ist sie aber auch schon wieder Ex und abgelöst.«

»Aber Ihnen hat man die Chats zugänglich gemacht?«, fragte Ekinci.

»Zugänglich gemacht? Sagen wir lieber: unter die Nase gerieben«, erwiderte Cornelia Fecht. »Diese junge Tante bei der Ostfriesen-Post, Mareike Feeken, hat mich deswegen extra angerufen. Und mir ein paar Auszüge davon als Datei zugeschickt. Hat ihr bestimmt Spaß gemacht, wetten? Mir dafür weniger.« Sie schnaufte.

»Warum hat sie das getan? Wenn sie ja doch nicht darüber schreibt?«

»Was weiß ich.« Cornelia Fecht zuckte desinteressiert mit den Schultern. »Vielleicht für später? Oder sie schreibt unter anderem Namen etwas für die *Bunten Blätter*? Aber ob die sich für einen Hinterbänkler aus dem Landtag interessieren, ist noch die Frage. Obwohl – jetzt, nach dem Mord vielleicht schon. Na, das sehe ich dann ja beim nächsten Friseurbesuch.«

So viel Kaltschnäuzigkeit schockierte Ekinci. Die nächsten Stationen ihrer Hausbegehung absolvierten sie einsilbig. Der Oberkommissar deutete auf die geöffneten Schubladen, und Cornelia Fecht kontrollierte, ob etwas fehlte. Meist mit negativem Resultat. Nur bei einer Kommode im Esszimmer war sie unsicher. »Ich meine, hier hätte Carstens altes Handy gelegen«, sagte sie. »Vielleicht hat er es selber wieder an sich genommen. Oder aber wir haben es bei einer Sammelaktion abgegeben. Manchmal werden ja Handys gesammelt, bei denen die Notruffunktion noch geht.«

Mehr gab das Erdgeschoss nicht her, so weiträumig es auch war. Carsten Fechts Arbeitszimmer befand sich im ersten Stock. Die Treppe war ungewöhnlich breit und komfortabel geschnitten. Solche Details deuteten auf altes Geld hin, dachte Ekinci, nicht auf einen roten Emporkömmling. Hatte Carsten Fecht das Geld geheiratet?

Im Arbeitszimmer ihres Mannes blieb Cornelia Fecht abrupt stehen. »Da stand sein Laptop, wenn er zu Hause gearbeitet hat«, sagte sie und deutete auf die leere Mitte einer Arbeitsplatte aus Edelholz. »Und da war die externe Festplatte. Beides weg. Schauen Sie, da sind noch Abdrücke von den Gummifüßchen.«

Einen klassischen PC gab es in diesem Raum nicht, auch kein Tablet. Gespeicherte Dateien konnten sich also nur auf dem Laptop oder der Festplatte befunden haben. »Ihr Mann hat in der Presse verkündet, er verfüge noch über viel belastendes Material«, sagte Ekinci. »Vielleicht hätte er das besser lassen sollen.«

»Vielleicht. Vielleicht auch nicht«, sagte Cornelia Fecht. »Mir erspart das einiges an Stress. So eine Scheidung zieht sich ja oft ganz schön hin.«

»Sie haben also die Scheidung eingereicht«, konstatierte Ekinci.

»Klar, was denken Sie denn? Ich wusste zwar, dass Carsten schon immer Ambitionen hatte, den Bezirksbeschäler zu spielen. Wenn ich ehrlich bin, haben wir uns genau deswegen überhaupt kennengelernt. Fand ich ja auch ganz reizvoll. Aber ich habe mir ernsthaft eingebildet, nach unserer Heirat hätte ich ihn an die Kette gelegt. Von kleinen Seitensprüngen mal abgesehen; so was passiert immer mal, da bin ich auch gar nicht so. Aber als ich erfuhr, dass er mich in diesem Ausmaß und dauerhaft betrogen hat, all die Jahre, immer wieder, da hatte ich dann doch genug. Schlagartig.«

»Haben Sie seinerzeit Vermögen mit in die Ehe gebracht?«, fragte Ekinci.

»Aber hallo! Erbteil meines Vaters, der kurz vorher verstorben war. Nicht gerade wenig. Für das Haus hier hat's jedenfalls gereicht. Meine Mutter lebt noch, aber es geht ihr ziemlich schlecht. Meine Schwester und ich sind so oft es geht bei ihr, in Westerstede. Abwechselnd. Wir haben natürlich Pflege gebucht, zweimal täglich, aber Familie ist eben auch wichtig.«

Das war auch einer von Nidal Ekincis Lebensgrundsätzen. In diesem kalten Ton ausgesprochen, ließen ihn die Worte jedoch erbeben.

»Haben Sie einen Ehevertrag?«, fragte er.

Cornelia Fecht schüttelte den Kopf. »Hielt ich damals nicht für nötig. Das hätte vorm Scheidungsrichter durchaus zu Stress führen können! Mein Vater starb nämlich kurz vor unserer Hochzeit, ausgezahlt wurde mein Erbteil aber erst nachher. Vermögen oder gemeinschaftlicher Zugewinn, das wäre die Frage gewesen! Aber dieser Streit findet ja jetzt nicht mehr statt.«

Hatte ihm die Frau gerade ein Motiv geliefert, kostenlos und frei Haus? Zusammen mit dem vielfachen ehelichen Betrug durch ihren Gatten konnte das allemal reichen, fand Nidal Ekinci. Das Auftreten der Dame des Hauses war natürlich allzu nassforsch und freimütig, als dass sie etwas zu verbergen haben könnte. Aber das mochte Absicht sein.

Die Inspektion der weiteren Zimmer im Obergeschoss inklusive Gästewohnung brachte keine weiteren Erkenntnisse. »Alles da, mein Schmuck, die Bilder, die Heimkinoanlage, das Soundsystem und all das andere Zeug«, fasste Frau Fecht zusammen. »Nur Carstens Kram fehlt. Na ja, passt ins Bild. Der Täter war ja auch seinetwegen hier.« Sie verschränkte die Arme und starrte den Oberkommissar herausfordernd an: »Kann ich mich dann jetzt wieder meiner kranken Mutter widmen? Meine Schwester ist erst morgen wieder dran.«

»Nach den Hausschlüsseln wollte ich Sie noch fragen«, sagte Nidal Ekinci. »Wissen Sie, wie viele davon es insgesamt gibt?«

»Keine Ahnung.« Cornelia Fecht schüttelte den Kopf. »Um solche Sachen hat sich allein Carsten gekümmert. Ganz bestimmt hat er auch seinem jeweiligen Betthäschen einen Schlüssel gegeben. Was meinen Sie, wie oft ich schon nach Hause gekommen bin und hinten stand die Terrassentür offen! Carsten hat dann behauptet, das wäre die Putze gewesen, die hätte die Tür nicht zugemacht. Ist aber natürlich Quatsch. So leichtsinnig ist die nicht.«

»Apropos leichtsinnig«, sagte Ekinci, während sie die Treppe hinunter gingen. »Warum gibt es hier eigentlich keine elektronischen Sicherungsmaßnahmen? Keine Alarmanlage, keine Kameras … Ich meine, das hier ist doch ein wertvolles Objekt, da gibt es einiges zu holen! Etwas mehr Security wäre doch angebracht gewesen.«

Cornelia Fecht lachte wieder ihr eisiges Lachen. »Warum? Weil Carsten strikt dagegen war«, sagte sie. »Und wenn Sie mal ein bisschen nachdenken, dann kommen Sie auch darauf, warum. Na? Warum sollte wohl solch ein Hengst wie er Sicherungen gegen unbefugtes Eindringen anbringen lassen, wenn er selber doch nichts anderes im Kopf hatte als genau das? Nämlich unbefugtes Eindringen!«

Gewöhnlich sah man es kaum, wenn Nidal Ekinci errötete. Diesmal war das anders, das konnte er an Cornelia Fechts hämischem Grinsen deutlich ablesen.

6.

»Feeken«, wiederholte Kramer. Langsam und deutlich. »Mareike Feeken.«

»Also nicht Ficken.« Die dralle Dame am Empfang guckte auf ihren Bildschirm. »Und wo soll die nochmal arbeiten?«

»In der Redaktion«, sagte Kramer geduldig. Zum dritten Mal schon. »Mareike Feeken, Lokalredaktion.«

»Ach so, Redaktion.« Dem Tonfall der drallen, rotgesichtigen Dame nach zu urteilen, musste die Redaktion so ziemlich das Unwichtigste an einer Lokalzeitung sein. Das mochte daran liegen, dass die Haupttätigkeit dieser Mitarbeiterin der Ostfriesen-Post im Eintippen von Kleinanzeigen bestand. Den Empfang machte sie nur nebenbei. Personelle Sparmaßnahmen; immerhin war Feiertag. Die Leser aber erwarteten am nächsten Morgen natürlich trotzdem ein angemessen gefülltes Blatt. Vor allem die, die immer lautstark gegen Feiertagsarbeit wetterten.

»Ach, hier.« Endlich hatte die Frau den Namen auf ihrer Liste gefunden. »Feeken heißt die, nicht Ficken. Mareike.« Sie bearbeitete das Tastenfeld ihres Tischtelefons. »In der Redaktion haben wir ja immer so viel Wechsel, kaum kennt man jemanden, ist er auch schon wieder weg. Welche Lokalredaktion sagten Sie noch? Leer?«

»Leer, genau. Mareike Feeken, Lokalredaktion Leer.« Oberkommissar Kramer blieb immer höflich. Jetzt gerade fiel das sogar ihm auf. Immerhin stand er hier im Zentralgebäude der *Ostfriesen-Post*, das sich in Logabirum befand, und Logabirum war ein Stadtteil von Leer.

»Jaaa, Beate, hier ist Tomke, Anzeigen. Moin! Alles gut bei dir? Nee? Ach, ist dein Rasen auch so gelb? Meiner auch! Hat ja zwei Wochen schon nicht geregnet, nee, bei mir auch nicht, jo, ist echt verloren!« Die grelle Stimme der drallen Dame schallte durch den weitläufigen und ansonsten menschenleeren Anzeigen- und Empfangsbereich. Kramer bezweifelte, dass sie zur hausinternen Kommunikation überhaupt ein Telefon benötigte. Und dass er noch lange seine Stoikerfassade aufrechterhalten konnte, das bezweifelte er auch.

»Was? Weswegen ich anrufe? Ach so, ja. Hier steht so ein Mann, der will zu Frau Ficken. Von der Redaktion. Ja, hat er gesagt.« Die dralle Dame schaute Kramer aus starren Augen an. »Was? Habt Ihr keine? Mareike, dachte ich.«

Oberkommissar Kramer ertrug den Blick, indem er tief und beherrscht atmete.

»Wie? Ach so. Ja, Moment.« Die dralle Dame mit dem roten Gesicht deckte mit der Hand die Sprechmuschel ab und rief in abermals erhöhter Lautstärke: »Sie heißt nicht Ficken! Sie wollen vermutlich zu Mareike Feeken, oder?«

»Mareike Feeken. Wie ich schon sagte.« Kramers Stimme klang eine Nuance schärfer als zuvor.

»Na, nun regen Sie sich mal nicht gleich auf! Sie wollen schließlich was von mir, oder?« Der knallrot geschminkte Mund der drallen Dame hatte sich vor Empörung gerundet. »Und was kann ich wohl dafür, wenn Sie sich keinen Namen merken können! Wie heißen Sie denn überhaupt?«

Oberkommissar Kramer, der sich natürlich vorgestellt hatte, zückte seinen Dienstausweis und hielt ihn ihr unter die Nase. Die brauchte einen Moment, um die Aufschrift zu entziffern. »Polizei?«, stieß sie dann hervor. Und gleich noch einmal: »Polizei!«

Sie ließ den Telefonhörer sinken. Eine angsterfüllte Stimme war quäkend zu hören, offenbar Beate aus der Redaktion: »Oh Gott, Tomke, was ist los? Wirst du gerade überfallen? Soll ich die Polizei holen?«

Aus dem Hintergrund huschte eine Gestalt heran. Ehe Kramer reagieren konnte, nahm sie der drallen Dame den Hörer aus der Hand und hob ihn ans eigene Gesicht: »Hallo, Beate, Mareike hier. Alles ist gut! Tomke ist nur ein bisschen überfordert vom Multitasking.« Sie legte auf und lächelte Kramer an: »Ich bin Mareike Feeken. Sie wollten zu mir?«

»Kramer, Kripo Leer-Emden, Fachkommissariat eins«, stellte der Oberkommissar sich vor. Er hatte die Journalistin sofort erkannt; es war noch nicht lange her, dass sie als Neuzugang im eigenen Blatt mit Foto vorgestellt worden war. Ihr langes dunkelblondes Haar trug sie heute allerdings nicht offen, sondern zum Pferdeschwanz gebunden. Und sie war größer, als Kramer erwartet hatte. Annähernd so groß wie er.

Außerdem sah sie, anders als auf dem Foto, ziemlich gestresst aus.

»Die Redaktion ist total unterbesetzt«, sagte sie, nachdem sie mit ihrem Besucher die Eingangshalle verlassen und ihn in ein unbesetztes Büro geführt hatte. »Nicht nur an Feiertagen wie heute, das wäre noch normal, dafür wird auch so viel wie möglich vorproduziert. Unsere Personaldecke ist aber generell viel zu dünn. Und es wird immer weiter gekürzt.«

»Wie ich hörte, musste der letzte Chefredakteur gehen, weil er keine weiteren Kürzungen akzeptieren wollte«, warf Kramer ein.

Mareike Feeken lächelte verlegen. »Dazu kann ich gar nichts sagen. Nein, wirklich, davon weiß ich nichts, das war vor meiner Zeit. Ich habe ja quasi zeitgleich mit dem aktuellen Chefredakteur hier angefangen.«

Eine Meinung dazu hat sie bestimmt, dachte Kramer, aber sie traut sich nicht. Gute Vorgesetzte schätzten es, wenn Mitarbeiter ihre eigenen Ansichten entwickelten. Schlechte Chefs kannten nur die ihren. Arme Frau Feeken! In dieser Hinsicht durfte Kramer sich glücklich schätzen.

Aber deswegen war er nicht hier. »Es geht um den Mord an Carsten Fecht«, sagte er.

Die junge Redakteurin nickte. »Steht schon in unserer Online-Ausgabe. Jedenfalls die bisher bekannten Fakten. Können Sie mir denn schon weitere Details erzählen?«

Kramers Pokerface war wieder einsatzbereit. »Sie missverstehen den Grund meines Hierseins. Ich habe Fragen, keine Informationen.«

Mareike Feeken grinste schelmisch. »Weiß ich doch. Aber man kann es mal versuchen, nicht?«

Das konnte Kramer ihr nicht verübeln, trotzdem ging er nicht darauf ein. »Ein Zeuge berichtete uns, Sie hätten neue Chatprotokolle von Carsten Fecht vorliegen«, sagte er. »Sie sollen Informationen enthalten, die weitere Lokalpolitiker und andere Personen in Misskredit bringen könnten. Diese Dateien brauchen wir.«

Mareike Feeken lächelte das erwartungsvolle Lächeln, das Journalisten gerne aufsetzen, um ihre Gesprächspartner zum Weiterreden zu animieren. Lernte man das in der Ausbildung? Es dauerte einen Augenblick, bis ihr klar wurde, dass Kramer schon ausgeredet hatte. Dann verschwand das Lächeln wie weggewischt.

»Sie wollen Dokumente von mir, die ich von einem Informanten erhalten habe?«, vergewisserte sich die Redakteurin. »Aber Sie wissen schon, dass so etwas unter Quellenschutz fällt?«

»Ich ermittle in einem Mordfall«, sagte Kramer ungerührt. »Ein Verbrechen gegen das Leben ist das eindeutig höhere Rechtsgut. Außerdem hatten Sie ohnehin vor, das Material zu veröffentlichen. Darüber habe ich ebenfalls eine Zeugenaussage.«

Die junge Frau schien beeindruckt, aber noch lange nicht willens, klein beizugeben. »Dazu müsste ich zuerst die Einwilligung meines Chefredakteurs einholen«, bezog sie ihre nächste Verteidigungslinie. »Und der hat leider keinen Feiertagsdienst. Ich müsste also zunächst einmal herausfinden, wo ich ihn erreichen kann, und das wird sicher etwas dauern.«

»Bedaure«, erwiderte Kramer. »Verzögerungen würden eine Mordermittlung behindern. Das darf ich leider nicht zulassen.«

Mareike Feeken schüttelte energisch den Kopf. »Ohne eine solche Rückversicherung händige ich Ihnen das Material ganz bestimmt nicht aus«, beharrte sie. »Und schon gar nicht ohne eine richterliche Anordnung!« Ihre triumphierende Miene deutete an, dass ihr diese letzte Rückzugsposition gerade eben noch eingefallen war. Dies war ihr Burgfried, hier würde sie sich behaupten, bis Entsatz kam!

Kramers Lächeln war so dünn, dass nur Eingeweihte es wahrnehmen konnten. Sie kennt mich noch nicht, dachte er, also lasse ich sie auch nicht allzu lange zappeln. Beim nächsten Mal weiß sie dann Bescheid.

Der Oberkommissar zog die richterliche Verfügung aus der Innentasche seines Sakkos und entfaltete sie, sodass Unterschrift und Dienstsiegel gut zu erkennen waren. »Wenn ich dann bitten dürfte?«, fragte er mit untadeliger Höflichkeit.

Eine Sekunde lag saß Mareike Feeken wie erstarrt, das Gesicht ausdruckslos. Dann kehrte das Leben in ihre Miene zurück. Ein schalkhaftes Grinsen ließ winzige Fältchen in ihren Augenwinkel erscheinen. »Und wenn nicht?«, fragte sie. »Wartet für diesen Fall draußen schon das Rollkommando?«

Kramers Pokerface hielt auch diesem Frontalangriff stand. Als stünden draußen tatsächlich zwei vollbesetzte Mannschaftswagen bereit.

»Also gut.« Die Journalistin schlug ihre Handflächen auf die Oberschenkel und sprang auf. »Ich hab's versucht. Folgen Sie mir bitte.«

Sie eilte voraus, steuerte einen weiß gestrichenen Gang an, von dem offene Türen rechts und links Einblicke in verlassene Redaktionsstuben gestatteten und in dem es intensiv nach staubigem Papier roch, aller Digitalisierung zum Trotz. Sie betrat das letzte Büro links und warf sich in den Drehstuhl vor dem PC. Ohne hinzuschauen, öffnete sie eine flache Schublade und entnahm ihr einen USB-Stick, den sie schwungvoll auf den nahezu leeren Schreibtisch warf. Es schlitterte über die Platte, und Kramer kam gerade noch zurecht, um das winzige Ding aufzufangen.

»Das ist alles?«, fragte er.

Sie starrte ihn herausfordernd an. »Ja, das ist alles. Sämtliches Material, das ich von und über Carsten Fecht bekommen habe, befindet sich auf diesem Stick. Glauben Sie mir.«

Tja, dachte Kramer, glaube ich ihr? Die *Ostfriesen-Post* hatte sich unter der neuen Leitung stark verändert, vom etwas behäbigen, aber seriösen Chronistenblatt hin zur Boulevardgazette. Statt das tatsächliche Geschehen in der Region abzubilden und zu begleiten, setzte die Redaktion jetzt auf kontroverse Themen, gezielte Provokationen und reißerische Aufmachung. Wohl ein letztes Aufbäumen angesichts sinkender Abonnentenzahlen. Änderten sich damit auch die Wertvorstellungen der Mitarbeiter? Log man jetzt ungehemmt für eine skandalträchtige Schlagzeile? Die Politik machte es allenthalben vor.

»Ich glaube Ihnen«, sagte Kramer. »Vielen Dank.« Er steckte den Stick ein, zusammen mit der richterlichen Verfügung. »Sehen Sie, jetzt haben wir die gar nicht gebraucht. Schönen Dienst wünsche ich noch.«

Mareike Feekens herausfordernder Blick geleitete ihn zur Tür hinaus.

7.

»In 200 Metern links abbiegen«, verkündete die Navi-Stimme, »dann haben Sie Ihren Zielort erreicht.«

Tröstlich, dachte Stahnke. Ohne Navigationshilfe hätte er die Adresse, die Christel Röben ihm am Handy genannte hatte, wohl nie gefunden. Im Innenstadtbereich von Aurich kannte er sich zwar einigermaßen aus, nicht jedoch in den eingemeindeten Ortsteilen, und das hier war Aurich-Sandhorst.

Im nächsten Moment stieg der Hauptkommissar fluchend auf die Bremse. Ein schwarzer Audi mit Auricher

Nummernschild hatte ihm die Vorfahrt genommen. Na warte! Die Nummer prägte er sich ein, darin war er geübt. Kaum hatte er wieder eingekuppelt, schob sich ein riesiges rotes Feuerwehrfahrzeug aus der Straße, in der sich sein Ziel befinden sollte, und blockierte beim Abbiegen die gesamte Einmündung. Aha, die große Drehleiter. Hatten die Kollegen Blauröcke hier etwa eine Übung gehabt? Und das am 1. Mai?

Er drückte seinen Wagen so eng an den Bordstein, dass die Reifen radierten. Das rote Ungetüm rauschte an ihm vorbei. Ein brenzliger Geruch kitzelte seine Nase.

Stahnke bog ab. Jetzt war es klar. Absperrung, Gaffergrüppchen, zweierlei Uniformen, Dienstfahrzeuge in Rot und Blau-Silber. Ein zweistöckiges, verrußtes Haus mit halb eingestürztem Dach. Eine Brandruine. Nichts mit Übung.

Die Kollegen kannten ihn und ließen ihn anstandslos passieren. Christel Röben erwartete ihn vor einem der geborstenen Fenster. Sie trug einen Regenmantel und deutlich zu jugendlich wirkende Gummistiefel, die in allen Farben des Regenbogens leuchteten. Stahnke musste in Halbschuhen durch die Löschwasserpfützen patschen.

»Morgen sollte der Einzug sein«, sagte die Frau. Sie war mittelgroß und schmal gebaut, die blonden Haare trug sie schulterlang, ihr blasses Gesicht wirkte ungeschminkt. »Zwei große kurdische Familien mit zusammen neun Kindern. Gestern hatten wir schon ein kleines Begrüßungsfest im Vorgarten, genau hier, mit Grill und selbstgemachten Leckereien. Viele Nachbarn sind gekommen.« Christel Röben hob die Schultern: »Jetzt können wir mit der Wohnungssuche von vorn beginnen.«

»Ein Grill?« Stahnkes Blick wanderte an der verputzten Hausfassade hoch, die offenbar schon vor dem Brand schmutzig gewesen war. »Kann der brandursächlich gewesen sein?«

»Sicher nicht«, erwiderte Christel Röben mit abweisender Miene. »Der Grill wurde noch gestern Abend abtransportiert, die Asche mit der restlichen Glut kam in einen verschließbaren Metallbehälter, der ebenfalls mitgenommen wurde. Glauben Sie mir, wir wissen, wie das geht.«

Eine andere Frau gesellte sich zu ihnen, nicht größer als Christel Röben, aber weitaus kräftiger und sportlich durchtrainiert. Ihre dichten braunen Locken hatte sie mit einem Zopfband im Nacken gebändigt. »Annika Brühl, grüß Gott, Herr Kollege!«, strahlte sie Stahnke an. »Oder vielmehr Moin, wie ihr hier sagt, gell? Muss ich mich noch dran gewöhnen.« Sie lachte laut, ebenso unpassend wie ansteckend. »Ab morgen bin ich bei euch in Leer. Passt gut, dass wir uns hier treffen.«

Stahnke runzelte nur kurz die Stirn, dann fiel es ihm wieder ein. »Ach, die neue Hauptkommissarin aus Hessen! Tja, dann mal herzlich willkommen in Ostfriesland. Oder vielmehr Moin, wie wir hier sagen.«

Laut Aktenlage war Annika Brühl 39, also nur drei Jahre jünger als Christel Röben. Rein optisch aber schienen mindestens zehn Jahre zwischen den beiden Frauen zu liegen. Lag es am strahlenden Lächeln und den blitzenden dunkelbraunen Augen? Christel Röben hatte momentan gerade gar nichts zu lachen, war um die Aufgabe, schnellstens ein anderes geeignetes Wohnhaus zu beschaffen, nicht zu beneiden. Wohl deshalb wirkten ihre grauen Augen so stumpf.

Annika Brühl strahlte schon wieder. »Vielen Dank, aber in Ostfriesland bin ich schon seit einem Monat! Witzige Geschichte. Meine neue Stelle in Leer wird offiziell erst heute frei, während mein Nachfolger in Wiesbaden schon Ende Februar angerückt ist. Und Aurich hat einen chronisch hohen Krankenstand. Also hat man mich für einen Monat in der Inspektion am Fischteichweg zwischengelagert. Zur Eingewöhnung.«

Stahnke war baff; so etwas hatte er noch nie gehört. »Warum wurden Sie denn nicht gleich nach Leer versetzt?«, fragte er. »Wir haben auch immer Personalbedarf!«

Annika Brühl zuckte mit den kräftigen Schultern. »Aber nicht so viel wie Aurich, sagt die Statistik. Und die entscheidet.« Ihre Stimme sank zu einem verschwörerischen Flüstern herab: »Passte mir außerdem ganz gut, mich vorher schon mal in der Gegend umtun zu können, dienstlich wie privat. Dann ist man nachher, wenn es richtig losgeht, nicht mehr das heurige Häschen.«

Christel Röben trat von einem Gummistiefel auf den anderen. Die wachsende Ungeduld war ihr anzusehen. »Haben Sie denn jetzt Erkenntnisse bezüglich der Brandursache?«, fragte sie die Hauptkommissarin drängend. »Ihr Kollege fragt schon, ob wir das vielleicht selbst waren, weil wir nicht mit einem Grill umgehen können.«

Stahnke wollte empört widersprechen, kam aber nicht zu Wort. »Haben wir«, antwortete stattdessen Annika Brühl. »Größere Mengen Brandbeschleuniger konnten nachgewiesen werden. Außerdem wurde das hier gefunden.« Sie winkte einen weiß gekleideten Kollegen von der Spurensicherung herbei, der etwas vorzeigte, das an einen unappetitlichen Nachtisch in einem zersplitterten Schälchen erinnerte. »Das war mal eine Haushaltskerze, fixiert in einer gläsernen Schale, die mit einer brennbaren Paste gefüllt war«, erläuterte die Hauptkommissarin. »Diente vermutlich als Zünder. Primitiv, aber wirkungsvoll. So konnte der

Brand vergangene Nacht vorbereitet werden, brach aber erst heute Morgen aus.«

»Also Brandstiftung«, fasste Christel Röben zusammen und nickte. Ihr Gesicht wirkte hart und keineswegs überrascht.

Stahnke hatte diesen Schluss längst selbst gezogen. Seine Gedanken kreisten gerade um etwas anderes. Hauptkommissarin, dachte er, noch keine 40, die kann etwas und will noch mehr. Schaue ich hier in das Gesicht meiner Nachfolgerin?

Ein hübsches Gesicht noch dazu. Und kräftige Hände mit langen Fingern, um die sie bestimmt ihre sämtlichen männlichen Vorgesetzten wickeln konnte, angefangen beim Inspektionsleiter. Oder womöglich bei ihm?

»Haben Sie einen Verdacht, Frau Röben?«, fragte Annika Brühl. Erneut an Stahnkes Stelle. Er musste wirklich aufmerksamer sein.

»Na ja, wen wohl? Die üblichen Ausländerfeinde eben.« Christel Röben schnaubte abfällig. »Aber eine nennenswert schlagkräftige NPD gibt es hierzulande nicht, und die AfD hat mehr mit sich selbst zu tun, zerstritten, wie die ist. Konkret wüsste ich also nicht, wen ich da nennen sollte.« Sie hielt kurz inne, rieb sich mit beiden Händen über die blassen Wangen. »Es kann natürlich auch etwas ganz anderes dahinterstecken.«

»Nämlich?«, fragte Stahnke. Überflüssigerweise, aber immerhin als Erster.

»Spekulanten«, sagte die blasse Frau und schaute den Hauptkommissar an, als sei damit alles gesagt.

War es nicht. »Um mit Immobilien spekulieren zu können, muss man doch deren Besitzer sein«, erwiderte er. »Und sind das nicht – Sie? Beziehungsweise Ihre Organisation?«

»Stiftung«, korrigierte Christel Röben. »Ich vertrete die Stiftung *Integer pro Integration*, deren Geschäftsführerin ich bin, wie Sie sicher wissen. Und nein, die Stiftung besitzt dieses Haus nicht, sie hat es angemietet. Langfristig. Mit dem Ziel, Migrantenfamilien mit Bleiberecht aus der Isolation der Flüchtlingsunterkünfte und aus überteuerten Wohnungen in prekären Gebieten herauszuholen und ihnen zu helfen, in Wohnlagen mit mehrheitlich deutscher Einwohnerschaft umzusiedeln.«

»Löblich«, sagte Stahnke. »Aber wo wäre die Spekulation?«

»Wie Sie sehen, ist dies ein Zweifamilienhaus«, erklärte Christel Röben. »Der Trend geht jedoch zur Nachverdichtung bestehender Wohngebiete. Viele Menschen leben in Ein- oder Zweipersonenhaushalten, die wollen keine großen Häuser am Stadtrand mit ausgedehnten Gärten, die wollen pflegeleichte Kompaktwohnungen in verkehrsgünstiger Lage. Auf einem Grundstück wie diesem kann locker ein Acht-Parteien-Wohnblock stehen, ohne gegen bestehende Bauvorschriften zu verstoßen. Ich schätze, genau das hat der Besitzer vor.«

»Beschuldigen Sie den Eigentümer damit der Brandstiftung?«, fragte Annika Brühl. »Auf welcher Grundlage?«

»Ich wurde nach einem Verdacht gefragt, dies ist meine Antwort«, erwiderte die blasse Frau spitz. »Beweise sind Ihre Sache, oder nicht?«

Annika Brühl ging nicht darauf ein. »Sagen Sie, als Sie und Ihre Stiftung planten, die Migrantenfamilien genau hier anzusiedeln, haben Sie eigentlich vorher die Nachbarn befragt, was die davon halten?«

»Ich verstehe nicht.« Genauso guckte Christel Röben auch. »Das Objekt war zur Vermietung angeboten, und wir haben gemietet. Man kennt unsere Stiftung, also war klar, wer hier einziehen würde. Und dann haben wir ja gestern das Kennenlernfest mit den Nachbarn gefeiert.« Sie zögerte kurz. »Zugegeben, nicht alle Nachbarn sind gekommen.«

Annika Brühl nickte nur, schickte Stahnke jedoch einen vielsagenden Blick. Ging sie davon aus, dass einige der Nachbarn nicht einverstanden mit dem geplanten Zuzug waren und dafür gesorgt hatten, dass Frau Röbens Stiftung sie kennenlernte? Natürlich im übertragenen Sinn? Nun, dachte der Hauptkommissar, Tätervermutungen durfte man anstellen. Solange man trotzdem in alle Richtungen ermittelte.

Eine weitere Kollegin von der Spurensicherung trat hinzu, ebenfalls in einen weißen Overall gehüllt, und blickte von Stahnke zu Annika Brühl und zurück, offenbar unsicher, an wen sie ihre Frage loswerden konnte. Stahnke half ihr mit einem leichten Neigen des Kopfes. »Ich bin aus einem ganz anderen Grund hier«, sagte er und wandte sich ganz Christel Röben zu: »Ich müsste wegen gestern Abend mit Ihnen sprechen.«

Die beiden gingen ein paar Schritte zur Seite. »Ich nehme an, damit meinen Sie nicht schon wieder unser Grillfest und den angeblich leichtfertigen Umgang mit glühender Holzkohle«, sagte sie. »Ich war heute früh bereits online und weiß von Carsten Fecht, falls Sie das meinen.«

Stahnke nickte. Natürlich, heute war Feiertag, es gab keine Tageszeitung; da holte sich jeder seine aktuellen Informationen auf anderen Kanälen. Daran konnte man sich gewöhnen. Hatten Zeitungen unter diesen Umständen überhaupt noch eine Zukunft? Klar, auch sie bedienten die neuen Infokanäle – allerdings gegen Geld. Andere taten das kostenlos.

»Wir ermitteln in alle Richtungen«, erklärte er. »Zu denjenigen, die von Carsten Fecht verbal heftig attackiert worden sind, gehören auch Sie als Schriftführerin des SPD-Stadtverbandes Aurich.« Der Hauptkommissar rieb sich das unrasierte Kinn; es raschelte. »Wie sind Sie beide einander eigentlich in die Quere gekommen? Fecht ist Leeraner und hat seine Karriere dort gestartet. Sie, Frau Röben, waren stets auf lokaler Ebene in Aurich politisch aktiv. Wo waren da die Reibungspunkte?«

Christel Röben schaute zu Boden. »Ich stamme aus Leer«, sagte sie. »Da bin ich schon sehr früh mit Carsten zusammengerasselt. Das hat gereicht.«

»Was genau ist denn passiert?«, fragte Stahnke.

Christel Röben seufzte tief. »Ich war damals Juso-Vorsitzende in Leer. Die Jusos, das war so wie das Kinderplanschbecken im Schwimmbad, da durfte man auch mal etwas linken Schaum schlagen. Nahm ja keiner ernst. Aber man wurde beobachtet, ob man für eine Parteikarriere in Betracht kam, und wenn ja, für welche. Höhere Weihen oder Fußvolk. Nach oben ging es nur über den rechten Flügel. Wer sich nicht rechtzeitig die linken Hörner abgestoßen hatte, war gerade gut genug für Infotische. Rote Plastiknelken verteilen. Oder zum Plakatekleben. Mehr nicht.«

»Also waren Sie Ihrer Partei für eine Politkarriere nicht rechts genug? Ich meine, für eine Karriere über die Ortsebene hinaus?«

»Einmal das. Und ich bin eine Frau. Rote Fotze, Sie verstehen?«

»Was?« Stahnke zuckte zusammen. Das kam unerwartet.

Christel Röben lächelte bitter. »Das habe ich mir nicht etwa von Neonazis anhören müssen, falls Sie das vielleicht glauben. Die reden sicher auch so, aber das bekam man damals noch nicht mit, in den Zeiten vor Internet und Facebook. Heute glauben sogar deutsche Richter, dass man sich als Politikerin so was anhören muss.«

»*Einige* deutsche Richter«, korrigierte Stahnke.

»Schlimm genug.« Die blasse Frau schaute auf ihre Armbanduhr. »Sie wollten mir Fragen stellen. Ich möchte nämlich noch zur Kundgebung.«

»Das mit der roten, äh … also die Beleidigung, die Sie zitiert haben: Stammt die aus den gehackten Chats von Carsten Fecht?«

Christel Röben nickte. »So hat er mich aber auch schon Auge in Auge beleidigt. Anfangs natürlich nicht, damals hat er sogar für mich geschwärmt. Er ist mit 16 eingetreten, ich war 20 und im Juso-Vorstand. War mir schon fast peinlich, wie der an meinen Lippen gehangen und alles nachgeplappert hat! Aber dann ist er ins andere Fahrwasser geraten.«

»Ins rechte?«

»Na klar. Er hat schneller als ich gemerkt, wo es nach oben geht. Viel schneller!« Christel Röben blieb stehen und wandte sich Stahnke zu, schaute ihm direkt in die Augen: »Sie sind doch Leeraner, oder? Erinnern Sie sich noch, wie seinerzeit der Bundestagswahlkreis erstmals an die CDU ging?«

»Damals habe ich in Oldenburg gewohnt«, erwiderte der Hauptkommissar. »Hab's aus dem Regionalfernsehen erfahren. Worauf wollen Sie hinaus?«

»Es gab eine Podiumsdiskussion mit allen Kandidatinnen und Kandidaten im *Ostfriesenhof*. Für die CDU trat erstmals eine Frau an. Als die ihr Statement abgab, standen die SPD-Granden hinten an der Bar und haben gemeinsam gegrölt: ›Du hast die Haare schön, du hast die Haare schön‹. Verstehen Sie?«

»Die Geringschätzung?« Stahnke nickte. »Allerdings. Wurde auch prompt bestraft. Es gab eine krachende Niederlage für die SPD.«

»Davon hat sich die Partei hierzulande nie wieder erholt«, sagte Christel Röben. »Aber glauben Sie, irgendwer in den oberen Rängen hätte daraus Schlüsse gezogen? Kein Stück! Immer weiter so, das ist alles, was die können!«

»Und Carsten Fecht?«, hakte Stahnke nach.

»Der stand damals mit an der Bar! Und hat mitgegrölt, dieser Milchbubi. Hatte bestimmt die Hosen voll dabei.« Christel Röben schnaubte verächtlich: »Aber die Parteifürsten haben ihm auf die Schultern geklopft dafür. Das hat er sich gemerkt.«

»Seitdem sind Sie beide spinnefeind gewesen?«

»Mal mehr, mal weniger.« Die blasse Frau schaute auf ihre bunten Gummistiefel. »In letzter Zeit hat er mich wieder öfter aufs Korn genommen. Ohne konkreten Anlass eigentlich. Vermutlich bloß, weil ich als Frau ein Parteiamt bekleide.«

»Ich dachte, seit August Bebel sei die Gleichstellung der Frau für alle Sozialdemokraten selbstverständlich«, warf Stahnke ein.

Christel Röben lachte hell auf. »Ach, haben Sie gedacht! Von wegen. Man möchte glauben, dass Denkstrukturen doch vererbt werden. Viele Kerle in unserer Partei stecken von ihren Ansichten her jedenfalls noch tief im Mittelalter.«

»Würden Sie sagen, dass Sie Carsten Fecht gehasst haben?«, fragte der Hauptkommissar.

»Gehasst?« Sie hob ihren Blick. »Ach nein. Verachtet schon eher.«

»Und gestern Abend? Können Sie mir sagen, wann Sie wo waren?«

»Aha, jetzt kommt die Katze aus dem Sack!« Die Frau grinste schelmisch. Auf einmal wirkte sie zehn Jahre jünger. »Die Grillparty mit den Nachbarn, Sie erinnern sich? Die ging um 18 Uhr los, vorher haben wir bestimmt eine Stunde lang aufgebaut. Dieser große Grill ist verdammt schwer, ich hab' mich dabei ein bisschen verhoben.« Sie machte rollende Bewegungen mit ihren schmalen Schultern. »Die Fete hat sich dann ziemlich hingezogen. Die meisten sind zwar gegen 21 Uhr gegangen, aber einige haben noch bis 23.30 Uhr zusammengesessen und diskutiert. Erst danach konnten wir abbauen.« Sie hob ihren schlanken Zeigefinger: »Und natürlich die restliche Glut ordnungsgemäß entsorgen! Viel war es eh nicht mehr.«

Von 18 Uhr bis Mitternacht, dachte Stahnke, das ist mehr als genug. »Und wer war außer Ihnen dabei?«

»Drei Mitarbeiter der Stiftung; die Namen kann ich Ihnen geben. Und die beiden kurdischen Familien natürlich.« Zischend sog sie Luft durch ihre Zähne: »Denen muss ich erst mal erzählen, dass es mit dem Umzug morgen nichts wird. Das wird hart, die hatten sich schon sehr gefreut. Außerdem werden die sich natürlich wegen der Brandstiftung ihre Gedanken machen. Wollen Sie deren Namen auch?«

»Danke, muss nicht sein, die Namen der Mitarbeiter reichen völlig.« Er zückte Block und Kugelschreiber, notierte Namen und Telefonnummern. Christel Röben verabschiedete sich und rauschte in ihrem dunkelroten Audi davon. Auch nicht gerade klimafreundlich, registrierte Stahnke automatisch. Und auch nicht wirklich rot. Eher rotbraun. Unauffällig, uneindeutig. Hatte die Frau Angst vor weiteren Beschimpfungen?

Unbemerkt hatte sich Kollegin Annika Brühl neben ihn gestellt. »Die Sozis haben es nicht leicht im Moment«, kommentierte sie. »Das ist in Hessen genauso. Hat ein paar Jahre gedauert, bis die Wähler gemerkt haben, dass von einer Seeheimer-SPD nun mal keine zukunftweisende Politik für Menschen vom Mittelstand abwärts zu erwarten ist. Jahre? Jahrzehnte! Aber jetzt haben sie es gemerkt, und sie werden es wohl so schnell nicht wieder vergessen.«

»Stimmt«, sagte Stahnke, »Hessen war ja auch mal rot! Aber sicher nicht so rot wie Emden. Dort hat die SPD über 60 Jahre in Folge den Oberbürgermeister gestellt – und bei der letzten Wahl haben die Emder den SPD-Kandidaten mit unter 20 Prozent vom Hof gejagt. Das war richtig bitter für den und seine Partei.«

»Und Carsten Fecht haben sie erschossen«, ergänzte Annika Brühl trocken. »Um den Fall darf ich mich ab morgen auch mit kümmern. Bin gespannt, wie weit ihr schon seid.«

»Heiße Spur ist noch Fehlanzeige, wir ermitteln in alle Richtungen«, gab Stahnke zu. »Darum bin ich auch hier.«

»Die Pöbelchats.« Die Hauptkommissarin nickte bestätigend. »Kommt unsere Stiftungsdame hier auch in Betracht? Die gut betuchte Audifahrerin mit Proletariatshintergund?«

»Vermutlich nicht, wenn ihr Alibi bestätigt wird«, erwiderte Stahnke. »Aber wie darf ich denn Ihre Bemerkung verstehen?«

Annika Brühl lachte wieder. »So steif, Herr Kollege! In unserem Fachkommissariat in Wiesbaden haben wir uns alle geduzt. Ich bin zwar vermutlich die Jüngere von uns beiden, aber – wie sieht's aus? Ich bin die Annika.« Sie streckte die Hand aus.

Stahnke griff zu, war von der Festigkeit ihres Händedrucks angenehm überrascht. »Na klar, einverstanden. Ich bin, äh – einfach Stahnke. Stahnke reicht.«

Zwei blitzende dunkelbraune Augen, ein breites Grinsen. »Hätte ja klappen können!«, rief Annika Brühl fröhlich. »Hab schon gehört, dass du aus deinem Vornamen ein Haupt- und Staatsgeheimnis machst. Runde eins geht an dich, aber warte nur, den krieg ich noch raus!«

Jetzt erst ließ sie seine Hand los. Verblüfft starrte Stahnke auf seine Finger, als müsste er sie auf Vollzähligkeit überprüfen.

»Zu deiner Frage«, fuhr Annika Brühl fort: »Frau Röben hat einen Ruf in Aurich. Es heißt, sie sei *vom Stamme Nimm*. Achtet immer darauf, dass sie auch ihr Recht bekommt – und nach Möglichkeit etwas mehr. Ihr Auto hast du ja gesehen, ihr Haus ist eher eine Villa, und Mitglied im Golfklub Wiesmoor ist sie auch. Ihr Vater hatte in Leer bei der Müllabfuhr gearbeitet. Ist schon lange verstorben, und sie redet auch nie über ihn. Vielleicht weiß gerade deswegen jeder Bescheid.«

»Sozialneid? Oder liegt irgendetwas Handfestes gegen die Dame vor?«

Annika Brühl schüttelte den Kopf. »Nichts. Die Leute reden eben, das ist in Ostfriesland auch nicht anders als in Hessen.«

Stahnkes Smartphone meldete sich. Ekincis Nummer. »Was gibt es?«, fragte der Hauptkommissar.

Sein junger Kollege atmete schwer. »In Leer ist gerade eine Bombe hochgegangen«, sagte er.

»Ach ja, etwas so Brisantes? Was denn genau? Hat es etwas mit unserem Fall zu tun?«, fragte Stahnke.

»Ich wiederhole«, keuchte Ekinci, »hier ist eine Bombe hochgegangen! Keine metaphorische Bombe. Eine echte! Es hat eine Explosion gegeben!« Er nannte eine Adresse, dann beendete er das Gespräch. Stahnke stand mit offenem

Mund da; wieder starrte er auf die Finger seiner Hand. Und das Mobiltelefon darin.

»Irgendwas los in Leer?«, fragte seine Kollegin.

»Allerdings«, murmelte Stahnke. »Mehr, als man denkt.«

8.

Déjà-vu, dachte Stahnke, als er vor dem Gewerkschaftsbüro in der Leeraner Jahnstraße stand. Absperrung, zweierlei Uniformen, Gaffergrüppchen. Eine zersplitterte Scheibe im Erdgeschoss, ein angekohlter Fensterrahmen, die Hauswand verrußt. Andere Stadt, andere Art Haus, trotzdem ähnliches Bild.

»Brandstiftung?«, fragte er, sobald er Nidal Ekinci erblickte.

Der junge Oberkommissar nickte. »Eindeutig. Scheibe eingeschmissen, Molli reingeworfen, abgehauen. Am helllichten Tag! Tatzeugen Fehlanzeige, jedenfalls bis jetzt.«

Stahnke schaute nach beiden Seiten die Jahnstraße hinunter. Dies war die Zufahrt zum Parkhaus nahe der Fußgängerzone; die Geschäfte hatten heute zu, also war nicht viel los. Das Gebäude gegenüber beherbergte die Neuapostolische Kirche, rechts stand ein Haus leer, dahinter befand sich ein anonym und unbelebt wirkender Neubau. Auf der anderen Seite überwiegend Büros. Ja, dachte er, das mochte angehen, dass hier keiner etwas mitbekommen hatte, weil einfach keiner da gewesen war. Jedenfalls nicht auf der Straße. Die Gewerkschafter waren auch alle ausgeflogen gewesen, zur Maikundgebung in Emden.

Einige von ihnen waren inzwischen zurück, darunter der Vorsitzende, kurz vor Stahnke am Tatort eingetroffen. Er korrigierte den Hauptkommissar gleich bei der Anrede: »Erster Bevollmächtigter, bitte. Vorsitzenden haben wir keinen.«

Stahnke ließ sich nicht irritieren. »Haben Sie einen Verdacht, irgendeine Tätervermutung?«, fragte er. »Gab es Ärger mit jemandem? Hat sich jemand beschwert oder gar gedroht?«

»Wann beschwert sich mal keiner über uns? Und wann wird nicht gedroht?« Der Bevollmächtigte war ein kleiner, dünner Mann mit einem Gesicht voller Falten und einer riesigen Brille. Auf dem Namensschild, das an seiner schmalen Brust kaum Platz fand, stand sein Name: »Paul Hinderks«. Schwer vorstellbar, dass dieses Männchen früher einmal als Schweißer auf einer Werft gearbeitet haben soll, dachte Stahnke. Der Mann schien schon zwischen Aktendeckeln zur Welt gekommen zu sein, gezeugt von Stempel und Stempelkissen. Er tigerte in den Büroräumen seiner Gewerkschaft herum, soweit die Spurensicherer das zuließen, und versuchte, sich ein Bild des angerichteten Schadens zu machen. »Was das wieder kostet, allein die Entrauchung! Dazu die Fensterscheibe. Und neu streichen. Mann, Mann, Mann!«

»Sind Sie nicht versichert?«, fragte der Hauptkommissar.

Hinderks lachte höhnisch. »Haben Sie eine Ahnung von unserer Mitgliederentwicklung? Schlimmer als bei den Kirchen, sage ich Ihnen! Die Einnahmen aus den Beiträgen reichen hinten und vorne nicht, dabei sparen wir schon, wo wir können. Aber wenn neue Tarife verhandelt werden, dann kommen sie alle angedackelt und wollen, dass wir uns für sie reinknien! Unglaublich, die Zustände heutzutage. Keine Solidarität mehr, nichts.«

Also kein Versicherungsschutz, schlussfolgerte Stahnke. »Mal etwas konkreter, bitte«, sagte er. »Wer hat sich beschwert, wer hat gedroht?«

»Ach, der übliche Mist.« Hinderks nahm seine Brille kurz ab und wischte sich über die geröteten Augen. »Wir sind mal wieder an den Verträgen für die Externen dran, auf der *Leiner*-Werft. Sie wissen schon, die Leiharbeiter aus Rumänien und so, die für wenig Geld die Luxusdampfer zusammenschweißen und für viel Geld in irgendwelchen Kellern übernachten müssen. Ganz arme Schweine sind das! Aber die verderben nun mal die Preise für ihre fest angestellten deutschen Kollegen. Am Ende werden deren Löhne auch gedrückt, man weiß ja, wie das läuft. Aber die Sklavenhändler, also die Leiharbeitervermittler, setzen ihre Leute mächtig unter Druck. Uns ebenso! Und von der anderen Seite wirft uns die Werftleitung Knüppel zwischen die Beine. Die wollen, dass alles genauso bleibt, wie es ist, weil sie so die höchsten Profite machen können! Und die Ost-Arbeiter, diese armen Socken, die werden ebenfalls gegen uns aufgewiegelt. Wir würden nur dafür sorgen, dass sie am Ende abgeschoben werden, redet man ihnen ein. Und dass sie sich ja die Differenz, die an ihrem Lohn fehlt, beim Arbeitsamt holen können, als Aufstocker. Es ist zum Heulen! Und der Betriebsrat der Werft fällt uns auch noch in den Rücken, weil wir uns gefälligst nur um die fest angestellten deutschen Kollegen kümmern sollen. Wie kann man unter solchen Bedingungen etwas erreichen?«

Der Bevollmächtigte ließ sich auf einen zerschlissenen Drehstuhl sinken; er wirkte erschöpft. Stahnke war beeindruckt von der Vehemenz, mit der der kleine Mann seine Rede vorgebracht hatte. Und gleichzeitig alarmiert. »Können Sie mir Namen nennen?«, fragte er.

»Namen?« Jetzt klang Hinderks' Lachen hysterisch. »Telefonbücher kann ich Ihnen geben! Das von Leer und das von Papenburg dazu! Dann können Sie sich raussuchen, wen Sie wollen. Die kommen alle infrage! Aber wenn die mich anrufen und am Telefon rumpöbeln, dann sind sie alle anonym, das können Sie mir glauben.«

Einer der Spurensicherer schaute in den Raum. »Mit dem hinteren Büro sind wir auch durch, da können Sie jetzt wieder rein«, sagte er, an Hinderks gewandt. Und zu Stahnke: »Über die Spurenlage können wir noch nicht viel sagen, erst müssen wir die gesicherten Abdrücke mit denen aller Leute, die hier arbeiten, abgleichen. Fußspuren Fehlanzeige. Vielleicht war der Täter überhaupt nicht hier drin.«

»Warum hätte der Täter auch hier eindringen sollen?«, fragte Stahnke überrascht. »Ich dachte, es war ein reiner Brandanschlag von draußen. Scheibe eingeschlagen, Molotowcocktail rein und weg.«

»Weil die Haustür aufgehebelt wurde«, erwiderte der Kollege im weißen Overall. »Aber wie gesagt, bisher haben wir noch keine eindeutigen Spuren, dass jemand auch tatsächlich eingedrungen ist. Vielleicht gab es eine Planänderung; statt das Feuer drinnen zu legen, hat der Täter sich umentschieden und den Brandsatz durchs Fenster geworfen.«

Da Stahnke stumm blieb, zog sich der Kriminaltechniker zurück. Gleich hinter ihm verließ Paul Hinderks den Raum. Er steuerte direkt auf das soeben freigegebene Büro zu.

Umentschieden, überlegte Stahnke. Die Haustür aufgehebelt – und dann doch nicht hineingegangen? Stattdessen ein Fenster eingeschlagen, einen Molotowcocktail angezündet und durch das Loch in der Scheibe geworfen? Dabei war der Täter das Risiko eingegangen, doch noch beobachtet zu werden, ganz egal, wie unbelebt die Straße am Feiertag war. Warum, wenn er doch schon im Haus gewesen war?

Er hörte Hinderks im Nebenzimmer rumoren. Dann seine Stimme. »Was hat das denn hier zu suchen? Das gehört hier nicht hin.«

Stahnke rannte los, den Mund zum Rufen geöffnet. Weit kam er nicht. Schon im Türrahmen traf ihn eine Riesenfaust, stoppte ihn und warf ihn zurück. Von links wölbte sich die Zimmerwand auf ihn zu. Etwas sauste direkt vor seinem Gesicht vorbei. Etwas Rundes, Faltiges, mit den Resten einer Brille daran. Zeitgleich ertönte ein Knall, der so gewaltig war, dass er alles um ihn herum auslöschte.

9.

Der Druck auf seiner Brust weckte ihn. Etwas Schweres hinderte ihn daran zu atmen. Wenn er es trotzdem versuchte, zuckte scharfer Schmerz durch seinen Körper bis hinauf in sein Hirn. Stahnke schnappte nach Luft und öffnete die Augen.

Etwas lag auf seiner Brust, etwas Gewichtiges. Das war also kein Traum gewesen. Dieses Etwas war rund und faltig und trug eine große Brille. Der Kopf von Paul Hinderks! Wie kam denn der dorthin? Hatte der ihn umgehauen und ausgeknockt? Irgendwie passte das alles nicht zusammen.

Der Kopf von Paul Hinderks schlug die Augen auf. »Natürlich passt das alles nicht zusammen!«, tönte er. »Das Ding hatte dort überhaupt nichts zu suchen!«

Welches Ding, fragte Stahnke, aber seine Lippen wollten sich nicht bewegen, daher blieben die Worte ungesagt.

»Na, welches Ding wohl?«, keifte der Kopf. »Die Bombe natürlich! Hab' ich sofort gesehen, dass die da nicht hingehörte! Aber Ihre Leute, die haben nichts gemerkt. Typisch! Wofür zahlen wir Gewerkschafter eigentlich Steuern?«

Diese Bombe, wollte Stahnke fragen, von wem kam die? Wer wollte Sie umbringen? Oder vielleicht …

»Jetzt soll ich auch noch Ihre Arbeit machen!«, schimpfte der Kopf von Paul Hinderks. »Da denk ich gar nicht dran! Das kriegen Sie mal schön selber raus, wer das war. Für mich ist jetzt Schicht. Ich hab' Feierabend.« Der Kopf senkte seine Augenlider.

Halt, wollte Stahnke rufen, nein, hiergeblieben! Lassen

Sie mich nicht hängen! Wieder brachte er keinen Ton heraus. Zudem wurde ihm bewusst, dass er selbst die Augen ebenfalls noch geschlossen hatte. Mit größter Mühe wuchtete er seine Lider hoch.

Das Bett, in dem er lag, war blendend weiß bezogen. Das ganze Zimmer war so weiß, dass seine Augen schmerzten. Als Stahnke wieder etwas erkennen konnte, sah er Paul Hinderks, der sich über ihn gebeugt hatte und lächelte. Nanu, dachte der Hauptkommissar, plötzlich wieder mit Körper? Muss ja ein ganz tolles Krankenhaus sein, in dem ich liege. Und wieso trägt der Bevollmächtigte der Metallergewerkschaft weiße Klamotten?

Der Mann mit dem faltigen Gesicht und der großen, dicken Brille richtete sich zur vollen Größe auf. Sehr viel war das nicht. »Er kommt langsam zu sich«, sagte er mit einer geisterhaft hauchenden Stimme, »Unkraut vergeht nicht.« Hatte Paul Hinderks zum neuen Körper auch neue Stimmbänder bekommen?

Der weiß Gekleidete trat beiseite. Oberkommissar Kramer nahm seinen Platz ein. »Moin, Chef«, sagte der hagere Mann. »Das ging gerade noch mal gut gestern. Ich bin echt froh, dass du nicht einen Schritt schneller gewesen bist.«

Moin, das sagte der Ostfriese zu jeder Tages- und Nachtzeit. Weil es ja auch nicht etwa »Morgen« hieß, sondern »schön«. Auf Plattdeutsch »moj«. Moin war die Kurzform von »Mojen Dag« und passte immer. Aber »gestern«?

»Wie lange?«, krächzte Stahnke. Die Worte schmerzten in seinem ausgedörrten Hals. Und in seiner Brust.

»20 Stunden ungefähr«, erwiderte Kramer. »Die haben dich ganz schön unter Drogen gesetzt. Der Explosionsdruck hatte dich umgeworfen, und du bist rückwärts auf den alten Drehstuhl von Hinderks gefallen. Hast dem Ding damit den Rest gegeben. Der Notarzt befürchtete, du könntest dir dabei die Wirbelsäule verletzt haben, und hat alle möglichen Untersuchungen angeordnet, MRT und so weiter. Dazu mussten sie dich erst einmal ruhigstellen.«

Stahnke holte Atem und spürte wieder den stechenden Schmerz. »Und?«, stöhnte er.

»Wirbelsäule in Ordnung«, berichtete Kramer. »Nur eine Rippe ist angeknackst.«

Nur eine Rippe? *Nur* angeknackst? Dafür tat sein Brustkorb aber ganz schön weh, dachte Stahnke. War die Rippe vielleicht doch durchgebrochen und steckte in seiner Lunge?

Der Arzt erschien wieder in seinem Blickfeld. Jetzt, da Stahnke zunehmend klarer sah, erschien ihm die Ähnlichkeit mit Paul Hinderks nicht mehr ganz so groß. Und der Mediziner selbst nicht mehr so unbekannt. »Doktor Mergner!«, stieß er hervor. »Seit wann kümmern Sie sich um die Lebenden?«

»Nun ja, auch meine Kunden haben alle irgendwann mal gelebt«, hauchte der Pathologe mit seiner Geisterstimme. Sein Kittel umbauschte seinen grätenhaften Körper wie morgendlicher Seenebel. »Ich muss gestehen, dass ich für einen Moment mit dem Gedanken geliebäugelt habe, auch Ihre opulenten Überreste auf meinen Tisch zu bekommen. Aber so weit ist es noch nicht. Tatsächlich bin ich wegen des eigentlichen Opfers besagter Explosion hier im Haus.«

Wieder schob sich das Gesicht von Paul Hinderks vor das von Doktor Mergner. Stahnke blinzelte; anscheinend zirkulierte noch allerhand Chemisches durch seine Adern. Kramer gab seinem Vorgesetzten einen Schluck zu trinken, was dieser dankbar annahm. Sogar aus einem Schnabelbecher.

»Was ist mit Hinderks?«, fragte Stahnke. Selbst das lautere Sprechen bereitete ihm Schmerzen in der Brust.

»Falsche Zeit, falscher Ort«, hauchte Doktor Mergner. »Es hat ihn buchstäblich zerrissen. Als Organspender kommt er definitiv nicht mehr infrage. Schade eigentlich, er besaß einen Spenderausweis.«

Stahnke schloss die Augen. So aber sah er Hinderks' Kopf erst recht vorbeifliegen. Schnell öffnete er sie wieder.

»Die Bombe war in einem Heizlüfter versteckt«, berichtete Kramer; Stahnke war dankbar für dessen unpersönlichen Tonfall. »Größeres Modell, sorgfältig entkernt. Hinderks hat gemerkt, dass das Gerät dort nicht hingehörte, wo es stand. Die Explosion muss erfolgt sein, als er sich gerade darüber beugte.«

Im Hintergrund warf Doktor Mergner lautlos beide Arme hoch und zur Seite, eine Detonation andeutend. Gegen seinen Willen musste Stahnke lachen; der Schmerz in seinem Brustkorb verstärkte sich um ein Vielfaches.

»Eine Falle«, stieß der Hauptkommissar mühsam hervor.

»Möglicherweise«, erwiderte Kramer. »Die Experten vom LKA haben Reste eines Säurezünders entdeckt. Der Zeitpunkt der Explosion war also vorherberechnet. Allerdings konnten der oder die Täter nicht genau wissen, dass ausgerechnet der Gewerkschaftsbevollmächtigte Paul Hinderks zu dem Zeitpunkt dort stehen würde.«

»Wer sonst?«, fragte Stahnke. »Wer sonst hätte in dem Moment genau dort stehen sollen?«

»Wir«, antwortete Kramer.

Stahnke schnappte nach Luft, unterdrückte einen Schmerzensschrei, versuchte, Kramers Gedanken zu folgen. Sie? Kramer, Ekinci, Stahnke selbst, die Spurensicherung, kurz: die Polizei? War dies ein Anschlag auf die Polizei gewesen?

Dann hätte es sich bei dem Molli um einen Köder gehandelt. Den Wurm am Haken. Jemand meldet den Brand, Feuerwehr und Polizei rücken an, normales Procedere. Innerhalb von ein bis anderthalb Stunden ist der erste Zugriff abgeschlossen, Feuerwehr und Spurensicherung haben ihren Job gemacht, die Kripo rückt an und beginnt zu ermitteln. Darunter der eigens aus Aurich herbeigerufene Hauptkommissar Stahnke, Leiter des Fachkommissariats römisch eins. Und dann: *Bäng*.

»Wer hat den Brand gemeldet?«, fragte er.

»Anonymer Anrufer«, sagte Kramer.

Die beiden Ermittler schauten einander an. Sie arbeiteten seit vielen Jahren zusammen, mussten nicht mehr viele Worte machen. Was Kramer da angedeutet und Stahnke sich ausgemalt hatte, konnte so gewesen sein, musste es aber nicht. Absolut nicht. Nicht ohne irgendeinen konkreten Hinweis.

»Das Opfer ist Paul Hinderks«, sagte Stahnke. »Er hat von Beschimpfungen und Drohungen erzählt, ohne allerdings konkret zu werden. Da müssen wir ansetzen.«

Kramer nickte und zückte seinen Notizblock. »Ich habe mir die Rede zusammenfassen lassen, die er gestern auf der Maikundgebung gehalten hat«, berichtete er. »Schwerpunktthemen: Tarifflucht der Arbeitgeber, Niedriglöhne trotz guter Konjunktur, Lohndruck durch unterbezahlte Leiharbeit. Und die neue Rechte.«

»Die neue Rechte?« Das hatte Stahnke dem kleinen staubgrauen Gewerkschaftsbevollmächtigten gar nicht zugetraut. Auf den ersten Blick jedenfalls. Doch Hinderks hatte sich durchaus kampflustig präsentiert. Jetzt war er tot.

Kramer nickte. »Muss wohl ein Thema sein in den Gewerkschaften. Da fischen die Rechten nach Stimmen, haben auch schon einige Betriebsräte in der Hand. Das läuft über die Neidschiene: Den Migranten steckt der Staat alles in den Hintern, und ihr könnt euch kaum den Mallorca-Urlaub leisten! Das ist plump, verfängt aber. Immer mehr Arbeiter und Angestellte wechseln direkt von der SPD zu den Rechten. Also den ganz Rechten.«

Stahnke signalisierte, dass er noch mehr trinken wollte, und bekam das Mundstück des Bechers zwischen die Zähne geschoben. Das war damals in Weimar genauso, dachte er, während er gierig trank. Vielmehr in der Weimarer Republik. Damals liefen auch und gerade die Arbeiter, die zuvor Anhänger von SPD und KPD gewesen waren, in Scharen zu den Nazis über, ohne Umweg über gemäßigte Parteien. Weil die Nazis ihnen das Blaue vom Himmel versprachen, das Heil sozusagen. Und weil sie ihnen einen Sündenbock lieferten, der an allem schuld sein sollte. Praktisch, so musste sich niemand an die eigene Nase fassen.

Genug getrunken; er hob die flache Hand. »Die neuen Rechten also. Wo sollen wir da anfangen? Bei der AfD? Fraglich. Die meisten Rechtsnationalen heutzutage sollen doch gar nicht parteigebunden sein, mehr so freischwebend. Wie die Reichsbürger oder die Identitären. Tausende von Einzeltätern sozusagen.«

»Gut vernetzt sind die trotzdem«, sagte Kramer. »Das Einzeltätertum ist eine reine Schutzbehauptung. Wenn es drauf ankommt, halten die alle zusammen.« Der Oberkommissar stellte den Schnabelbecher weg. »Aber was heißt denn *wir*? Du bist verletzt, du bleibst schön in der Waagerechten. Es kommt sowieso Ersatz aus Aurich.«

Aurich. Da war doch noch etwas. Stahnke stemmte sich mit den Ellenbogen hoch. Die angebrochene Rippe schmerzte wie verrückt, aber je klarer er im Kopf wurde, desto besser ließ sich das aushalten, so widersinnig ihm das auch vorkam. Angebrochen war eben nicht gebrochen. Aber was war denn da bloß vorhin in Aurich gewesen?

»Ihre Fürsorge in allen Ehren, Herr Kramer«, hauchte die Geisterstimme aus dem Hintergrund, »aber Bettruhe tut für Ihren Vorgesetzten gar nicht not. Der bekommt gleich einen festen Druckverband, und dann kann er schon wieder auf zwei Beinen laufen. Aufrechter Gang auf Rezept. Lange Liegezeiten sieht das profitorientierte Krankenhauskonzept heutzutage sowieso nicht mehr vor. Ich sag gleich der Schwester Bescheid.« Schon schwebte Doktor Mergner aus dem Krankenzimmer.

Für einen Moment war es der sonst so stoische Kramer, der aus dem Konzept kam. Mit dieser Schützenhilfe für seinen Chef hatte er nicht gerechnet.

Bei Stahnke setzte im selben Augenblick die Erinnerung ein. Der schwarze Audi, der ihm die Vorfahrt genommen hatte! Der war nicht nur deutlich zu schnell gewesen, er hatte auch allerhand Aufkleber am Heck gehabt, von der Deutschlandfahne bis zum Totenkopf. Und auf der hinteren Scheibe den Schriftzug »Frei.Wild«.

Jetzt fiel ihm auch das Kennzeichen wieder ein. AUR – AH 818.

Stahnke holte langsam Luft, sodass der Schmerz erträglich blieb, und schwang die Beine aus dem Bett. »Ruf mal in der Inspektion an«, forderte er seinen Kollegen auf. »Wir benötigen eine Halterfeststellung.«

10.

Stahnke hatte auch früher oft geächzt, wenn er sich auf einen Stuhl niedergelassen hatte, einfach aus dem Gefühl heraus, mitteilen zu müssen, wie schwer er zu arbeiten hatte. Sonst würdigte das ja keiner. Diesmal ächzte er, weil es wehtat. Der Druckverband um seinen Brustkorb half, aber er wirkte keine Wunder.

»Ach ja, man hat es nicht leicht!«, kommentierte Nidal Ekinci frech von der anderen Seite des Konferenztisches. »Aber leicht hat's einen!«

Dieser Witz war so alt, über den hatte schon Stahnkes Vater nicht mehr gelacht. Zu dem jungen Oberkommissar passte er überhaupt nicht. Genau das aber reizte Stahnkes Lachmuskeln. Komik entstand eben, wenn Dinge nicht zusammenpassten. Tatsächlich stahl sich ein Glucksen seine Kehle hoch, das seinen ganzen Oberkörper mitschwingen ließ. Im selben Augenblick durchzuckte ihn ein wütender, brüllender Schmerz. Ein wenig davon erreichte auch seine Stimmbänder.

Ekinci zog ein beleidigtes Gesicht. »Ist ja gut, Chef. Deswegen musst du mich nicht gleich anschreien.«

Kramer zeigte ein feines Lächeln; für ihn kam das einem Heiterkeitsausbruch gleich. Ein lustiger Gedanke, fand Stahnke. Schon ging es wieder los, erst das Glucksen, dann der Schmerz.

»Der Nächste, der mich zum Lachen bringt, bearbeitet ab morgen Fahrraddiebstähle!«, schnauzte der Hauptkommissar, sobald er wieder konnte. »Los jetzt. Was haben wir?«

Die versammelte Runde war überschaubar. Außer Stahnke, Kramer und Ekinci saßen nur Rieken und van Dieken mit am Tisch. Die beiden Graubärte versahen gewöhnlich Streifendienst in der Fußgängerzone und der Altstadt von Leer; Dedo de Beer, Leiter des Zentralen Kriminaldienstes, hatte die beiden persönlich zur Mordkommission abgeordnet, war aber selber nicht erschienen. Seine Intimfeindschaft mit Stahnke war allgemein bekannt. Inspektionsleiter Manninga war dauerhaft krankgeschrieben. Somit war Stahnke der Ranghöchste, und die Leitung, die er schon aus Gewohnheit beansprucht hätte, fiel ihm automatisch zu.

»Wir haben«, begann Kramer, »vor allem das LKA von der Backe. Die Kollegen aus Hannover haben uns umfassende Hilfe zugesagt in allem, was Technik und Laborarbeit betrifft, wollen sich aber nicht direkt einschalten.«

»Erstaunlich«, knurrte Stahnke. »Haben die das irgendwie begründet?«

»Sie werten die Tat nicht als politisch«, antwortete Kramer. »Carsten Fecht war zwar Landtagsabgeordneter, hatte jedoch kein Regierungsamt inne. Wegen der Vorgeschichte mit den beleidigenden E-Mails gehen die LKA-Kollegen von persönlichen Tatmotiven aus. Das wäre dann eher etwas für uns.«

»Nicht politisch?« Stahnke staunte. »Und was ist mit dem Anschlag auf das Gewerkschaftsbüro? Ganz zu schweigen von dem Brandanschlag in Aurich?«

»Davon«, sagte Kramer, »weiß das Landeskriminalamt überhaupt noch nichts. Genau genommen wissen wir auch noch nicht, ob es da einen Zusammenhang gibt.«

»Allerdings.« Stahnke schlug beide Handflächen auf den Tisch und bereute es sofort. »Dann kriegen wir das mal raus.

Jetzt zäumen wir den Gaul ausnahmsweise von vorne auf. Berichte zum Mordfall Carsten Fecht! Kollege Ekinci, was ist mit der Ehefrau?«

»Hätte ein Motiv«, sagte Nidal Ekinci knapp. »Fühlte sich von ihrem Mann wiederholt betrogen, musste um das eigene, in die Ehe eingebrachte Vermögen fürchten. Will zur Tatzeit ihre kranke Mutter in Westerstede gepflegt haben. Das Alibi ist aber wackelig; die Mutter bekommt starke Medikamente, und Westerstede ist nicht weit weg. Stichwort Autobahn.«

»Bei Jelto Harms war ich selbst.« Stahnke rief sich das Gespräch mit dem Grundschulrektor und angehenden Parteigründer ins Gedächtnis; es schien lange zurückzuliegen. »Fechts Anwürfe gegen ihn waren existenzgefährdend, das gibt er freimütig zu. Auch, dass er sich mit Waffen auskennt. Und kein Alibi hat. Bestreitet die Tat natürlich. Kommt mir glaubwürdig vor, wir müssen ihn aber trotzdem im Blick behalten.« Er deutete auf Kramer: »Was hast du bei der Zeitung erreicht?«

»Redakteurin Mareike Feeken hat mir das Material über Carsten Fecht ausgehändigt«, sagte der Oberkommissar; auf die Umstände ging er nicht näher ein. »Interessante Details – vor allem, was den Charakter und die Motivlage von Fecht selbst angeht. Ein Politkarrierist, der über Leichen ging, bildlich gesprochen. Diesbezüglich war er gegenüber seinen Chatpartnern ganz offen. Vor allem er und Friedo Adams haben sich gegenseitig angestachelt und hochgeschaukelt. Aber auch mit Lars Noack und Christel Röben sind sehr deutliche Worte gefallen.«

»Christel Röben?«, fragte Stahnke verwundert. »Ich dachte, die gehört zu den Opfern? Sie ist von Fecht mit Machosprüchen traktiert worden, einfach weil sie eine Frau ist. Mit schlimmen Beleidigungen sogar. Auch, weil sie weiterhin eher linke Juso-Positionen vertritt und nicht den bequemen Weg über den rechten Seeheimer-Flügel gegangen ist. Im Gegensatz zu Fecht. Sagt sie selbst. Stimmt das so nicht?«

Kramer ließ seine flache Hand über dem Tisch hin und her wackeln. »Stimmt durchaus, ist aber nicht die ganze Wahrheit. Zuerst hat sie bei diesen Pöbel-Chats nämlich ganz hübsch mitgemischt, genau wie Lars Noack. Der hat irgendwann den Moralischen bekommen und sich distanziert. Frau Röben dagegen ist ihrerseits in die Schusslinie geraten und hat dann selbst ihr Fett weggekriegt.«

»Worum ging es dabei?«, fragte Ekinci.

»Um ihr Kernthema: Migranten«, sagte Kramer. Weder er noch sein kurdischstämmiger Kollege verzog eine Miene.

»Wen hat es denn noch erwischt? Oder kennen wir schon alle Chatopfer aus der Zeitung?«, fragte Stahnke.

»Ich bin noch auf zwei neue Namen gestoßen«, antwortete Kramer. »Da wäre einmal Birgit Hemken; sie ist mit 33 Jahren schon Fraktionsvorsitzende im Kreistag, sehr karriereorientiert; dadurch ist sie wohl in Fechts Visier geraten. Zum anderen Wilma Lünsdorf.«

Rieke Rieken, trotz vorgerückten Alters erst kürzlich zum Polizeikommissar befördert, hatte die Besprechung bis zu diesem Moment schweigend verfolgt. Jetzt stieß er seinen Kollegen Dirk van Dieken mit dem Ellbogen in die Seite und raunte ihm laut und vernehmlich zu: »Hast du gehört? Die dicke Wilma aus Jümme!« Van Dieken nickte; beide grinsten breit.

»Vielen Dank für den Anschauungsunterricht«, kommentierte Kramer trocken. »Ganz richtig, Wilma Lünsdorf, 47 Jahre, ist Bürgermeisterin der Samtgemeinde Jümme.

Und sie hat Adipositas. Dennoch möchte sie in den Landtag und bemüht sich daher um einen aussichtsreichen Listenplatz.«

»Mit Erfolg«, sagte Ekinci, womöglich noch breiter grinsend als die beiden Graubärte: »Gerade ist sie um einen Platz nach oben gerückt. Durch Carstens Fechts Ableben. Noch ein paar solcher Volltreffer, dann könnte es klappen!«

»Wenn sie das nur rechtzeitig mitkriegt!«, rief van Dieken johlend. »Die Kugel ist doch ständig weg, zur Kur! Kein Wunder, kann vor lauter Fett kaum noch laufen.«

»Kollegen! Ich muss doch bitten.« Stahnke schlug mit der Hand auf den Tisch. »Wir wollen uns nicht auf dieses Niveau hinabbegeben. Schlimm genug, dass wir uns damit befassen müssen! Und keine faulen Witzchen, die Schuldzuweisungen enthalten, verstanden?« Er funkelte Ekinci an, der sich zerknirscht gab und die Augen niederschlug.

Anders Dirk van Dieken. »Aber Chef, das ist ermittlungsrelevant! Im Rathaus von Filsum lästern doch alle darüber, wie oft die Bürgermeisterin durch Krankheit, Kuren oder Reha ausfällt, teils monatelang, und wie viel Arbeit dadurch liegenbleibt! Und dann will diese Frau auch noch in den Landtag. Vermutlich, weil das Krankengeld dort höher ist! Ehrlich, dafür hat kein Mensch Verständnis.«

»Zur Kenntnis genommen.« Stahnke blickte Kramer auffordernd an: »Waren das jetzt alle? Oder kommen noch mehr Namen?«

»Das waren alle, die ich in dem Material von Frau Feeken finden konnte«, sagte Kramer.

Stahnke hörte die Zwischentöne. »So? War das Material womöglich nicht vollständig?«

»Frau Feeken sagt Ja.« Kramer formulierte gewohnt vorsichtig. »Nach erster Durchsicht kann ich das nicht widerlegen. Ich werde die Chatverläufe einer Kontinuitätsprüfung unterziehen, dann kann ich mehr dazu sagen. Vielleicht gelingt mir dabei ein Treffer.«

»Apropos.« Stahnke schnippte mit den Fingern. »Hat die KTU eigentlich mittlerweile das tödliche Geschoss gefunden? Inzwischen war doch wohl Tageslicht, sofern ich mich recht entsinne.« Er schaute Kramer auffordernd an.

Der Oberkommissar schüttelte bedauernd den Kopf. »Leider nein. Die Kollegen haben die mutmaßliche Flugbahn des Geschosses kalkuliert, so gut sie konnten, also Abschusshöhe, Ein- und Austritt am Schädel des Getöteten und dann die Verlängerung bis über die Straße – aber dort war beim besten Willen nichts zu finden. Die Variablen sind vermutlich zu groß.«

Ein Klopfen ertönte, kurz und fordernd. Weniger als eine Sekunde später flog die Tür auf. Eine nicht sehr große, kräftige und sportlich durchtrainierte Frau, die ihre dichten braunen Locken mit einem Zopfband im Nacken gebändigt hatte, rauschte herein. »Grüß Gott allerseits!«, rief sie strahlend in die Runde. »Ihr habt schon ohne mich angefangen? Gut so. Tut mir leid, dass es so lange gedauert hat.« Sie blickte sich suchend um, dann setzte sie sich auf einen freien Stuhl. Es war der Platz genau gegenüber von Stahnke.

Der Hauptkommissar hätte sich ohrfeigen können. Wie konnte er das vergessen haben, Bombe hin, angeknackste Rippe her! »Meine Herren, das ist Kollegin Annika Brühl. Hauptkommissarin. Wurde aus Hessen nach Leer versetzt, um uns zu unterstützen.«

»Mit einem kleinen Umweg über Aurich. Sozusagen Eingewöhnung unter Realbedingungen. Moin zusammen! Hallo, Nidal, schön, dass wir wieder einmal zusammenarbeiten.« Annika Brühl winkte Ekinci zu.

»Ach, ihr kennt euch?« Stahnke stellte Kramer, Rieken und van Dieken kurz vor. »Wir waren noch beim Zusammentragen. Seit gestern hat sich eine Menge getan. Seid ihr mit der Auricher Brandstiftung weitergekommen?«

»Dass es eine war, steht außer Frage«, erwiderte Annika Brühl. »Als Brandbeschleuniger wurde Benzin benutzt, Superbenzin von der Tanke, die Menge könnte dem Inhalt eines handelsüblichen Fünf-Liter-Ersatzkanisters entsprechen. Die Zünderkerze ist gewöhnliche Haushaltsware. Ebenso der gläserne Untersatz, auf dem die Kerze stand, fixiert mit Brennpaste. Das war übrigens kein Schälchen, sondern ein kleiner gläserner Aschenbecher.«

»Ein Aschenbecher.« Stahnke hatte selbst nie geraucht, aber die Veränderungen der letzten Jahre waren ihm nicht entgangen. »So was hat man eigentlich heute gar nicht mehr, oder?«

»Wieso? Aschenbecher stehen doch vor jedem Restaurant und jedem öffentlichen Gebäude«, widersprach Ekinci. »Und zu Hause auf unserer Terrasse haben wir auch einen.«

»Klar, draußen! Wer heute noch raucht, tut das zumeist unter freiem Himmel«, sagte Hauptkommissarin Brühl. »Unser Objekt aber war als Ascher für drinnen gedacht. Klein und flach, für draußen völlig ungeeignet. Diese Dinger sind wirklich selten geworden.« Sie nickte Stahnke bestätigend zu.

»Also vielleicht ein Raucher? Passt das auf einen unserer Verdächtigen?«, fragte der.

Annika Brühl schüttelte den Kopf. »Bisher haben wir nur die Mitglieder der Eigentümergemeinschaft des abgebrannten Hauses überprüft. Von denen raucht keiner. Und von denen war auch keiner zur fraglichen Zeit in Aurich – noch nicht einmal in Ostfriesland. Die haben alle ein Alibi.« Sie kramte in ihrer Jackentasche. »Es gibt da aber noch etwas anderes, worauf ich mir keinen Reim machen kann.« Sie zog ein transparentes Plastiktütchen hervor und hielt es in die Höhe.

»Was ist das?« Stahnke kniff die Augen zusammen und beugte sich vor. »Ist da überhaupt etwas drin?«

Annika Brühl öffnete den Beweissicherungsbeutel und nahm ein kleines Schmuckstück heraus, ein dünnes Silberkettchen mit einem Anhänger, der leicht pendelte und sich zu drehen begann, sodass alle seine Form erkennen konnten.

»Ein Davidstern«, sagte Stahnke. »Woher stammt der denn?«

»Wurde im Windfang des abgebrannten Gebäudes gefunden«, erklärte seine Kollegin. »Dorthin ist das Feuer nicht gekommen.«

»Den kann irgendwer dort verloren haben«, sagte Ekinci. »Vielleicht ein früherer Mieter beim Auszug. Waren Fingerabdrücke dran?«

Die Hauptkommissarin schüttelte den Kopf. »Nein. Das Haus war ansonsten übrigens komplett leergeräumt, dieses Ding und der Rest vom Zünder waren die einzigen Gegenstände, die wir darin gefunden haben. Ich dachte mir, ist doch auffällig – die angehenden Bewohner sind alle Muslime, die sind in aller Regel ziemlich antijüdisch eingestellt. Und dann so etwas.«

Ekincis Miene wechselte in schneller Folge von zweifelnd über empört zu betroffen. Die ganze Runde schwieg sekundenlang.

Dann legte Kramer seinen Kopf schräg: »Übersehe ich gerade den Zusammenhang mit unserem eigentlichen Fall?«

Stahnke konnte sich gerade noch daran hindern, mit den Schultern zu zucken. »Zweimal Brandstiftung, zweimal Tätervermutung in Richtung Ausländerfeindlichkeit, nunmehr mit einem neuen Aspekt. Aber kein erkennbarer Zusammenhang mit dem Mordfall Fecht, da hast du recht. Vielleicht sollten wir Aurich wirklich den Aurichern überlassen.«

Lebhaftes Kopfnicken bei Rieken und van Dieken; die beiden waren immer fürs Delegieren. Faule Säcke, dachte Stahnke, na wartet! »Ihr beide überprüft mal das Alibi von Christel Röben für den Abend des 30. April«, sagte er und richtete seinen Zeigefinger abwechselnd auf die beiden Graubärte. »Befragt die Leute von der Stiftung, die bei der Grillparty dabei gewesen sein sollen. Und lasst euch zur Sicherheit noch die Namen der beteiligten kurdischen Familien geben.«

Rieken guckte empört, van Dieken beleidigt; trotzdem nickten beide stumm. Annika Brühl und Nidal Ekinci lächelten einander zu. Oliver Kramer blätterte mit unbewegter Miene in seinen Unterlagen und Notizen.

Apropos! Stahnke klopfte mit den Knöcheln auf die Tischplatte. »Ich hatte doch eine Halterfeststellung in Auftrag gegeben. Das Auricher Kennzeichen. Wie sieht es aus damit?«

Ehe Kramer antworten konnte, fragte Annika Brühl: »Auricher Kennzeichen? Welches denn?«

»AUR – AH 818«, sagte Stahnke.

»Ach das«, erwiderte Annika Brühl. »Deswegen braucht ihr den Kollegen Computer nicht zu bemühen. Das kann ich euch auch so sagen.«

11.

Lars Noack setzte sich in seinen Wagen und zog sein Handy hervor. Steckte es wieder ein. Nahm das andere.

Er war sofort dran. »Ja?«

»Du weißt Bescheid?«, fragte Noack.

»Worüber?«

Der Name lag ihm schon auf der Zunge. Aber es gab eiserne Gesetze. »Das rote Muli.«

»Ach so. Ja. Und?«

»Ich habe das Zeug noch«, sagte Noack. »Brennt mir unter den Nägeln.«

»Dann bring es her«, sagte der andere.

»Wohin genau?«, erkundigte sich Noack.

»Frag nicht so dämlich!«, herrschte der andere ihn an. »Genau wie letztes Mal. Weißt Bescheid?«

»Ja. Und wann?«

»Jetzt.« Die Verbindung wurde unterbrochen.

Noack seufzte, schüttelte den Kopf. Dann startete er seinen Wagen. Der Feierabendverkehr hatte bereits nachgelassen. Noack bog auf die Bundesstraße ein, passierte das Ortsausgangsschild, gab Gas, achtete aber peinlich genau auf die 70-Stundenkilometer-Zone Höhe Logabirum. Eine Verkehrskontrolle konnte er jetzt nicht gebrauchen, schon gar kein Blitzerfoto. Unbehelligt erreichte er die Auffahrt Leer-Ost der Autobahn 28. Er blinkte und fädelte sich Richtung Oldenburg ein.

Jetzt also doch, dachte er. Wieder einmal! Dabei hatte er sich geschworen, nie wieder einen Fuß dorthin zu setzen.

Trotzdem fuhr er genau dahin, genau jetzt. Aber wenigstens zum letzten Mal.

Ich hätte mich niemals mit denen einlassen sollen, dachte Noack. Niemals! Aber wie das eben so war, wenn die Not größer wurde, gingen die Prinzipien als Erstes über Bord. Er hatte zugegriffen. Jetzt klebte es an seinen Händen.

Ein schneller Seitenblick zum Beifahrersitz, ängstlich besorgt wie in Gegenwart einer Bombe. Nein, ein Sprengkörper war das nicht, das da in dem braunen Umschlag. Aber wenn man das Ding bei ihm fand, würde es ihn trotzdem in der Luft zerfetzen. Er musste es loswerden, unbedingt. Auf dem einzig sicheren Weg, den es gab.

Blaue Schilder flogen vorbei. Schon wurde die Abfahrt Apen-Remels angezeigt. Noack ging vom Gas, reihte sich hinter einem Molkereilaster ein, begann bei der dreistreifigen Bake zu blinken. Überkorrekt. Aber dafür würde ihn bestimmt niemand an den Straßenrand winken.

Er verließ die Autobahn, bog ab, fuhr in Richtung Ammerland, die übliche Strecke. Er hatte sein Ziel nicht ins Navi einprogrammiert, das war nicht nötig. Den Weg fand er im Schlaf, obwohl es bereits dämmerte.

Die Straßen wurden schmaler, die Umgebung war und blieb ländlich grün. Der elende Mais war erst kniehoch, so ließ sich der Anblick ertragen. Im Spätsommer würde man hier zwischen dunkelgrünen Wänden fahren, genügend Regen vorausgesetzt. Futter für Biogasanlagen – so hatten sich die Grünen das bestimmt nicht vorgestellt.

Eingezäunte Weiden, schwarzbunte Kühe, träge Pferde. Vereinzelte Gehöfte mit ausgedehnten Ställen, teils urwüchsig mit eingesunkenen Dachfirsten, teils hochmodern mit Solardächern. Büsche und Bäume säumten die Straße, reflektierten das Licht seiner Scheinwerfer. Kein anderes

Auto weit und breit. Was für eine Idylle! Und ausgerechnet hier …

Ein schwarzer Schatten rauschte von hinten heran und dröhnend an Noack vorbei. Fast hätte er das Steuer verrissen. Schlingernd zwang er seinen Wagen zurück in die Spur. Von wegen Idylle! Der Dorfjugend war es wohl zu ruhig, oder was hatte dieses halsbrecherische Überholmanöver zu bedeuten? Noch dazu ohne Licht!

An dem schwarzen Wagen vor ihm leuchteten die Bremslichter auf. Noack musste seinerseits bremsen, um nicht aufzufahren. Was zur Hölle sollte denn das nun wieder?

Dann sah er das Nummernschild. Erkannte den Wagen. Wusste plötzlich, was das zu bedeuten hatte. Alles in ihm krampfte sich zusammen. Hätte er das nicht ahnen können? Oder müssen?

Sekundenlang hatte er nicht in den Rückspiegel geschaut, und als er es nun tat, war es zu spät. Ein dunkler Kastenwagen näherte sich rasend schnell, wuchs zu einer schwarzen Wand, die das Format des Spiegels sprengte. Dann krachte es hinter ihm, es ruckte hart, sein Kopf schlug in die Nackenstütze. Das Heck des Audis huschte nach links weg, dafür reckte sich vor ihm jetzt ein knorriger Alleebaum in die Höhe. Dann krachte und ruckte es auch dort.

Als Lars Noack wieder zu sich kam, hing sein Kopf über dem Lenkrad, den bereits erschlafften Airbag unter sich. Von draußen hörte er Schritte. Die Fahrertür wurde geöffnet. Er wollte den Kopf drehen, aber das ging nicht. Sein ganzer Körper war wie gelähmt.

»Der Typ lebt noch«, hörte er eine junge Stimme. »Was sollen wir machen? Anzünden?«

»Nee, das gibt's nur in Amifilmen. Das merken die Bullen sofort«, antwortete die tiefere Stimme eines anderen, aber ebenfalls jung klingenden Mannes. »Das machen wir anders. Guck zu, kannste was lernen.«

Ein Ruck ging durch Noacks Fahrersitz; der Mann hatte die Nackenstütze mit einem kräftigen Schlag bis auf die Rückenlehne heruntergedrückt. Dann ertönte ein scharfes metallisches Geräusch. Gleiten und Einrasten.

»Mist«, schimpfte die zweite Stimme. »Blöde Dachkante. Komm, hock dich da hin und zieh ihn mal ein bisschen hier herüber. Los, mach!«

Lars Noack spürte Hände an seinen Schultern, einen Arm vor seiner Brust. Jemand legte ihn zurecht. Panik stieg in ihm auf, eine Ahnung von Gefühl kehrte in seine Muskulatur zurück. Noack stöhnte, hob leicht den Kopf.

»Perfekt«, sagte die zweite Stimme. Etwas pfiff durch die Luft. Danach war alles still.

12.

»Jetzt mal raus mit der Sprache.« Stahnke hatte Nidal Ekinci auf dem Gang zur Toilette abgepasst und in einer Ecke geblockt. »Woher kennst du sie?«

»Wie? Wen? Was meinst du?« Ekinci versuchte, sich an

seinem Chef vorbei zu winden und zur Klotür zu gelangen, aber obwohl er in den letzten Monaten ordentlich an Muskelmasse im Arm- und Brustbereich zugelegt hatte, hatte er gegen den deutlich größeren und schwereren Stahnke keine Chance.

»Frag nicht so dusselig! Die Neue natürlich. Annika. Woher?«

Ekinci seufzte ergeben. Er stand unter hohem Druck, das war ihm anzumerken. »Wiesbaden war doch meine erste Station seinerzeit, gleich nach der Ausbildung. Dort habe ich sie kennengelernt. Nette Kollegin halt, da ist doch nichts dabei.«

Es war dieser Nachsatz, der Stahnke stutzig machte. Dass Ekinci den Blick gesenkt hatte, kam hinzu. »Von wegen, erzähl mir nichts! Du hattest doch was mit der, stimmt's?«

Der Oberkommissar versuchte es mit einem empörten Blick, fand sich aber anscheinend selbst nicht überzeugend. »Na ja, nette Kollegin, wie gesagt. Hübsch ist sie auch.« Er zuckte mit den Schultern: »Hat auch nicht sehr lange gedauert, das Ganze.«

»Nicht sehr lange ist schon zu lang für einen verheirateten Mann«, knurrte Stahnke. »Wusste sie das? Und war damals nicht schon dein Sohn unterwegs?«

»Nein, weder noch. Ich war erst verlobt seinerzeit. Als wir geheiratet haben, war das mit Anni längst vorbei.« Ekinci schluckte. »Ich meine, das mit Annika Brühl.«

»Schlimm genug«, sagte Stahnke. »Ist die Dame nicht außerdem viel zu alt für dich?«

»Och, die paar Jährchen.« Ekinci winkte ab. »Außerdem weißt du doch sicher, was die Leute sagen: Auf alten Schiffen lernt man segeln!«

»Interessant. Sagt deine Frau das auch?«

»Wie – über mich?«

»Nee. Über sich!«

Nidal Ekinci war in Deutschland aufgezogen und sozialisiert worden. Abgesehen von seinem Teint hätte er einen hervorragenden Preußen abgegeben. Andererseits war er ein muslimischer Kurde mit enger Bindung an seine Großfamilie und deren überkommene Werte. Über die Rolle der Frau in der Gesellschaft konnte man nach Belieben mit ihm diskutieren. Über seine eigene Ehe nicht.

Stahnke wusste das, und er hielt dem Blick, den Ekinci auf ihn abschoss, eisern stand. Bis sein junger Kollege den Blick erneut senkte.

»Du hast ja recht«, murmelte Ekinci. »Es war unrecht von mir. Ich hätte es Nasrin sagen müssen.«

»Das Wort heißt beichten«, knurrte Stahnke. »Und nun kein Wort mehr darüber. Klär das für dich selbst und mit Nasrin. Aber mir erzählst du gefälligst, was du über Annika Brühl weißt.«

»Mach ich«, sagte Ekinci. »Allerdings werde ich dir dabei wohl in die Hosentasche pinkeln müssen.«

Grunzend gab der Hauptkommissar den Weg frei. Ekinci verschwand hinter der Toilettentür.

Stahnke ging zurück zu ihrem Tisch gleich an der Glasfront der *Schönen Aussichten*. Das Restaurant machte seinem Namen alle Ehre; der Blick auf den Leeraner Hafen und die Halbinsel Nesse mit den zahlreichen Jachten an den beiden Promenaden war wirklich prachtvoll. Dass man von hier aus auch den kantigen Ziegelbau der Polizeiinspektion Leer/Emden am Hafenkopf sehen konnte, war ein Manko, das zu verkraften war.

Kramer und Annika Brühl waren gerade im Aufbruch; beide wohnten außerhalb, mussten noch fahren und hatten sich mit Wasser und Rhabarberschorle begnügt. Nidal Ekinci hatte wie immer alkoholfreies Weißbier getrunken, und zwar in Mengen. Kein Wunder, dass er es mit dem Klogang so eilig gehabt hatte. Rieken und van Dieken waren schon weg, nach je einem kleinen Pils. Stahnke wusste genau, dass die beiden Graubärte gerne mal einen hoben, und zwar richtig. In der ungewohnten Gesellschaft der Kriminalbeamten fremdelten sie jedoch. Außerdem trugen beide stets den sprichwörtlichen Igel in der Tasche – sie waren mehr als knausrig. Das Plattdeutsche unterschied zwischen »sünig«, also sparsam, und »grannig«, nämlich geizig. Rieken und van Dieken waren eindeutig grannig.

Kramer verabschiedete sich mit dem üblichen Nicken, Annika Brühl mit einem festen Händedruck. Stahnke hielt ihre Hand noch einen Moment länger fest. »Wie war doch gleich der Name des Halters?«, fragte er. »Du weißt schon, von dem schwarzen Audi?«

»Hayunga«, sagte die Hauptkommissarin. »Albert Hayunga. Älteres Semester, ich kenne ihn vom Schießen. Hab sein Auto schon oft vor dem Schießstand stehen sehen. Das Nummernschild ist mir natürlich aufgefallen, und ich habe mich erkundigt. Die Sache ist aber harmlos. A und H sind eben Alberts Initialen, und er hat am 8. Januar Geburtstag. Daher die 81. Nichts mit Adolf Hitler!« Sie lachte laut: »Und auch nichts mit den Hell's Angels.«

Natürlich wussten sie beide, dass sowohl die Nazis als auch die kriminell höchst aktive Rockerbande gerne den Zahlencode verwendeten. Jede Ziffer stand für den entsprechenden Buchstaben des Alphabets, die 1 also für das A und die 8 für das H. 81 waren die Hell's Angels, 18 hieß Adolf Hitler. Der Code funktionierte zwar nur bis 9, aber das störte keinen. Kein Nazi schien die Absicht zu haben, per Nummernschild Gregor Strasser oder SA-Führer Ernst Röhm zu verehren. Ach ja, die waren ja auch 1934 von den eigenen Leuten ermordet worden. Der eine war den Nationalen zu sozialistisch gewesen, der andere zu schwul.

»Und wofür steht die zweite 8?«, fragte Stahnke, der die Hand seiner Kollegin endlich losgelassen hatte.

Annika Brühl schaute verständnislos.

»Na, in 818! Ich hätte ja auf *Heil Adolf Hitler* getippt. Aber wenn die ersten beiden Ziffern für Albert Hayungas Geburtsdatum stehen, wofür steht dann die zweite 8?«

»Keine Ahnung! Vielleicht gab's keine 81 mehr. Wegen der ganzen Hell's Angels in Aurich!« Annika Brühl lachte noch einmal, winkte Nidal Ekinci zu, der gerade aus der Toilettentür auftauchte, und ging. Kramer folgte ihr.

»Ich müsste dann auch bald los«, sagte Ekinci.

»Nichts da!«, widersprach Stahnke. »Setzen und erzählen!«

Der junge Oberkommissar tat beides widerwillig. »Ich war damals ein totaler Frischling«, sagte er. »Anni war abgestellt, um mich und die anderen Neuen an die Hand zu nehmen. Hat sie auch gerne gemacht. Ich meine, sie war froh, aus ihrem Fachkommissariat rauszukommen.«

»Wie alt war sie damals, Anfang bis Mitte 30?«, fragte Stahnke. »Etwas früh, um schon in Routine erstarrt zu sein, oder?«

Ekinci schüttelte den Kopf. »Das war es auch nicht. Mehr so das allgemeine Klima. Ihre Abteilung war total männerdominiert. Und der zwischenmenschliche Umgang war … na, ziemlich machohaft eben. Anni gegenüber grenzte das an Mobbing. Jedenfalls hat sie sich sehr unwohl gefühlt.«

»Machos, ach ja? Du weißt schon, was man über euch Orientalen sagt, oder?«

»Hör mir auf mit Pauschalurteilen«, sagte Ekinci. »Es gibt nur ein Pauschalurteil, das zutrifft, und das lautet: Alle Pauschalurteile sind falsch.«

Stahnke winkte ab. Jetzt war nicht die Zeit für solche Haarspaltereien. »Dann hat sie sich also in deine Arme geflüchtet, um sich auszuweinen«, konstatierte er. »Und alles andere hat sich dann daraus ergeben?«

Ekinci zuckte mit den Schultern: »Mehr oder weniger. Eher mehr. Ich habe ihr eben zugehört. Und mich so verhalten, dass sie keine Angst vor mir haben musste. Daher konnte sie sich …« Der junge Oberkommissar schlug erneut die Augen nieder.

»Öffnen?«, ergänzte Stahnke. »Nun sprich, Junge, wir sind unter uns!«

»Das ist es ja gerade!« Ekinci lächelte wieder sein spitzbübisches Lächeln. »Du bemerkst doch Doppelbedeutungen sogar, wo überhaupt keine sind!«

Stahnke räusperte sich. »Ihr hattet also eine … offene Beziehung. Wie lange ging die denn?«

»Gar nicht mal so lange. Keine drei Wochen, dann war Schluss.«

»Von wem ging das aus?«, fragte der Hauptkommissar.

»Von ihr. Ziemlich plötzlich.« Nidal Ekinci wiegte nachdenklich den Kopf. »Die Nacht hatten wir noch zusammen verbracht. Am nächsten Tag hat sie mich in der Teeküche abgepasst und mir eröffnet: ›Das war's.‹«

»Einfach so? Obwohl du doch ihr Halt und ihre Stütze warst? Unter anderem. Wie hast du denn darauf reagiert?«

»Mir war das eigentlich ganz recht«, erwiderte Ekinci. »Versteh mich nicht falsch, Anni war eine tolle Frau und ist es noch. Aber mir hat die ganze Geheimnistuerei nicht gepasst. Schlechtes Gewissen, ja, das gibt's! Auch wenn man uns Orientalen nachsagt, in Bezug auf Frauen hätten wir keins. Ich jedenfalls habe mich vor Nasrin mehr und mehr geschämt. Irgendwann würde sie etwas merken, das war mir klar. Die Trennung von Anni war die beste Lösung.«

»Und Anni – wie ging es für sie weiter? Blieb sie das Mobbingopfer ihrer männlichen Kollegen?«

»Überhaupt nicht!« Ekinci lehnte sich zurück und breitete die Arme aus. »Plötzlich hatte sie ein ganz anderes Standing in ihrer Abteilung! Volle Akzeptanz, quasi von heute auf morgen. Ich hab's von anderen Kollegen gehört, aber auch selbst mitbekommen. Sie war auf einmal vollkommen akzeptiert und bestens integriert. Auch ihr Auftreten war ein ganz anderes. Viel selbstbewusster.« Er überlegte und fuhr fort: »Oder anders herum: selbstbewussteres Auftreten, bessere Akzeptanz. Dann hätte ich auch eine Rolle in dieser Geschichte. Eine positive.«

»Mehr Selbstbewusstsein, weil sie mit dir zusammen gewesen war? Oder weil sie dich in die Wüste geschickt hatte?« Stahnke wartete die Antwort nicht ab, sondern erhob sich. »So, Abmarsch. Morgen geht es früh weiter.« Er grüßte und wandte sich zum Gehen. An der Theke stoppte er nur kurz. »Kollege ist dran mit Zahlen«, sagte er und wies mit dem Daumen über seine Schulter.

Ekinci schaute ihm kopfschüttelnd nach.

13.

Am nächsten Morgen war Stahnke der Erste im Büro. Sein erster Anrufer war Doktor Mergner.

»Ich hätte da etwas für Sie«, sagte der Pathologe.

»Für mich? Wo?«

»Hier auf meinem Tisch«, sagte Doktor Mergner.

Dieser Tisch war aus Edelstahl und stand im Bundeswehrkrankenhaus Westerstede. Stahnke benötigte keine halbe Stunde für die Autobahnfahrt dorthin. Auf dem Stahltisch lag die nackte Leiche von Lars Noack, bäuchlings, zwischen Taille und Fußknöcheln von einem grünen Tuch halbwegs schicklich bedeckt.

»Ihr Zeuge, wenn ich mich nicht irre«, sagte Doktor Mergner. »Hoffentlich nicht Ihr einziger.«

Der Hauptkommissar ging nicht darauf ein. »Was ist passiert?«, fragte er.

»Autounfall«, erwiderte Mergner. »Gestern Abend. Totenschein wurde bereits ausgestellt; der Tote sollte hier nur zwischengelagert werden. Reiner Zufall, dass ich auf ihn gestoßen bin.« Er deutete mit knochigem Finger auf einen zweiten komplett abgedeckten Stahltisch: »Ich sollte hier einen letalen OP-Ausgang begutachten. Eindeutig Kunstfehler. Das wird mich in diesem Hause nicht beliebter machen.«

»Ich sag's keinem, ehe Sie heil draußen sind«, knurrte Stahnke, während er sich vorsichtig reckte und den Druckverband unter seinem Hemd betastete. Seine angebrochene Rippe schmerzte deutlich weniger als gestern, reagierte aber noch empfindlich auf unbedachte Bewegungen. Der Hauptkommissar musterte Kopf und Rücken des toten Lars Noack. »Autounfall, sagen Sie? Ich kann keine äußeren Verletzungen erkennen. Woran genau ist er denn gestorben? Genickbruch?«

»Spoiler«, maulte Doktor Mergner. »Aber klar, Kunststück, so wie der Tote liegt, muss es ja das Genick sein.«

»Also ein Auffahrunfall?« Stahnke konnte sich noch an die Zeit vor der verpflichtenden Einführung der Nackenstützen erinnern. Damals kamen solche Todesfälle häufiger vor, besonders bei Rammstößen von hinten. Aber das war schon eine Weile her. »War die Kopfstütze falsch eingestellt?«, fragte der Hauptkommissar. »Kommt ja gelegentlich vor, dass die gefährlich niedrig positioniert ist, wenn jemand ein fremdes Auto fährt. Das passiert allerdings meist größer gewachsenen Leuten.«

»Nein, es war sein eigener Wagen«, antwortete Mergner. »Und ja, es war ein Auffahrunfall. Noack hat wegen irgendetwas gebremst, und jemand ist ihm mit Wucht hinten reingefahren. Sagt der Beamte, der den Unfall aufgenommen hat. Kopfstütze war ganz unten, knack, Exitus. Anschließend Fahrerflucht. Habe ich alles schon mal für Sie recherchiert. Aber nein, Sie brauchen sich nicht zu bedanken.«

Stahnke dachte auch überhaupt nicht daran, sondern machte sich nur eine Gedankennotiz bezüglich der Mitteilungsfreude gewisser Westersteder Kollegen. Denen würde er besser nie etwas anvertrauen, das nicht sowieso für die Öffentlichkeit bestimmt war.

»Dann war also bei Lars Noacks eigenem Wagen die Kopfstütze falsch eingestellt«, resümierte er. »Hat jemand anderes den kurz vorher gefahren? Seine auffallend kleine Ehefrau vielleicht? Oder sein minderjähriger Sohn?«

Doktor Mergner schüttelte sanft seinen von ledriger Haut umspannten Kopf – eine Bewegung, die sein weißer Haarbausch mit leichter Verzögerung nachvollzog. »Keine Ahnung, ob es diese Personen gibt, von denen Sie hier fabulieren«, sagte er. »Aber etwas anderes kann ich ihnen zeigen.«

Der Mediziner deutete auf den Hinterkopf des Toten. Lars Noack hatte sein Haar kurz getragen, daher war Stahnke nicht gleich aufgefallen, dass es stellenweise bis auf einen Stoppelteppich geschoren worden war. Offenbar post mortem. Zwischen den Stoppeln schimmerte die Haut rötlich, während sie ansonsten bleich war. Totenbleich.

»Sieht aus, als hätte Noack einen Schlag erhalten«, murmelte Stahnke.

»Das hier war kein Schlag«, widersprach Mergner. »Das war die Kopfstütze! Gut möglich, dass sich der Aufprall wie ein Schlag angefühlt hat. Bei entsprechender Wucht versagt auch das beste Polster.«

»Na ja«, sagte Stahnke, »wenigstens hat er das nicht mehr gespürt.«

»Da wäre ich mir nicht so sicher«, korrigierte Doktor Mergner. »Diesen Aufprall hat Lars Noack nämlich überlebt! Sonst gäbe es ja nicht diese Ansätze eines Hämatoms, das wir hier sehen. Die Kopfstütze hat ihm das Leben gerettet. Jedenfalls für eine gewisse Zeit. Und dazu muss sie korrekt eingestellt gewesen sein.«

Stahnke richtete sich auf und kratzte sich nachdenklich im Genick. Als ihm das bewusst wurde, zog er seine Hand ruckartig weg und verstaute sie in der Hosentasche. »Noack hat den Unfall überlebt?«, vergewisserte er sich. »Seine Kopfstütze war richtig eingestellt? Und trotzdem ist sein Genick gebrochen?«

Doktor Mergner nickte. Sein Haarbausch wippte gravitätisch nach.

»Ihr Gewährsmann hat aber doch gesagt, die Stütze sei ganz unten gewesen«, sagte Stahnke. »War vielleicht die Arretierung defekt? Dann könnte der zurückschlagende Hinterkopf die Stütze heruntergedrückt haben. Das hätte sicher auch zu solch einer Rötung geführt. Und anschließend zum Genickbruch.«

Mergner grinste wie ein fideler Totenschädel. »Hätte, hätte, Indizienkette«, hauchte er. »Ich bin Ihnen mal wieder einen Schritt voraus. Mindestens! Denn wenn sich das so abgespielt hätte, wie Sie mutmaßen, wenn also der Kopf des nunmehr Toten, von einer defekten Stütze nur unzureichend geschützt, so zurückgeschlagen wäre, dass es einen Genickbruch zur Folge gehabt hätte, dann wäre dabei die Muskulatur im vorderen Halsbereich nachweisbar überdehnt worden. Und genau das ist eben nicht der Fall.« Der Gerichtsmediziner verschränkte die Arme und legte triumphierend seinen Kopf in den Nacken. Stahnke glaubte Mergners Genick spröde knacken zu hören.

»Kaputt ist es aber trotzdem«, sagte er. »Noacks Genick, meine ich. Wenn es nicht durch den Unfall gebrochen ist, wie dann?«

»Das herauszufinden, muss ich Ihnen überlassen«, erwiderte Mergner. »Helfen kann ich Ihnen nur noch mit dem Wann. Der Genickbruch muss nach dem Unfall erfolgt sein. Und er hat den sofortigen Tod zur Folge gehabt, denn weitere Blutergüsse lassen sich leider nicht nachweisen.«

Langsam ging Stahnke um Noacks Leichnam herum, stellte sich in Positur, nahm Maß, streckte seinen rechten Arm aus und ließ die Handkante knapp über dem Nacken des Toten schweben. »Etwa so?«

»Per Karateschlag? Das müsste ein Kung-Fu-Meister getan haben.« Doktor Mergner stellt sich neben den Hauptkommissar und imitierte seine Haltung; im Gegensatz zu ihm hatte er keine Scheu, die bleiche Haut des Toten zu betasten. »Schauen Sie, der sechste Wirbel ist total zertrümmert. Um das festzustellen, brauche ich keine MRT. So was würde nicht einmal Bruce Lee mit der bloßen Hand hinkriegen! Da war ein harter, länglicher Gegenstand im Spiel. Ein Gummiknüppel käme infrage. Eher noch eine Metallstange.«

»Ein Schlagstock?« Stahnke hatte sofort eines dieser Teleskopdinger vor Augen. Die waren frei verkäuflich, und seit den Kölner Vorfällen in jener Silvesternacht vor einigen Jahren war der Umsatz sprunghaft angestiegen. Zwar brauchte man den Kleinen Waffenschein, um solch einen Schlagstock außerhalb der eigenen Wohnung zu führen, ebenso wie für Pfefferspray oder Elektroschocker. Aber wer wollte das wirksam kontrollieren? Dafür fehlte schlicht das Personal. Seine Kollegen von der Streife hatten wahrlich anderes zu tun.

»Nun, es könnte auch etwas Fantasievolleres gewesen sein.« Mergner hob die schmalen Schultern. »Aber ja, sicher, warum nicht das Offensichtlichste. Ein Schlagstock.«

Hinter ihnen flog eine Tür auf, so schwungvoll, dass ein Windstoß Doktor Mergners Haare in die Höhe bauschte. Eine halbe Sekunde lang wartete Stahnke darauf, dass sie ihm in die Stirn fielen; irgendeine mysteriöse Kraft hielt sie jedoch zusammen und ließ sie zurück in ihre alte Position rutschen. Elektrische Ladung? Magie? Oder Haarspray?

»Sorry für die Verspätung, ich musste noch etwas in Aurich regeln.« Annika Brühl drängelte sich zwischen die beiden Männer, nickte Doktor Mergner zu und knuffte

Stahnke mit dem Ellbogen in die Seite. Der Hauptkommissar spürte sofort seine angeknackste Rippe und schnappte nach Luft.

»Lars Noack, hab' schon gehört«, sagte seine Kollegin. »Unser Tatzeuge im Mordfall Fecht. Tödlich verunfallt, oder was steckt sonst dahinter?«

»Genickbruch durch einen Schlag mit einem harten länglichen Gegenstand, vermutlich Schlagstock, zeitlich kurz nach dem Unfall«, fasste Stahnke zusammen. »Wodurch natürlich auch der Unfall als solcher infrage steht. Noack hat gebremst, ehe sein Auto von hinten gerammt wurde, heißt es. Könnte provoziert worden sein.«

»Durch ein zweites Fremdfahrzeug?« Annika Brühl beugte sich über den Toten; ihre mühsam gebändigte Lockenpracht wippte elastisch. Wortlos zeigte Doktor Mergner auf den zertrümmerten Wirbel und deutete die Schlagrichtung an. »Wurden denn entsprechende Spuren gefunden? Dellen vorne, Schrammen, Lacksplitter?«

»Nur unspezifische Reifenspuren«, berichtete Mergner; sein Informant musste äußerst redselig gewesen sein. »Noacks Wagen ist beim Rammstoß nach rechts von der Fahrbahn abgekommen und an einem Baum gelandet. Vielleicht, weil er diesem zweiten Fahrzeug ausweichen wollte.«

»Tja, vielleicht, vielleicht auch nicht.« Annika Brühl blickte sich suchend um: »Wo sind denn die Sachen des Toten? Seine Kleidung und so? Wurden die bereits untersucht?«

»Nebenan«, antwortete Doktor Mergner. »Ober- und Unterbekleidung, Portemonnaie mit ein paar Scheinen und etwas Kleingeld, ein Etui mit Personalausweis und sonstigen Karten, Taschentuch und Taschenmesser. Und eine Armbanduhr. Das war's.«

»Das war alles?«, fragte die Hauptkommissarin nach. »Sonst nichts?«

»Was hatten Sie denn erwartet?«, hauchte der Mediziner.

Annika Brühl ignorierte ihn und wandte sich an Stahnke: »Wir sollten uns den Unfallwagen ansehen. Vielleicht finden wir darin einen Hinweis, wie sich Lars Noacks Ableben tatsächlich abgespielt hat.«

»Was zum Beispiel?«, fragte Stahnke. Fast hätte er Mergners Hauchen imitiert.

»Keine Ahnung. Wenn ich es schon wüsste, müssten wir ja nicht gucken«, entgegnete seine Kollegin spitz.

»In Ordnung. Ich melde uns mal bei den Kollegen an«, lenkte Stahnke ein. Er nestelte sein Handy aus der Tasche.

»Zwecklos«, raunte Mergner. »Null Empfang. Zu viel Stahlbeton um uns herum. Nebenan wäre ein Festnetztelefon. Aber Vorsicht, das hat noch eine Wählscheibe! Darf ich voraussetzen, dass Sie noch wissen, wie man damit umgeht?«

»Sie dürfen«, knurrte Stahnke.

Er ließ sich von Doktor Mergner in den Nebenraum führen. Dort befanden sich auch die Habseligkeiten des Toten, die Kleidung ordentlich über einer Stuhllehne, die Schuhe akkurat nebeneinander, alles andere säuberlich an einer Tischkante aufgereiht.

»Warum liegt das eigentlich alles hier herum?«, fragte Stahnke, während er nach dem knallig orangefarbenen uralten Telefon griff. »Sollten die zuständigen Kollegen die Sachen nicht unter Verschluss halten, bis sie den nächsten Angehörigen ausgehändigt werden können?«

»Ach, Kollege Vogelmann meinte, Noacks Ehefrau würde sowieso herkommen, um die Leiche ihres Mannes zu identifizieren«, hauchte Mergner. »Dann könnte ich ihr dessen Besitztümer auch gleich übergeben. Spart Wegzeit, meinte er.«

»Na, den möchte ich aber mal kennenlernen, diesen lockeren Vogel«, grollte der Hauptkommissar. Mit der linken Hand nahm er den Hörer der Festnetz-Antiquität ab, mit der rechten suchte er in seinem Smartphone nach der richtigen Telefonnummer. Dabei stutzte er. »Wo ist denn eigentlich das Handy des Toten?«, fragte er den Gerichtsmediziner.

»Keins da«, erwiderte Mergner. »Hatte wohl keins dabei. Auch kein Tablet und keinen Laptop, ehe Sie weiter fragen. Auch keinen Flachbildfernseher.«

Stahnke schnaubte, rammte seinen dicken Zeigefinger in das Wählscheibenloch mit der Null und begann zu drehen. Früher war manches besser, dachte er dabei. Aber längst nicht alles.

Kommissar Vogelmann entpuppte sich als junger, freundlich grinsender Hüne, so blond, wie es blonder nicht ging, mit säuberlich ausrasierter Türsteherfrisur und kantigen Kinnbacken. Seine Hände waren größer als die von Stahnke, was ungewöhnlich war, und sein Händedruck erforderte konzentriertes Gegenhalten des Ranghöheren.

Hauptkommissarin Brühl drückte er nicht die Hand. Er schloss sie herzlich in die Arme. »Alles klar, Annika?«, reimte er voller Dichterstolz. »Schön, dass wir uns auch mal dienstlich über den Weg laufen!«

»Moin, Berni.« Annika Brühl hatte ihre Arme geschickt zwischen ihrer Brust und dem flachen Bauch des Zwei-Meter-Mannes platziert und befreite sich elegant aus der Umklammerung. »Hauptkommissar Stahnke«, stellte sie ihren Kollegen vor. »Oder kennt ihr euch schon?«

»Noch nicht begegnet, aber schon viel gehört«, erwiderte Vogelmann in deutlich defensiverem Tonfall. »Der Unfallwagen steht hinten.«

Der Hauptkommissar musste sich sputen, um mit dem langen Kollegen Schritt zu halten. Schneller als beide war Annika Brühl, die das Fahrzeug als Erste erreichte und sofort von der Beifahrerseite hineintauchte. Stahnkes Einwand erstarb auf seinen Lippen, als er bemerkte, dass sie Latexhandschuhe trug. Wann hatte sie sich die denn übergestreift?

»Wonach suchst du?«, fragte er, als er hinter ihr stand. »Nach seinem Handy vielleicht?«

Sie richtete sich auf, die Wangen vor Eifer gerötet. »Wieso Handy? Wie kommst du darauf?«

»Weil der Tote keines bei sich hatte«, sagte Stahnke. »Ist ja immerhin ungewöhnlich heutzutage.«

»Schon.« Annika Brühl beugte sich wieder hinunter und tastete den Wagenboden systematisch ab. »Hier liegt aber keines. Auch sonst nichts Ungewöhnliches.« Ihre Hände fuhren unter die Sitze und durch sämtliche Ablagen, förderten aber nichts zu Tage als eine zerfledderte Parkscheibe und bündelweise Parkscheine. Lars Noack schien als Autofahrer ein sehr korrekter Mann gewesen zu sein. Wenn auch kein ordentlicher.

Kommissar Bernhard Vogelmann betrachtete das Geschehen aus zwei Schritt Abstand, die Hände in den Hosentaschen, einen zufriedenen Ausdruck auf dem Gesicht. Ruhte sein wohlgefälliger Blick etwa auf Annika Brühls Hintern? Stahnke fixierte den Hünen streng. Der grinste unbefangen zurück.

»Fehlanzeige.« Die Hauptkommissarin streifte die dünnen Handschuhe ab. »Ich hatte auf einen Hinweis gehofft, warum Noacks Wagen gestoppt wurde. Und Noack selbst ermordet – wenn es denn wirklich ein Mord war. Aber da ist nichts. Entweder, weil der Täter sehr gründlich gewesen ist, oder weil hier schlicht und einfach nie etwas war.«

Stahnke hatte in seinen Erinnerungen gekramt; just in diesem Moment wurde er fündig. »Jelto Harms, einer unserer Befragten, hat gemeint, der Mord an Carsten Fecht ergäbe nur dann einen Sinn, wenn man das ganze Chatnetzwerk niedermetzeln würde«, sagte er. »Seine Worte. Lars Noack hat zu diesem Netzwerk gehört, jedenfalls bis vor Kurzem.«

»Und wer sonst noch alles?« Annika Brühl schnaubte geringschätzig. »Wenn jeder Blödmann, der sich über andere das ungewaschene Maul zerreißt, deswegen gleich ermordet würde, dann kämen wir mit unserer Arbeit niemals nach! Glaube mir, ich weiß, wovon ich rede.«

Stahnke dachte an das, was Nidal Ekinci ihm erzählt hatte, und schwieg.

Zusammen musterten sie die äußeren Schäden am Wagen. Die Vorderfront war halbrund eingedellt, ganz klassisch; außer dem Alleebaum schien Noacks Auto nichts touchiert zu haben. Die Rückseite sah vergleichsweise unspektakulär aus, abgesehen von dem zerstörten Stoßfänger, der die Wucht des Rammstoßes weitgehend absorbiert haben musste.

»Lacksplitter?«, fragte Stahnke.

»Sind schon gesichert«, antwortete Vogelmann, ohne die Hände aus den Taschen zu nehmen. »Auswertung läuft.«

»Tja, dann.« Annika Brühl sah Stahnke auffordernd an.

Der Hauptkommissar schaute auf seine Armbanduhr; 10.30 Uhr schon. »In einer halben Stunde ist Besprechung«, sagte er und nickte Vogelmann zu: »Passen Sie schön auf die Karre hier auf, ja?«

»Auf jeden!«, gab der Hüne lässig zurück. Zum Abschied tätschelte er Annika Brühl den Rücken: »Sehen wir uns heute Abend beim Training? Du bist mir noch Revanche schuldig.«

»Mal gucken. Wenn ich Zeit habe, gerne. Gegen dich gewinne ich doch am liebsten.« Sie zwinkerte ihm neckisch zu.

Tennis? Billard? Hallen-Jo-Jo? Den Teufel werde ich tun und fragen, dachte Stahnke bockig. Trotzdem, die Neugierde nagte in ihm.

Aber nicht lange. »Wie sieht es aus, kommst du auch mit?«, fragte ihn Annika Brühl. »Bisschen rumballern? Macht Laune! Und wir müssen auch nicht wegen jeder Patrone einen Bericht schreiben.«

Aha, schießen gehen wollten sie also. Der Hauptkommissar wiegte unentschlossen sein Haupt. »Weiß nicht recht. Keine Ahnung, wann wir überhaupt Feierabend machen können. Und so prickelnd fand ich Kleinkaliberschießen noch nie.« Dass er auch nicht besonders gut darin war, ging ja keinen etwas an.

Bernhard Vogelmann machte eine wegwerfende Handbewegung. »Wer redet von Kleinkaliber? Da, wo wir hingehen, wird mit den dicken Dingern geschossen! Schießstand Tarbarg, der einzige weit und breit, der für Großkaliber aller Art zugelassen ist. Schon mal davon gehört?«

Der Hauptkommissar nickte. Klar, wie denn auch nicht! Einigen seiner Kollegen reichte das dienstlich verordnete Schießtraining noch nicht, die ballerten auch in ihrer Freizeit noch gerne herum. In Leer gingen nur Bogen, Luftgewehr und Kleinkaliber, also fuhr so mancher nach Tarbarg. Und schwärmte hinterher davon. Stahnke hatte sich nie dafür interessiert. Auch jetzt setzte er zum Kopfschütteln an.

Und dann nickte er doch. Aus keinem besonderen Grund – sondern aus mehreren.

14.

»Das war ein ziemlich dickes Ding«, tönte Ekinci. »8x57 IS. Gut für Schwarzwild, Rehwild und Raubwild. Da wollte einer keine halben Sachen machen. Schade, dass die Waffe, aus der das tödliche Projektil abgefeuert wurde, nicht aktenkundig ist.« Er warf den Plastikbeutel mit dem Geschoss vor sich auf den Tisch. Es klapperte vernehmlich.

Außer Stahnke, Ekinci und Kramer waren Rieken und van Dieken anwesend; Annika Brühls Platz war noch leer. Stahnke ließ sich auf den Stuhl am Kopf des Konferenztisches fallen. »Eine Jagdwaffe also«, konstatierte er. »Suchen wir nach einem Jäger? Oder war Fecht selber einer und hatte Jagdwaffen ungesichert im Haus?«

»War er nicht und hatte er nicht«, sagte Kramer. »Hat sich zwar von Jägern und Schützen gerne einladen lassen, aber selber nur auf dem Gallimarkt eine Waffe in die Hand genommen.«

»Gejagt hat der nur Wählerstimmen«, warf Rieken ein.

»Das dafür in Vollzeit! Der war sich für nichts zu schade, um an das Wahlvolk ranzukommen.«

»War sogar bei den Bauern, um gegen die neue Düngeverordnung seiner eigenen Partei zu hetzen«, ergänzte van Dieken. »Wisst ihr noch, das Foto mit Carsten Fecht neben dem Gülletanker? Das hat manch einem gestunken, nicht nur denen, die dabei waren!«

»Dabei haben die Bauern den doch nur verarscht.« Rieken hatte sich warm geredet. »Als ob von denen auch nur einer jemals sein Kreuz bei den Roten gemacht hätte! Die wollten doch nur, dass Fecht sich bei seinen Stammwählern noch unmöglicher macht. Genützt hat das alles nur den Rechten.«

Stahnke klopfte auf den Tisch. »Zur Sache! Also: Die beim Mord an Carsten Fecht verwendete Munition deutet auf eine Jagdwaffe hin; eine solche befand sich nicht im Haus. Hat irgendwer aus dem bisher ins Auge gefassten Personenkreis Zugang zu Jagdwaffen?« Der Hauptkommissar überlegte kurz: »Jelto Harms anscheinend nicht, er erwähnte Schusswaffen nur im Zusammenhang mit seiner Bundeswehrzeit. Das überprüfen wir aber. Gleiches gilt für die weiteren befragten Personen, zum Beispiel Christel Röben. Und auch Cornelia Fecht. Dass Friedo Adams Sportschütze ist, wissen wir ja. Vielleicht auch Jäger?«

»Mareike Feeken ist bekannt als Jagdgegnerin«, sagte Kramer. »Sie hat Jäger kürzlich als ›Bambi-Killer‹ bezeichnet. Das war zwar in einer Glosse, diese Feinheit aber wurde weitgehend ignoriert. Der Aufschrei war jedenfalls gewaltig. Ich glaube nicht, dass Frau Feeken sich noch gefahrlos in diesen Kreisen bewegen könnte.«

»Frau Feeken?«, fragte Stahnke. »Wieso denn die? Ich wüsste nicht …«

»Wisst ihr, wer den Jagdschein hat?«, platzte van Dieken heraus. »Wilma Lünsdorf! Die dicke Wilma! Man glaubt es nicht.«

»Wilma Lünsdorf hat den Jagdschein? Du meinst wohl …« Graubart Rieken ließ seinen Zeigefinger in Schläfenhöhe kreisen. Ein breites Grinsen entblößte seine vom ständigen Teetrinken braun verfärbten Zähne.

»Nee, nicht diesen Jagdschein. Den richtigen! Die Frau ist echt Jägerin. Ist sowieso in so gut wie jedem Verein. Irgendwo müssen ihre Wähler schließlich herkommen.«

»Ich fasse es nicht.« Rieken konnte sich gar nicht beruhigen. »Stell dir die dicke Wilma mal bei einer Treibjagd vor! Die bricht sich ja ihre eigene Schneise durchs Unterholz. Und muss ständig aufpassen, dass sie nicht mit einer Wildsau verwechselt wird. Diplomatenjagd, sag' ich nur!«

»Aber ein Hochsitz ist für die auch keine Option. Wie will die da denn hochkommen, ohne dass alles unter ihr zusammenbricht!«, wieherte van Dieken.

Stahnkes Blick traf den von Kramer. Dann den von Ekinci. Beide schienen sich dieselbe Frage zu stellen. War das Carsten Fechts Saat, die hier aufging? Oder war dieser Boden einfach so fruchtbar, dass man nur ein paar Gehässigkeiten draufspucken musste, um eine reiche Ernte einzufahren?

Dann war es genug. Stahnke klatschte beide Hände auf den Tisch und beendete damit den Anschauungsunterricht. »Ich kümmere mich um diese Frau Lünsdorf. Wen hatten wir noch auf unserer Liste?«

»Birgit Hemken.« Kramer hatte den Namen natürlich sofort parat. »Einen Termin habe ich schon gemacht, für heute Nachmittag. Wäre aber schön, wenn Nidal das übernehmen könnte. Ich bin immer noch nicht ganz durch mit der Auswertung der Materialien auf dem Stick, den mir Mareike Feeken überlassen hat.«

»Kann ich gerne machen«, sagte Ekinci bereitwillig.

Rieken grinste schon wieder. »Ist ja auch eine heiße Schnecke, die kleine Birgit«, sagte er. »Klar, dass unser Jungspund da ran will! Pass bloß auf, dass deine Frau dir nicht draufkommt.«

Diesmal nahm Stahnke die Faust. Das Nachvibrieren der Tischplatte sorgte dafür, dass alle Münder einen Moment lang geschlossen blieben. »Ihr solltet euch doch um das Alibi von Christel Röben kümmern«, fauchte er die beiden Graubärte an. »Was ist damit? Bekomme ich keinen Bericht?«

»Damit sind wir noch nicht ganz fertig.« Rieken breitete die Arme aus. »Ist alles gar nicht so einfach!«

»Nicht so einfach?«, schnauzte Stahnke. »Zwei erwachsene Polizisten kriegen es nicht hin, drei Zeugen zu befragen, die alle ihren festen Wohnsitz in Aurich haben? Oder habt ihr etwa mit den kurdischen Familien angefangen?« Mit einem eisigen Blick erstickte er das Lachen, das Ekinci gerade anstimmen wollte, im Keim.

»Befragt haben wir die längst«, verteidigte sich van Dieken. »Also die Auricher von dieser Stiftung. Alle drei, die an dem Abend dabei waren, ehe das Feuer ausbrach. Das Problem ist bloß, dass die drei wohl in Schichten gearbeitet haben. Einer hat mit aufgebaut, einer zwischendurch Aufsicht geführt, und einer das Aufräumen und Abtransportieren organisiert. Keiner von denen war die ganze Zeit dabei. Alle sind sich sicher, dass Frau Röben auch dort war, aber keiner kann sagen, von wann bis wann genau.«

»Ach nein? Dann befragt sie gefälligst so oft und so lange, bis sie sich erinnert haben!«, grollte Stahnke. »Notfalls malt ihr einen Zeitstrahl, falls ihr wisst, was das ist!« Er ließ seinen ausgestreckten Zeigefinger zwischen den beiden Graubärten hin und her wandern. »Außerdem kümmert ihr euch darum, ob es in Carsten Fechts Umfeld irgendwelche Jäger gibt. Und ihr erkundigt euch, was bei der Lacksplitteruntersuchung am Fahrzeug von Lars Noack herausgekommen ist. Ich will wissen, was für ein Auto das war, das ihn gerammt hat, so genau wie möglich. Verstanden?«

»Verstanden!«, echote Rieken. Es klang militärisch, so erschrocken war er.

»Sollen wir uns auch um das Projektil kümmern?«, fragte van Dieken ungewohnt diensteifrig und wies auf das transparente Beutelchen, das vor Ekinci auf dem Tisch lag. »Für welchen Waffentyp solche Munition gewöhnlich verwendet wird und so?«

Stahnke wollte schon nicken, überlegte es sich aber anders. »Das mache ich selbst«, sagte er und erhob sich. »So, genug geschwatzt. Alle Mann ran!« Bei den letzten Worten fiel ihm auf, dass Annika Brühl noch immer nicht eingetroffen war. Was mochte sie aufgehalten haben?

Im Hinausgehen ließ er sich von Nidal Ekinci den Beutel mit dem Projektil aushändigen. »8x57 IS«, repetierte er. »Was heißt denn in diesem Kontext eigentlich IS?«

Ekinci zuckte die Schultern. Beide schauten zu Kramer.

»IS bedeutet Infanterie spitz«, sagte der Oberkommissar, nickte grüßend und begab sich in sein Büro. Auch die anderen gingen an die Arbeit. Stahnke allein blieb grübelnd zurück.

15.

»Erster Stock!«, rief Wilma Lünsdorf ihm zu. Es klang vergnügt, wenn auch etwas atemlos. »Sie können gerne den Fahrstuhl nehmen. Ich laufe lieber.«

Sie hatte Vorsprung, also stieg Stahnke die Stufen hinter ihr hoch. Eigentlich sollte der Herr auf einer Treppe vor der Dame gehen. So hatte er es einst gelernt, zu Tanzstundenzeiten. Warum? Diese Frage hatte er sich damals nie gestellt. Jetzt fand er sie beantwortet.

Wilma Lünsdorfs Jeans mussten eine Spezialanfertigung sein, jedenfalls konnte Stahnke sich nicht vorstellen, dass handelsübliche Konfektion derartige Doppeltrichter umfasste. An den Oberschenkeln erinnerte das Beinkleid an Reithosen. Eng anliegende, pralle Reithosen. Das Hinterteil, das direkt vor Stahnkes Nase pendelte, hätte jedem hawaiianischen Sumoringer zur Ehre gereicht. Ob die Jeans von einem Gürtel gehalten wurden, ließ sich nicht feststellen, so überwuchert war der Hosenbund. Darüber und darunter wallte es heftig, während die Bürgermeisterin die Treppe hinaufeilte. Erstaunlich behände für ihr Format, musste der Hauptkommissar zugeben. Er heftete seinen Blick an die Fersen der Frau, weil ihm die eigene Glotzerei gegen den Strich ging. Die Füße steckten in modischen Sneakers und waren winzig. Die Natur konnte wirklich gehässig sein.

»Gleich da hinten links.« Wilma Lünsdorf ordnete im Gehen ihr kurzgeschnittenes brünettes Haar und zupfte ihre Bluse zurecht. Die war geräumig, saß aber dennoch so eng, dass man deutlich sehen konnte, wie ihre Brüste sich aus ihrem BH frei zu strampeln versuchten. Wieder senkte der Hauptkommissar seinen Blick. Die winzigen Sneakers erzeugten leise Quietschgeräusche auf den glänzenden Bodenfliesen des weitläufigen Rathausflurs.

Diese Frau ist nicht einfach nur dick, dachte er. Sie ist krank, ernsthaft krank. Adipositas konnte lebensbedrohlich sein, das war bekannt. Deutschland wurde immer fetter, eiferte den oft kritisierten Amerikanern in dieser Hinsicht hemmungslos nach. Millionen Menschen schlitterten von einer Diät in die nächste, quälten sich mit Genussverzicht, peinigten sich mit wirklichkeitsfremden Idolen, denen nachzueifern vollkommen aussichtslos war. Statt sich mit Leidensgenossen zusammenzutun, ließen sich viele Betroffene in die Isolation treiben, in die Einsamkeit, schutzlos ihrem Selbsthass ausgeliefert.

Oder aber sie nahmen den Kampf auf, wurden oder blieben aktiv, standen ihren Mann und ihre Frau im echten Leben, sei es auch auf winzigen Füßen. Machten sich gerade, setzten sich ein. Und setzten sich damit dem Spott und der Häme der vom genetischen Glück Begünstigten aus.

Wilma Lünsdorf winkte Stahnke in ihr Büro, ließ sich auf den knallroten Sitzball hinter ihrem Schreibtisch fallen und forderte Stahnke auf, sich zu setzen. »Worum geht es denn, Herr Hauptkommissar?« Sie lächelte ihn aufmunternd an; ihre leicht geröteten Wangen schimmerten im Licht der Neonröhren.

»Um Carsten Fecht«, sagte Stahnke.

Das Lächeln erlosch. Auf den runden Wangen der Bürgermeisterin bildeten sich rote Flecken. »Na klar«, stieß sie hervor. »Ist ja Ihr Job, Mörder zu suchen. Sagen Sie gerne Bescheid, wenn Sie ihn haben. Von mir kriegt er nämlich einen Orden.«

Das Lächeln, das von Wilma Lünsdorfs Gesicht verschwunden war, erschien dafür auf Stahnkes. Gegen seinen Willen und ohne seine Billigung. »Das erspart mir wohl die Frage, wie Sie zu dem Ermordeten standen«, sagte er.

»Carsten Fecht war das größte Schwein, das ich jemals in meinem Leben kennengelernt habe«, zischte die Bürgermeisterin. »Sie kennen sicherlich den Spruch mit der Steigerung: Feind, Todfeind, Parteifreund? Dazu gab es noch eine vierte Stufe, und das war Carsten Fecht.«

»Ich weiß, dass er sich despektierlich über Sie geäußert hat«, sagte Stahnke. »Wie über andere Personen auch. Geschehen in internen Chatforen, die dann gehackt und veröffentlicht wurden.«

»Von wegen.« Wilma Lünsdorf streckte ihren Rücken durch; der Sitzball unter ihr knarrte und machte ruckartige Bewegungen wie ein bockendes Pferd. Stahnke musste wieder an Reithosen denken. »Diese Chats, die waren doch nur seine Trainingswiese! Da hat er seine Intrigen vorbereitet und seine Seilschaften eingenordet. Durchgezogen hat er seine Schweinereien dann im realen Leben, an den verschiedensten Schauplätzen. Immer hatte er mehrere Spielchen gleichzeitig laufen. Das machte ihn total unberechenbar.«

Stahnke schüttelte den Kopf. »Wo kam denn diese negative Einstellung nur her? Was hat diesen Mann dazu veranlasst, alle Menschen, die irgendwie anders waren als er, dermaßen zu hassen?«

»Zu hassen?« Wilma Lünsdorfs Augen rundeten sich vor Erstaunen. »Glauben Sie im Ernst, dass Hass seine Triebfeder war? Das würde ihn mir ja noch beinahe sympathisch machen, so viel Emotionalität! Wohlgemerkt, beinahe. Tatsächlich bin ich überzeugt, dass Carsten Fecht alle anderen

Menschen völlig egal waren. Wer mit wem gevögelt hat, ob einer fett war oder mager, ob Mann oder Frau – das hat den doch gar nicht interessiert! Für ihn gab es nur einen einzigen wichtigen Menschen, und das war er selbst. Alles andere war nur Mittel zum Zweck! Er wollte andere Menschen nicht aus dem Weg haben, weil er sie gehasst hätte – sondern weil sie im Weg waren! Ganz einfach. Wenn man das erst einmal raushatte, konnte man ganz gut damit umgehen.«

»Gut umgehen?« Der Hauptkommissar war baff. »Heißt das, Sie haben unter den Attacken Ihres Parteigenossen gar nicht wirklich gelitten?«

»Gelitten? Doch, schon.« Wilma Lünsdorf zuckte mit den Schultern. Wieder begann der Ball unter ihr zu hüpfen, aber sie zwang ihn schnell unter ihre Kontrolle. »Carsten Fecht hat sich bei jedem Menschen die Punkte gesucht, an denen sie angreifbar und verletzlich waren. Darin war er sehr gut. Nehmen Sie den Genossen Jelto Harms! Ich weiß genau, dass er zu seiner sexuellen Orientierung steht und dass er offensiv damit umgeht. Ebenso weiß ich, dass Homosexualität per se überhaupt nichts mit Pädophilie zu tun hat. Jelto weiß das, und Carsten wusste das auch. Weite Teile der Öffentlichkeit aber kennen sich auf diesem Gebiet nicht so gut aus, einfach weil sie Mainstream sind und noch nie eine Veranlassung hatten, sich damit zu beschäftigen. Solche Leute sind empfänglich für Fake News, wie Fecht sie gerne verbreitet hat, wenn es seinen Interessen diente. Da kann man dementieren, so viel man will, irgendetwas bleibt immer hängen! Das weiß man, das macht einen wütend. Und auch, wenn man weiß, dass dahinter kein echter Hass steckt, sondern purer Eigennutz, leidet man trotzdem darunter.« In einer hilflosen Geste warf sie ihre Arme hoch: »Klingt wirr, oder? Ist auch nicht einfach.

Nicht zuletzt, weil vorgetäuschter Hass durchaus echten Hass erzeugen kann.«

Winkfleisch, dachte Stahnke und hasste sich dafür. Was mache ich eigentlich, überlegte er, wenn die Frau vor lauter Aufgeregtheit von ihrem Sitzball plumpst? Muss ich ihr dann beim Aufstehen behilflich sein? Trotz meiner Rippe?

Fast wäre er selbst von seinem Stuhl gekippt, als die Bürgermeisterin elegant von ihrem roten Ball hochfederte und an der Fensterfront entlang zu einem hohen Wandschrank lief. »Wissen Sie, leiden ist nicht so meins«, sagte sie dabei. »Schon gar nicht stilles Leiden! Klar, ich bin nicht aus Stein und dünnhäutiger, als mancher denkt. Manchmal auch nicht die Schnellste im Kapieren. Aber wenn ich erst mal durchschaut habe, was läuft, dann kämpfe ich. Das ist eher meine Natur.«

Sie riss die mattweiß lackierte Schranktür auf, die höher war als sie selbst. An der Innenseite der Tür hing eine Dartscheibe, in deren Mitte ein Foto von Carsten Fecht prangte, über und über mit kleinen Löchern gesprenkelt. Alle drei Darts steckten dort, wo einmal sein linkes Auge gewesen war. Auch das rechte war vollständig durchsiebt.

Wilma Lünsdorf tauchte in eines der Schrankfächer, kramte und nahm etwas heraus. Als sie beim Umdrehen Stahnkes Miene bemerkte, lachte sie schallend. »Ach nee, das habe ich nicht gemeint, als ich mich als Kämpferin bezeichnete! Das ist kindisch, ich weiß. Aber hin und wieder muss ich eben auch etwas Dampf ablassen.«

Kindisch vielleicht, dachte Stahnke. Kinder konnten grausam sein, das war bekannt, zuweilen ganz unverstellt brutal. Ein zerschossenes Foto auf einer Dartscheibe war natürlich kein Beweis. Aber war es ein Indiz?

»Sie sind ziemlich treffsicher«, stellte er fest.

»Danke!« Sie schien ehrlich erfreut. »Das bringt der Sport so mit sich. Für die Jagdscheinprüfung muss man nachweisen, dass man nicht nur schießen, sondern auch sicher treffen kann. Ist ja auch richtig; wenn schon Tiere töten, dann ordentlich und möglichst schmerzfrei, nicht wahr? Also habe ich etwas trainiert, und wie sich herausstellte, bin ich gar nicht mal so talentfrei, wie manche dachten.« Sie lächelte selbstzufrieden, aber Stahnke bemerkte trotzdem den harten Zug um ihren Mund.

»Bravo«, sagte er. »Aber Schießen und Werfen sind doch ganz unterschiedliche Bewegungsabläufe. Ich zum Beispiel habe an der Dartscheibe noch nie sonderlich viel getroffen, obwohl …« Er tippte sich an die Jacke, dorthin, wo sie von seiner Dienstwaffe ausgebeult wurde. Dass er mit der auch noch keine Toppresultate erzielt hatte, verschwieg er.

»Ach, ich werfe auch viel«, sagte die Politikerin. Sie ging zurück hinter ihren Schreibtisch, ließ den Sitzball knarren und legte etwas vor sich auf die Schreibunterlage. »Wissen Sie, ich gehe gerne auf Mittelaltermärkte. Nach Timmel und nach Weener, auch nach Leer, da ist alle zwei Jahre dieses Renaissancefest, auch sehr schön, wenn es nicht gerade wegen Corona ausfällt wie letztens. Ich bin immer kostümiert und mache meistens bei irgendwelchen Gruppen mit, das ist lustig, sehr kommunikativ, und abends wird gefeiert. Bei solchen Gelegenheiten wird meistens auch Axtwerfen angeboten oder Bogenschießen, manchmal auch Messerwerfen. Dabei mach' ich immer mit. Und wie schon gesagt, ich hab' einfach Talent, das zu treffen, was ich treffen will.«

Stahnkes Blick irrte hinüber zu Carsten Fechts ausgestochenen Augen. Er musste schlucken. »Darf ich Sie fragen … Sie wissen schon. Wo Sie waren. Am Abend des 30. April, also …«

»Walpurgisnacht«, sagte Wilma Lünsdorf. »Mit den anderen Hexen feiern, natürlich! Oder was meinten Sie?« Sie grinste ihn halbherzig an, aber als er darauf nicht einstieg, schaltete sie schnell wieder um. »Nee, schön wär's. Nichts dergleichen. Ich war überhaupt nicht feiern. Hab' zu Hause gesessen und an meinen Texten gearbeitet. Und ehe Sie glauben, ich spräche von Texten für die Maikundgebung – ich meine die Tischvorlagen für die nächste Ratssitzung. Da muss ich auf jedes Komma achten; die Damen und Herren sind mehr als kritisch.« Sie seufzte verhalten: »Auch eine Folge von Fechts Verleumdungen. Man misstraut mir, man hält mich nicht mehr für ausreichend belastbar. Jeden Tag muss ich das Gegenteil beweisen. Das ist anstrengend, kann ich Ihnen sagen.«

Der Hauptkommissar räusperte sich. »An Texten gearbeitet, sagen Sie – allein?«

»Ja, allein.« Der Sitzball unter ihr knarrte auch beim Kopfnicken. »Zurzeit lebe ich allein. Mein Partner, vielmehr mein Ex-Partner … hielt mich auch nicht mehr für ausreichend. Leistungsfähig, wenn Sie so wollen.« Ihre Finger spielten mit dem Ding, das sie gerade aus dem Wandschrank geholt hatte. Es sah aus wie ein Mini-Revolver. Ein Spielzeug vermutlich. Oder etwa ein Derringer?

Stahnke riss sich zusammen. »Gibt es einen Zusammenhang zwischen Ihrer augenblicklichen Lebenssituation und den Aktivitäten des verstorbenen Herrn Fecht?«

»Ja, allerdings. Gut kombiniert, Herr Hauptkommissar!« Ihr Lächeln war jetzt eindeutig sarkastisch, der harte Zug um den Mund wurde dominant. »Irgendwann hatte sich Fecht auch meinen Freund vorgeknöpft. Wie pervers der denn sein müsse, dass er sich mit einer Tonne wie mir abgibt. Mit einem Riesenschwabbel. Einem ekligen Fettkloß. Einer glitschigen Seekuh. Um nur ein paar seiner Injurien zu zitieren. Tja, die betreffende Chatgruppe muss wohl sehr groß gewesen sein und weniger exklusiv als andere. Jedenfalls bekam mein Ex dieses Zeug von allen Seiten um die Ohren gehauen. Das hat er nicht lange ausgehalten.« Sie seufzte; es klang wie ein verhaltenes Grollen. »Männer können nicht gut damit umgehen, wenn man über sie lacht, wussten Sie das?«

»Ja, wusste ich«, erwiderte Stahnke. »Ist so.« Bestimmt war er nicht in jeder Hinsicht typisch Mann, aber in dieser schon.

»Tja, so habe ich also den bewussten Abend alleine verbracht. Hab' mir noch ein Glas Weißwein genehmigt und bin zeitig ins Bett. Leider kein Alibi.« Sie schaute Stahnke direkt in die Augen.

Ihre waren hellgrau, stellte der fest. Und sie blinzelte nicht. Was immer das auch hieß. »Wissen Sie, was Männer auch stark verunsichern kann?«, fragte er. »Wenn man einen Revolver auf sie richtet, und sei er auch noch so klein.«

Sie schreckte auf: »Was? Wieso?« Ihr Sitzball knarrte bedrohlich. Dann fiel ihr Blick auf ihre Hände. Sie lachte hell, fast kindlich; in diesem Moment wirkte sie sehr viel jünger als Mitte 40, dachte Stahnke. Und sie sah richtig hübsch aus.

»Kleiner Gag meines Ex-Freundes«, sagte Wilma Lünsdorf, »weil ich es doch so mit dem Schießen habe.« Sie hob den winzigen Revolver mit beiden Händen hoch – und zupfte ihn in zwei Teile. Zum Vorschein kam ein USB-Stick.

»Witzig«, knurrte Stahnke. »Und was ist da drauf?«

»Chatprotokolle von Carsten Fecht«, sagte die Bürgermeisterin. Ihre grauen Augen blitzten triumphierend, als sie hinzufügte: »Aber nicht die, die auch die Zeitung hat.

Hier drauf sind andere. Und zwar, wie soll ich sagen … deutlich pikantere.«

»Woher haben Sie die?«, fragte Stahnke, während er auffordernd seine offene Hand ausstreckte.

»Aus derselben Quelle, aus der auch Frau Feeken von der *Ostfriesen-Post* schöpft«, erwiderte die Frau. »Von dem bewussten Hacker.« Sie schob die beiden Teile des kleinen Pseudo-Revolvers wieder zusammen und legte sie anstandslos in Stahnkes Hand.

»Und wer ist das, dieser Hacker?«, fragte er, während er überlegte, ob ein Beweissicherungsbeutelchen wohl einen Sinn ergeben würde. Vermutlich nicht; wer immer dieses Spielzeug in der Hand gehabt haben mochte – der Hacker sicher nicht.

»Das möchte ich lieber für mich behalten«, sagte Wilma Lünsdorf freundlich. »Ich bin zwar keine Journalistin oder Herausgeberin, aber ich bin mir sicher, dass Quellenschutz auch für Amtspersonen gilt.«

Steile These, dachte Stahnke. »Für Amtspersonen gilt in erster Linie ihr Amtseid«, korrigierte er. »Sie wissen ja, von wegen: alle Kraft dem Wohle des deutschen Volkes widmen, seinen Nutzen mehren, Schaden von ihm wenden, das Grundgesetz und die Gesetze des Bundes wahren und verteidigen, die Pflichten gewissenhaft erfüllen und so weiter.«

»So wahr mir Gott helfe«, ergänzte die Bürgermeisterin und nickte nachdrücklich. »Das tue ich auch. Ich sehe das so: Dieser Hacker hat dafür gesorgt, dass die Schweinereien, die ein großes Schwein mit anderen Schweinen ausgeheckt hat, an die Öffentlichkeit gekommen sind. Darum geht es und nicht darum, dass ein verdienstvoller Mensch dafür eine Ordnungswidrigkeit begangen hat. Der Nutzen seiner

Taten überwiegt den Schaden bei Weitem. Daher behalte ich seinen Namen für mich.«

Ein Nebenschauplatz, dachte Stahnke, weg hier, das bringt nichts und lenkt nur ab. »Reden wir über Inhalte«, sagte er. »Was genau ist hier drauf, und was ist das Pikante daran?« Er hob den Stick kurz hoch, ehe er ihn in seiner Tasche versenkte.

»Da drauf sind Chats von Carsten Fecht mit seinen diversen Freundinnen«, verkündete Wilma Lünsdorf. »Und pikant daran ist eigentlich alles! Zum einen, mit wem alles er etwas hatte in den letzten Jahren. Zum anderen, dass Fecht auch in intimen Angelegenheiten total illoyal war. Sowie er eine Gespielin abgelegt hatte, zog er mit der nächsten über sie her! Teilweise auch über deren Vorgängerinnen. Sie wissen ja, je näher sich Menschen stehen oder einmal gestanden haben, desto schmerzhaftere Wunden können sie sich gegenseitig zufügen. Auf diesem Gebiet war Fecht ein Schlächter! Und weil Weiber auch keine Engel sind, ist manches davon herausgesickert und in anderen Auseinandersetzungen verwendet worden. Carsten Fecht hat also nicht nur selber die Kultur des zwischenmenschlichen Umgangs zerstört, er hat auch die von anderen vergiftet. Nachhaltig. Wie ein Fass voller Gülle, dessen Inhalt ins Grundwasser sickert und alles in weitem Umkreis verseucht.«

»Dass Carsten Fecht seine Ehefrau betrogen hat, wissen wir«, sagte Stahnke; Nidal Ekinci hatte von seinem Gespräch mit Cornelia Fecht ausführlich berichtet. »Nach dem, was Sie sagen, tat er das also regelmäßig?«

»Regelmäßig, gewohnheitsmäßig, nennen Sie es, wie Sie wollen.« Die Bürgermeisterin schnaubte verächtlich. »Seine Frau war doch zuerst auch nur so ein Aufriss von ihm! Hat sie dann geheiratet, weil sie ordentlich *Klei an den Füßen* hatte, wie man so sagt – also Grundbesitz oder entsprechende Erbschaft in Aussicht. In ihrem Fall beides. Aber sein Verhalten hat er deswegen nicht geändert, ebenso wenig wie seine Einstellung.«

»Und was hatten Sie mit diesen Informationen vor?«, fragte Stahnke und klopfte sich gegen die Jackentasche. Durch das Futter fühlte sich der Stick tatsächlich wie eine winzige Waffe an.

»Na was wohl? Kämpfen!« Wilma Lünsdorf schlug so heftig auf den Tisch, dass Stahnke zusammenzuckte. »Ich wollte mir den Kerl vorknöpfen! Seine Affären veröffentlichen, ihn bei seinen potenziellen Wählern unmöglich und für unsere Partei untragbar machen! Denn natürlich wussten viele Genossen, was Fecht so trieb, Genossinnen auch, und die meisten fanden nichts dabei oder meinten sogar, das gehöre sich so für einen tollen Hecht wie ihn. Aber öffentlich bekannt werden durfte das natürlich nie im Leben. Ja, solch ein Haufen sind wir! Was Scheinheiligkeit und Bigotterie angeht, macht uns keiner etwas vor.«

»Sie wollten seine Affären veröffentlichen? Damit hätten Sie aber auch die beteiligten Frauen in die Schusslinie gebracht. Darunter auch Genossinnen von Ihnen, wenn ich das recht verstanden habe«, wandte Stahnke ein. »Verstößt das nicht gegen die prinzipielle Solidarität unter Frauen?«

»Glauben Sie jedes Märchen, das Sie hören?«, fragte die Bürgermeisterin zurück. »Von wegen prinzipielle Frauensolidarität! Wenn ich das schon höre! Auch bloß so eine Schubladendenke. Sind vielleicht alle Männer gleich? Natürlich nicht, Gott sei Dank. Frauen ebenso wenig. Es gibt anständige Frauen und es gibt Bitches. Mit Bitches gibt es keine Solidarität, die können von mir aus zur Hölle fahren. Die werfe ich jederzeit der Meute zum Fraß vor.«

Der Hauptkommissar spürte, dass sich die Härchen auf seinen Unterarmen aufgerichtet hatten. Er hatte sich schon gefragt, wie diese Frau bei all dem Druck, dem sie ausgesetzt war, ihre leitende Position hatte erreichen und halten können. Jetzt gewann er zumindest einen Eindruck davon.

»Aber daraus wird vermutlich nichts mehr«, sagte Wilma Lünsdorf. »Das Problem Carsten Fecht wurde anderweitig erledigt. Da ist mir jemand zuvorgekommen.«

Stahnke beschloss, diese unmissverständliche Billigung einer schweren Straftat überhört zu haben. »Wir werden den Inhalt dieser Chatprotokolle natürlich sichten und prüfen«, sagte er, »aber vielleicht können Sie mir schon mal sagen, um welche Personen es sich hier handelt? Ich meine, um welche … äh, Bitches?«

»Das war gar nicht so leicht herauszubekommen«, sagte Wilma Lünsdorf. »Die meisten benutzen weder ihren wirklichen Namen noch ein echtes Porträtfoto. Viele Katzen und Blümchen statt der wahren Bienchen! Aus dem Kontext habe ich jedoch einige bereits identifizieren können. Bei anderen rätsle ich immer noch. Da wäre ich Ihnen für Ihre Hilfe wirklich dankbar.« Sie grinste breit.

»Und wen glauben Sie bereits identifiziert zu haben?«

»Birgit Hemken zu Beispiel«, sagte die Frau auf dem Sitzball. »Unsere Fraktionsvorsitzende im Kreistag. Die hat Carsten Fecht erst letztes Jahr abgeschossen. Seitdem zieht er über sie her, weil sie sich angeblich hochgebumst hätte. Ausgerechnet!« Sie verstummte, zuckte dann mit den Schultern: »Andererseits geschieht ihr das ganz recht. Völlig falsch ist der Vorwurf offenkundig nicht.«

»Birgit Hemken also.« Nidal Ekinci musste gerade auf dem Weg zu ihr sein. Stahnke konnte sich noch gut an das

Gelächter von Rieken und van Dieken erinnern. »Und wer noch?«

»Eine hat mich echt überrascht«, sagte die Bürgermeisterin. »Weil die gar nicht in der Politik aktiv ist und auch noch nicht lange in Leer wohnt. Das muss hopplahopp gegangen sein mit den beiden. Also mit Fecht und Mareike Feeken.«

»Die Journalistin?« Stahnke konnte sich gerade noch daran hindern, durch die Zähne zu pfeifen. »Die Redakteurin von der *Ostfriesen-Post*? Die als Erste über Fechts Chatprotokolle geschrieben hat? Das ist ja ein Hammer.«

»Ja, nicht?« Auch Wilma Lünsdorf konnte schadenfroh sein. »Die kannte ja nur die eine Sorte von Carsten Fechts Chats! Als sie gemerkt hat, dass auch sie schon wieder eine Bettnachfolgerin hatte, kam ihr das Angebot des Hackers gerade recht, um sich schön an ihrem Ex-Lover zu rächen. Die andere Sorte Chattexte kannte sie nicht. Wenn die öffentlich bekannt werden, dann bekommt Frau Feeken in Leer kein Bein mehr auf den Boden. Ach, was sag' ich.« Sie stemmte sich mit beiden Händen zum Stehen hoch; ihr Sitzball schnellte nach hinten davon. »Nicht nur in Leer, in ganz Ostfriesland kann die sich dann nicht mehr blicken lassen!«

16.

Nidal Ekinci hatte gerade erst das Grundstück betreten, als es neben ihm einschlug. Instinktiv warf er sich nach vorne, landete auf dem Bauch. Verdammt, wer schoss denn da auf ihn? Von woher war der Knall gekommen?

Einen Knall hatte er gar nicht gehört. Dafür ein Platschen. Das halbhohe Gras hatte die Pfütze gut verdeckt; jetzt lag der Oberkommissar darin. Schon hatte die Nässe seine Kleidung durchdrungen und seine Haut erreicht. Verdammt, sein neues Sakko! Und das gute Hemd!

Tack, tack, tack. Drei weitere Einschläge. Waren das noch Einzelschüsse gewesen oder schon eine Geschossgarbe? Vorsichtig stemmte er sich mit dem linken Arm gerade so hoch, dass er seine rechte Hand unter die Jacke schieben konnte. Seine Dienstwaffe steckte in ihrem Halfter, wie immer. Er streckte beide Arme nach vorn, um die Pistole durchzuladen. Beide Ärmel waren schon kackbraun. Das Sakko konnte er abschreiben.

Tacktacktack. Bäng. Der letzte Schuss hatte ein leeres rostiges Fass getroffen, das schräg vor ihm stand und von dem er sich Deckung erhofft hatte. Aus Angst vor Querschlägern drückte er sein Gesicht in die modderige Wiese. Abgestandenes Regenwasser stieg ihm die Nase hoch. Gleichzeitig spürte er etwas auf seinem Rücken. Mist, er war getroffen! Er biss die Zähne zusammen und wartete auf den Schmerz. Aber der kam nicht. Trotzdem hatte er das Gefühl, dass irgendetwas über sein Sakko rann und in den Stoff einsickerte. Mit dem linken Arm tastete er danach, betrachtete dann seine Hand. Seine Finger waren rot.

Oder nein, nicht wirklich rot. Das war eher – orange. Ein rötliches Orange. Hatte sein Blut etwa die Farbe geändert?

»Was geht, Maik?«, rief eine Stimme in einiger Entfernung. »Hab' ich dich, oder was? Dann steh auf, sonst kriegst du noch eine Ladung! Oder wehr dich endlich!«

Die Stimme einer Frau, stellte Ekinci fest. Der Frau, die auf ihn geschossen hatte. Aber wieso Maik? Und warum soll er aufstehen? Das wäre doch …

Tacktacktack – er hatte wohl etwas zu lange überlegt. Diesmal wollte der Beschuss gar kein Ende nehmen. Auch der Palettenstapel direkt neben ihm bekam ein paar Treffer ab. Wieder spürte er etwas am Rücken. Und dann, als er hochschaute, auch in seinem Gesicht. Unmittelbar vor ihm waren zwei Geschosse ins Gras eingeschlagen. Ekinci brüllte los, halb vor Schreck und halb vor Wut. »Schluss mit diesem Mist! Schluss jetzt! Feuer einstellen, verdammt noch mal!«

Das Tackern verstummte tatsächlich. »Maik? Was ist denn los, Maik? Hast du dir wehgetan?«

»Hier ist nicht Maik!«, schrie Nidal Ekinci. Vor ihm wogten die langen Grashalme. »Hier ist die Polizei, verstanden? Ich steh' jetzt auf und ich warne Sie! Was ich hier in der Hand halte, ist keine Paintballwaffe! Die ist echt!«

»Um Himmels willen! Wie kann denn … Maik, wo bist du denn? Bist du das gar nicht?« Die Frauenstimme wurde immer schriller.

»Haben Sie mich verstanden? Hier ist die Polizei!«, wiederholte Ekinci laut. Sicherheitshalber rollte er sich einmal nach links, hinter den Palettenstapel, ehe er sich langsam erhob, die Mündung seiner Waffe auf den Boden gerichtet. Vorsichtig spähte er um den Stapel herum.

Eine Gestalt kam über den Platz gerannt, in geflecktem Tarnanzug und Springerstiefeln, mit einem Helm auf dem Kopf und einer Maske vor dem Gesicht. An einem Schulterriemen trug sie ein Gewehr, ein richtig großes, langläufiges Gewehr mit einem hohen Aufsatz. Beim Rennen baumelte dieses Gewehr vor der Brust der Gestalt hin und her, bis sie danach griff und es festhielt.

In diesem Moment verspürte Nidal Ekinci den deutlichen Impuls, seine eigene Pistole hochzureißen und einen Schuss abzufeuern. Mit einiger Mühe hielt er sich davon ab. Blöde Kriegsspielerei, dachte er. Wie konnte man daran nur Spaß haben? Irgendwann wurden dabei die Grenzen überschritten, und dann floss keine Farbe mehr, dann floss tatsächlich Blut.

Die vermummte Gestalt hatte ihn fast erreicht und verlangsamte ihre Schritte. Dass der Oberkommissar seinen Blick dabei senken musste, war ungewohnt; Ekinci war selbst nicht besonders groß, aber diese Person war kleiner. Ihr Gesichtsschutz erinnerte aus der Nähe an eine Tauchermaske. Jetzt schob sie ihn hoch. Ein elfenhaft anmutiges Gesicht kam zum Vorschein.

»Tut mir leid, dass ich auf Sie geschossen habe«, sagte die Elfe. »Ich hatte mich hier mit einem Kumpel verabredet, und als ich eine Bewegung im Parcours sah, dachte ich, Sie wären Maik.« Sie lächelte entschuldigend: »Vor allem, weil Sie so schnell in Deckung gegangen sind. Das war echt profimäßig.« Sie streifte ihre Handschuhe ab und streckte eine zarte weiße Hand aus: »Ich bin übrigens Birgit. Birgit Hemken.«

Nidal Ekinci starrte die kleine Frau fasziniert an. Er suchte nach einem angemessenen Adjektiv, um sie zu beschreiben, stieß aber immer wieder nur auf ein unangemessenes: süß. So klang auch ihre Stimme, jedenfalls wenn sie nicht gerade herumbrüllte.

»Ekinci, Oberkommissar, Kripo, Fachkommissariat eins«, stellte er sich stockend vor. Als er seinen Dienstausweis zücken wollte, bemerkte er, dass er immer noch seine Dienstpistole in der rechten Hand trug. Er steckte sie weg, ohne seinen Blick von dem elfenhaften Gesicht der kleinen Frau zu lösen. Zweimal verfehlte er die Pistolentasche unter seinem fleckigen Sakko.

»Ihre schöne Jacke!«, rief die Elfe bedauernd. »Und auch das Hemd! Ach, das tut mir so leid. Aber es ist ja nur Lebensmittelfarbe, die geht mit warmem Wasser ziemlich gut raus. Beim Paintball verschießen wir Gelatinekapseln mit Lebensmittelfarbe drin, wissen Sie? Man muss die Klamotten nur schnell einweichen, damit keine Ränder bleiben.« Sie griff mit beiden Händen nach den Aufschlägen seines Sakkos. »Am besten erledige ich das gleich, ja?«

Sie machte Anstalten, ihm die Jacke abzustreifen, und rückte dazu ganz nah an ihn heran. Auf Tuchfühlung, buchstäblich, trotz des langen Paintball-Gewehrs, das wie eine Schranke zwischen ihnen hing.

»He, was treibt ihr beiden denn da?«, ertönte eine Männerstimme hinter Ekinci. Als der sich umdrehte, erblickte er eine zweite Gestalt, die genauso ausstaffiert war wie Birgit Hemken, inklusive Helm und Maske, nur zwei Köpfe größer und deutlich breiter, mit einem baugleichen Gewehr. In Schussbereitschaft. Beinahe hätte der Oberkommissar seine Pistole wieder hervorgeholt.

Die Paintballelfe lachte perlend. »Moin, Maik! Ach, ich habe den Herrn hier nur für dich gehalten und entsprechend zugerichtet«, rief sie und klopfte Ekinci zur Bekräftigung auf den fleckigen Ärmel. Der feuchte Modder staubte nicht einmal. »Jetzt muss ich erst mal Schadensbegrenzung betreiben. Kannst du wohl ein Weilchen mir dir selber spielen?«

»Kein Problem, ich hab' Marcel mitgebracht«, antwortete Maik. Tatsächlich tauchte hinter ihm ein weiterer voll kostümierter Spieler auf, etwas fülliger, aber sonst kaum zu unterscheiden.

Birgit Hemken führte Nidal Ekinci zum Wohnhaus. Das dauerte einige Minuten, denn das Grundstück war sehr weitläufig. Hier in Jheringsfehn, von Leer aus gesehen gleich hinter Warsingsfehn, waren große Grundstücke üblich, aber dieses übertraf vermutlich die aller Nachbarn bei Weitem. Es gab einen Teich und einen flachen Hügel, einige Baumgruppen, kleine Stallgebäude und viel struppige Wiese dazwischen. Platz genug, um ein wenig Nebenerwerbslandwirtschaft zu betreiben, Hühner, Ziegen oder Schafe zu halten oder Reitpferde weiden zu lassen.

All das jedoch schien nicht nach Birgit Hemkens Sinn zu sein. Sie hatte aus diesem ländlichen Paradies lieber einen veritablen Kriegsspielplatz gemacht. Leere Ölfässer, Palisaden, wild ausgehobene Gräben, Bruchsteinmauern und verschieden hohe Holzstapel verunzierten das Gelände. Selbst ein paar Schrottautos standen herum, darunter ein kleiner Lkw, der eindeutig aus Bundeswehrbeständen stammte. Alles war ungleichmäßig bekleckst und besprenkelt in allen Farben des Regenbogens, teils bis zur Unkenntlichkeit vom Regen verwaschen, teils leuchtend frisch.

Ekinci kannte Gegenden, die sehr ähnlich aussahen. Dort *spielte* niemand Krieg. Dort starben Menschen ganz real, und die Überlebenden flohen nach Westeuropa. Seine eigenen Eltern hatten dazugehört.

»Wie haben Sie denn die Genehmigung hierfür bekommen?«, fragte er die Hausherrin.

»Was für eine Genehmigung?« Wieder dieses perlende Lachen. »Habe keine beantragt. Wer nicht fragt, bekommt auch keine unerwünschten Antworten! Außerdem nehme ich keinen Eintritt, da schätze ich mal, dass das alles meine Privatangelegenheit ist, oder?«

»Es sei denn, ihr Grundstück liegt im Wasserschutzgebiet«, wandte Ekinci mit Blick auf die Autowracks ein.

»Na hören Sie mal! Das Öl und alle anderen Flüssigkeiten wurden natürlich vorher abgelassen«, sagte Birgit Hemken und zog einen Schmollmund. »Sie klingen ja schon wie meine Nachbarn! Aber die haben sich auch alle wieder beruhigt, sogar der alte Janssen. Allerdings musste ich auf die Flutlichtanlage verzichten. Schade, aber man muss eben kompromissfähig bleiben, nicht wahr?«

Warsingsfehn und Jheringsfehn, dachte Ekinci. Kein Wunder, dass alle nur von *Wahnsinns*fehn und *Irrsinns*fehn sprachen! Jedenfalls in Leer. Woran auch immer diese junge Dame litt – Geldmangel war es sicher nicht. Eine Flutlichtanlage! Um damit Schrott und Sperrmüll zu beleuchten, damit man auch noch nachts darauf schießen konnte! Der Oberkommissar mochte kurdischer Abstammung sein und muslimischen Glaubens, aber seine innere Einstellung war preußisch, und der Preuße in ihm konnte bei so etwas nur den Kopf schütteln.

Endlich hatten sie das Wohnhaus erreicht; es war größer, als es aus der Ferne gewirkt hatte, und sah ziemlich luxuriös aus. Birgit Hemken öffnete die unverschlossene Tür, winkte ihn in eine geräumige Diele und führte ihn in einen großzügigen Wohn- und Essbereich mit integrierter Küche und angeschlossenem Wintergarten. So viel Wohnfläche, wie allein dieser Bereich des Hauses umfasste, hatte wohl kaum eine Familie in der Stadt zur Verfügung. Als komplette Wohnung.

Die Hausherrin hängte ihr Paintballgewehr über einen Sessel und legte den Helm daneben. Ihre dunkelblonden Haare waren zu zwei kurzen, eng am Kopf anliegenden Zöpfen geflochten. »Puh, ganz schön warm in diesem Kampfanzug«, sagte sie. Mit geübten Griffen streifte sie ihre Tarnkleidung ab. Nidal Ekinci schnappte nach Luft, denn darunter trug sie so gut wie nichts.

Nicht wirklich nichts, korrigierte sich der Oberkommissar. Sport-BH, Radlerhose und knöchelfreie Söckchen mochten unter Sportkameradinnen wohl als ausreichende Bekleidung gelten. Unter den entsprechenden Umständen. Aber doch nicht beim Empfang eines Vertreters der Polizei!

»Ich hab' schrecklichen Durst.« Sie öffnete den Kühlschrank und beugte sich suchend vor. Ihre Radlerhose saß wie auflackiert. Paintball war eindeutig nicht der einzige Sport, den sie betrieb. »Möchten Sie auch etwas? Cola oder Wasser?« Sie drehte sich zu ihm um, Flasche und Getränkedose in den Händen, und warf die Kühlschranktür mit einem gekonnten Hüftschwung zu. Ihre Brustwarzen hatten auf die Kälte reagiert, das war nicht zu übersehen.

»Wasser bitte«, krächzte Ekinci.

Sie reichte ihm die Flasche und schlitterte auf ihren Socken über das schimmernde Parkett an ihm vorbei zum Schrank, um Gläser zu holen. Mit bebenden Nüstern sog er ihren Duft ein. Nein, sie hatte bestimmt nicht geschwitzt, ihr Körper war gerade so weit erhitzt, um ihr Parfüm zu aktivieren, die Moleküle zum Ausschwärmen zu bringen. Oder war das Deo? Shampoo vielleicht? Egal, sie duftete herrlich, dachte Ekinci. Eilig drückte er die kalte Flasche gegen seine Stirn.

Sie kam zurück, lächelte ihn an, reichte ihm ein Glas. Als sie ihre Coladose aufriss, stand sie so dicht vor ihm, dass ein paar Spritzer auf seinem Hemd landeten. »Ach herrje! Na, darauf kommt es jetzt auch nicht mehr an. Hauptsache, ich weiche das alles jetzt schnell ein.« Sie nahm einen Schluck direkt aus der Dose, stellte Cola und Glas ab und machte sich daran, den Oberkommissar aus seinem Jackett zu pellen. Was nicht ganz einfach war, da auch er zunächst beide Hände voll hatte. Bis sie das Problem gelöst hatten, lachten und alberten sie schon herum wie zwei Teenager.

Gespannt schaute sie zu, wie er das Schulterhalfter mit seiner Dienstwaffe ablegte. »So, und jetzt das Hemd.« Sie hängte das Sakko über denselben Stuhl und griff nach seinen Knöpfen. Er spürte ihre schlanken, weichen Finger in seinen Brusthaaren, die vorwitzig und büschelweise aus seinem Unterhemd hervorquollen. Gott sei Dank trug er ein Unterhemd! Ein sauberes, das zudem gut saß, auch dann noch, als Birgit Hemken ihm das Oberhemd aus dem Hosenbund zog. »Bin gleich wieder da«, sagte sie und schlitterte durch eine Tür, die zum Flur führte. »Setzen Sie sich und trinken Sie etwas!«

Das tat er. Das kalte Wasser hatte er dringend nötig. Verdammt, er war dienstlich gekommen! Um Birgit Hemken zu befragen! Jetzt saß er hier im Unterhemd herum und war damit immer noch erheblich bekleideter als die zu befragende Person! Reiß dich zusammen, rief er sich zur Ordnung. Auch wenn sich, wie ihm gleichzeitig einfiel, an seinem Bekleidungszustand so schnell nichts ändern würde, es sei denn, er zöge seine Klamotten eingeweicht und klitschnass gleich wieder an. Mist, so ein Mist!

In den nächsten zehn Minuten leerte er die Wasserflasche zur Hälfte und lauschte dem unregelmäßigen Geknatter von Paintballschüssen, das von draußen hereindrang. Seine Gastgeberin kehrte nicht zurück. Ein Verdacht schlich sich in seine Gedanken: Was, wenn das ein Trick gewesen war? Dass die Frau ihn nur deshalb halb entkleidet und entwaffnet hatte, um sich unbemerkt davonzumachen? Und ihn an einer schnellen Verfolgung zu hindern?

Er stand auf und eilte durch das Wohnzimmer in Richtung Korridor. Im selben Augenblick kam Birgit Hemken zurück. An der Flurtür stießen sie sanft zusammen. Sie musste sich beim Reinigen seiner Kleidung große Mühe gegeben haben, denn ihr Sport-BH war völlig durchnässt. Ihre Söckchen hatte sie ausgezogen. Ihr flacher Bauch und ihre Arme glänzten vor Nässe. Ihr Rücken fühlte sich fest, warm und seidig glatt an, und ihr Atem, der warm zwischen ihren vollen Lippen hervor strömte, roch nach Erdbeeren. Sie legte ihre Arme um seinen Hals und reckte ihr Gesicht dem seinen entgegen. Dabei schloss sie die Augen.

»He, was treibt ihr beiden denn da?«, ertönte eine Stimme hinter Nidal Ekinci. Verdammt, dachte er, dieser blöde Maik, musste der denn ständig stören? Der konnte etwas erleben! Aber schon während er Birgit Hemken losließ und herumfuhr, registrierte er, dass die Stimme gar keine männliche gewesen war.

In der Eingangstür stand Hauptkommissarin Annika Brühl und grinste über das ganze Gesicht.

17.

Stahnke musste so lachen, dass er fast das Steuer verrissen hätte. »Im Ernst?«, rief er aus. »Er wollte gerade – was? Mit einer potenziell Tatverdächtigen? Ich hör' wohl nicht recht!« Seine Worte bildeten einen deutlichen Kontrast zu seinem belustigten Gesichtsausdruck.

»Wenn ich es dir doch sage!« Annika Brühl schmunzelte. »Man kann ihm auch gar nicht vorwerfen, er hätte seinen Job nicht gemacht. Das hat er, zumindest teilweise. Carsten Fechts Behauptung war doch, Birgit Hemken hätte ihre körperlichen Reize zum eigenen Vorteil eingesetzt. Ich würde sagen, das kann als bewiesen gelten.«

»Worin läge für sie der Vorteil, wenn sie einen ermittelnden Beamten verführt?«, fragte Stahnke, während er den Blinker setzte und in die Autobahnauffahrt einbog. »Macht sie das noch verdächtiger? Hat sie etwas zu verbergen?«

»Och.« Annika Brühl löste ihr Zopfband, um ihre widerspenstige Lockenpracht neu zu bändigen. Der Anblick ihrer wallenden Mähne war spektakulär. »Vielleicht hatte sie auch nur ganz naheliegende Gründe. Nachvollziehbare. Kollege Nidal ist schließlich ein ganz leckeres Kerlchen, nicht wahr?«

»Wenn du das sagst.« Stahnke fädelte den Wagen in den fließenden Verkehr ein, was seine ganze Aufmerksamkeit beanspruchte. Darüber war er froh. Vielleicht würde er irgendwann mit seiner neuen Kollegin über deren früheres Verhältnis mit Ekinci reden, aber sicher nicht jetzt.

»Wie kam es überhaupt, dass du bei Birgit Hemken aufgetaucht bist?«, fragte er stattdessen. »Bei der Besprechung hatten wir dich schon vermisst.«

»Sorry, die habe ich leider verpasst, musste noch Auricher Reste aufarbeiten«, sagte Annika Brühl. »Aber ich wusste ja, dass Birgit auf eurer Kandidatenliste steht, und weil ich weiß, wo sie wohnt, dachte ich, die könnte ich mir doch gleich mal unauffällig vornehmen.« Sie kicherte: »So kam ich gerade recht als Nidals Anstandsdame. Diese Birgit hat aber auch einen gehörigen Männerverschleiß!«

»Und setzt sie ihre Reize wirklich so gezielt ein, wie Carsten Fecht behauptet hat?«, fragte Stahnke.

»Das behaupten auch andere«, erwiderte Annika Brühl, »trotzdem muss es nicht stimmen. Birgit Hemken ist finanziell mehr als unabhängig. Ihre Physiotherapiepraxis in Hesel läuft sehr gut und inzwischen fast von allein, sodass sie dort kaum noch selbst in Erscheinung treten muss und die Arbeit ihren Angestellten überlassen kann. Haus und Grundstück hat sie von ihren Großeltern geerbt; sie kann es sich leisten, potenzielles Bauland als Spielplatz für sich und ihre Freunde zu nutzen, statt Geld damit zu machen. So habe ich sie übrigens kennengelernt. Berni Vogelmann geht dort auch ballern und hat mich einmal mitgenommen.«

Soso, du und dieser Berni, dachte Stahnke. Er konnte sich nur wundern, wen seine neue Kollegin in ihrer kurzen Zeit in Ostfriesland schon alles kennengelernt hatte. »All das sagt aber nichts über Birgit Hemkens sonstige Ambitionen aus«, wandte er ein. »Geld ist nicht alles, die Leute wollen auch Einfluss, Bekanntheit, Ansehen. Die Hemken ist gerade mal knapp über 30 und schon Fraktionsvorsitzende im Kreistag. Kein Wunder, dass die Konkurrenz hellhörig wird.«

»Hellhörig? Wohl eher missgünstig«, sagte die Hauptkommissarin. »Birgit ist sehr jung für solch eine Leitungsposition, richtig, aber sie hat eben nicht nur ein hübsches Köpfchen, sondern auch ein kluges. Ich persönlich glaube nicht an diese Hochbumserei. Sie tut einfach, was ihr passt, und nimmt sich, was sie will. Für einen Mann ganz normal. Aber einer Frau nimmt man das übel. Zumal in der ostfriesischen SPD. Typisch.«

Stahnke riskierte einen Seitenblick. Auch seine neue Kollegin hatte ein hübsches Gesicht, das jedoch momentan sehr abweisend aussah. »Wie steht es denn um Hemkens Alibi für den bewussten Abend?«, fragte er.

»Da fragst du mich was«, sagte Annika Brühl verlegen. »Die Sache mit Nidal hat mich total aus dem Konzept gebracht, daher habe ich Birgit Hemken gar nicht vernünftig befragt. Sie sagte zwar, sie hätte gespielt an dem Abend, aber was und mit wem hat sie nicht erzählt. Ich habe nicht nachgehakt. Sorry, mein Fehler. Vielleicht war es ein Online-Multiplayer-Ballerspiel. Sie hat nämlich einen eigenen Raum dafür und eine Ausrüstung, die sich gewaschen hat. Teures Equipment!«

»Sag bloß«, erwiderte Stahnke, der außer *Civilisation II* noch nie ein Computerspiel gespielt hatte; blöd, dass das auf seinem neuen PC nicht lief! »Aber du sagtest Multiplayer – also hätte sie mit Partnern gespielt? Kann das jemand bestätigen?«

Die Hauptkommissarin lachte. »Natürlich mit anderen! Typen aus Ungarn, Kalifornien und Südkorea. Oder sonst woher – quasi jedes Mal andere. Keinen einzigen davon kennt man persönlich, keiner benutzt einen Klarnamen. Du weißt nicht einmal, ob das Männlein oder Weiblein sind! Oder Diverse. Ich bezweifle stark, dass wir auch nur einen dieser Spielpartner identifizieren könnten. Und wenn doch, dass der oder die uns Auskunft geben würden.«

»Also kein gesichertes Alibi«, resümierte Stahnke.

»Sieht so aus«, sagte seine Kollegin.

Stahnke musste an Friedo Adams denken. Und an Lüppo Buss. Hatte sich der Langeooger Kollege nicht noch einmal melden wollen, nachdem er das Alibi des Fecht-Kumpans verifiziert hatte? Aber vielleicht hatte Lüppo sich auch bei Kramer gemeldet, und die Sache war längst abgehakt.

Vor einer guten halben Stunde hatte der Hauptkommissar noch mit Kramer gesprochen, hatte ihm den Pistolenstick von Wilma Lünsdorf zur Auswertung übergeben und ihm berichtet, was er über die Lokalredakteurin Feeken und ihr Verhältnis mit Carsten Fecht erfahren hatte. Vermutlich war Kramer gerade auf dem Weg zu ihr. Vielleicht war er auch schon dort und im Gespräch. So oder so kein guter Moment, um ihn per Handy zu stören.

»Fahr mal nicht so schnell«, sagte Annika Brühl. »Gleich kommt schon unsere Abfahrt.«

Stahnke spürte kleine Gewissenbisse, weil er auf den Vorschlag seiner neuen Kollegin eingegangen war, trotz laufender Mordermittlungen den Abend freizunehmen und zum Großkaliberschießen zu fahren. Alle anderen waren noch fleißig; von Kramer wusste er das genau, Rieken und van Dieken hatten ihre Aufträge, Ekinci musste Berichte schreiben. Und anschließend seiner Frau den Zustand seiner Kleidung erklären. Na ja, immerhin lag die Schießsportanlage in der Nähe der Stelle, an der Lars Noack ermordet worden war. So konnte er zumindest behaupten, das Umfeld recherchiert zu haben, falls jemand fragen sollte.

Der Parkplatz der Schießhalle war etwa zu einem Drittel gefüllt. Stahnke parkte so dicht wie möglich am Eingang, direkt neben einem großen schwarzen Audi. Aha, eine Auricher Nummer, registrierte er beiläufig. Dann stutzte er. AUR – AH 818. Das war doch …

»Guck mal, der Wagen von Albert Hayunga«, sagte Annika Brühl. »Du weißt, doch, über den wir gestern noch gesprochen haben. Das ist schön, dass der heute auch hier ist.« Sie lachte, während sie ausstieg. »Obwohl, der ist ja fast immer hier.«

»Der Teufelsfahrer aus Aurich?« Der Hauptkommissar musterte den Wagen; hier und dort waren Schrammen zu erkennen, vorne wie hinten. Makellos war anders, dachte Stahnke. Ungewöhnlich bei einem so teuren Auto.

Die Schießhalle war nicht nur ungewöhnlich groß, sie war auch aufwändig gebaut und anscheinend gut in Schuss gehalten. Zum Eingang ging es eine halbe Treppe hoch. Unten standen drei Männer und eine Frau, alle rauchend und im Gespräch. Jedenfalls bis zur Ankunft der Kripobeamten. Jetzt äugten alle vier neugierig herüber.

Stahnke hatte sich natürlich vorher über die Anlage informiert. Hier ging wirklich alles – vom Bogen- und Luftgewehrschießen über Pistolen bis hin zu Langwaffen jeglichen Kalibers. Mehrere beaufsichtigte Schießstände waren vorhanden, selbst gängige Munition konnte man direkt hier kaufen. Fast schon amerikanische Verhältnisse, dachte der Hauptkommissar, kaum zu glauben, dass es so etwas hierzulande gab!

Natürlich, in Deutschland waren Waffenerwerb, -besitz und -benutzung durch strenge Gesetze reglementiert, Gesetze, die immer mal wieder verschärft wurden. Wer aber unbedingt eine Waffe wollte, der konnte auch eine bekommen – ganz legal. Er musste nur nachweisen, dass er entweder Jäger, Sportschütze oder Waffensammler war. Außerdem eine Sachkundeprüfung ablegen und einen teuren Spezialschrank kaufen; letzteres ärgerte viele Waffenliebhaber am allermeisten. Auch die Tatsache, dass die Einhaltung der Sicherheitsvorschriften jederzeit und ohne Ankündigung kontrolliert werden konnte, brachte manchen Schützen gegen den Gesetzgeber auf. Auch auf der Internetseite des Schützenvereins Tarbarg, der diese Anlage betrieb, hatte heute Nachmittag noch eine geharnischte Kritik der letzten Gesetzesnovelle gestanden – ziemlich grundsätzlich formuliert, mit Stoßrichtung Rot-Grün, obwohl die Grünen doch aktuell gar nicht in der Regierungskoalition waren! Kurz vor der Abfahrt hatte Stahnke die Seite noch einmal aufgerufen, um die genaue Adresse ins Navi einzugeben. Da war der Text bereits wieder gelöscht.

War auch völlig übertrieben, dieses Pamphlet, dachte Stahnke. Wann wurden solche Kontrollen denn überhaupt mal durchgeführt? Wegen Personalmangel doch praktisch nie.

»Moin!« Annika Brühl grüßte die Raucher an der Treppe und wandte sich dann dem Kofferraum zu. Die vier winkten zurück, drückten ordentlich ihre Kippen aus und stiefelten zurück in die Anlage. Offensichtlich war die Hauptkommissarin hier gut bekannt.

Die Kofferraumklappe schwang auf. »Kannst du mal mit anfassen?«, ertönte die Stimme seiner Kollegin, gefolgt von einem leisen Ächzen. »Ich hab' gerade nicht genügend Hände.«

Kein Wunder. In Stahnkes Kofferraum lagen drei Waffenkoffer, alle ordnungsgemäß mit Zahlenschlössern versehen, und eine große Kunststoffkiste voller Munition und anderem Zubehör. Jeder der stabilen Koffer war lang genug für Gewehre praktisch jeder Art und ließ sich an beiden Seiten öffnen, was die Vermutung nahelegte, dass die Dinger jeweils mehr als ein Gewehr enthielten. Außerdem hatte Annika Brühl von Revolvern und Pistolen gesprochen. Davon fasste jeder dieser Koffer bestimmt ein halbes Dutzend oder mehr.

Der Hauptkommissar griff zu. »Wo soll der Bürgerkrieg denn stattfinden, für den du dich so ausstaffiert hast?«, witzelte er.

»Da drin.« Sie deutete mit dem Kopf auf die weitläufige Schießanlage und wedelte zugleich mit dem Fuß unter dem Heck von Stahnkes Auto herum. »Älteres Modell, was?«, fragte sie, als eine Reaktion der Kofferraumklappe ausblieb.

»Logo. Passend zu mir.« Stahnke stellte die Munitionskiste kurz ab und schloss den Kofferraum mit der Hand. Dann setzten sie sich beide in Bewegung.

Ein kleiner Vorraum, ein kurzer Korridor. Dann ein Versammlungsraum, eine Art Restaurant oder Kneipe, eine Theke, an der schon mehrere Hocker besetzt waren. Einschlägige Deko: Jagdtrophäen, Pokale, Königsscheiben, gerahmte Sprüche. Nach links ging es in einen weit größeren Raum, in dem Scheibenständer fürs Bogenschießen aufgestellt waren. Stahnke hörte die charakteristischen Geräusche gelöster Sehnen und auftreffender Pfeile; ganz schön laut, fand er, hier wurde mit zugstarken Bögen trainiert.

Auch von vorne hörte er Knallgeräusche, Pistolen, etwa doch Kleinkaliber? Annika Brühl schob eine schalldämmende Tür mit der Schulter auf. Bäng! Oh nein, das war nicht KK, das war auch keine Neun-Millimeter-Pistole. Das klang nach Dirty Harry, 44er Magnum. Und das, obwohl sich immer noch eine Tür zwischen ihnen und dem eigentlichen Schießstand befand.

Stahnke blickte sich um. Der Raum, in dem sie jetzt standen, war halb Kontor, halb Wartezimmer. Viele Tische, alle groß, die meisten übersät mit Waffen- und Munitionskisten aller Art. Ein Stehpult mit Kladden, ein Tresen mit einer Kasse darauf. Hier trugen die Schützen ihre Schießzeiten ein und entrichteten ihre Gebühren. Die Einträge waren wichtig, denn nur, wer regelmäßig Schießübungen machte, behielt sein Recht auf Waffenbesitz – und vor allem das auf regelmäßigen Munitionserwerb. Wer Waffen nur sammelte, durfte keine neuen Patronen kaufen. Eine logische Regelung, fand Stahnke. Wenn sie denn durch Kontrollen durchgesetzt würde.

Annika Brühl legte ihre Koffer auf einem freien Tisch ab, Stahnke stellte seine Traglasten daneben. »Machst du die Einträge?«, fragte er seine Kollegin. Gleichzeitig zückte er seine Geldbörse.

»Na, Mädel? Schon wieder hier?« Eine kratzige Stimme dröhnte quer durch den ganzen Raum. »Du bist ja ganz schön schießwütig, alles, was recht ist! Dein Beruf lastet dich in dieser Hinsicht wohl nicht aus?« Die Stimme kam von der Eckbank ganz hinten im Raum. Dort stand der einzige Tisch, der nicht vorrangig der Ablage von Schießinstrumenten diente. Außer der Bank gab es noch ein halbes Dutzend Stühle, die aussahen, als seien sie willkürlich in 60er-Jahre-Küchen zusammengesucht worden. Zwei davon waren von Männern besetzt, die zusammengenommen sicher nicht so alt waren wie der Sprecher. Was keineswegs hieß, dass die beiden Schützen, die pflichtschuldig lachten, etwa jung gewesen wären.

»Moin, Albert!« Die Hauptkommissarin lächelte den Alten an. »Dich muss ich ja gar nicht fragen, du wohnst ja wohl hier! Ich habe immerhin einen Job und ein Privatleben. Und ich gehe auch regelmäßig duschen.«

Die beiden Schützen am Tisch verstummten schlagartig, die Blicke auf das Gesicht des Alten geheftet. Es dauerte einen Augenblick, dann zog sich dieses Gesicht in die Breite. Ein dröhnendes Lachen erscholl, das im nächsten Moment dreistimmig wurde. »Gut gekontert, Mädel, gut gekontert!«, rief der Alte. »Erinnert mich mal alle daran, dass ich mich mit unserer Annika niemals anlege. Die ist mir über!«

Albert Hayunga, dachte Stahnke, das muss er sein. Alt wie die Welt, aber immer noch Chef auf seinem Feldherrenhügel. Silberrücken. Der Hauptkommissar kannte solche Typen gut; überall, wo Männer unter sich waren oder zumindest den Ton angaben, waren sie zu finden, ob im Segelverein, in der Lokalpolitik und natürlich bei der Polizei.

Hayunga saß wie hingegossen in der Rundung der Polsterbank, die Arme über die Rückenlehnen ausgebreitet. Seine Größe konnte man nur schätzen, aber die Armlänge war schon mal beachtlich, fand Stahnke. Ein echter Silberrückengorilla eben. Wie alt mochte er sein? Jenseits der 70 auf jeden Fall, vielleicht schon 75 oder mehr, aber kein bisschen greisenhaft. Das weiße Haar war noch voll, von zwei Geheimratsecken abgesehen; borstige Augenbrauen überschatteten tiefe Augenhöhlen, die Nase war kräftig, die Oberlippe hoch, der Mund breit, die hohlen Wangen und das lange Kinn waren scharf rasiert. Unter seinem Schießpullover, der an beiden Schultern verstärkt war, trug er ein weißes Oberhemd; Kragen und Manschetten lugten hervor und sahen akkurat gebügelt aus. Worauf sich wohl Annika Brühls Anspielung auf mangelnde Körperpflege bezogen hatten? Vermutlich ein Insiderspruch.

Stahnke stapfte zu Hayunga hinüber. Der Schießpullover des Alten, an beiden Oberarmen mit Aufnähern in den Bundesfarben verziert, war dunkelblau. Die beiden jüngeren Männer trugen Oliv. »Na, auch ehemaliger Mariner?«, fragte der Hauptkommissar, reichte seine Hand über den Tisch und stellte sich vor.

Der Silberrücken ergriff die Hand und drückte sie kräftig, ohne seine bequeme Position aufzugeben. »Ich weiß, wer Sie sind«, sagte er. »Prominenz in Sachen Recht und Ordnung. Mit einem Ruf wie Donnerhall!« Seine Stimme klang laut und weittragend, ohne dass er sie erhoben hätte. Man konnte sich gut vorstellen, wie Hayunga einst an Oberdeck eines Schiffes Befehle gebrüllt hatte, die kein Sturm verwehen konnte.

Stahnke begrüßte auch die beiden anderen Männer, ohne sich deren Namen zu merken. Der blassblaue Blick des Alten hielt ihn gefangen. Augen wie meine eigenen, dachte er. Angeblich sollten alle blauäugigen Menschen weitläufig miteinander verwandt sein. Jedenfalls hatte er das mal irgendwo gelesen. Ob da etwas dran war? Kam wohl drauf an, wie weit man in der Zeit zurückging. Letztlich waren schließlich alle Menschen miteinander verwandt.

»Nehmen Sie Platz«, sagte der Alte. »Sie waren noch nie hier, stimmt's? Hat Ihnen das Schießkino in der Polizeiinspektion in Leer bisher ausgereicht?«

Die Tür zum nächstgelegenen Schießstand öffnete sich und spuckte ein Trüppchen Schützen aus, die angeregt diskutierend in Richtung Gastraum verschwanden. Die beiden anderen Männer erhoben sich von Hayungas Tisch, griffen nach ihren Pistolenköfferchen und beeilten sich, die frei gewordenen Plätze an der Schießbahn einzunehmen.

»Stimmt, ich hab' mich bis jetzt auf die vorgeschriebenen Übungseinheiten beschränkt«, erwiderte er. Warum er dennoch hergekommen war, sagte er nicht. Ganz bewusst; Hayunga hatte seine Marinefrage auch noch nicht beantwortet.

Der Alte lächelte. »Freut mich, dass unsere kleine Annika

jetzt bei Ihnen angeheuert hat«, sagte er. »Früher waren wir beiden nämlich mal auf derselben Dienststelle. Sogar zweimal. Erst in Wetzlar, da war sie noch ein ganz junger Hüpfer, und dann in Wiesbaden. Dort hat sie sich ihre ersten Sporen verdient.«

Aha, dachte Stahnke, einer von uns, schau an. Mit hessischer Vergangenheit – und das mit einem urostfriesischen Namen. Annika Brühl hatte das gar nicht erwähnt, als sie zum ersten Mal den Namen Albert Hayunga genannt hatte. Der Hauptkommissar erinnerte sich noch gut. Auch an den Kontext.

»Der schwarze Audi da vorn auf dem Parkplatz ist Ihrer?«, fragte er. »Ich bin Ihnen neulich erst begegnet. Ihren Fahrstil haben Sie seit Ihrer aktiven Zeit nicht verändert, richtig? Bloß haben Sie jetzt kein Blaulicht mehr auf dem Dach und keine Sonderrechte. Sie erinnern sich? Am Morgen des Maifeiertags?«

Hayungas Lächeln blieb stabil. Es entblößte zwei geschlossene Reihen regelmäßiger Zähne. »Ich erinnere mich«, antwortete er. »Nämlich, dass ich den Wagen an diesem Tag überhaupt nicht gefahren bin. Wissen Sie, es gibt ein paar junge Leute, die sich sehr für unseren Verein engagieren. Denen leihe ich meinen Wagen, wann immer die ihn brauchen und ich ihn entbehren kann. So viel gemeinnütziges Engagement ist selten heutzutage, das muss man unterstützen. Finde ich wenigstens.« Sein Blick bohrte sich in den seines Gegenübers. »Haben die Jungs etwas angestellt?«

Stahnke hob kurz die Schultern. »Waren etwas hurtig unterwegs, ihre Jungs. Innerorts. Und mit dem Vorfahrtgewähren haben sie es auch nicht so.«

»Ich hab's geahnt.« Hayunga seufzte leise. »Kein Wunder, dass ich immer wieder neue Schrammen an meinem Fahrzeug finde, wenn die Jungs damit unterwegs gewesen sind! Aber solche Äußerlichkeiten sind mir herzlich egal. Verkaufen will ich den Wagen sowieso nicht mehr, den fahre ich, bis er die große Grätsche macht. Nachhaltig nennt man so etwas heute, nicht wahr?«

»Na, Sie kennen ja Wörter, Herr Kollege.« Innerlich musste er sich bremsen, um nicht nach den Namen dieser hochgelobten jungen Männer zu fragen. Es war fraglich, ob Hayunga sie ihm sagen würde, und nur wegen eines Strafzettels musste er sich mit dem Mann nicht streiten. Am wenigsten hier, wo der Silberrücken eine Art Platzhirsch zu sein schien.

»Ich werde den Jungs mal ins Gewissen reden«, sagte der Alte unaufgefordert. »Sofern sie denn überhaupt eines haben. Aber ach, was sag' ich – bestimmt haben die eines, und zwar im Top-Zustand. Ist ja total unbenutzt!«

Stahnke stimmte in das kurze, laute Gelächter ein. Männergerede, dachte er dabei. Hatte ihn nie interessiert. Das behielt man in solchen Kreisen aber besser für sich, sonst war man schnell isoliert.

»Soll ich mich dazusetzen, oder wollen wir heute doch noch schießen?« Annika Brühl hatte sich neben dem Tisch aufgebaut, die Fäuste in die Seiten gestemmt. »Vorwärts, Stahnke, quatschen könnt ihr nachher noch! Wie sieht es aus, Albert, bist du dabei?«

»Ich dachte, der Stand wäre gerade besetzt.« Stahnke zeigte auf die Tür, durch die die beiden anderen Männer verschwunden waren. »Oder hat der Schießstand mehrere Bahnen?«

Annika Brühl lachte. »Sie waren wirklich noch nie hier«, sagte Albert Hayunga und erhob sich ächzend. »Am besten zeige ich Ihnen mal, was wir hier alles haben.« Er schob sich schwerfällig um die Tischecke herum aus seiner Bank heraus. »Dann kommt mal mit. Womit wollt ihr anfangen? Pistolen?«

Der Alte ging vor ihnen her. Er ist etwa so groß wie ich, stellte Stahnke fest, und er humpelt stark. Jetzt erst bemerkte er die plumpen orthopädischen Schuhe. Kriegsverletzung? Aber nein, so alt war Hayunga nun auch wieder nicht – außerdem wäre er so wohl nicht in den Polizeidienst gekommen. Vielleicht hatte es damit zu tun? Aber es gab Dutzende anderer Möglichkeiten von Autounfall bis Diabetes.

Hayunga stieß eine andere Tür auf. »Hier geht es zu den Luftdruckständen, aber die interessieren euch sicher nicht«, erläuterte er. »Die Bogenanlage habt ihr bestimmt schon im Vorbeigehen gesehen.« Er wies in die entgegengesetzte Richtung: »Dort hinten sind die Langwaffenstände. 100 Meter, bis 7000 Joule. Da gehen wir nachher mal hin.«

Wie auf Kommando ertönte ein lautes Krachen, gefolgt von einer Reihe schwächerer Echos. Stahnkes Hand zuckte reflexhaft in Richtung Dienstwaffe, er bekam sie jedoch rechtzeitig unter Kontrolle. Unglaublich, was für einen Krach diese großen Kaliber machten! In geschlossenen Räumen wirkte das noch gewaltiger.

»So, hier sind wir richtig«, sagte der Alte und öffnete eine weitere Tür mit der Aufschrift »Kurzwaffenstand II, bis 1500 Joule«. Fünf Bahnen verbargen sich dahinter, allesamt aktuell ungenutzt.

»Hier ist alles leer und dort hinten haben die Leute gewartet?«, wunderte sich Stahnke. »Ist der andere Stand denn noch so viel besser?« Dabei war an diesem nichts auszusetzen, fand er; es gab automatisch bewegliche Zielscheiben und eine Kamera für die optische Trefferanzeige.

Der Alte schüttelte den Kopf. »Nicht die Stände sind das Problem, sondern die Standaufsichten«, erklärte er. »Nicht jeder hat die Befugnis dazu. Und längst nicht jeder hat die Zeit und die Lust. Daher gibt es manchmal Engpässe. Aber keine Sorge, ich habe die Aufsichtsberechtigung.« Er humpelte zur Seite und ließ sich leise stöhnend auf einen Stuhl fallen. »So, dann lasst mal sehen, was ihr mitgebracht habt. Sehen und hören. Vergesst die Mickymäuse nicht!«

Stahnke hatte nichts dabei, aber Annika Brühl hatte auch an Gehörschutz gedacht. Er stülpte sich die gepolsterten Halbschalen, scherzhaft auch *Mickymäuse* genannt, über die Ohren und bestaunte die Kurzwaffen, die seine Kollegin mitgebracht hatte. Nichts unter neun Millimeter, stellte er fest. Von wegen Damenrevolver! Annika Brühl hatte eine offensichtliche Vorliebe für Handfestes.

»Willst du die mal probieren?« Seine Kollegin hielt ihm eine mattgraue Schönheit hin. Stahnke pfiff durch die Zähne. Eine Walther, stellte er fest – aber was für eine! Ungewöhnliche Ausfräsungen und Riffelungen zeugten von Gewichtsreduktion und sicherem Handling. Die Visierlinie war lang, auch ein Vorteil – und eine kleine Abdeckplatte aus Kunststoff ließ vermuten, dass alternativ ein Laservisier montiert werden konnte. Red Dot, wie im Ami-Krimi! Das Griffstück war der Hammer, etwas eng für Stahnkes Pranken, aber wunderbar anschmiegsam. »Was ist das?«, fragte er andächtig. »Eine Turnierwaffe?«

»Walther Q9 Match Combo«, rief Hayunga von der Seite. »Hab' ich doch neulich noch auf einer Onlinehändlerseite angeboten gesehen. Über 1.700 Flocken, wenn ich mich recht entsinne. Da hast du mal wieder tüchtig investiert, Mädel!«

»Tja, von nichts kommt nichts!« Die Hauptkommissarin strahlte wie ein Grundschulkind, dessen neues Handy Neid erregte.

Die Pistole enthielt kein Magazin. Stahnke öffnete den Verschluss, überzeugte sich, dass auch keine Patrone in der Kammer steckte, und legte die Waffe vorschriftsmäßig am Schießstand ab. »Du bist Wettkampfschützin?«, fragte er. »Trittst du häufig bei Turnieren an?«

»Och, eigentlich nicht«, erwiderte Annika Brühl. »Ist mehr so der interne Vergleich, verstehst du?«

Stahnke verstand. Um als Sportschütze zu gelten, musste man keine Wettkämpfe bestreiten; regelmäßiges Training, nachgewiesen im Schießbuch, reichte. Vor dem Gesetz war damit eine wesentliche Voraussetzung für den Waffenbesitz erfüllt: der Bedarf. Auch wenn der eigentlich nur vorgetäuscht war.

Aber wie auch immer – dieses Schätzchen wollte er unbedingt ausprobieren! »Fünf Schuss auf 25 Meter?«, fragte er ungeduldig.

Annika Brühl hatte die Patronen bereits abgezählt in der Hand. »Fangen wir mal mit 15 Metern an«, sagte sie. »Ungewohnte Waffen sind wie neue Pferde, mit denen muss man sich erst einmal vertraut machen.«

Albert Hayunga ließ die Zielscheiben per Knopfdruck in die richtige Position surren. Stahnke drückte die kurzen, dicken Patronen eine nach der anderen in das leere Magazin, das seine Kollegin ihm gereicht hatte. Danach schlug er das zu einem Drittel gefüllte Magazin einmal kräftig in seine Handfläche, um sicherzustellen, dass alle Patronen auch bündig saßen und rückseitig anlagen; Unregelmäßigkeiten konnten beim halbautomatischen Repetieren zu Klemmern und Ladehemmungen führen. Dann führte er das Magazin von unten in die Aussparung im Griff ein und ließ es durch einen leichten Schlag mit der flachen Hand hörbar einrasten.

»Dann mal durchladen und Feuer frei!«, ließ sich Standleiter Hayunga vernehmen. Nicht ganz vorschriftenkonform fügte er hinzu: »Waidmanns Heil und gut Schuss!«

Stahnke richtete seine Waffe nach vorn, die Mündung schräg abwärts gerichtet, zog den Schlitten mit einem Ruck nach hinten und ließ ihn nach vorne schnellen. Herrlich, wie griffig und leichtgängig diese Waffe war! Er konnte es kaum erwarten, ihren Druckpunkt zu erspüren und ihren Rückstoß zu fühlen. Wie mochte sie wohl sein, sanft oder herzhaft?

Rechts neben ihm explodierte etwas. Der Hauptkommissar zuckte zusammen, so stark, dass er seine Matchwaffe beinahe fallen gelassen hätte. Verdammt, so schreckhaft war er doch sonst nicht! Denn natürlich war auf der Nachbarbahn nichts in die Luft geflogen; Annika Brühl hatte irgendetwas abgefeuert, das auch einem Dirty Harry Respekt eingeflößt hätte.

Prompt spürte Stahnke wieder den erfolgreich verdrängten Schmerz in seinem bandagierten Brustkorb. Klar, die Bombe im Gewerkschaftshaus! Kein Wunder, dass der Vorfall ihn traumatisiert hatte, so knapp, wie er dort dem Tod entronnen war. So etwas ging selbst an einem wie ihm nicht spurlos vorbei.

So, jetzt aber, rief er sich zur Ordnung. Er streckte seinen rechten Arm nach vorn, legte seine linke Hand von unten stützend um die rechte, parkte den linken Daumen parallel zum Patronenlager, wo er vor dem zurückschnellenden Schlitten sicher war, kniff das linke Auge zu und visierte. Zentrum oder aufgesetzt? Das kam auf die Voreinstellung des Visiers an, die er nicht kannte. Na, Versuch macht klug, dachte er, ging ins Ziel und suchte mit dem rechten Zeigefinger den Druckpunkt des Abzugs.

Bäng! Der Schuss fiel unverhofft schnell. Und natürlich hatte er die Waffe verrissen. Das Videobild seiner Zielscheibe zeigte ein Loch rechts unten, außerhalb der Ringe.

Der alte Hayunga lachte laut und spöttisch. »Tja, Herr Stahnke, das ist eben keine Gebrauchswaffe, wie Sie sie sonst in der Hand halten! Bei denen muss man ordentlich am Abzug reißen, und das ist auch richtig so, sonst hätten wir noch viel mehr Verfahren laufen gegen Kollegen, denen in Ausübung ihrer Dienstpflicht mal ein Schuss rausgerauscht ist! Die Q9 zieht sich superleicht, deren Abzug müssen Sie streicheln, sonst kommen Sie einfach zu früh. Und das wollen wir doch nicht, oder?«

Altes Ferkel, dachte Stahnke, dabei war eine Dame anwesend! Aber er war sich nicht sicher, ob Annika Brühl überhaupt zugehört hatte, denn schon wieder brüllte ihr Revolver los wie ein Schiffsgeschütz.

Er konzentrierte sich und versuchte es erneut. Mit Vorwarnung klappte es besser. Dass er im Kurzwaffenschießen kein Naturtalent war, wusste er, trotzdem schaffte er es, mit den verbleibenden vier Schuss vier Löcher in den schwarzen Bereich der Papierscheibe zu stanzen. Etwas Besseres als eine Acht war jedoch nicht dabei.

Hayunga ließ die Zielscheiben zurücksurren. Stahnke griff nach der bereitliegenden Rolle mit schwarzen Klebepunkten, um seine Treffer zu überdecken; das war günstiger, als jedes Mal eine neue Auflage zu verwenden. Nachhaltiger. Komisch, wenn man dieses Modewort erst einmal in seinen Sprachschatz aufgenommen hatte, tauchte es ständig ganz von alleine auf.

Er warf einen Blick auf Annika Brühls Scheibe. Die hatte

keine Mitte mehr. Alles, was sich innerhalb des Neuner-Rings befunden hatte, war zerfetzt und verschwunden. Der Revolver, den sie benutzt hatte und der jetzt mit herausgeklappter Trommel auf der Ablage ruhte, war ein 44er-Kaliber von Smith and Wesson. Nicht gerade als Präzisionswaffe bekannt.

»Respekt, Frau Kollegin«, sagte er, nickte ihr zu und deutete mit zwei Fingern ein Salutieren an.

Annika Brühl grinste zufrieden. »Willst du auch mal?«, fragte sie.

Natürlich wollte er. Das Ding lag herrlich schwer in seiner Hand, und obwohl er gewarnt war, fuhr ihm der enorme Rückstoß in die Hand und riss ihm den Arm in die Höhe. Seine Rippe protestierte spürbar. Das Schussgeräusch schien seinen Gehörschutz spielend zu durchdringen.

»Tja, ordentlich zupacken muss man schon«, kommentierte seine Kollegin hämisch, von Hayungas Kichern sekundiert.

Er und nicht zupacken können! Stahnke verstärkte seinen Griff; während der nächsten vier Schuss ruckte sein Arm so gut wie gar nicht, so sehr die Rippe auch zwickte. Der Abzug war härter als bei der Matchpistole, aber dennoch leichtgängig und trocken. Beim letzten Durchziehen klickte es nur; trotz der sechs Kammer hatte sich Annika Brühl auf fünf Patronen beschränkt. Angesagt war angesagt.

»Na, geht doch!«, tönte Hayunga von der Seite. »Und das mit dem Zählen kriegen wir nächstens auch noch hin.«

Ehe Stahnke erwidern konnte, schob sich eine baumlange Gestalt in sein Blickfeld. Kommissar Bernhard Vogelmann war eingetroffen, in der Hand einen Koffer von ebenfalls eindrucksvoller Länge. »Wollt ihr noch lange mit dem

Kleinzeug rumspielen oder gehen wir ernsthaft zur Sache?«, fragte er grinsend.

Vogelmanns Koffer enthielt zwei Langwaffen, eine relativ schlichte Mercury-Repetierbüchse und einen wahren Schatz, eine Bockdoppelflinte F3 Game von Blaser. »Schaut euch bloß mal diese Gravur an!«, hauchte Annika Brühl ehrfürchtig und ließ ihre Fingerspitzen vorsichtig über die Arabesken auf dem Patronenlager gleiten. »Wo hast du die denn her? Hast du im Lotto gewonnen?«

»Schön wär's«, antwortete Vogelmann. »Aber Glück war schon im Spiel. Also bei mir jetzt. Der Vorbesitzer ist nämlich verstorben, und seine Witwe hatte keine Waffenbesitzkarte und wollte das Ding loswerden. So konnte ich es billig schießen. Also bildlich gesprochen jetzt.«

Sie packten die Faustfeuerwaffen weg, Annika Brühl holte ihre eigenen Gewehrkoffer, dann zogen sie auf eine andere Schießbahn um. Dort trainierten bereits drei junge Männer, aber es waren noch Scheiben frei. Zwar gab es einige missmutige Blicke in Richtung der Neuankömmlinge, aber damit war schnell Schluss, als Albert Hayunga durch die Tür humpelte. Keine Frage, jeder hier kannte und schätzte den Alten.

Hayunga deutete auf ein eigenwilliges Sitzpult, aus dicken Balken scheinbar roh zusammengezimmert. »Hier, für uns reifere Herrschaften! Warum stehen, wenn man es auch im Sitzen machen kann? Sollen sich doch die Jungen anstrengen, das haben wir hinter uns.« Dass zwischen Stahnke und ihm fast eine ganze Generation lag, und dass der Hauptkommissar vom Alter her seiner Kollegin näherstand als ihm, ignorierte der Silberrücken.

Stahnke ging nicht darauf ein; seine Aufmerksamkeit galt den Schießprügeln, mit denen die drei jungen Männer hantierten. Der eine, der gerade liegend schoss, tat dies eindeutig mit einem G3! Das war einmal die Standardwaffe der Bundeswehr gewesen, halbwegs zielsicher bis auf 400 Meter, mit 20-Schuss-Magazin und Dauerfeuereinrichtung! Vor allem Letzteres machte es eindeutig zu einer Kriegswaffe. So etwas gehörte nicht in Zivilistenhände, und deswegen waren privater Besitz und Gebrauch auch gesetzlich verboten.

»Das ist die entschärfte Version.« Hayunga hatte Stahnkes Blick ebenso bemerkt wie die Verfinsterung seines Gesichtsausdrucks. »Nur Einzelschuss, kein Dauerfeuer. Damit nur halb- und nicht vollautomatisch. Und legal. Na ja, wer's mag, oder? So etwas hatten wir lange genug in den Händen.« Er deutete auf einen anderen Schützen, der mit einer Pumpgun hantierte: »Das da finde ich schon spannender! Wie aus einem Gangsterfilm. Schießt allerdings nicht besonders präzise.«

Vogelmann hatte sich inzwischen auf einer Art Pritsche langgemacht und brachte seine Mercury-Büchse in den Liegendanschlag. Ihr Knall war scharf, aber weniger laut als gedacht. Jeder einzelne Schuss hallte mehrfach von den breiten Dachträgern, die auch als Kugelfänge dienten, wider. Auch auf der anderen Bahn wurde weiter geschossen; die verschiedenartigen Geräusche und ihre ineinanderlaufenden Echos erzeugten eine verwirrende Kakophonie. Schnell stülpte sich Stahnke den Gehörschutz wieder über.

Vier Patronen fasste das Mercury-Magazin; Vogelmann bekam per Video vier brauchbare Trefferanzeigen vom 100 Meter entfernten Ziel. »Wollen Sie auch mal?«, fragte er den Hauptkommissar, sichtlich selbstzufrieden und ein wenig herausfordernd.

»Okay, aber hier drüben!« Er zwängte sich hinter das Sitzpult; Vogelmann lud die Waffe neu und reichte sie ihm.

Betreutes Schießen, dachte Stahnke und fühlte sich auf einmal doch ziemlich alt. Das wurde auch nicht besser, als er zu visieren begann. Himmel, waren diese Zielscheiben weit weg! Und die unvertraute Visiereinrichtung verschwamm immer wieder vor seinen Augen, die prompt zu tränen begannen. Wie sollte man so vernünftig fokussieren? Er nahm das Ziel auf, so gut es ging, und drückte ab.

Bäng – bäng, bäng, bäng, machte das Echo.

»Vereinseigentum nicht beschädigt«, meldete Hayunga vom Videoschirm. »Nachhaltigkeit schön und gut, aber das ist dann doch etwas übertrieben, oder? Das ist ja geradezu pazifistisches Schießen.«

Annika Brühl hatte inzwischen auf einer der mittleren Bahnen Position bezogen, in den Händen ein elegantes Teil aus brüniertem Metall. Gab es unter Gewehren ein Gegenstück zum Damenrevolver? Wenn ja, dann war es dieses, dachte Stahnke. Der Knall der Waffe jedoch kappte seine Überlegung brutal.

»Und weg ist die Zehn!«, meldete der Alte. »Jetzt nochmal durchs selbe Loch, los, Mädchen!«

Der Hauptkommissar knirschte mit den Zähnen, wischte sich die Augen und legte neu an. Eine Vier, eine Sechs und eine Sieben. Puh, wenigstens eine Verbesserung, dachte er erleichtert.

»Wissen Sie, was ich glaube, Herr Hauptkommissar?« Albert Hayunga erhob sich schwerfällig. »Ich glaube, das ist nicht die richtige Waffe für Sie. Warten Sie, ich hole mal etwas Passendes.« Er humpelte zur Tür und verschwand im Korridor.

Stahnke quälte sich aus seiner Sitzmaschine und schüttelte Arme und Beine aus. Auch Annika Brühl machte gerade eine Schießpause und stand bei Bernhard Vogelmann, um sich dessen zweiläufige Wunderflinte erklären zu lassen. Auf der Bahn links standen die jungen Männer zusammen und palaverten ebenfalls. Also nahm der Hauptkommissar seinen Gehörschutz ab und wischte sich den Schweiß von den Ohrmuscheln.

Gesprächsfetzen flogen zu ihm herüber. »So viele Männer haben die gar nicht«, sagte gerade einer von der anderen Schießstandseite. »Ich meine, solche, die etwas ausrichten können. Schlagkräftige.«

»Es ist einfach die schiere Menge«, erwiderte ein anderer. »Wenn es so weit ist, wird das nicht einfach. Da muss man schon vorbereitet sein. Also ich finde …«

»Nun komm uns nicht wieder damit!«, unterbrach der Dritte. »Wenn ich das schon höre, du und deine Depots! Da können wir doch gleich …« Er verstummte, weil ihm der Erste die Hand auf den Unterarm gelegt hatte. Stahnke blickte plötzlich in drei Augenpaare. Er drehte sich weg wie ein ertappter Spanner.

Im selben Moment erschien Hayunga wieder in der Tür, in der Hand einen Karabiner, der Stahnke unheimlich vertraut vorkam. Dabei war er sich sicher, so etwas wie diese Waffe noch niemals in der Hand gehalten zu haben.

»Mensch, Albert, willst du dein Muli wieder satteln?«, rief einer der jungen Männer. Er war einen Kopf kleiner als seine hochgewachsenen Kameraden, trug eine Hose in Tarnfarben und wirkte sportgestählt. Sein enges schwarzes T-Shirt offenbarte kräftige Arme.

»Aber sicher!« Der Alte nickte den dreien zu. »So ein Muli braucht Bewegung, sonst wird es träge. Mal gucken, was es von einem neuen Reiter hält.«

Die jungen Männer lachten. Nett klang es nicht, fand Stahnke. So lachten Männer in Gruppen eben, junge vor allem. Nett sein war bei denen nichts Positives, sondern ein Zeichen von Schwäche. Wurde einer erst »Netti« genannt, war er schon halb unten durch. Junge Männer in Gruppen waren immer Rivalen, anderen gegenüber, aber auch untereinander. Sie wollten zeigen, wo der Hammer hing. Das war in der Schule so, im Sportverein, bei der Bundeswehr, in der Ausbildung. Junge Männer in Gruppen wurden oft zum Problem. Mit Alkohol praktisch immer.

Der Hauptkommissar musterte die Gruppe jetzt unverhohlen. Prompt rückten die Männer zusammen wie Jungs auf dem Schulhof, wenn die Pausenaufsicht gucken kommt. Zwei große Blonde und ein kleinerer Dunkler, alle kräftig und sportlich, wenn auch nicht gleich schlank, alle kurzhaarig, bartlos und adrett. Der Kleinere stemmte beide Arme in die Seiten. Er schien der Anführer der Gruppe zu sein. Stahnkes Blick trotzte er mit vorgerecktem Kinn.

Hayunga humpelte heran und baute sich zwischen Stahnke und den jüngeren Schützen auf. »Na, was sagen Sie?«, sagte er laut. »Schon mal gesehen, so was? Ist das nicht ein Prachtstück?«

»Karabiner 98«, erwiderte der Hauptkommissar, der den Gewehrtyp längst identifiziert hatte. »Repetiergewehr von Mauser, hergestellt ab 1898, daher die Bezeichnung. Hat einen Zylinderverschluss und einen integrierten Magazinkasten für fünf Patronen. Echter Dauerbrenner, war nicht nur das deutsche Standardgewehr im Ersten Weltkrieg, sondern wurde in verschiedenen Versionen noch bis in die 30er-Jahre hergestellt.«

»Aber genau!« Albert Hayunga strahlte. »Das Ding hier ist älter als ich, und das will schon etwas heißen! Unverwüstliche Mechanik. Deshalb sind auch noch sehr viele Exemplare davon auf dem Markt. Relativ preisgünstig. Ich kenne einen, der die Dinger restauriert, selbst wenn sie jahrelang in der Erde gelegen haben. Hab neulich erst wieder solch einen Fall vermittelt.« Er wandte sich an Annika Brühl und Bernhard Vogelmann: »So etwas solltet ihr euch kaufen, nicht dieses überteuerte Spielzeug, das ihr da habt! Damit könntet ihr Geld sparen und hättet außerdem etwas Solides!«

Vogelmann lachte spöttisch. »Ja, sehr schön als Deko an der Wand! Wir wollen aber auch etwas treffen. Und dieses Ding sieht eher so aus, als könnte man damit wohl jemanden k.o. schlagen, aber nichts zuverlässig treffen, jedenfalls nichts, was nicht direkt vor einem steht!«

In manchen Fällen reichte das völlig aus, fuhr es Stahnke durch den Kopf. Wie im Mordfall Carsten Fecht. Es ärgerte ihn, dass das tödliche Projektil immer noch nicht gefunden worden war. Und dass es in Ostfriesland jemanden geben sollte, der Karabiner herrichtete, die angeblich vergraben gewesen waren. Ging das nur ihm so?

»Vorsicht, Vorsicht, junger Mann!« Hayunga drohte Vogelmann schelmisch mit erhobenem Zeigefinger. »Das kannst du aber glauben, dass man mit dem K98 etwas treffen kann! Besser als mit deiner tätowierten Schönheit hier. Wollen wir wetten?«

»Um ein Bier? Jederzeit!« Vogelmann grinste siegessicher. »Ich mit der F3, du mit deinem K98, jeder fünf Schuss? Höhere Ringzahl gewinnt?«

»Um die Ehre!«, rief Hayunga. »Und gerne auch um ein Bier, warum nicht? Aber antreten wirst du nicht gegen mich, sondern gegen deinen Vorgesetzten hier.« Er streckte beide Arme aus und hielt Stahnke das Gewehr hin.

Er fordert mich heraus, dachte der Hauptkommissar. Doppelte Chance zur Demütigung, durch Ablehnung wie durch Niederlage. Ein Wettschießen mit unvertrauter Waffe – sollte er mit derart schlechten Karten wirklich spielen?

Feigling!, höhnte seine innere Stimme. Also nickte Stahnke und griff zu.

Aus der Nähe wirkte der K98 gar nicht wuchtig, eher schlank, nur eben sehr lang und deshalb schwer. Schaft und Handschutz bestanden aus dunkelbraun schimmerndem Holz, eine klassische Schönheit. Unter dem Lauf ragte der Reinigungsstab hervor, seitlich schimmerte der Spannhebel, das Klappvisier lag in Ruhestellung. Nicht mehr Mechanik als nötig.

Hayunga reichte Stahnke die Munition. Fünf messingfarbene Patronen, fast fingerlang. Er drückte sie ins Magazin, eine nach der anderen, dann lud er die Waffe durch, die Mündung immer nach vorne gerichtet. Anschließend zwängte er sich wieder in die Sitzmaschine, die ihm jetzt schon etwas vertrauter vorkam, suchte nach der passenden Auflageposition und stemmte den Gewehrschaft gegen seine Schulter. Seine rechte Hand lag unter dem Schutzbügel. Noch war es nicht so weit.

Natürlich hatte Stahnke aufgepasst. »Willst du dein Muli wieder satteln?«, hatte der Jungschütze den alten Hayunga gefragt. Muli, klar, als ausdauerndes Trag- und Zugtier einst unentbehrlich, auch und gerade beim Militär – ebenso allgegenwärtig wie der Karabiner 98, selbst im Ersten Weltkrieg noch. Basis der Kriegsführung, Brot und Butter des Soldaten. War damit diese Metapher nicht ausreichend erklärt?

Natürlich nicht. Mulis konnten störrisch sein, wenn man mit ihnen nicht umzugehen wusste. Sie waren leistungsstark, aber hatten auch ihren eigenen Kopf, und wenn ihnen etwas nicht passte, wenn ihnen jemand dumm kam oder nachlässig, gar gewalttätig, dann wehrten sie sich. Dann traten sie zu. »Treten wie ein Muli« war mal ein geflügeltes Wort gewesen. In Schützenkreisen war es das offenbar immer noch. Um nichts anderes ging es hier. Genau darauf warteten diese Schützenschnösel dort drüben, dachte Stahnke. Darauf wartete auch Hayunga. Vielleicht wartete sogar Annika Brühl darauf?

Der Hauptkommissar schickte seiner Kollegin einen Seitenblick. Die hatte ihre Arme vor der Brust gekreuzt, ihr Blick wanderte zwischen den Zielscheiben und Stahnkes Sitzmaschine hin und her. Kein Wort der Warnung kam über ihre Lippen.

Stahnke erneuerte seinen Griff, packte zu, als hätte er es mit einem echten, einem störrischen Muli zu tun. Der Schaft drückte fest in seine rechte Schulter, ohne einen einzigen Millimeter Spiel. Seine Augen stellten sich automatisch auf das Korn scharf, so wie es sein sollte. Kimme und Korn bildeten eine Linie, die Oberkanten schön verstrichen, das Scheibenzentrum saß direkt über dem Korn. Stahnkes dicker Zeigefinger schob sich in den Schutzbügel hinein, suchte Kontakt mit dem Metall, fand Halt, glitt am Bügel entlang nach hinten, zum Abzug, suchte den Druckpunkt, fand ihn instinktiv. Dann zog er durch.

Das Muli brüllte, aber es bockte nicht. Der Stoß in die Schulter blieb moderat. Das störrische Ding hatte seinen Meister gefunden.

»Donnerwetter!«, rief Hayunga laut. »Volltreffer! Glückwunsch, Herr Hauptkommissar! So, junger Mann, nachmachen!«

Vogelmann ließ sich nicht lange bitten. Schon krachte auch seine Doppelbockflinte. Noch ehe Hayunga die Trefferansage machen konnte, erklang ein leises Stöhnen von links. Die drei jungen Schützen hatten sich natürlich auf Vogelmanns Seite geschlagen. »Eine Fünf! Brauchbar, aber nicht glanzvoll, würde ich sagen«, tönte der Alte. »So, gleich noch einen hinterher, immer im Wechsel!«

Der baumlange Kommissar stand lange im Anschlag, ehe er seinen zweiten Lauf abfeuerte. Hatte er schon angefangen zu zittern? Aber da hatte sich Stahnke zu früh gefreut. »Eine Acht!«, verkündete Hayunga. »Sehr ordentlich. Jetzt Sie, Herr Hauptkommissar, zweimal, wenn ich bitten darf.«

Stahnke schlug den Spannhebel hoch und zog ihn schnell nach hinten, gleichmäßig und kräftig, damit sich die neue Patrone nicht verkanten konnte. Die leere Messinghülse des ersten Geschosses wurde ausgeworfen und klimperte über den Boden. Stahnke konzentrierte sich. In der Wiederholung lag die Kraft, rief er sich ins Gedächtnis. Gute Schützen machten immer alles gleich, den ganzen Ablauf, jedes Detail. So konnten gute Resultate beliebig oft wiederholt werden. Oder auch nicht – falls der Treffer nur Zufall gewesen war.

Es krachte, das Echo erklang etappenweise. Dann Hayunga: »Ebenfalls eine Acht! Nicht schlecht, aber zwei weniger als eine Zehn. So, nächster Schuss!«

Als Stahnke erneut repetierte, spürte er heißen Schweiß unter seinen Achseln. Wunder passierten eben nicht, dachte er. Nichts ging von allein, alles wollte erkämpft werden! Also hieß es kämpfen.

Die Hülse klimperte. Der Schaft saß so fest an seiner Schulter wie eine Axt im Hauklotz. Er visierte, korrigierte, fokussierte erneut. Suchte erneut den Fingerkontakt zum Schutzbügel, um die Gefahr eines unbedachten Zuckens zu minimieren. Der Druckpunkt war ihm nun schon vertraut. Schuss.

»Und abermals eine Zehn! Ich muss schon sagen, Herr Hauptkommissar, ich beginne mich sehr viel sicherer zu fühlen als noch vor einer Woche. Auf unsere Polizei ist doch Verlass! Wobei – ich vergaß, der zurückliegende Kontrahent ist ja ebenfalls Polizist! Tja, was soll ich sagen …«

Allgemeines Gelächter von außen; auch Annika Brühl stimmte ein. Bernhard Vogelmann stand schon wieder im Anschlag. Ob er es bereute, sich nicht für den Liegendanschlag entschieden zu haben?

Der Schuss brach, dem Knall folgte das Echo. Bäng – bäng, bäng, bäng. In Vogelmanns mächtigen Armen ruckte die Waffe nur minimal. »Und auch hier eine Zehn!«, rief Hayunga wie ein Losverkäufer auf dem Gallimarkt. »Da will es noch jemand wissen! Herrschaften, jetzt wird es aber richtig spannend!«

Vogelmanns nächster Schuss war eine Neun.

Stahnke überschlug rasch im Kopf: 32 Ringe hatte sein Gegner nach vier Versuchen, er selbst hatte 28 Ringe mit drei Schuss. Vogelmann konnte bestenfalls noch auf 42 Ringe kommen. Also brauchte Stahnke noch 15 Ringe, eine Sieben und eine Acht reichten ihm, dann konnte der junge Kommissar ihn nicht mehr einholen, egal wie perfekt er seinen letzten Schuss setzte. Sieben und Acht, das musste doch zu machen sein! Er repetierte durch, und noch ehe das Klimpern der leeren Hülse verklungen war, hatte er das Ziel anvisiert und den Abzug durchgezogen.

Der Schuss brach krachend. Das Muli trat zu. Verdammt, er hatte nicht aufgepasst, hatte den Gewehrschaft nicht ordentlich gegen seine Schulter gepresst, ehe er abgezogen hatte! Er hatte das Muli für gezähmt gehalten, nachhaltig gezähmt, und war leichtsinnig geworden. Das hatte das Biest ausgenutzt und heftig zugetreten. Der Schmerz fuhr ihm durch den gesamten Oberkörper – und seine angeknackste Rippe schickte ein Echo. Aua – au, au, au.

Stahnkes Bemühen, sich nichts anmerken zu lassen, war nur teilweise von Erfolg gekrönt. Die drei jungen Schützen hatten genau aufgepasst – und endlich gesehen und gehört, worauf sie gewartet hatten. Ihr Lachen klang hämisch und troff vor Schadenfreude. Wenigstens stimmte Annika Brühl nicht ein.

»Gerade noch angekratzt«, meldete Hayunga. »Ein Ring für den Herrn Hauptkommissar! Und schon wird die Sicherheitslage wieder kritisch. Nur noch eine Chance, den Eindruck zu revidieren. Wenn ich bitten dürfte!«

Stahnke wischte sich die Stirn. Weg war der schöne Vorsprung, so ein Mist! Jetzt konnte er nur noch Schadensbegrenzung betreiben. Und auf Vogelmanns Fehler hoffen. Er konzentrierte sich, ging den Ablauf Schritt für Schritt durch, achtete besonders auf einen festen Griff und den engen Sitz des Schaftes an seiner schmerzenden Schulter. Als Kimme, Korn und Scheibenzentrum nicht perfekt zur Deckung kommen wollten, brach er ab und baute den gesamten Versuch neu auf. Hier ging es nicht um die Zeit, hier ging es um jeden Ring. Und um die Ehre.

Bäng – bäng, bäng, bäng. So, dachte Stahnke, das war's. Und was war das nun?

»Noch einmal angekratzt!«, rief der Alte. »Aber keine Sorge, diesmal wieder die Zehn! Macht 39 Ringe insgesamt. Der junge Mann hat den letzten Schuss. Silentium, wenn ich bitten darf! Ein Schuss Einzelfeuer, Feuer frei!«

Bernhard Vogelmann stand da wie eine Statue. Er benötigte keine Zehn, nicht einmal eine Neun; schon eine Acht würde ihm zum Sieg reichen. Ihm würde Stahnke den

Triumph schon gönnen, nicht jedoch dem Jungvolk von der anderen Bahn.

Vogelmann wollte es gut machen, das sah man. Gut Ding wollte Weile haben, sicher, aber man konnte alles übertreiben, dachte Stahnke. Kam der Mann denn gar nicht zu Potte? Und er stand auch nicht mehr so fest wie eine Statue. Sein rechter Arm zeigte ein deutliches Zittern, das von Sekunde zu Sekunde mehr zu einem Flattern wurde. Setz ab, wollte Stahnke sagen, setz ab und bau den Schuss neu auf, so wird das nichts mehr! Aber da krachte es doch.

Bäng – bäng, bäng, bäng.

»Und noch einmal vier Ringe dazu!«, verkündete Hayunga. »Tja, junger Mann, den hast du verrissen! Pech für dich, Glück für unseren Kandidaten aus der älteren Generation, Herrn Hauptkommissar Stahnke!« Der Applaus fiel mäßig aus. Am lautesten klatschte noch Vogelmann selbst, nachdem er seine kostbare Büchse abgelegt hatte.

Stahnke reichte seinen Karabiner dem Besitzer zurück. »Nettes Teil«, sagte er. »Schießt echt dahin, wo man hinzielt.«

»Passt gut zu Ihnen!«, erwiderte Hayunga. »Das konnte man sehen, da haben sich zwei gesucht und gefunden. Wollen Sie sich auch so eine zulegen? Es sind allerhand Exemplare auf dem Markt. Der K98 war ja mal ein Massenprodukt. Für 200 bis 300 Euro können Sie schon etwas Nettes bekommen.«

»Das überlege ich mir mal«, log Stahnke. »Haben Sie vielleicht noch irgendwo ein paar von der Sorte verbuddelt?«

Hayunga lachte schallend und zwinkerte ihm zu. »Nicht ich«, rief er, »nein, ich habe bestimmt kein Untergrunddepot mit Karabinern im Garten! In dem Fall, den ich vorhin erwähnte, ging es um jemand anderes.«

»Ach ja?« Der Hauptkommissar zwinkerte zurück. »Kann ich vielleicht die Adresse haben? Und eine Schaufel, leihweise?«

Hayunga klopfte ihm auf die Schulter, immer noch lachend, aber leiser als zuvor. »Bedaure«, sagte er. »Der Gentleman genießt und schweigt.«

War einen Versuch wert, dachte Stahnke. »Kleiner Scherz«, behauptete er grinsend. »Vielleicht kann ich stattdessen nochmal mit Ihrem Prachtstück trainieren, oder?

»Jederzeit!«, sagte Hayunga. »Sie haben das Muli sehr gut im Griff. Bis auf diesen einen Tritt natürlich. Aber das passiert jedem, der es mit diesem Gewehr versucht.«

Stahnke unterdrückte den Wunsch, seine lädierte Schulter zu kneten. »Mich wundert nur, dass so etwas noch als Sportwaffe durchgeht«, sagte er. »Werden denn mit solchen Karabinern tatsächlich Wettkämpfe ausgeschossen?«

»Aber sicher«, erwiderte der Alte. »Nennt sich Ordonnanzwaffenschießen! Wenn Sie noch ein bisschen üben, könnten Sie bestimmt dabei antreten.« Er blickte sich suchend um. »Allerdings müsste ich Ihnen dann leider einen kleinen Obolus für die Munition abnehmen. Die geht ganz schön ins Geld, wenn man viel schießt! Selbst für einen Wiederlader wie mich. Ach, da ist er ja, der kleine Schlingel. Sieht gut aus, der geht doch noch!« Hayunga humpelte ein paar Schritte zur Seite, bückte sich ächzend und hob einen golden glänzenden Gegenstand auf. »So, Hülse Nummer vier! Wieder etwas gespart. Haben Sie vielleicht Nummer fünf irgendwo liegen sehen?«

Der Hauptkommissar schaute sich um, konnte aber nichts entdecken. »Was für Patronen sind das überhaupt?«, fragte er beiläufig.

»8x57 IS«, antwortete Hayunga. »Infanterie spitz. Wird auch von Jägern verschossen.«

Es knirschte unter Stahnkes Sohle. Verstohlen blickte er in die Richtung des Alten; der wandte ihm gerade den Rücken zu. Der Hauptkommissar bückte sich so unauffällig wie möglich, griff sich die Hülse und steckte sie in die Hosentasche.

Bernhard Vogelmann packte gerade seine Waffen ein; Annika Brühl hatte die ihren bereits verstaut. Die drei jungen Schützen verließen soeben den Schießstand. Stahnke schaute auf seine Uhr: schon nach 21 Uhr! Die Zeit war schnell vergangen. Kein Wunder, dass allgemeiner Aufbruch herrschte.

»Dann eben ein anderes Mal.« Hayunga hatte die Suche nach der Patronenhülse aufgegeben. »Hat wohl einer von den anderen eingesteckt. Na, viel Vergnügen! Für deren moderne Spielzeuge taugt solche Munition nicht.« Er wischte sich die Hände an seinem Schießpullover ab. »Na, Herr Stahnke, noch Lust auf ein Bierchen?«

»Eigentlich schon.« Er nickte in Richtung seiner Kollegin: »Das kann ich aber nicht alleine entscheiden.«

Annika Brühl verdrehte die Augen. »Eigentlich wollte ich beizeiten nach Hause«, maulte sie. »Ich brauche mal acht Stunden Schlaf am Stück.«

»Ich kann dich doch fahren«, bot Kollege Vogelmann an. »Dann können die beiden, äh, Sportkameraden sich noch gemütlich einen genehmigen.«

»Natürlich fahre ich dich, das hatte ich schließlich versprochen«, widersprach Stahnke. Bernhard Vogelmann hatte sehr eifrig geklungen, und es machte Stahnke Spaß, ihm die Tour zu vermasseln. Hatte der Lange ihn und den Silberrücken gerade eben nicht beinahe als »die beiden Alten« bezeichnet?

»Du wohnst doch in der entgegengesetzten Richtung.« Auch Annika Brühl klang skeptisch. »Das wäre ja die dreifache Strecke für dich! Nee, lass mal lieber.«

»Das macht mir wirklich nichts aus!« Vogelmann reckte die Brust und strahlte wie der sprichwörtliche Ritter in glänzender Rüstung. »Kollege Stahnke hat doch Anspruch auf sein Sieger-Bier! Und ich als Verlierer bin ja quasi dienstverpflichtet …« Er bemerkte zu spät, was er da sagte, und verstummte mit hängendem Unterkiefer.

»Alles klar, ich bin also die Strafe für den Loser!«, rief Annika Brühl und lachte laut. Die anderen stimmten erleichtert ein. »Na, dann will ich der Erfüllung dieser merkwürdigen Wettkampfregel mal nicht im Wege stehen. Okay, Berni, du darfst mich fahren. Tschüss, Stahnke, wir sehen uns morgen!«

Mit ihren Waffenkoffern beladen, zogen die beiden ab. Hayunga humpelte zur Theke, um zwei Plätze zu organisieren.

Na, dachte Stahnke, während er dem Alten langsam folgte, das hat ja gerade noch geklappt.

18.

Lüppo Buss arbeitete, wann er wollte. »Das ist das Schöne, wenn man Inselsheriff ist«, pflegte er zu sagen: »Man ist zwar immer im Dienst, aber wann man arbeitet, das entscheidet man ganz alleine.« Jetzt saß der Oberkommissar in seiner Dienststelle *An der Kaapdüne*, die Uhr zeigte 21.30 Uhr, und er bearbeitete das Telefon. Weil er das so wollte.

Na ja, ganz so war es nicht, musste der Inselpolizist vor sich selbst zugeben. Zum einen ließ es ihm keine Ruhe, dass er das Alibi von Friedo Adams, das sich so einfach und glasklar angehört hatte, beim besten Willen nicht verifiziert bekam. Weil diese Frau, die das konnte, einfach nicht ans Telefon ging. Jedenfalls nicht zu normalen Tageszeiten. Also musste er es mal zu einer unnormalen Zeit versuchen, hatte er sich gesagt. Zum Beispiel um 21.30 Uhr.

Das jedoch war leichter gedacht als getan. Es gab einen Hinderungsgrund – einen sehr erfreulichen: Nicole war wieder bei ihm eingezogen, seine Ex-Verflossene, die es noch einmal mit ihm versuchen wollte. Damit hatte sich Lüppo Buss' größter Wunsch erfüllt. Nicole war für ihn das Glück in Person.

Das Glück allerdings hatte Bedingungen gestellt. Nummer eins: Die Arbeit bleibt, wo sie hingehört! »Ist mir egal, was du machst, wenn du im Dienst bist – zu Hause bist du privat, klar? Das hatten wir nämlich schon anders, und das ging nicht gut. Also machen wir das nicht wieder. Versprichst du mir das?«

Natürlich hatte Lüppo Buss das getan. Wer schlägt schon seinem Lebensglück etwas ab? Dass solch ein Versprechen seinem Lebensmotto als Inselsheriff zuwiderlief, hatte ihn nur einen Wimpernschlag lang irritiert. Lebensglück vor Lebensmotto, das war doch klar. Also machte er seine dienstlichen Anrufversuche nicht aus dem heimischen Wohnzimmer, sondern aus seinem Dienstzimmer. Zu dem er sich eigens per Fahrrad aufgemacht hatte. Umständlich, aber was tat man nicht alles?

Was die bewusste Dame nicht tat, war klar: ans Telefon gehen. Vorhin nicht, danach nicht und jetzt auch nicht. Der Inselpolizist rieb sich seine schmerzende Ohrmuschel. Er würde wohl nicht umhinkommen, Friedo Adams nach der Adresse zu fragen und hinzufahren. Oder einen Wittmunder Kollegen darum zu bitten. Nach der Adresse von Friedos Geliebter, von der fast jeder Langeooger wusste und von der seine Ehefrau niemals etwas erfahren durfte. Wie ticken solche Leute nur, fragte sich der Oberkommissar. Haben ihr Glück zu Hause – und trotzdem nichts Besseres zu tun, als es bei der nächstbesten Gelegenheit aufs Spiel zu setzen! Ihm käme so etwas nie in den Sinn, da war er sich sicher. Noch keine halbe Stunde war er weg von seiner Nicole, schon vermisste er sie.

Hatte ihm Friedo die bewusste Adresse vielleicht schon aufgeschrieben? Er kramte den Zettel hervor; nein, da standen nur Handynummer und Name. Shalin Krutowski. Himmel, wer hieß denn so? Seufzend drückte er Wahlwiederholung.

Es knisterte an seinem Ohr. »Ja?« Eine Frauenstimme. »Wer ist da?«

»Ist da Shalin?« Lüppo Buss war so überrascht, dass er den Nachnamen gar nicht über die Lippen bekam.

»Friedo? Bist du das?« Die Stimme klang jung, dunkel, aggressiv. »Kannst du das nicht mal langsam sein lassen mit deinen Anrufen? Ich habe hier drei Dutzend Anrufe in Abwesenheit auf dem Display, alle mit deiner Vorwahl! Was soll das? Hast du es immer noch nicht kapiert?«

Der Inselpolizist räusperte sich. »Shalin … Krutowski?«, fragte er. »Hier ist Oberkommissar Buss vom Polizeiposten Langeoog. Sind Sie Frau Krutowski?«

»Polizei?« Die Stimme am Telefon klang ungläubig. »Hat Friedo mich bei der Polizei verpfiffen? Der soll bloß vorsichtig sein, sonst … aber du verarschst mich doch, Friedo, oder was? Du bist es doch selbst? Komm, sag schon!«

»Mein Name ist Buss, Oberkommissar Lüppo Buss«, wiederholte der Inselpolizist. »Sind Sie nun die Frau Krutowski oder nicht?«

»Echt jetzt mal«, murmelte die Stimme. »Ja, ich bin's, Shalin Krutowski. Was ist los, was wollen Sie von mir?«

»Ich benötige eine Auskunft«, sagte Lüppo Buss. »Ich habe deswegen auch schon mehrere Male angerufen. Hatten Sie Ihr Handy nicht bei sich?«

»Das ist überhaupt nicht mein Handy«, antwortete die Frauenstimme. »Das gehört Friedo. Prepaid, hat er mir extra gekauft, damit wir uns gegenseitig immer erreichen können. Aber jetzt, seitdem … also seit Tagen hat das Ding hier in der Abstellkammer gelegen. Wollte es aufladen und hab's ganz vergessen.«

»Handy vergessen?« Dass so was heutzutage noch vorkam, wunderte sich Lüppo Buss. »Und was meinen Sie mit ›seitdem‹?«

»Na was wohl? Seitdem ich ihn in den Wind geschossen habe!«, brüllte Shalin Krutowski. »Der hat doch niemals vorgehabt, sich von seiner Frau zu trennen! Hat mir immer nur einen vom Pferd erzählt. Meinte wohl, wenn er mich mit seinen Lügen bei Laune hält, kommt ihn das billiger, als regelmäßig in den Puff zu gehen. So ein Wichser!«

Auf die innere Widersprüchlichkeit dieser Äußerung ging der Inselpolizist nicht ein. »Dann sind Sie also nicht mehr mit Friedo Adams, äh, befreundet«, stellte er fest. »Seit wann denn nicht mehr, bitte?«

»Seit wann? Keine Ahnung. Paar Tage?« Die junge Frau zog geräuschvoll ihren Naseninhalt hoch. »Musste mich direkt krankmelden. Blöd, krank sein, wenn sowieso Feiertag ist.«

»Also fand die Trennung von Herrn Adams vor dem 1. Mai statt?«

»Sag' ich doch.« Sie schniefte noch lauter. Lüppo Buss griff unwillkürlich nach der Packung Papiertaschentücher, die er für ähnliche Fälle immer dabeihatte.

»Waren Sie denn am Abend des 30. April noch zusammen?«, hakte er nach.

»Was? Nee. Für den Tag hatte ich mich doch schon krankschreiben lassen«, sagte Shalin Krutowski zwischen zwei tiefen Schniefern. »Abgehängt hab' ich Friedo schon einen Tag vorher.«

»Haben Sie vielen Dank«, sagte der Inselpolizist. »Sie haben mir sehr geholfen.« Das war natürlich eine Floskel, und Lüppo Buss war sich absolut nicht sicher, ob sie in diesem Fall der Wahrheit entsprach. Denn vor allem hatte ihm dieses Telefonat Mehrarbeit beschert.

»Geholfen? Echt?« Shalin Krutowski klang verunsichert, beinahe leicht gekränkt. Vielleicht gehörte sie zu den Leuten, für die es nichts Positives war, der Polizei zu helfen.

Der Oberkommissar verabschiedete sich und beendete das Gespräch. Was nun? Sofort zu Friedo Adams gehen und ihn mit dieser aufgeflogenen Lüge konfrontieren? Oder lieber Stahnke anrufen und ihm mitteilen, dass der lange Insulaner wieder auf der Liste der Verdächtigen stand?

Option Nummer drei wäre, diese Entscheidung auf morgen zu verschieben und lieber nach Hause zu gehen, dachte Lüppo Buss. Zu Nicole. Mochte ja sein, dass er immer im Dienst war, aber das hieß ja nicht, dass er ständig arbeiten musste!

Das Telefon klingelte. Wer rief denn um diese Zeit noch an? Von Rechts wegen sollte hier gar keiner mehr sitzen, dachte Lüppo Buss, ich wäre zu Hause und niemand würde diesen Anruf entgegennehmen. Wenn ich jetzt einfach nicht … Da hatte er den Hörer bereits am Ohr; wieder einmal stellte der Inselpolizist fest, dass seine Reflexe schneller waren als seine Gedanken. »Oberkommissar Buss, Polizeistation Langeoog, Moin!«

»Kollege Buss, na Mensch, endlich!« Ein voluminöser Bass dröhnte aus der Hörermuschel. »Seit Stunden versuche ich, Sie zu erreichen! Warum haben Sie denn Ihr Diensthandy nicht an?«

Lüppo Buss holte tief Luft – die Antwort jedoch wollte nicht über seine Lippen. Weil seine Freundin das von ihm verlangte, und zwar ultimativ, solange er sich in der nun wieder gemeinsamen Wohnung aufhielt, das wäre die Wahrheit gewesen. Aber wen außer ihnen beiden ging das denn etwas an! Diese Bassstimme vielleicht? Wem gehörte die überhaupt?«

»Hier ist Rykena, Inspektion Aurich-Wittmund, Fachkommissariat römisch drei. Hauptkommissar Engelbert Rykena, um genau zu sein. Wir kommen morgen nach Langeoog, dienstlich. Wollte uns vorher anmelden, wie sich das gehört. Konnte ja nicht ahnen, dass das solch ein Akt werden würde.«

»Moin, Herr Kollege.« Der Inselpolizist hatte ein vages Bild von Rykena im Kopf; ein bärtiger Mann vom Format eines Wagneropernsängers. »Tut mir leid wegen des Handys, musste ich ausschalten, hab's dann vergessen. Sorry wegen der Umstände.«

»Ach, kein Ding. Schwamm drüber.« Rykena schien ein verträglicher Mensch zu sein. Wann hatte er den denn zu Gesicht bekommen? Bei irgendeiner Verabschiedung vermutlich. Oder war es doch etwas wirklich Dienstliches gewesen? Aber mit was für Fällen befasste sich das FK römisch drei in Aurich überhaupt?

Der Inselpolizist musste nicht lange rätseln. Rykena sagte es ihm, und er sagte ihm auch, weshalb er und seine Leute nach Langeoog kommen würden und was sie auf der Insel vorhatten. Lüppo Buss pfiff leise durch die Zähne. Das war mal interessant, dachte er. Das war mal richtig interessant!

19.

»Können Sie eigentlich Plattdeutsch?«, fragte der alte Hayunga und stellte sein Bierglas zurück auf die Theke. Er hatte es in einem Zug geleert; der größte Teil der Schaumkrone war mit dem Herabsinken gar nicht nachgekommen.

»Platt.« Stahnke hob die Schultern. »Na ja – etwa so gut, wie ich Schach spielen kann. Ich weiß, wie man die Figuren setzt, aber gegen einen geübten Spieler wäre ich chancenlos.«

Hayunga nickte verständnisvoll. »Dann gehören Sie also auch zu der Generation, der man die Einsprachigkeit als Heilslehre angedreht hat. Nur, um Fehler im Diktat zu vermeiden. Weil das Plattdeutsche keine grammatikalischen Geschlechter kennt und es statt der, die und das immer nur de heißt. Klar, wenn man das eins zu eins ins Hochdeutsche überträgt, dann unterlaufen einem mehr Fehler als den Mitschülern, von deren Spott ganz zu schweigen. Aber was gibt man für diesen kleinen Vorteil nicht alles auf, wenn man auf seine Regionalsprache verzichtet! Ein ganzes Stück Heimat, einen wichtigen Aspekt der eigenen Identität.«

»Stimmt«, sagte Stahnke. Auch er leerte sein Bierglas, allerdings deutlich bedächtiger. »Heute weiß man, dass Kinder, die bilingual aufwachsen, davon ungeheuer profitieren. Sieht man auch bei vielen Migranten. Ihr Verstand ist quasi ständig im Trainingslager, sie lernen zu transferieren und zu improvisieren und werden überhaupt geistig viel flexibler.«

Hayunga wischte sich eine Schaumspur vom Mund. »Ja, das auch«, sagte er. »Aber ein bisschen Platt kennen Sie, ja? Zum Beispiel das Wort für Möwe?«

»Na logisch!« Stahnke lachte. »Das heißt Mööw.«

»Sehr schön. Und können Sie damit auch einen Satz bilden?«

Wofür hält der mich, dachte Stahnke, für einen Anwärter im ersten Jahr? Er hakte seinen Blick in den des Alten, konnte darin jedoch nichts als verschmitzte Vorfreude erkennen. Also tat er ihm den Gefallen. »Mööwi noch een?«

»Ja! Ja!«, jubelte Hayunga und schlug mit der flachen Hand auf den Tresen. »Natürlich mögen wir noch einen! Heinz, bring uns noch zwei Bier! Und zwei Klare!«

Der Hauptkommissar gestikulierte abwehrend, aber Heinz, der hinter der Theke aufragte wie ein Bergfried hinter Burgmauern, ließ sich davon nicht beirren. Hier galt Hayungas Wort, das war so klar wie der Klare in den bereiften Gläschen.

»Nicht lang schnacken, Kopp in'n Nacken!«

Na gut, einer konnte nicht schaden. Stahnke war kein Schnapstrinker, er ließ seine Kehle lieber von Bier kühlen oder von Wein umschmeicheln als von Hochprozentigem versengen. Brr! Eilig spülte er mit einem halben Pils nach.

»So ist es recht«, lobte der Alte. »Seegangstrinken! Topplastige Gläser fallen viel zu leicht um.«

»Also doch Marine.« Stahnke deutete auf den Schießpullover des Alten. »Wann und wo denn?«

Hayunga grinste. »Ist schon gar nicht mehr wahr! Ich bin noch auf einem *Fletcher*-Zerstörer gefahren! Schon mal gehört von den Dingern?«

»Sogar gesehen«, konterte Stahnke. »Weltkriegsüberbleibsel, haben wir von den Amerikanern bekommen als Starthilfe für die Wiederbewaffnung, damals Ende der 50er-Jahre, sechs Stück insgesamt. Zu meiner aktiven Zeit waren noch ein paar davon im Dienst. *Schwimmende Straflager* wurden sie genannt. Die Lebensbedingungen darauf müssen furchtbar gewesen sein.«

Der Alte zuckte mit den Schultern. »Marine ist nun mal nichts für Weicheier. Ob ich nun mit 20 Leuten in einem Wohndeck schlafe oder mit 100, ist mir eigentlich wurscht.

Es stinkt in jedem Fall nach Fürzen und Käsemauken! Was soll's, dann furzt man eben dagegen an.« Er gab Heinz ein Zeichen. Wieder wollte Stahnke abwehren, aber das ging schlecht, weil er gerade sein eigenes Glas am Mund hatte.

»Aber die Technik war interessant!«, fuhr Hayunga fort. »Die *Fletcher* wurden während des Krieges gebaut, in Serie, mit der damals üblichen Ausstattung. Nach 1945 wurden die meisten ausgemustert und kamen zur Reserve, etliche wurden auch an andere Nationen verkauft oder verliehen. Die restlichen wurden modernisiert, so gut es ging – einige mehrfach. Auch unsere. Das war spannend, was die Amis sich haben einfallen lassen! Und noch spannender, diese Konstrukte am Laufen zu halten. Ohne Improvisationstalent ging gar nichts.«

»Sie waren also bei den Ölfüßen?«, fragte Stahnke. »Schiffstechnik? Mit dem Zahnrad auf der Schulterklappe?«

Hayunga nickte. »Das heiße Öl kann ich heute noch riechen. Kann Ihnen immer noch Temperatur und Jahrgang sagen, allein vom Geruch her! Und Sie waren doch bestimmt ein Blitzer, oder? Funker? Signäler sicher nicht, wie ein Feudelschwinger sehen Sie mir nicht aus.«

»Ich war bei den Navs«, erwiderte Stahnke. »Navigationsgast. Kurse berechnen, Position bestimmen und so. War damals noch wichtig, das *Decca*-Navigationsgerät war sehr ungenau. Aber die meiste Zeit habe ich nur Korrekturen auf unsere Karten übertragen.« Er lachte prustend: »Wir fuhren so selten. Die meiste Zeit war unsere Maschine kaputt.«

Hayunga lachte nicht mit; er nickte grimmig. »Diese Misswirtschaft fing damals schon an. Heute ist sie ein Skandal! Die ganze Bundeswehr war nie dafür gedacht, jemals schlagkräftig zu sein. Davor hatten die Siegermächte doch viel zu viel Angst! Einbinden wollten sie uns, aber einbinden im Sinne von fesseln! Im Ernstfall hätten wir sowieso nur den ersten Stoß auffangen müssen, dann wären wir alle hin gewesen. Oder es wäre gleich die A-Bombe gefallen. Thema durch! So haben sich Armee, Luftwaffe und Marine zum Selbstbedienungsladen entwickelt. Für Politik und Industrie. Funktionieren musste nichts, kosten durfte es dafür umso mehr!«

Stahnke wusste nicht, was er darauf erwidern sollte, und tauchte seine Nase lieber in sein frisches Bier.

»Vor der Marine hab' ich Mechaniker gelernt«, erzählte Hayunga, hob seinen Korn und prostete Stahnke zu. Der hielt notgedrungen mit. »Mit 14 in die Lehre, so war das damals«, fuhr der Alte fort. »Als die Einberufung kam, war ich schon Geselle. Hatte mich schon an ein festes Gehalt gewöhnt. Also habe ich mich auf vier Jahre verpflichtet, um nicht auf das bisschen Wehrpflichtigensold angewiesen zu sein. Nach der Grundausbildung gleich auf den Fletcher, tja, und als mein StO merkte, dass ich technisch etwas auf dem Kasten hatte, hat er mich für den Maatenlehrgang vorgeschlagen. So kam dann eines zum anderen.«

Schiffstechnische Offiziere, rief sich Stahnke ins Gedächtnis, hatten häufig einen berufspraktischen Hintergrund; irgendwer musste die schwimmenden Einheiten der Marine schließlich fahrbereit halten. Allein mit dem Messer-und-Gabel-Lehrgang der Offiziersschule in Flensburg-Mürwik ging das nicht.

»Dann sind Sie also Unteroffizier geworden«, stellte er fest. »Uffze, Stuffze, Lumpenpack hieß es doch früher immer in den Mannschaftsdecks. Als Maat oder Obermaat hatte man es oft nicht leicht.«

»Schwer hat man es immer dann, wenn man etwas zu sein vorgibt, was man nicht ist«, sagte Hayunga. »Nachdem ich mich entschlossen hatte, Unteroffizier zu werden, war ich auch einer! Mit voller Überzeugung. Wenn mir einer dumm gekommen ist, dann holte den nachts der Heilige Geist, das können Sie glauben! Wer aber seine Pflicht getan hat, der hatte es gut bei mir. Das war klar geregelt, da war ich immer verlässlich. Meine Leute wussten das zu schätzen, die allermeisten jedenfalls. Meine Wache hat immer bestens funktioniert.« Er hob sein Glas. Es war schon wieder frisch gefüllt, ebenso wie Stahnkes.

»Na denn, auf die untere Führungsebene!«, sagte der Hauptkommissar und trank. Ich muss mal halblang machen, dachte er dabei, ich kann den Alkohol schon spüren. Irgendwie muss ich noch nach Hause kommen.

»Dabei ist es aber nicht geblieben«, erzählte Hayunga weiter. »Irgendwann haben sie mir erzählt, wie viel mehr ein Offizier verdient als ich, und haben mir Lehrgang und Beförderung angeboten. Im Tausch gegen Z 8. Also hab' ich mich auf acht Jahre verpflichtet und bin Fachoffizier geworden. Großer Fehler.« Er verzog sein Gesicht und trank, als müsste er einen schlechten Geschmack mit Bier hinunterspülen.

»Ach ja? Chef sein hat doch Vorteile.« Stahnke wusste, wovon er sprach.

»Von wegen Chef!« Hayungas wegwerfende Handbewegung endete in der gut einstudierten Zwei-Finger-Geste in Richtung Heinz. Mit unbewegtem Gesicht schenkte der Barmann nach. »Als Leutnant bist du doch nicht Chef! Leutnant ist Azubi unter Offizieren, knapp überm Fähnrich. Und wenn du erst mit Mitte 20 Leutnant bist, weiß doch jeder, dass du aus keinem edlen Stall kommst. Das spürst du sofort. Weißt du, warum?« Er kippte den nächsten Klaren. »Weil sie es dich spüren lassen! Diese Knäblein, diese hochwohlgeborenen Akademikersprösslinge, Fabrikantensöhne, Diplomatennachwuchs. Und Schlimmeres! Es gibt Offiziersdynastien seit Friedrich zwo und früher. Kaiser, Hakenkreuz, Bundesadler – völlig egal. Für die sind das nur Äußerlichkeiten. Vogelschiss, aber ehrlich!«

»Bist du deswegen da weg?«, fragte Stahnke. Dass Hayunga wohl unwillkürlich ins kameradschaftliche Du gefallen kam, kam ihm zupass; ein Themawechsel stand an.

»Zum einen«, erwiderte der Alte. »Zum anderen, weil es in Hessen so wenige Marinestandorte gibt.« Er zwinkerte Stahnke schelmisch zu. Schelmisch und erwartungsvoll.

Ein Test, dachte der Hauptkommissar. Schon wieder. »Da war doch bestimmt die Liebe im Spiel«, wagte er einen Schuss ins Blaue. »Wo hast du deine Liebste denn kennengelernt? Bei einer Muttifahrt?«

»Bingo!« Hayunga klopfte anerkennend auf den Tisch. »Volltreffer! Die alljährliche Ausfahrt mit zivilen Angehörigen, einmal rund um Helgoland, mit zollfreiem Einkauf. Mann, darauf hatte ich Lust wie auf Krätze! Aber die Verlobte meines Ersten Maschinenmaats kam aus Hessen angereist und brachte ihre große Schwester mit. Da hat's gefunkt.«

Stahnke hob anerkennend Augenbrauen und Bierglas. Seine Gedanken verirrten sich zurück zu Katharina, seiner ersten Frau. Mit der hatte es auch gefunkt, anhaltend und mächtig. Viele Jahre hatte es gedauert, ehe sie beide erkannten, dass auch Fehlzündungen darunter waren. Nach der Trennung hatte er ihr lange nachgetrauert, sich dann aber in sein Schicksal als einsamer Wolf gefügt. Bis Sina gekommen war. Und kürzlich wieder gegangen.

Diesmal war er es, der dem Barmann signalisierte. Der sorgte umgehend und ungerührt für Nachschub.

»Als Annika mir über den Weg lief, lebte meine Frau noch«, sagte Hayunga. Für Stahnke fühlte sich das an, als hätte er sein neues Bier direkt ins Gesicht geschüttet bekommen. Fast sorgte er selbst dafür, so hastig trank er den ersten Schluck.

»Kinder konnten wir keine bekommen«, fuhr Hayunga fort. »Trotzdem waren wir glücklich, ich mit meiner Ausbildung und dann als Kommissar, voller Elan und Begeisterung, sie als Grundschullehrerin in einem Vorort von Wiesbaden. Immer umgeben von kleinen Kindern, das ist doch ein schöner Ausgleich für sie, habe ich damals gedacht. Mensch, war ich dämlich! Für sie war das eher wie ein Messer im Bauch, das jeden Tag nochmal umgedreht wird. Als ich das begriffen hatte, war es schon zu spät.«

Stahnke schluckte, diesmal trocken. Was er dazu hätte sagen können, wusste er beim besten Willen nicht.

»Witzigerweise lernte meine Frau Annika Brühl vor mir kennen«, sagte der Alte. »Im Krankenhaus. Sie war zur Nachsorge dort, Annika zur Routineuntersuchung. Die beiden verstanden sich gleich, und irgendwann kam Anni zum Sonntagskaffee zu uns nach Hause. Sie war ganz aufgeregt, weil ich ja schon Hauptkommissar war damals, ein ganz hohes Tier in ihren Augen.« Hayunga lachte, Stahnke lachte mit.

»Aber nervös war die Kleine damals dauernd«, erzählte Hayunga weiter. »Die Polizei ist eben ein Männerverein, damals noch mehr als heute. Frauen können klarkommen, aber nur, wenn sie wissen, wie das Spiel gespielt wird, nicht wahr? Annika war damals schon kein Frischling mehr, aber irgendwie hat sie das nicht geblickt, und selbst wenn, hätte sie vielleicht gar nicht mitspielen wollen. Also haben ihr die Kerle Feuer gemacht. Und als dann noch diese andere Sache rausgekommen ist …«

»Welche Sache?«, fragte Stahnke. Er musste sich mehr auf das Artikulieren dieser zwei Worte konzentrieren, als ihm lieb war.

»Dass sie es mit diesem jungen Burschen getrieben hat«, antwortete Hayunga. »Diesem Migranto, keine Ahnung, ob Türke oder Araber, auf jeden Fall ein Ölauge. Und schon so gut wie verheiratet! Das kam gar nicht gut an bei den Kollegen, als sie das spitz gekriegt haben.«

Ölauge, dachte Stahnke, na bravo. Vielleicht dachte sich der Alte nichts dabei, so redete man eben in seiner Generation. Trotzdem war er froh, dass Nidal nicht mit am Tisch saß.

Er schaute Hayunga ins Gesicht und stellte fest, dass der ihn erneut scharf fixierte. Schon wieder ein Test? Fast schon ein Überfall. Stahnke entschied sich blitzschnell. »Kurde«, sagte er. »Nidal Ekinci ist Kurde. Von der Abstammung her jedenfalls. Innerlich ist er preußischer als ich.«

Der Alte schmunzelte. »Soll doch jeder nach seiner Fasson selig werden, hat schon der Alte Fritz gesagt, nicht wahr? Schade, dass die Kollegen in Wiesbaden nicht so gedacht haben. War nicht mein Zuständigkeitsbereich, trotzdem habe ich mit den Jungs mal geredet. Und mit dem Mädel auch. Habe versucht, die Sache zu entschärfen. Um zu verhindern, dass Anni womöglich noch die Brocken hinschmeißt.«

Stahnke stellte sich vor, wie es wäre, wenn er sich in die internen Probleme einer anderen Dienststelle einmischen würde. Oder auch nur die eines anderen Fachkommissariats. Keine schöne Vorstellung. »Wie hast du das denn hingekriegt?«, fragte er. »Das mit Annikas Kollegen, meine ich. Und mit Annika selbst?« Er glaubte die Antwort zu kennen.

Aber Hayunga zuckte nur mit den Schultern. »Hingekriegt habe ich gar nichts. Versucht hab' ich es, das war alles. Annika hat nur geweint, und die Kollegen haben mir deutlich zu verstehen gegeben, dass ich mich um meinen eigenen Dreck kümmern soll. Hab' mich selten so blamiert, das kann ich dir sagen! Wie das Problem sich dann trotzdem in Wohlgefallen aufgelöst hat, kann ich nicht sagen. Vielleicht haben noch andere Leute mitgemischt, wer weiß? Auf jeden Fall hat Anni deinem Nidal wenige Tage später den Laufpass gegeben, und auf ihrer Dienststelle war von einem Tag auf den anderen alles im Lack. Sachen gibt's! Aber was soll's, hab' ich mir gedacht, wenn alles gut ist, dann ist es ja gut, nicht?«

Lahm, dachte Stahnke, während er zustimmend nickte, absolut lahm. Er hatte sehr viel mehr erwartet. Hayunga als Strippenzieher, als verkappter Netzwerker mit Macht und Einfluss! Stattdessen nur ein Querverweis ins Nichts. Wenn Annika Brühl an irgendwelchen Strippen hing, dann wusste er jetzt immer noch nicht, wer am anderen Ende zog.

Der alte Mann richtete sich auf seinem Barhocker auf; statt dem Barkeeper zu winken, griff er nach seinem Portemonnaie. »Wird Zeit für mich«, sagte er mit müder, aber immer noch klarer Stimme. »Ab nach Hause und ins Bett.«

»Du wohnst in Aurich?«, fragte Stahnke; das ging jedenfalls aus dem Nummernschild von Hayungas Auto hervor. »Seit wann eigentlich?«

»Seit meiner Pensionierung«, antwortete der Alte. »Meine Frau war tot, in Wiesbaden hielt mich nichts. Also bin ich zurück in die alte Heimat.« Er klappte seine Geldbörse auf: »Was macht das, Heinz?«

»Für euch beide?«, fragte der Barmann zurück. »Oder auch für die Jungs?«

»Nichts da, ich zahle natürlich selbst«, wehrte Stahnke ab. Das war er sich schuldig.

»Na gut, dann eben so«, sagte Hayunga und zeigte dem Barkeeper vier Finger. »Rufst du Marcel für mich an?«

Heinz nickte ungerührt, nahm Scheine entgegen und kramte im Wechselgeld.

»Marcel ist einer von unseren Jungs«, erklärte der Alte. »Fährt gerne Auto, macht immer mal eine Tour für uns. Er kann dich bestimmt auch nach Leer bringen.«

»Sehr nett, danke«, erwiderte Stahnke. »Aber nein. Ich brauche meinen Wagen morgen früh.«

»Deinen Führerschein bestimmt auch«, sagte Hayunga, die Stirn in Falten gelegt. »Aber keine Sorge, ich sag' nichts.«

»Ich auch nicht«, sagte Stahnke. »Über Geschwindigkeitsüberschreitung und Vorfahrtmissachtung.«

Hayunga zwinkerte. »Ich sehe schon, wir verstehen uns.«

»Marcel ist unterwegs«, sagte der Barmann und zählte ihm das Wechselgeld auf den Tresen. Stahnke schob ein Zwei-Euro-Stück zurück: »Einen Kaffee nehme ich noch. Darf auch gerne stark sein.«

Der alte Hayunga ließ sich von seinem Barhocker rutschten und humpelte zur Tür. »Man sieht sich, Herr Hauptkommissar!«, rief er Stahnke über die Schulter zu. »Und denk an das Muli! Ich bin mir sicher, das ist dein Ding.«

Stahnke nickte und rieb sich die Schulter. Der Kaffee, den Heinz vor ihn hinstellte, war so schwarz wie die Nacht.

20.

Diese Gummistiefel, dachte Nidal Ekinci. Dieser Abdruck in Carsten Fechts Blumenbeet, Größe 44, neuwertige Sohle. Zu frisch, um nichts mit dem Mordfall zu tun zu haben. Oder? Fecht selbst hatte Schuhgröße 43 gehabt; solche Stiefel kaufte man gerne eine Nummer größer, wegen der dicken Socken, die man darin trug. Hatte also der Ermordete selbst diesen Abdruck tagsüber im eigenen Beet hinterlassen?

Gartenarbeit passte allerdings in Fechts eng getakteten Tagesablauf nicht hinein, das hatten sie recherchiert. Und man hatte nirgendwo im ganzen Haus Gummistiefel finden können, deren Profil zu diesem Abdruck passten.

Also tatsächlich eine deutliche Spur des Täters?

Ekinci saß vor seinem PC im heimischen Arbeitszimmer, nachts, wie so oft, wenn alles ruhig war und er trotzdem nicht schlafen konnte, weil sich das Rumoren in seinen Kopf einfach nicht abschalten ließ. Seine Kollegen griffen dann gerne zum Glas, das wusste er, weil sie freimütig davon erzählten. Stahnke hielt sich an Rotwein, Kramer gab den Whiskykenner. Nidal Ekinci war dieser Ausweg verwehrt. Seine Droge war das Internet.

Gummistiefel in allen Farben huschten über seinen Bildschirm. Die Marke, die zu dem Abdruck passte, war Massenware und wurde vor allem über Baumarktketten vertrieben, aber natürlich auch online. Allein in Ostfriesland und im angrenzenden Ammerland gab es Dutzende von Läden, die diese Dinger führten. Da war ermittlungstechnisch nichts zu holen.

Anders herum: Wer trug denn Schuhgröße 44? Friedo Adams vielleicht, der hatte die Körpergröße dafür. Aber hatte der nicht auch ein Alibi? Lüppo Buss wollte sich dazu noch melden. Wer zählte sonst noch zu den männlichen Verdächtigen? Jelto Harms, der Grundschulrektor, eher klein von Statur. Aber das musste nichts heißen, das wusste Ekinci genau, denn auch er war ziemlich klein, jedenfalls im Vergleich zu den meisten Ostfriesen, und besaß trotzdem relativ große Füße. Allerdings nicht Größe 44.

Lars Noack, der Tatzeuge, hatte sich zunächst auch in ihrem Visier befunden. Er wäre nicht der erste Mörder gewesen, der die eigene Tat angezeigt hätte, um sich selbst aus dem Fokus zu nehmen. Aber Noack war inzwischen selber tot. Allem Anschein nach ebenfalls ermordet. Wo war der Zusammenhang mit der Tötung Carsten Fechts? Und gab es auch einen zum Bombenanschlag auf das Gewerkschaftsbüro in Leer, bei dem Paul Hinderks den Tod gefunden hatte?

Beim Gedanken an Lars Noack klingelte ein Glöckchen, so deutlich, dass Ekinci es in der nächtlichen Stille deutlich hören konnte. Irgendwo unterhalb seiner Schädeldecke, klar, aber trotzdem eindeutig. Über irgendetwas in Noacks Aussage war er gestolpert. Aber über was?

Der Oberkommissar schob die Frage beiseite. Was war mit Wilma Lünsdorf? Nach Aussage von Rieken und van Dieken war die Bürgermeisterin doch eine Frau von kräftigem Format. Besaß sie vielleicht auch die passenden Füße zu ihrem stabilen Körper? Sie war Politikerin, im Internet kursierten Hunderte Fotos von ihr. Ein nettes Gesicht, fand Nidal Ekinci. Aber alles darunter war vollkommen außer Kontrolle geraten. Nur ihre Füße, die waren winzig, ebenso wie ihre Hände.

Auf einem Foto war Wilma Lünsdorf zusammen mit Christel Röben zu sehen; ein Transparent im Hintergrund zeigte den Schriftzug der Stiftung, deren Geschäftsführerin Christel Röben war. Anscheinend handelte es sich um ein Richtfest, denn beide Frauen trugen Schutzhelme und stützten sich dekorativ auf Schaufelstiele. Frau Röben trug tatsächlich Gummistiefel, die in allen Farben des Regenbogens schillerten. Nicht gerade klein, das Schuhwerk, aber sicher nicht Größe 44. Außerdem schmal geschnitten. Nein, diese Stiefel passten mit Sicherheit nicht zu dem Abdruck in Carsten Fechts Garten.

Wer stand noch auf ihrer Liste? Ach ja, Birgit Hemken. Die Erinnerung an seinen Besuch bei dieser Frau versetzte ihm einen Stich quer durch die Brust. Wie hatte er sich nur so gehen lassen können! Er war tatsächlich drauf und dran gewesen … Der nächste Stich durchzuckte ihn in tieferen Regionen.

Und ausgerechnet Anni hatte ihn erwischen müssen! Auf frischer Tat! Er hatte es noch im Ohr, wie sie gelacht und gerufen hatte …

Moment, da war es. Nämlich das, was ihm merkwürdig vorgekommen war an der Aussage von Lars Noack. Dieser Ruf – vielmehr Schrei. Genau, Noack hatte von einem Schrei berichtet. Zuerst sei der Schuss gefallen, dann habe er einen Schrei gehört. Das war widersinnig! Carsten Fecht, vom Schuss aus einer großkalibrigen Waffe aus geringer Distanz tödlich am Kopf getroffen, hatte überhaupt keine Gelegenheit gehabt, einen Schrei auszustoßen. Keine Zeit und keine Chance. Was sollte das wohl für ein Schrei gewesen sein? Ekinci seufzte. Hätte er Lars Noack nur gleich danach gefragt! Jetzt war es zu spät.

Im nächsten Moment schnappte er nach Luft. Ohne weiter darüber nachzudenken, hatte er den Namen Birgit Hemken ins Suchfeld eingegeben und auf »Bilder« geklickt. Was da kam, war atemberaubend. Ein sportlich durchtrainierter, dennoch weiblich zarter Körper, mal im Bikini, mal im Body, mal nur von einem schimmernden Ölfilm bedeckt oder von Kunstnebel umwabert, mit Armen und Händen über den Stellen, auf die es den Internetzensoren vor allem ankam. Birgit hatte alles ausgereizt, was gerade noch diesseits der Schicklichkeitsgrenze lag, oder wenigstens genau darauf. Und sie hatte sehr viel Spaß dabei gehabt, für diese Fotos zu posieren, das ließ sich an ihrer selbstzufrieden strahlenden, geradezu stolzen Miene ablesen. War das schon Exhibitionismus? Oder einfach die pure Lust am Leben?

Lust. Ekinci spürte, dass sein Körper reagierte, ohne seinen Verstand zu fragen. Von dem aber auch nicht viel Widerstand zu erwarten war. Schnell klickte er die Fotos weg und wechselte die Sitzposition. Ein Kübel Eiswasser täte jetzt not, dachte er. Oder etwas Vergleichbares.

Cornelia Fecht. Warum fiel ihm gerade jetzt Cornelia Fecht ein? Die Witwe des ermordeten Landes- und Regionalpolitikers war doch alles andere als unansehnlich! Andererseits hatte sie erstaunlich kühl auf das Ableben ihres Gatten reagiert, erinnerte sich Ekinci. Geradezu beifällig! Zugegeben, Carsten Fecht hatte seine Frau zu Lebzeiten nach Strich und Faden betrogen, so viel stand fest. Kein Wunder, dass Cornelia Fecht Hass auf ihn schob … Rachedurst war ein ernstzunehmendes Motiv. Wie stand es eigentlich um ihr Alibi? War ihre kranke Mutter überhaupt schon befragt worden? Ekinci nahm sich vor, das gleich am nächsten Morgen mit Kramer zu klären.

Apropos. Er griff nach seinem Smartphone und aktivierte die WhatsApp-Gruppe, die er zusammen mit Stahnke und

Kramer eingerichtet hatte. Noch nichts Neues von Kramer, stellte er fest; bestimmt schlief sein Kollege längst sanft und selig. Die letzte Nachricht war immer noch die von Stahnke, die der Hauptkommissar nach seinem Gespräch mit Wilma Lünsdorf verschickt hatte: *Mareike Feeken zählt mit zu Fechts Verflossenen. Wurde ebenfalls betrogen.* Also noch eine Frau mit einem starken Motiv, überlegte Nidal Ekinci zum wiederholten Mal. Hatte die Lokalredakteurin ihren Rachedurst mit der Veröffentlichung von Fechts anstößigen Chats bereits gestillt, oder hatte ihr das noch nicht gereicht? Musste es am Ende doch ein Mord sein?

Ekinci seufzte wieder. Es war dringend Zeit zum Schlafengehen, wenn er morgen nicht wie ein Zombie herumlaufen wollte, aber in seinem Kopf rotierten die Gedanken stärker denn je und drohten, sein Hirn zu zermahlen und zu zermalmen. Je länger er hier vor seinem PC saß, desto schlimmer wurde es. Was also tun?

Vielleicht die WhatsApp-Gruppe erweitern, dachte er, immerhin gehörten derzeit auch Rieken und van Dieken zu ihrer Ermittlungsgruppe. Und natürlich Annika Brühl.

Anni! Ausgerechnet. Seine rasend rotierenden Gedanken hatten ein neues Zentrum gefunden, und es wurde immer zweifelhafter, ob er in dieser Nacht überhaupt noch Schlaf finden würde.

21.

Nebel! Auch das noch. Auf dem Parkplatz war die Luft noch klar und die Sicht einwandfrei gewesen, aber kaum war Stahnke auf die schmale Straße zwischen tiefen Gräben und feuchten Weiden eingebogen, wallten die grauen Schwaden auch schon von allen Seiten auf ihn zu, zuerst noch wie Wolken im Tiefstflug, mit ausgefransten Kanten und kleinen Lichtungen zwischendurch. Wenig später jedoch war daraus eine einzige konturlose graue Suppe geworden, die das Licht seiner Scheinwerfer reflektierte und sich wie eine undurchdringliche Wand vor ihm aufbaute. Stahnke fluchte, weil er immer weniger sehen konnte, selbst nachdem er sich so weit in Richtung Frontscheibe gebeugt hatte, dass sein Sicherheitsgurt blockierte.

Spät kam er auf die Idee, die Scheibenwischer einzuschalten, um den Film aus kondensierten Tröpfchen zu entfernen, der sich schleichend und lange unbemerkt gebildet und verdichtet hatte. Das half – jedenfalls genügend, dass er nicht ganz anhalten musste. So schlich er weiter, mit weniger als 50 Stundenkilometern auf fremdem Terrain. Wo war er hier? Klar, noch nicht allzu weit entfernt von der Schießanlage, die er mit deutlich zu viel Alkohol im Blut verlassen hatte. Aber wo genau? Hätte er nicht längst abbiegen müssen? Er hatte keine Ahnung, wie viele Hinweisschilder er schon verpasst hatte.

Also doch das Navi. Es war ziemlich alt und der Kartensatz seit Jahren nicht aktualisiert worden, aber immerhin besaß er eines. Das dünne Stromkabel baumelte wie immer störend vor dem Radio, der Stecker steckte in der Buchse des Zigarettenanzünders, und das Navi selbst hing an seinem Saugnapf an der Scheibe unterhalb des Innenspiegels. Natürlich ausgeschaltet. Stahnke tastete nach dem Einschaltknopf und drückte.

Nichts geschah, der kleine Bildschirm blieb dunkel. Hatte er nicht lange genug gedrückt? Er versuchte es noch einmal, wieder ohne Erfolg.

Ach ja, da war ja etwas! Er schaute hinunter zur Steckbuchse, ganz kurz nur, um nicht doch noch im Graben zu landen. An dem Stecker des Navis sollte eigentlich ein kleines grünes Kontrolllämpchen anzeigen, dass Strom floss. Tat es aber nicht. Alles klar, das alte Ding hatte nur in einer ganz bestimmten Stellung Kontakt, und in der saß es nicht. Wohl schon länger nicht mehr, daher blieb das Navi dunkel.

Der Hauptkommissar würgte an dem Stecker herum, drehte ihn nach rechts und links, dass es knirschte. Da war das grüne Lämpchen! Und schon wieder weg. Herrgott, warum konnte er dieses Ding denn nicht …

Sein Wagen kippte leicht nach rechts, die Räder rumpelten, das Lenkrad bockte in seiner Hand. Mist, Absatz am Fahrbahnrand, weiche Berme! Bestimmt stand das auf einem der Schilder, die er im Nebel übersehen hatte. Eilig riss er das Steuer herum, das Auto tat einen Satz und landete scheppernd mit allen vieren auf dem Asphaltband. Stahnkes Herz raste. Das hätte schiefgehen können! Auf eine Nacht kopfüber im Straßengraben, gefangen im eigenen verklemmten Gurt und bei glucksend in den Wagen eindringendem Güllewasser hatte er absolut keine Lust. Auch nicht darauf, dass seine Kollegen ihn fanden – mit Restalkohol im Blut. Nein danke.

Endlich leuchtete das grüne Lämpchen dauerhaft. Er wartete ein paar Sekunden, um dem Navi-Akku Zeit zum Aufwachen zu geben, dann griff er noch einmal beherzt nach dem Schalter. Etwas zu beherzt. Das Gerät schien sich unter seinen Fingern zu verflüchtigen, knallte dann heftig auf die Verkleidung des Armaturenbretts und plumpste nach rechts in den stockdunklen Fußraum, gefolgt von der losen Halterung und dem Plastiksaugnapf, der nicht mehr saugen mochte. Allein das dünne Stromkabel zeigte an, wohin das Gerät entschwunden war.

Stahnke fluchte herzhaft, dann zog er an dem Kabel wie ein Angler an seiner Schnur. Unten rechts polterte etwas gedämpft. Zwei Sekunden später hielt Stahnke das ganze Kabel in der Hand. Ohne Navi dran. Jetzt fluchte er lästerlicher als jemals zuvor in seinem Leben, und das hieß schon etwas.

Im nächsten Augenblick ging die Sonne auf, und zwar unmittelbar vor ihm. Viel zu dicht vor ihm. Er kniff die Augen zusammen, hielt sich die linke Hand davor, aber es half nichts, denn auf die Straße gucken musste er trotzdem! Aber wie sollte er das, so dicht an der Sonne? Er lenkte mit der rechten Hand, so gut es ging. Es ging nicht gut. Wieder begann sein Wagen zu kippen und zu rumpeln, dann zu rutschen und zu schlingern. Verflucht, nicht in den Graben! Er riss das Steuer mit beiden Händen herum, nach links, dorthin, wo sich die viel zu nahe Sonne immer weiter näherte. Und immer schneller größer wurde.

Sein Wagen hatte Vorderradantrieb; mindestens eines dieser Räder schien endlich zu greifen, radierte quietschend auf dem Asphalt, zog das Auto, dessen Heck schon abzurutschen begonnen hatte, zurück auf die Straße. Unter Stahnke krachte etwas. Anscheinend hatte der Auspuff aufgesetzt, denn gleich darauf röhrte der Motor lauter. Und wurde prompt übertönt, von einem lauten Dröhnen, das direkt aus der Sonne kam. Ein markerschütternder Ton, der immer heller wurde.

Mit aller Macht trat Stahnke auf die Bremse. Sein Wagen kam ächzend zum Stehen, schräg auf der Fahrbahn, halb im Gegenverkehr. Einen Sekundenbruchteil später rauschte dieser Gegenverkehr an ihm vorbei, mit anklagend dröhnender Hupe, deren Ton jaulend seinen Zenit erreichte und wieder tiefer und dunkler wurde. Aha, der Doppler-Effekt, dachte Stahnke automatisch. Ebenso registrierte er, dass die blendende Sonne plötzlich erloschen war. Die graue Nebelsuppe reflektierte nur noch Stahnkes eigene Scheinwerfer.

Na klar, Scheinwerfer waren das gewesen! Aber nicht nur zwei, sondern eine ganze Batterie von Scheinwerfern, aufgereiht auf dem Führerhaus eines dunklen Kastenwagens oder eines Vans. Was für ein Idiot, dachte Stahnke, so viel Licht bei diesem Nebel, damit sah man doch erst recht nichts! Was hatte der sich bloß dabei gedacht?

Er schaute dem Kastenwagen nach. Rote Lichter glühten im grauen Dunst. Der andere bremste also, hatte vielleicht schon angehalten. Wollte er zurücksetzen und nachschauen, was er mit seinem Blendwerk angerichtet hatte? Wollte er sich entschuldigen und Hilfe anbieten?

Stahnke, dachte Stahnke, manchmal kannst du richtig naiv sein!

Sein Motor lief noch; er legte den Gang ein und ließ die Kupplung kommen. Nur, um gleich wieder auf die Bremse zu steigen, denn schon wieder wurde er geblendet, wieder aus derselben Richtung, wieder aus nächster Nähe. Keine Batterie diesmal, sondern ein Scheinwerferpaar, auf Fernlicht gestellt. Der dazugehörige Pkw kam in langsamer Fahrt direkt auf ihn zu, auf seiner eigenen Fahrbahnseite. Eindeutig absichtsvoll. Und von hinten rauschte, wie befürchtet, der dunkle Kastenwagen rückwärts heran.

Ich sitze in der Falle, dachte Stahnke. Sie haben mich in der Zange. Wenigstens fühlte er sich jetzt stocknüchtern. Was tun? Wohin? Bestimmt nicht zur Fahrertür hinaus, da würde er direkt vor den Kastenwagen laufen. Die Beifahrertür? Durch die war er schon mal auf den Fahrersitz geklettert, weil links zugeparkt war, das hatte ewig gedauert. Nein, dafür war er einfach zu massig. Zum Teufel, warum hatte sein Wagen auch kein Schiebedach!

Der Kastenwagen schob sich neben sein Auto wie eine riesige schwarze Wand. Schwarz war auch der Wagen, der ihn von vorn blockierte, das sah man jetzt, weil er die Scheinwerfer ausgeschaltet hatte. Gleich würden die Fahrer aussteigen, vermutete Stahnke, und sicher nicht nur die. Dann würde er wissen, was sie von ihm wollten, aber dann war es zu spät.

Vielleicht auch nicht, denn jetzt, da der Kastenwagen neben ihm stand, war hinter ihm doch frei! Wenn er jetzt zurücksetzte … okay, seine Jäger würden nachstoßen, und im Rückwärtsgang wäre er klar im Nachteil. Wie die Schleuderwende ging, hatte er vor Jahrzehnten gelernt, dieses Manöver beherrschte er nicht einmal mehr theoretisch. Aber egal, auch die kleinste Chance war besser als keine! Er legte den Rückwärtsgang ein und ließ den Motor aufheulen. Beim Anfahren schaute er gewohnheitsmäßig in den Rückspiegel. Und erblickte das nächste Scheinwerferpaar, das sich von hinten näherte.

Es war zum Verzweifeln! Stahnke hämmerte mit beiden Händen aufs Lenkrad. Jetzt hatten sie ihm auch noch den letzten Ausweg versperrt! Was hieß das für ihn, kämpfen bis zur letzten Patrone? Schon hielt er seine Dienstwaffe in der Hand. Gut fühlte sie sich an, sah auch ziemlich einschüchternd aus, aber er wusste, dass ihr Magazin nur fünf scharfe Patronen enthielt. Außerdem eine Platzpatrone, für den üblichen Warnschuss, das ersparte viel Zeit und Stress, falls es nach einem Schusswechsel zu einer Untersuchung kam. Fünf scharfe Patronen waren mehr als genug, hatte Stahnke immer gedacht. Jetzt dachte er anders. Die drei Autos zusammen fassten weit mehr als fünf Bewaffnete, und wirklich treffsicher war er mit seiner Dienstpistole nicht.

Nicht so wie mit dem Muli, schoss es ihm durch den Kopf. Wo war der alte Karabiner 98, wenn es darauf ankam!

Sein Wagen war währenddessen ein paar Meter rückwärts gerollt. Stahnke fiel auf, dass die beiden schwarzen Autos nicht gefolgt waren. Und dass der dritte Wagen nicht herangebraust kam, sondern gemächlich näher rollte. Dass er nicht brutal und mit quietschenden Reifen zusammengebremst wurde, sondern kontrolliert zum Stehen kam, einige Meter hinter ihm, ordentlich am rechten Straßenrand.

Autotüren wurden geöffnet, hinter Stahnkes Wagen ebenso wie vor ihm. Die Türen des schwarzen Kastenwagens blieben geschlossen. Aus dem schwarzen Pkw vor ihm stiegen zwei Männer, große, kräftige Typen mit Sturmhauben über den Köpfen. War ja klar, dachte der Hauptkommissar und schaute in den Rückspiegel. Noch mehr von der Sorte?

Auch aus dem Wagen hinter ihm stiegen zwei Personen aus, eine normal gebaute und eine kolossale. Die letztere trug etwas in der Hand. War das ein Gewehr? Ja, das war ein Gewehr. Stahnke stöhnte auf. Schon vier Leute gegen seine fünf scharfen Patronen, und das war bestimmt noch nicht alles!

Die beiden mit den Sturmhauben neigten die Köpfe. Sie verharrten kurz, als würden sie zuhören, dann knickten sie ein und falteten sich zurück in den dunklen Wagen. Dessen Motor heulte auf; mit qualmenden Reifen setzte der Wagen zurück, das Heck drehte abrupt zur anderen Fahrbahnseite, die Frontpartie schleuderte herum. Röhrend und reifenquietschend beschleunigte der Wagen in Gegenrichtung. Sekunden später vollführte der große Kastenwagen dasselbe Manöver, mit derselben Leichtigkeit und doppelt so spektakulär. Dann verschwanden die beiden Fahrzeuge in der Nebelbrühe.

Das Auto hinter Stahnke war noch da. Die beiden Gestalten auch, die normal gebaute ebenso wie die kolossale. Beide kamen jetzt näher, die breite schwenkte dabei das Gewehr. Stahnke machte sich kampfbereit.

Dann klopfte jemand an die Seitenscheibe direkt neben seinem Kopf. »Herr Hauptkommissar, sind Sie das? Alles in Ordnung? Hatten Sie einen Unfall? Würde mich nicht wundern bei dem Nebel.«

Stahnke erkannte die Stimme. So unauffällig wie möglich steckte er seine Pistole ein und ließ die Seitenscheibe herunterfahren. »Guten Abend, Herr Harms«, sagte er. »So spät noch unterwegs? Müssen Sie etwa noch Unterricht vorbereiten?«

Jelto Harms trug ein kariertes Sakko und eine rote Fliege zu einem terracottafarbenen Hemd und sah geradezu unwirklich adrett aus, jedenfalls für diese Tageszeit. Er lächelte den Hauptkommissar milde und verständnisvoll an, er sei einer seiner Schützlinge. Ein etwas bockiger, aber nicht völlig unbegabter Schüler. »Vorbereitung ist richtig geraten«, entgegnete er. »Diese dient allerdings der Gründungsversammlung unserer neuen Partei. Wir haben plakatiert, in Zwischenahn und Westerstede. Mit Genehmigung natürlich, ehe Sie fragen. Das Ganze war zeitaufwändiger als gedacht.«

»Wir?«, fragte Stahnke. »Wer ist wir?«

Die andere Gestalt stapfte heran, das Gewehr ganz leger in der Armbeuge. »Wir sind zwei, aber dabei wird es bestimmt nicht bleiben«, sagte Wilma Lünsdorf. »'n Abend, Herr Hauptkommissar! Ja, ich werde auch die Seiten wechseln. Hab' ich mir gut überlegt. Genug ist genug.«

Diese Entschlossenheit steht ihr richtig gut, dachte Stahnke. Laut fragte er: »Und dieses Ding da, das benötigten Sie zum … Plakate kleben?«

Die Bürgermeisterin lachte. »Schon wieder teilweise richtig! Was glauben Sie wohl, wie oft man angepöbelt wird heutzutage, wenn man öffentlich etwas tut, was nicht auf drei Meilen nach gesundem Volksempfinden riecht? Schon gar als dicke Frau und schwuler Lehrer? Aber wie ich schon sagte, genug ist genug! Diese Nacht ist uns jedenfalls keiner blöd gekommen.«

»Sie wissen schon, dass Sie diese Waffe nicht öffentlich führen dürfen?«, fragte der Hauptkommissar. »Jedenfalls nicht ohne Berechtigungsschein. Und ich frage mal lieber nicht, ob Ihre Flinte womöglich geladen ist.«

Wilma Lünsdorf zuckte mit den Schultern. »Macht ungeladen doch keinen Sinn, oder? Außerdem bin ich Inhaberin eines Jagdscheins, das ist Berechtigung genug.«

»Im Wald vielleicht!«, brauste Stahnke auf. »Aber doch nicht in der Stadt!«

Auch Wilma Lünsdorf wurde lauter. »Na und? Wenn Schweine irgendwo wild herumlaufen, ist es doch wohl egal, dann darf ich als Jägerin …«

Jelto Harms legte ihr die Hand auf den prallen Arm und

brachte sie zum Schweigen. »Sie müssen zugeben, Herr Stahnke, dass unsere Ausrüstung heute Nacht auch zu Ihrem Vorteil war«, sagte er sanft. »Was waren das überhaupt für Leute in diesen Autos? Die Situation sah recht bedrohlich aus, jedenfalls bis zu dem plötzlichen Rückzug. Haben Sie jemanden erkannt?«

»Nein«, gestand Stahnke. Er öffnete seine Fahrertür, stieg aus und reckte sich; sein ganzer Körper war total verkrampft. »Nur das eine Auto konnte ich identifizieren, als es wendete. Den Pkw. Ein schwarzer Audi mit Auricher Nummer.«

22.

Wilma Lünsdorf schlürfte ihren Tee mit hörbarem Behagen. Was vielleicht an dem Quantum Rum lag, das Jelto Harms ihr hineingeschüttet hatte, denn das war großzügig bemessen. »Natürlich sind es Typen wie Carsten Fecht, die mich letztlich aus der Partei rausgeekelt haben«, sagte sie. »Zuallererst Fecht selbst, da kann der tot sein, so viel er will. Aber diese Denke ist nicht mit ihm gestorben, die ist in der DNA dieser Partei tief verankert.«

Stahnke lehnte sich in seinen Ledersessel und genoss das leise Knarren des festen und doch butterweichen Materials. Wie jedes einzelne Stück in Jelto Harms' Wohnzimmer zeugte dieser Sessel von erlesenem Geschmack und einem sicheren Stilgefühl. Und von dem nötigen Geld für deren Umsetzung.

Bücherregale standen an allen Wänden, deckenhoch und maßgefertigt; allem Anschein nach waren sie doppelt belegt, denn hinter jeder Reihe Taschenbücher lugte eine zweite Reihe hervor. Nach Größe sortiert oder auf Einlegebrettern postiert? An den wenigen ausgesparten Wandflächen hingen Kunstdrucke, offenbar Kupferstiche, überwiegend mittelalterliche Stadtansichten. Emden war darunter, vielmehr *Embden*, wie man es einst geschrieben hatte, unverkennbar dank seiner Wallanlagen mit den sieben Zwingern.

Harms betrat den Raum mit frischem Tee und altem Rum. »Sie stammen aus Emden?«, fragte Stahnke und zeigte auf den Stich an der Wand.

»Nein, ich bin gebürtiger Leeraner«, antwortete der Hausherr. »Im Stadtteil Heisfelde aufgewachsen, nur ein paar Straßen von hier. Aber Gerold, mein Mann, kommt aus Emden. Er sammelt diese Stiche.« Harms lächelte: »Er verdient ziemlich gut in seinem Job. Ich als Beamter dagegen … na, das kennen Sie ja.«

Der Hauptkommissar nickte. Die gute alte Beamtenjacke – sie war zwar eng, aber sie hielt warm, besagte die stehende Redewendung. Stahnke hasste sie wie die Pest.

Inzwischen war es weit nach Mitternacht. Die Rückfahrt hatte sich hingezogen, nicht nur wegen des dichten Nebels. Zuerst waren sie im Geleitzug gefahren, Stahnke voran, Jelto Harms in seinem smaragdgrünen alten Jaguar hinter ihm, auf dem Beifahrersitz Wilma Lünsdorf, die Jagdflinte zwischen den Knien. Man konnte schließlich nicht wissen, ob sich das Überfallkommando in seinen beiden schwarzen Wagen nicht doch noch in der Nähe aufhielt. Und sich die Sache anders überlegt hatte. »Shotgun«, sagten Amerikaner, wenn sie den Beifahrersitz für sich reklamieren wollten; das ging auf die Zeit der Prohibition und des Alkoholschmuggels zurück. Einer fährt, der andere sitzt in Schießbereitschaft daneben. Abenteuerlich, dachte Stahnke. Und irgendwie unwirklich.

Weitere Begegnungen blieben jedoch aus, und auch Stahnke telefonisches Fahndungsersuchen blieb ergebnislos. Dafür verlor sein waidwunder Wagen nach wenigen Kilometern den größten Teil seines angeknacksten Auspuffs und brüllte los wie ein angeschossener Büffel. Er hatte keine andere Wahl, als das arme Auto im nächsten Dorf gleich hinter dem Ortsschild abzustellen und sich von Harms mitnehmen zu lassen. Auch dessen Jaguar besaß Ledersitze, die ganz ähnlich knarrten wie der Sessel, in dem Stahnke jetzt saß, und ganz genauso rochen. Harms' Vorschlag, ihre denkwürdige Begegnung mit einem getauften Tee bei ihm zu Hause ausklingen zu lassen, konnte der Hauptkommissar unter diesen Umständen nicht ausschlagen.

»Mein Vater war übrigens Werftarbeiter«, sagte Harms. »Falls Sie sich fragen, wieso ich in der SPD gelandet bin. Soziales Denken wurde mir von frühester Jugend an eingetrichtert, da war der Eintritt zwingend logisch. Ich weiß natürlich, dass es gewisse Diskrepanzen gibt zwischen dem Erscheinungsbild dieser Partei und meinem. Ich galt da schon immer als bunter Vogel.« Sein stetes Lächeln bekam einen schmerzlichen Zug: »Mit solchen Vögeln schmückt man sich durchaus gerne, solange sie fröhlich und unterhaltsam zwitschern. Und keine schrillen Töne von sich geben.«

»Mann, Jelto, ich hör' wohl nicht richtig! Bist du etwa immer noch nicht durch mit diesem Haufen?« Wilma Lünsdorf saß breitbeinig in ihrem Clubsessel, den sie ausfüllte wie ein Ei den Eierbecher. Die vollgestopften Taschen ihrer Jagdweste hingen über die Armlehnen. »Die Genossen haben sich doch vom ersten Tag an über dich ihre Mäuler zerrissen! Natürlich hinter deinem Rücken, solange sie dich gebrauchen konnten als Köder für die ›grün angehauchten Wählerschichten‹!« Mit beiden Händen malte sie Anführungszeichen in die Luft. »Aber die wirklich wichtigen Sachen, die haben die Herren immer ohne solche wie dich ausgekungelt! Und natürlich ohne solche wie mich.« Sie nahm einen Schluck aus ihrem Teebecher und füllte mit Rum auf.

»Ohne Frauen, meinen Sie?« Stahnke schlürfte seinen heißen Ostfriesentee lieber alkoholfrei; draußen war es neblig genug. »Aber die SPD hat sich doch immer für Frauenrechte stark gemacht, dachte ich, seit August Bebel. *Die Frau und der Sozialismus*, so hieß doch sein Buch, oder?«

Wilma Lünsdorf schnaubte verächtlich. »Und was kam dabei heraus? Annemarie Renger als Bundestagspräsidentin! Jelto, erinnerst du dich noch an den Spruch von Herbert Wehner? ›Lieber ein Wolf im Schafspelz als eine Ziege im Leopardenmantel‹! Genau so geht man in dieser Partei mit Frauen um, die den Kopf zu hoch tragen. Das beste Beispiel war doch unsere erste Bundesvorsitzende. Junge, wie brutal sie die weggemobbt haben, das war echt nicht mehr feierlich!«

Da spricht der Rum aus ihr, dachte Stahnke. Andrea Nahles hatte es ihren Kritikern seinerzeit wirklich sehr leicht gemacht. Trotzdem wurde er das Gefühl nicht los, dass an Wilma Lünsdorfs Worten etwas Wahres dran war. Auf

Bundesebene mochten Renger-Spott und Nahles-Mobbing zwar die Ausnahme sein – in den Niederungen der Partei jedoch war patriarchalisches Denken anscheinend nicht die Ausnahme, sondern die Regel.

»Die meisten in unserer Partei glauben nicht an das, was sie sagen«, meinte Jelto Harms. »Und wenn sie mal ehrlich sagen, was sie wirklich denken, kann einem schlecht werden. Die Sozialdemokratie hat jeden inneren Halt verloren. Jetzt greift man nach allem, was kurzfristig Popularität verspricht.« Er seufzte. »Dabei greift man meistens nach rechts. Denn links hat man sich mit der Abkehr von jeder noch so verwässerten Form des Sozialismus selbst jedes Halts beraubt.«

»Und wofür steht dann das Etikett *sozialdemokratisch*?«, fragte Stahnke.

»Für Kapitalismus mit Zimt und Zucker«, sagte Wilma Lünsdorf. »Damit's beim Runterwürgen besser schmeckt!« Sie nahm einen tiefen Zug aus ihrem Teebecher. »Aber seit Schröder wird sogar der Zucker weggelassen.«

»Sie sehen die SPD also auf dem Weg nach rechts?«, hakte Stahnke nach. »Meinen Sie, nach ganz rechts? Bisher sind es doch eher andere Parteien, die hier und dort mit den Rechtsradikalen kooperieren. Ich kann mir kaum vorstellen, dass die SPD mit der AfD ...«

Harms und Lünsdorf schüttelten heftig die Köpfe. »Auf keinen Fall!«, sagte der Hausherr. »Diese Brandmauer steht, keine Frage. Was uns Sorgen macht, sind auch nicht solche äußeren Tabubrüche. Sondern die Veränderungen im Inneren der Partei. Im Denken, in der Haltung, in den Einstellungen. Da ist eine sehr, sehr ungute Anpassung im Gange, eine Anbiederung geradezu.« Traurig schüttelte er den Kopf. »Wenn wir die Politik der anderen Seite betreiben, nur um vielleicht doch noch gewählt zu werden, dann verlieren wir nicht nur unser Herz, sondern auch unsere Seele. Und letztlich auch unser Gesicht.«

»Jetzt wird er wieder blumig, unser Herr Oberlehrer«, spottete Wilma Lünsdorf. »Pass lieber auf, dass wir nicht noch den Verstand verlieren! Das kommt nämlich als Nächstes.«

Stahnke rieb sich mit beiden Händen das Gesicht, weil er spürte, wie ihn die Müdigkeit ansprang. Er hatte einen langen Tag und eine ereignisreiche erste Nachthälfte hinter sich. »Morgen ist Freitag«, sagte er. »Ich schätze, wir müssen alle früh zur Arbeit, stimmt's?«

»Teilweise richtig.« Jelto Harms lächelte: »Morgen ist Sonnabend, denn Freitag haben wir bereits. Aber im Wesentlichen ist Ihre Aussage natürlich korrekt.«

Der Hauptkommissar gab sich innerlich einen Ruck. »Ich bin Ihnen sehr dankbar für Ihre Rettungsaktion vorhin«, sagte er. »Ich habe zwar keine Ahnung, wer das war und was die von mir wollten, aber bedrohlich war die Situation auf jeden Fall, und Ihr Eingreifen hat sie entschärft.« Stahnke hielt sich zugute, dass das meiste an dieser Aussage richtig war. »Sicher ist Ihnen bewusst, dass Sie im Mordfall Carsten Fecht mit auf der Liste der Verdächtigen stehen. Zumal Sie ja beide langwaffenkundig sind. Ich betone daher ausdrücklich, dass alles, was Sie hier und heute geäußert haben, auf keinen Fall in unsere Ermittlungen einfließen wird.«

»Wie denn auch?«, empörte sich Wilma Lünsdorf. »Wir haben doch zu dieser Sache kein einziges Wort …«, sie stockte, und ihre Augen weiteten sich. »Ach so, das meinen Sie!«

»Wir haben eine Menge dazu gesagt, dass Leute wie Carsten Fecht, aber vor allem er, uns unserer politischen Heimat beraubt haben«, fasste Jelto Harms zusammen. »Er hat uns zu Vertriebenen in der Parteienlandschaft gemacht. Das mag für sich genommen noch kein Mordmotiv sein, aber zusammen mit den persönlichen Beleidigungen und Verleumdungen wird sehr wohl eines draus. Danke für den Hinweis, Herr Hauptkommissar, das finde ich fair.«

»Jetzt sagen Sie mir noch eins«, sagte Stahnke. »Was glauben Sie denn, wer Carsten Fecht erschossen hat?«

Jelto Harms und Wilma Lünsdorf schauten ihn an, er verwundert, sie ratlos. Dann fixierten sie sich gegenseitig, nach Hilfestellung suchend, aber vergeblich. Dann räusperte sich die Bürgermeisterin. »Ich glaube, wenn ich es wüsste, würde ich es Ihnen nicht sagen«, sagte sie leise. »Aber das glaube ich nur, denn ich weiß es nicht, daher kann ich das nicht beurteilen.«

»Ganz ehrlich«, sagte der Grundschulrektor, »ich hatte schon darüber nachgedacht, ob ich es tun sollte. Carsten Fechts Verleumdungen waren geeignet, meine Existenz zu gefährden, und das hat nicht nur mir zugesetzt, sondern auch Gerold. Vor allem Gerold. Innerlich war ich kurz davor. Aber dann hat das jemand anderer gemacht. Keine Ahnung, wer.«

»Wie hättest du das denn anstellen wollen?«, fragte Wilma Lünsdorf verblüfft. »Du bist doch gar nicht waffenerwerbsberechtigt!«

»Mit deinem Jagdgewehr«, erwiderte Harms ganz ruhig. »Ich weiß doch, wie du das behandelst. Lässt es ständig irgendwo herumliegen. Es wäre kein Problem gewesen, mir das mal auszuborgen. Das hättest du vermutlich gar nicht bemerkt.«

»Wie bitte? Jetzt geht's aber los!« Wilma Lüken klang empört. »Du tust ja gerade so, als würde ich mit meiner

Waffe nicht verantwortungsbewusst umgehen! Weißt du eigentlich …«

Stahnke unterbrach ihren Redeschwall. »Könnten Sie mir mal die Munition zeigen, die Sie verwenden?«, fragte er, eine Hand in seiner Hosentasche.

»Meine Muni? Moment.« Die Frau kramte in einer ihrer Westentaschen und holte eine Handvoll Patronen heraus. »Hier, Kaliber 7x64«, sagte sie und hielt sie Stahnke auf der offenen Handfläche hin. Dabei blickte sie erstaunt zu Jelto Harms, der angefangen hatte zu lachen.

Der Hauptkommissar zog die Messinghülse hervor, die er im Schießstand aufgehoben hatte. 8x57 IS, der Unterschied war augenfällig.

»Ist die … das? Aus der Mordwaffe?«, fragte Harms.

Stahnke schüttelte den Kopf. »Belassen wir's dabei«, sagte er und stemmte sich aus seinem knarrenden Ledersessel. »Ich mache mich jetzt auf den Heimweg. Zu Fuß, ich hab's ja nicht weit. Ein bisschen Bewegung und frische Luft werden mir gut tun.«

Er verabschiedete sich. Zurück blieben zwei verwirrte Menschen, die nicht wussten, ob sie nun immer noch Mordverdächtige waren oder nicht. Stahnke wusste das auch nicht. Beim besten Willen.

23.

Kaum hatte er sich schlafen gelegt, randalierte auch schon sein Smartphone. So kam es ihm jedenfalls vor, aber im Zimmer war es bereits hell und der Wecker zeigte 7 Uhr.

»Stahnke«, krächzte er. Seine Zunge klebte am Gaumen, und sein Kopf fühlte sich an wie nach einem Zechgelage. Ach ja, was Wunder!

»Es hat schon wieder gebrannt«, hörte er Nidal Ekinci sagen. »In Aurich. Wieder ein Wohnhaus, das diese integre Stiftung angemietet hat.«

Der Hauptkommissar stemmte sich schlaftrunken zum Sitzen hoch; seine Rippe tat immer noch weh, aber wenigstens konnte man seinen unterdrückten Schmerzensschrei als Ausruf der Überraschung deuten. »Woher weißt du das?«, nuschelte er.

»Von Anni«, sagte Ekinci. »Sie ist schon vor Ort. Soll noch jemand von uns da hin?«

Stahnkes Gehirn kam langsam in Gang; eine erste Kombination gelang. »Wir beide«, sagte er. »Du holst mich ab. In 20 Minuten.«

Alles was recht ist, dachte er 21 Minuten später, ich hab' es noch drauf! Kaffee machen, duschen, Kaffee trinken, Zähne putzen und dabei den verbrühten Mund kühlen, rasieren, frische Sachen anziehen, die stoppelkurzen weißblonden Haare kurz nach hinten streichen und pünktlich in der Einfahrt stehen! Wo Ekinci ebenso pünktlich mit seinem Auto auftauchte. SUV für Arme, komplett in Elfenbein foliert, weil das gerade angesagt war, so was Albernes! Aber ansonsten gefiel ihm sein junger Kollege. Mit Kramer hatte es seinerzeit sehr viel länger gedauert, bis sie beim Du waren.

»Neues Rasierwasser?«, fragte Nidal Ekinci mit geblähten Nüstern. »Gewagt. Trägt das der Mann von Welt jetzt?«

»Wieso neu?«, knurrte Stahnke. Er hatte seit Monaten kein neues Rasierwasser gekauft. Musste er nicht, weil er längst nicht nach jeder Rasur welches benutzte. Er rasierte sich nicht einmal jeden Tag. Seine Barthaare waren so hell, dass kaum jemand sie bemerkte. Und noch weniger Leute hätten sich getraut, sie zu erwähnen.

»Doch, das muss neu sein«, beharrte Ekinci. »Androgyne Note. Erinnert mich an jemanden … Warst du bei einer Typberatung?«

Stahnke fasste sich an den pochenden Kopf. Dass Muslime aber auch keinen Alkohol tranken! Das gab ihnen bei solchen morgendlichen Scharmützeln einen unfairen Vorteil. Seine rechte Hand roch stark nach dem Rasierwasser. Hatte Nidal etwa recht? Der anhaftende Geruch war Stahnke sehr vertraut, aber sein übliches Rasierwasser war das wirklich nicht.

Dann wusste er es. Sinas Parfüm! Sie musste bei ihrem Auszug eines ihrer Fläschchen im Bad vergessen haben. War ja auch fast leer gewesen, als er eilig danach gegriffen und sich den restlichen Inhalt im Gesicht verteilt hatte. So ein Mist! Von wegen, er hätte es noch drauf …

Nidal beobachtete ihn aus den Augenwinkeln und schwieg. Hatte er den Duft ebenfalls identifiziert? Oder der Typ konnte seine Gedanken lesen. Okay, Kramer konnte das auch, aber der hatte viel länger dazu gebraucht, diese Kunst zu perfektionieren.

So unauffällig wie möglich wischte Stahnke seine Handflächen an der Hose ab, um den Geruch loszuwerden. Dabei stieß er auf sein Smartphone. Ladezustand nur noch elf Prozent, oha! Ans Aufladen hatte er bei seinem überhasteten Morgenritual nicht gedacht. So ganz hatte er es also doch nicht mehr drauf.

Ekinci fuhr zügig, aber nie mehr als zehn Prozent zu schnell. Mobile Tempokontrollen gab es aber keine und stationäre existierten im Landkreis Leer nicht; man war eben Einkaufsstadt und vermied es, potenzielle Kunden zu verschrecken. Im Landkreis Aurich sah das anders aus, hier gab es fest installierte Blitzer, und jeder einzelne davon hatte bereits ein Porträt von Stahnke gemacht. Nicht jedoch von Ekinci. Der Kurde war eben ein gelernter Preuße.

Kurz hinter dem Auricher Ortsschild bog der Oberkommissar ab in die Kreuzstraße, und dann waren sie auch schon da. Die rauchende Brandruine musste mal ein Zweifamilienhaus gewesen sein. Die Feuerwehrleute waren noch damit beschäftigt, letzte Glutnester aufzuspüren und unter Wasser zu setzen. Mit dem Vorgarten hatten sie das bereits geschafft. Stirnrunzelnd blickte Stahnke zuerst auf seine Halbschuhe, dann auf die riesigen Pfützen und den aufgeweichten Rasen. Und auf die bunten Gummistiefel von Christel Röben.

Die schmale Frau wirkte blass wie immer, ihre dunkelblonden Haare hingen ihr wirr um den Kopf. »Das ist unglaublich!«, rief sie dem Hauptkommissar empört zu. »Gestern Abend erst habe ich den Mietvertrag unterzeichnet – und schon ist es passiert! Das kann doch kein Zufall sein!«

Stahnke nickte. »Wer außer Ihnen wusste noch von dem Mietvertrag? Wer ist überhaupt der Vermieter?«

»Vermieter ist eine Erbengemeinschaft«, berichtete Christel Röben. »Die wohnen alle in Berlin und Potsdam. Konnten sich nicht über einen Verkauf einigen und haben deswegen einen Makler mit der Vermietung beauftragt. Der hat sein Büro in Westerstede. Ich kenne ihn gut, deswegen hat er mich auch noch nach Feierabend empfangen, um den Vertrag abzuschließen.« Sie überlegte kurz: »Sonst weiß, glaube ich, keiner davon. Ich bin für die Stiftung zeichnungsberechtigt, außerdem war die Sache brandeilig.« Christel Röben griff sich an den Kopf: »Bitte entschuldigen Sie die Formulierung. Ich bin noch nicht ganz wach.«

Wenn ich das sagen würde, dachte Stahnke. Die Dusche hatte zwar geholfen, aber sein Kopf brummte noch mit halber Kraft. »Wie heißt denn dieser Makler?«, fragte er.

»Werner Hofmann«, kam prompt die Antwort, allerdings nicht von Christel Röben, sondern von Annika Brühl, die unbekümmert durch die Pfützen patschte. Auch sie trug Gummistiefel, allerdings in Olivgrün. Alle schienen aus Erfahrung klug zu werden, stellte Stahnke fest, die einen früher, die anderen später. Und manche gar nicht. Das Leder seiner Halbschuhe war bereits durchweicht.

»*Hofmann und Söhne*, alteingesessene Firma mit Filialen in Emden und Leer«, fuhr die Hauptkommissarin fort. »Werner ist der Senior, ist schon halb im Ruhestand und betreut nur noch ein paar Stammkunden. So wie die Stiftung *Integer pro Integration*«.

»Werner?« Stahnke merkte auf. »Kennst du den persönlich?«

»Klar. Werner ist Jäger, schießt auch manchmal auf der Anlage. Ist ein guter Kumpel von Albert Hayunga.«

Die Welt ist doch klein, dachte Stahnke. »Kann Werner Hofmann die undichte Stelle sein?«, fragte er. »Hat er vielleicht irgendwem von der geplanten Vermietung erzählt, der etwas gegen die neuen Mieter hatte, und zwar ganz entschieden?«

Christel Röben zuckte mit den Schultern. Annika Brühl aber schüttelte energisch den Kopf. »Niemals! Werner ist alte Schule, dem würde es nie einfallen, vor Unbeteiligten über Geschäfte zu plaudern. Außerdem sagte Frau Röben doch, dass die Entscheidung sehr kurzfristig gefallen ist, stimmt's?«

»Das ist richtig«, bestätigte die Stiftungsleiterin. »Innerhalb von 24 Stunden, das ist für einen Mietvertrag sehr kurzfristig.«

»Für ein Telefonat hätte es gereicht«, kommentierte Stahnke. Für einen kleinen Plausch unter Kumpeln sowieso, setzte er in Gedanken hinzu.

»Na schön, das wäre die Gelegenheit«, gab Annika Brühl zu. »Aber wo wäre das Motiv? Werner Hofmann verliert dadurch einen Kunden, das kann nicht in seinem Interesse liegen.«

Hinter Stahnke patschte es rhythmisch, und als er sich umdrehte, erkannte er in der weiß vermummten Gestalt, die sich über den löschwassergetränkten Rasen näherte, denselben Kriminaltechniker, der schon bei der letzten Branduntersuchung in Aurich dabei gewesen war. Was er in den Händen hielt, hätten ebenfalls die beiden Objekte vom letzten Mal sein können. »Wieder ein Silberkettchen mit Davidstern-Anhänger«, rapportierte der Kollege. »Und auch ein gläserner Aschenbecher, gefüllt mit Brennpaste und gezündet mit einer Kerze. Dasselbe Verfahren.«

»Heißt das, derselbe Täter?«, fragte Annika Brühl.

Der Techniker zuckte die Achseln. »Spuren, die auf eine bestimmte Person hindeuten, haben wir auch diesmal nicht gefunden«, sagte er bedauernd. »Also alles wie letztes Mal. Bis auf eine Kleinigkeit.«

Sein handschuhgeschützter Zeigefinger wies auf den in der Brandhitze gesprungenen und gesplitterten Rand des

Aschenbechers. Zwischen den Rußflecken waren, anders als im ersten Fall, die Reste aufgedruckter Buchstaben zu erkennen. Stahnke erkannte mit einiger Mühe ein E und ein R. »Was bedeutet das?«, fragte er den Kriminaltechniker.

»Das bedeutet, dass dieser Aschenbecher vermutlich aus einer Gaststätte stammt«, antwortete der Weißgekleidete. »Die Brauereien beziehungsweise Lieferanten geben die Dinger kostenlos an die Wirte ab, ebenso wie Gläser, Tabletts und anderes Gastronomiezeug. Vorausgesetzt, der Umsatz ist entsprechend. Und natürlich alles mit Werbeaufdruck.«

»Das könnte das Ende eines Wortes sein«, sagte Stahnke. »Welche Getränkemarke endet denn auf ›er‹?«

»Welche nicht?«, fragte Annika Brühl zurück. »Krombach*er*, Gerolstein*er*, Bagband*er*, Jev*er* – die meisten Marken wurden nach dem Ort benannt, wo sie produziert werden. Ganz zu schweigen von all denen, die auf Pilsen*er* enden.« Sie nahm den Plastikbeutel mit dem Aschenbecher darin entgegen und nickte dankend. »Trotzdem ein guter Hinweis. Vielleicht kann das Labor den Schriftzug rekonstruieren. Oder zumindest den Schrifttyp, damit ließe sich die Herkunft schon mal eingrenzen.«

»Kann ich mir kaum vorstellen«, warf Christel Röben ein. »Wer verteilt denn heute noch Tischaschenbecher mit Werbeaufdruck! Man darf doch in so gut wie keinem Restaurant und kaum einer Kneipe mehr rauchen. Außerdem ist das Rauchen derart in Verruf geraten, dass wohl keiner mehr auf die Idee käme, in diesem Zusammenhang mit seinem Produktnamen zu werben. Außer Tabakfirmen natürlich.«

»Früher haben wir solche Aschenbecher gerne geklaut«, bekannte Annika Brühl freimütig. »So wie später Handtücher im Hotel! Wer weiß, vielleicht hat sich der Brandstifter auch aus seinem eigenen Bestand an solchen Beutestücken bedient.«

»Zweimal den gleichen?« Stahnke verzog skeptisch den Mund.

»Wenn es überhaupt derselbe Täter war«, erwiderte seine Kollegin.

»Verschiedene Täter, aber identische Aschenbecher? Noch unwahrscheinlicher.«

»Mensch, Stahnke!« Annika Brühl stemmte ihre Arme in die Seiten und starrte ihn mit gespielter Empörung an. »Was ist denn los? Dir passt heute ja wohl gar nichts! Leidest du noch unter den Spätfolgen der letzten Nacht?« Schnell wurde sie wieder ernst: »Ich hab' von deinem Fahndungsersuchen gehört. Was war denn los? Hat jemand Ärger gemacht, nachdem wir schon weg waren?«

»Ja und nein«, antwortete Stahnke. »Es war starker Nebel, daher wäre es fast zu einer Kollision gekommen. Und zum Streit. Aber es kamen noch andere Passanten dazu. Die Streithähne zogen sich zurück und das Ganze löste sich in Wohlgefallen auf.«

Annika Brühl fixierte ihn weiterhin, die Arme immer noch in die Hüften gestemmt wie eine misstrauische Gouvernante. Stahnke starrte zurück, ganz auf das Brummen in seinem Kopf konzentriert. Nach einigen Sekunden gab seine Kollegin auf, ließ die Arme sinken und wandte sich ab.

Hätte ich gar nicht gedacht, sinnierte Stahnke, dass ich so dreist lügen kann. Aus irgendeinem Grund fiel ihm dabei sein Kollege und Fahrer Nidal Ekinci ein. Wo steckte der eigentlich?

Er fand ihn außerhalb der Absperrung, nahe bei seinem Auto, Aug' in Aug' mit einer kleinen, elfenhaft zarten, überaus hübschen jungen Frau mit eng am Kopf anliegenden dunkelblonden Flechtzöpfen. Die beiden waren in ein Gespräch vertieft, das gar nicht dienstlich wirkte, so begeistert strahlten sie sich gegenseitig an. Aha, dachte Stahnke, das musste diese Birgit Hemken sein. Gut, dass die Feuerwehr noch zugegen war; anscheinend war eine eiskalte Dusche vonnöten, am besten gleich aus dem C-Rohr.

Ekinci aber hatte seinen Vorgesetzten entdeckt und stellte ihm seine Gesprächspartnerin formal korrekt vor. »Frau Hemken kam zufällig vorbei, sah die Brandruine und entdeckte ihre Parteigenossin Christel Röben. Da wollte sie mal nach dem Rechten schauen, so kamen wir ins Gespräch.«

Birgit Hemkens Lachen klang silberhell. »Parteigenossin, wie das klingt! Das sagen wir aber nicht, so hieß es nämlich früher bei den Nazis. Wir sagen nur Genosse und Genossin.«

»Na klar, man muss ja auf die Unterscheidung achten.« Stahnke schüttelte der jungen Frau die Hand. Gut sah sie aus in ihrem honiggelben T-Shirt und der dunklen Stretchhose, fand er. Unverschämt gut. Das Shirt war gerade so lang, dass bei jeder Bewegung ein Streifen straffer, gebräunter Haut aufblitzte, und die Hose saß wie aufgemalt. Kein Wunder, dass sein junger Kollege so selig lächelte.

»Ach, da mache ich mir keine Sorgen.« Wieder dieses perlende Lachen. »Genosse und Parteigenosse, das ist ein Unterschied wie Jacke und Zwangsjacke. So viel Geschichtsbewusstsein traue ich unseren Mitbürgern schon zu, dass sie uns und die neuen Rechten auseinanderhalten können. Wäre ja trostlos, wenn nicht!«

»Wenn Sie da mal nicht zu optimistisch sind«, entfuhr es Stahnke. Die Diskussion der letzten Nacht klang noch in ihm nach.

»Wie meinen Sie?« Birgit Hemken verschränkte die Arme unter ihrer Brust, und Stahnke musste sich zwingen, ihr ausschließlich in die Augen zu schauen. »Spielen Sie auf unsere schwachen Wahlergebnisse der jüngsten Zeit an? Meinen Sie, die lägen daran, dass die Bürgerinnen und Bürger uns nicht von den blauen Nazis unterscheiden könnten?« Sie schüttelte ungläubig den Kopf. Ihre Zöpfe pendelten ebenso wie ihre goldenen Ohrgehänge.

»Das sicher nicht.« Stahnke suchte vergeblich nach Ausflüchten. Da musste er jetzt durch. »Der Grund ist eher, dass die Wähler etwas suchen, das sie bei der SPD nicht finden, das ihnen aber von den Rechten versprochen wird. Also wandern sie ab. Und vor lauter Angst um ihre Parlamentssitze fangen viele SPD-Politiker an, die Rechten zu kopieren. Im Ton, in den Parolen, in den Positionen. Immer im Bemühen, eine Alternative anzubieten und die Wählergunst zurückzugewinnen. Dabei aber geben sie ihre eigenen Ideale vollkommen auf – jedenfalls die Ideale, die nach den Schröder-Jahren überhaupt noch vorhanden waren. Am Ende bleibt nur eine schlechte rotbraune Kopie. Rechts auf links gedreht sozusagen. Das braucht natürlich keiner, so bleiben die Wähler endgültig weg. Verstehen Sie, was ich meine?«

Birgit Hemken schwieg einige Sekunden lang, aber in ihr arbeitete es; das ließ sich am Muskelspiel ihrer trainierten Unterarme und am Zittern ihrer vollen Lippen ablesen. Endlich brach es aus ihr heraus. »Ich weiß, was Sie meinen«, zischte sie, »und ich weiß auch, *wen* Sie meinen! Solche Mistkerle wie Carsten Fecht, die unsere Partei durch ihre Gier nach Posten und Diäten in Verruf bringen! Die keinen Anstand kennen, wenn es um ihren eigenen Vorteil geht. Hemmungslose Egoisten, die über Leichen gehen!« Sie schnaufte schwer, kämpfte sichtlich um Fassung, die kleinen Fäuste so fest geballt, dass die Knöchel so weiß waren wie die der besagten Leichen. »Bloß gut, dass er selbst ins Gras gebissen hat«, stieß sie hervor.

Im nächsten Moment schnappte sie erschrocken nach Luft, bedeckte dann ihren Mund mit den flachen Händen, als enthielte er noch mehr Unbedachtes, das ihr ungewollt aus dem Herzen über die Zunge entfliehen könnte. Oberkommissar Ekinci schaute mindestens ebenso erschrocken drein, und Stahnke konnte sich vorstellen, dass er selbst auch keinen wesentlich anderen Anblick bot. Ihnen beiden war klar, dass sich die junge Frau gerade in Teufels Küche gebracht hatte. Ebenso klar wie ihr selbst.

»Ehe ich näher auf Ihre Worte eingehe«, sagte Stahnke mit leiser, eindringlicher Stimme, »frage ich Sie ganz offiziell und dienstlich: Wo waren Sie am Abend des 30. April, was haben Sie gemacht? Ich bitte um eine exakte Antwort.«

Birgit Hemken nahm die Hände vom Mund; ihre Augen blieben vor Schreck geweitet. »Gespielt, auf meinem Paintball-Platz«, antwortete sie mit zitternder Stimme. »Wir haben den ganzen Abend Zwei gegen Eins gespielt, auf Zeit. Unter Flutlicht. So bis halb zwölf, also 23:30 Uhr. Das weiß ich, weil mein Nachbar, der alte Janssen, irgendwas rüber gebrüllt hat. Konnte ich nicht verstehen, aber wir haben dann aufgehört.«

»Was heißt wir?«, hakte Stahnke nach. »Wer war noch dabei?«

»Maik und Marcel«, antwortete die junge Frau. »Meine beiden Trainingspartner. Ich glaube, Ihr Kollege hat die schon getroffen.« Sie schaute hilfesuchend zu Nidal Ekinci. Der nickte bestätigend, ohne seine Augen von ihr zu lassen.

»Also gut«, schnaubte Stahnke. »Sie kommen heute Nachmittag nach Leer in die Polizeiinspektion und geben

Ihre Aussage zu Protokoll. Mit Namen und Anschrift der Tatzeugen. Und von Ihrem Nachbarn!«

»Ja, das mache ich, selbstverständlich«, stammelte Birgit Hemken. »Und wegen meiner Äußerung vorhin … tut mir echt leid, das ist mir so rausgerutscht. Entschuldigung! Ich habe mich so maßlos über diesen Kerl geärgert. Über ihn und seinesgleichen. Aber deswegen wünsche ich natürlich niemandem den Tod. Geschweige denn …«

»Aber das glauben wir doch auch nicht«, versicherte Nidal Ekinci. »Wo denken Sie denn hin!«

Sie verabschiedeten sich; Birgit Hemken stieg mit geröteten Wangen in ihr Auto. Stahnke konnte Oberkommissar Ekinci gerade noch daran hindern, ihr nachzuwinken. Er packte ihn am Arm und zog ihn mit, zurück zur Brandstelle. »Eines musst du dir merken, junger Freund«, knurrte er, »glauben heißt nicht wissen, verstanden? Und nicht wissen heißt sechs, das war schon in der Schule so!«

»Wie meinst du das?« Ekinci sträubte sich gegen die ruppige Behandlung, hatte gegen seinen Chef aber keine Chance. »Was soll das heißen? Traust du ihr etwa einen Mord zu?«

»Und noch eines musst du dir merken«, zischte Stahnke. »Es ist in Ordnung, einen Penis zu haben. Aber zum Denken benutzt du künftig gefälligst den Kopf!«

24.

»Ist gut, Stahnke. Alles klar.« Kramer legte den Hörer weg und informierte Rieken und van Dieken, wen sie kontaktieren und wonach sie fragen sollten. Maik und Marcel Hofmann sowie einen alten Fehntjer namens Janssen. Ha, Janssen! In Ostfriesland war das kein wirklicher Name, sondern eine biologische Sammelbezeichnung, dachte er. Gefühlt jeder dritte alteingesessene Bewohner hieß so. Schuld war Napoleon, der während der Besatzungszeit anfangs des 19. Jahrhunderts das patronymische Namensrecht abgeschafft hatte. Zuvor musste der Vorname Jan wohl groß in Mode gewesen sein; viele Männer hießen also Janssen, was *Sohn von Jan* bedeutete und sich eigentlich von Generation zu Generation änderte. Nun jedoch waren die vielen Janßens, Janssens, Jannssens und Jahnsens plötzlich ein Dauerzustand.

Van Dieken kam eher aus dem Niederländischen, überlegte er weiter, wo der Deichbau noch wichtiger war als in Ostfriesland und noch mehr Menschen einen Lebensunterhalt verschafft hatte. Und Rieken? Kam das von *reich*? Kramer hatte keine Ahnung. Was er aber genau wusste, war, dass er froh war, die beiden Laberköpfe mal für eine Weile los zu sein.

Er wandte sich wieder seinem PC zu. Im Port steckte der USB-Stick, den Mareike Feeken ihm widerwillig ausgehändigt hatte. Inzwischen konnte er sich auch vorstellen, warum, denn er hatte die Protokolle der Chats zwischen Carsten Fecht und ihr gefunden. Dass die beiden ein Verhältnis gehabt hatten, hatte Stahnke ihm bereits mitgeteilt. Jetzt aber ging es an die Details. Sehr private, besser gesagt intime Chats waren das. Kramer war ein selbstbeherrschter Typ und neigte nicht dazu, rote Ohren zu bekommen, aber gerade eben war er kurz davor. Sein Kopfkino lief auf Hochtouren, und die Bilder, die es produzierte, hatten etwas Kamasutrahaftes. Da hatten zwei Menschen sehr viel Spaß miteinander gehabt.

Mal folgten die Nachrichten dicht aufeinander, mal gab es zeitliche Lücken. Leicht zu erklären, fand Kramer; Fecht war als Landespolitiker häufig ortsabwesend gewesen, dann wurde heftig und heiß gechattet. Wofür es keinen Grund gab, wenn er sich in Ostfriesland aufhielt. Dann wurden die Kinobilder vermutlich real.

Er scrollte weiter, wieder einmal eine längere Pause. Danach – hoppla, – danach hatte sich der Ton aber radikal verändert! Die Journalistin stellte plötzlich kritische Fragen – in eigener Sache. Misstrauisch war sie geworden, hatte Anzeichen dafür entdeckt, dass der Politiker sich einer anderen Favoritin zugewandt hatte. Was ja auch stimmte, wie Kramer wusste. Fecht aber stritt zunächst alles ab, log das Blaue vom Himmel herunter, verdrehte Fakten und negierte Indizien. Dieser Mensch war selbst nach Politikermaßstäben von einer ungewöhnlich routinierten Unaufrichtigkeit gewesen, registrierte Kramer. Ein gewohnheitsmäßiger Lügner.

Mareike Feeken hatte sich eine Weile an der Nase herumführen lassen, aber irgendwann hatte sie kapiert, mit wem sie sich da eingelassen hatte. Ab diesem Zeitpunkt änderte sich der Ton noch einmal. Himmel, über was für ein Vokabular verfügte denn diese Frau! Jetzt begannen Kramers Ohren doch zu glühen. Eilig scrollte er weiter.

Stopp. Was war denn das gewesen? Er markierte die Stelle, las sie noch ein weiteres Mal. Und dann wieder. *Das wirst du noch bereuen*, stand da. Und im nächsten Abschnitt: *Glaub ja nicht, dass du mich wirklich kennst! Du hast keine Ahnung, wozu ich fähig bin!*

Eine veritable Drohung, auf die Carsten Fecht nicht geantwortet hatte. Er meldete sich in diesem Chat überhaupt nicht mehr zu Wort. Die Journalistin hatte es noch zweimal versucht, dann war Schluss. Ende der Beziehung, auch fernschriftlich.

Kramer verschränkte die Arme und lehnte sich in seinem Stuhl zurück. Mareike Feeken, eine junge Journalistin, allen Anschein nach ambitioniert, lässt sich auf ein Verhältnis mit einem der einflussreichsten Politiker der Region ein. Aus Berechnung? Auszuschließen war das nicht, auch wenn in dem Schriftwechsel, den er vor sich hatte, ganz andere Interessen im Vordergrund standen. Aber wer eine Beziehung zu instrumentalisieren verstand, der wusste das auch mit Worten zu verbergen. Carsten Fecht war bestimmt ein ergiebiger Informationsquell gewesen, für eine Journalistin eine Goldgrube. Mit dem Ende der Beziehung versiegte diese Quelle. Drohte ein Karriereknick? War das Grund genug für einen Mord?

Oder vielleicht anders herum, überlegte Kramer weiter. Was, wenn die junge Frau wirklich in Carsten Fecht verliebt gewesen wäre, wenn sie an eine Perspektive dieser Liebschaft geglaubt hätte? Wenn jedes ihrer Worte ehrlich und ernst gemeint gewesen wäre? Inklusive der Morddrohung am Schluss?

Der Oberkommissar griff nach dem Pistolenstick, den Stahnke ihm zur Auswertung überlassen hatte, und schob ihn in den freien Port. Das Material von Wilma Lünsdorf war weitgehend deckungsgleich mit dem von Mareike Feeken, stellte er schnell fest, nur nicht so umfangreich. Hatten beide Frauen aus derselben Quelle geschöpft?

Hinter ihm ertönte ein leises Räuspern. Kramer ließ seinen Drehstuhl herumschwingen. »Moin, Herr Eik«, begrüßte er den Mitarbeiter des kriminaltechnischen Labors, der schon länger in der Polizeiinspektion am Leeraner Hafenkopf arbeitete als er. »Was haben Sie denn Schönes für mich?«

Kriminaltechniker Eik, der in Jahrzehnten des Polizeidienstes geschrumpft und ergraut war, nicht nur auf dem Kopf, präsentierte zwei Plastikbeutel. »Warsteiner«, sagte er. Sonst nichts.

Oberkommissar Kramer war als Ermittler ziemlich gut, aber als Aktenführer war er überragend. Er verstand es, Informationen zu sichten, zu kategorisieren und zu ordnen – und dabei den Überblick zu behalten. So auch jetzt. »Die gläsernen Aschenbecher«, sagte er und nickte. »Sie haben den Schriftzug also entziffern können? Auf beiden?«

Eik schüttelte den grauen Kopf. »Nur auf dem zweiten, den wir heute früh reinbekommen haben«, sagte er. »Da war von dem Aufdruck auf beiden Seiten noch etwas übrig. Für sich betrachtet unlesbar. Aber ich habe beide Seiten eingescannt und übereinanderlegt. Da konnte man es dann erkennen.«

»Sehr gut«, lobte Kramer. »Und auf dem anderen Aschenbecher, dem ersten? Gar nichts?«

»Oh doch.« Eiks Augen, ebenfalls grau, schienen für den Bruchteil einer Sekunde aufzuleuchten. »Allerdings nur noch einzelne Partikel des Aufdrucks. Kein einziger Buchstabe erkennbar. Trotzdem habe ich auch da den Scan gemacht und verglichen. Alle vorhandenen Farbpartikel des ersten Aschenbechers liegen innerhalb des rekonstruierten Schriftzugs des zweiten! Außerhalb nicht ein einziges Pünktchen. Das legt die Vermutung nahe, dass beide Aschenbecher ursprünglich den gleichen Schriftzug getragen haben.«

»Die Warsteiner Brauerei also.« Kramer legte seine Stirn in Falten. Diese Marke war weit verbreitet. Im Leeraner Hafen lag sogar ein Fahrgastschiff der *Germania*-Reederei mit dem Namen *Warsteiner Admiral.* Wie viele Gaststätten und Kneipen in Ostfriesland und Umgebung mochten Warsteiner Bier auf der Karte stehen haben? Der Oberkommissar seufzte. Vermutlich würde er das bald wissen, denn sie würden es wohl recherchieren müssen. Eine weitere dankbare Aufgabe für Rieke Rieken und Dirk van Dieken.

Er bedankte sich bei Eik und wollte sich wieder seinem PC zuwenden. Der graue Mann war jedoch kaum aus der Tür, da polterten auch schon Rieken und van Dieken herein. Dabei hatte er doch gar nicht vom Teufel gesprochen, wunderte sich Kramer. Reichte es neuerdings schon, an ihn zu denken, auf dass er postwendend erschien? Und das sogar doppelt?

»Alibi bestätigt!«, verkündete van Dieken zackig und wischte sich die Stirn, als hätte er soeben einen Knochenjob erledigt. »Beide jungen Herren haben den Abend mit der hübschen Frau Hemken verbracht. Bei körperlichen Aktivitäten im Freien.«

»Und anschließend hätten sie alle noch ein Bier in Birgit Hemkens Haus getrunken«, ergänzte Rieken. »Ob es dort auch noch zu körperlichen Aktivitäten gekommen ist, haben wir nicht erfragt. Aber persönlich würde es mich ganz schön wundern, wenn nicht. So wie die Mieze aussieht! Und was für einen Ruf die hat!«

»Wieso seid ihr überhaupt schon wieder zurück?«, fragte Kramer, ohne auf die Anzüglichkeiten einzugehen.

»Gewusst wie!« Rieken grinste und tippte sich an die Schläfe.

»Genau, Popöchen, Popöchen!«, alberte van Dieken und ahmte Riekens Geste nach. Beide lachten grölend.

Kramer fixierte beide, immer abwechselnd und in einem gleichbleibenden Rhythmus, ohne eine Miene zu verziehen. Das Grölen verstummte, Lachfalten glätteten sich. Binnen Sekunden waren aus zwei übermütigen, graubärtigen Lausbuben schuldbewusste Beamte geworden.

»Weil wir doch wissen, wo die beiden immer trainieren«, erklärte Rieken. »In diesem Studio an der Papenburger Straße! Da haben wir kurz angerufen, und als wir hörten, dass die beiden dort waren, sind wir schnell hin. Zeit gespart, das war alles.«

»Woher wusstet ihr das denn?«, fragte Kramer. »Und wieso trainieren die beiden in Leer, wenn ihre Firma in Westerstede ist?«

»Dort ist der Hauptsitz«, korrigierte van Dieken. »In Leer und Emden haben die aber Filialen, und die werden von Maik und Marcel geleitet. In der Hauptstelle hat der alte Hofmann jemand anderen als Chef eingesetzt. Hält seine eigenen Jungs wohl nicht für die Allerhellsten!«

»Genau.« Rieken tippte sich nacheinander auf den linken und rechten Bizeps: »Die haben es nicht nur hier, die haben es auch hier!«

Kramer nahm die Aussagen zur Kenntnis und schwieg weiterhin. Lediglich seine linke Augenbraue hob sich um ein paar Millimeter.

Rieken kapierte als Erster. »Woher wir das wussten? Na ja … vom gemeinsamen Training her, kann man sagen.«

Jetzt hob Kramer beide Augenbrauen, denn nach regelmäßigem Training im Fitnessstudio sahen seine beiden Kollegen wirklich nicht aus.

»In diesem Verein«, presste van Dieken hervor. »Also das Training. Ist schon etwas her. Da sind wir auch gar nicht mehr drin. Das heißt, wir sind nicht mehr hingegangen, aber direkt abgemeldet haben wir uns nicht.«

Kramer beugte sich vor, stemmte die Ellbogen auf seinen Schreibtisch und wies die beiden Graubärte mit einer knappen Geste an, sich zu setzen. Jetzt wird's interessant, dachte er.

25.

In der *Hafenkiste* stillten sie ihren Kaffeedurst, und weil Stahnke plötzlich beißenden Hunger verspürte, bestellte er sich gleich noch »Ostfriesische Tapas« mit Krabben, Mettwurst, Matjesfilet, Hirtenkäse, Landrauchschinken und Brot. Der Feigensenf schmeckte ungewohnt zu dieser Tageszeit, und auch sein Magen rumorte entrüstet, aber Stahnke spülte einfach mit mehr schwarzem Kaffee nach.

»Zwei Brände, zweimal Brandstiftung auf dieselbe Weise,

Auffindung identischer Artefakte, das ist eine Serie«, fasste Ekinci zusammen, während sein Vorgesetzter noch kaute. »Auch die Motivlage scheint gleich zu sein. Jemand will verhindern, dass Migranten in Aurich fest angesiedelt werden. Was bekanntlich auf die Islamisierung des Abendlandes hinauslaufen würde. Offenbar missfällt das nicht nur den Rechten, sondern auch einer aggressiven jüdischen Gruppierung. Wenn nicht sogar einer israelischen Organisation.«

»Oder wir sollen das nur glauben«, warf Stahnke ein. »Zweimal das gleiche Kettchen am Tatort verlieren, so dumm kann doch keiner sein. Ich wette, die Dinger wurden platziert.«

Ekinci rümpfte die Nase, als Stahnke sich ein weiteres dickes Stück Mettwurst in den Mund schob. »Wem wäre so etwas zuzutrauen? Vielleicht dem Verband der Mettwurstproduzenten Ostfrieslands?« Stahnke bemerkte Ekincis missbilligenden Blick und erwiderte ihn ungerührt.

Annika Brühl trank Ostfriesentee und knabberte Kekse. »Beide Male wurden Wohnhäuser angezündet, die von der Stiftung *Integer pro Integration* angemietet worden waren«, konstatierte sie. »Im zweiten Fall unmittelbar nach Unterzeichnung des Mietvertrags. Ich vermute, dass diese Stiftung unter Beobachtung steht.«

»Oder der Makler ist die undichte Stelle.« Stahnke tupfte sich den Mund mit seiner Serviette ab und unterdrückte einen Rülpser. »Sofern die Maklerfirma Hofmann beide Vermietungen organisiert hat.«

»Hat sie nicht«, sagte Ekinci. »Haus Nummer eins hatte die Stiftung aus einer Zeitungsannonce. Sagt Christel Röben.«

»Christel Röben.« Stahnke rieb sich das runde Kinn; dem Rascheln nach zu urteilen war ihm die Blitzrasur am Morgen doch nicht so perfekt gelungen wie erhofft. »Unsere Audifahrerin mit Proletariatshintergrund. Kurzzeit-Weggefährtin von Carsten Fecht zu Beginn von dessen politischer Karriere. Derzeit die einzige Verbindung zwischen den Brandstiftungen und unserem Mordfall.«

»Wenn überhaupt.« Annika Brühl leerte ihre Tasse. »Auf mich macht sie einen sehr abgeklärten Eindruck. Auf unserer Liste stehen Namen von Leuten, die ein stärkeres Motiv gehabt hätten, Fecht zu erschießen.«

»Aber eine andere Verbindung sehe ich«, meldete sich Nidal Ekinci wieder zu Wort. »Nämlich zwischen den Brandstiftungen und dem Bombenanschlag auf das Gewerkschaftsbüro in Leer. Erinnert ihr euch noch an die DGB-Kampagne ›Mach meinen Kumpel nicht an‹?«

»Ich erinnere mich noch an die Aufkleber«, sagte Stahnke. »Ein Krauskopf mit dunklen Augen und Türkenschnäuzer. Voll das Klischee, fand ich damals ziemlich daneben.«

»Die Stoßrichtung war aber richtig«, beharrte Ekinci. »Klassen- statt Rassendenken! Ausländische Arbeiter sind eben in erster Linie Arbeiter, nicht Ausländer. Wer deutsche Arbeiter dazu anstachelt, ihre Kollegen mit Migrationshintergrund rassistisch auszugrenzen, lenkt damit doch nur von den wahren Gegensätzen in der Gesellschaft ab. Nämlich davon, dass sich einige wenige auf Kosten der Vielen bereichern. Und zwar immer mehr. Dass die Schere zwischen Reichtum und Armut immer stärker auseinanderklafft, ist allgemein bekannt.«

»Du sagst es.« Annika Brühl gähnte demonstrativ. »Und wo siehst du jetzt eine Verbindung?«

»Darin, dass genau das eines der Themen von Paul Hinderks' Ansprache zum 1. Mai gewesen ist!«, rief Nidal Ekinci. »Genau genommen sogar das Hauptthema! Aus dem Redemanuskript geht das zwar nicht hervor, aber ich habe mit einem Bekannten gesprochen, der an der Kundgebung teilgenommen hat. Schweißer bei der Leiner-Werft, ihr wisst ja, unter was für bescheidenen Bedingungen die dort arbeiten. Er sagt, Hinderks hätte sich bei dem Thema richtig hinreißen lassen und wäre sehr deutlich geworden. Alle, die er für die verstärkten rassistischen und faschistischen Strömungen verantwortlich machte, hat er beim Namen genannt. NDP, AfD, Neue Rechte, Identitäre, rechte Netzwerke, NeroZero und wie sie alle heißen. Damit muss er in ein Wespennest gestochen haben. Hat ihn prompt den Kopf gekostet.«

»Kann man wohl sagen.« Stahnke glaubte wieder den harten Schlag auf seine Brust zu spüren, sah die Bilder, die er vergeblich zu verdrängen versuchte. Natürlich schmerzte auch seine Rippe wieder.

»Das kommt doch alles aus demselben braunen Sumpf!«, trumpfte Ekinci auf. »Brandanschläge auf Wohnhäuser für Migranten und ein Attentat auf jemanden, der solches Verhalten und die dafür ursächliche Einstellung kritisiert. Hatten wir schon mal in Deutschland. Bingo, würde ich sagen.«

»Und wer soll das nun gewesen sein?« Der Hauptkommissar klang skeptisch. »Du hast ja gleich einen bunten Strauß von Möglichkeiten im Angebot. Geht es auch etwas konkreter?«

»Nicht bunt, nur braun«, erwiderte Nidal Ekinci. Aber eine Antwort auf die Frage hatte er nicht.

»Was heißt überhaupt ZeroNero?«, erkundigte sich Stahnke. »Nie gehört. Was soll das sein?«

»NeroZero«, verbesserte Ekinci. »Das ist eine Gruppierung aus Leuten, die davon ausgehen, dass Deutschland akut bedroht ist und verteidigt werden muss. So ähnlich wie Nordkreuz. Dazu gehören Soldaten, aktive wie Reservisten, dazu Kampfsportler, Waffennarren, Prepper, Verschwörungstheoretiker und alle möglichen anderen, überwiegend Männer, alle stramm rechts natürlich. Der Laden existiert angeblich schon länger, 20 Jahre oder mehr, geriet aber erst kürzlich ins Visier des Verfassungsschutzes, weil sie Trainingslager in Kroatien und der Ukraine veranstaltet haben. Geländeübungen mit scharfen Waffen, Kooperation mit anderen nationalistisch-rassistischen Gruppen und so.« Der Oberkommissar machte eine kleine Pause, dann fuhr er fort: »Leider gehören auch welche von uns zu dem Haufen. Polizisten meine ich.«

Stahnke starrte seinen jungen Kollegen entgeistert an. Dann schaute er hinüber zu Annika Brühl. Auch die fixierte Nidal Ekinci. Ihre Lippen waren zusammengepresst, ihre Kiefermuskeln angespannt, ihre Miene war grimmig. »Und wieso Nero?«, fragte er, obwohl die Antwort auf der Hand lag.

»Weil der Rom abgefackelt hat«, erwiderte Ekinci prompt. »Weißt schon, Feuer und Schwert. Danach bleibt Zero übrig von dem, was man so ablehnt.«

»Und die Schuld wird anderen in die Schuhe geschoben«, ergänzte Stahnke. »Wie es Nero damals mit den Christen gemacht hat. So kennen wir sie, diese rechten Brüder!«

Annika Brühl sagte nichts. Ihr Gesichtsausdruck war wieder neutral, ihr Unterkiefer aber blieb angespannt.

26.

»NeroZero«, sagte Rieken. »Erst dachte ich, das wäre so ein Reservistenverein. So mit zusammen einen trinken und von alten Zeiten schwärmen. Na ja, ein bisschen war es auch so.« Er wischte sich ein paar Schnurrbarthaare aus dem Mundwinkel. »Jedenfalls am Anfang.«

»Die haben verschiedene Regionalgruppen«, ergänzte van Dieken. »Die Nordgruppe trifft sich in Kiel. Da sind wir letzten Sommer im Urlaub hin, Kutterangeln, Dorsch und Makrele, anschließend zusammen räuchern und einen trinken. Bei der Gelegenheit haben wir mal bei denen reingeschaut. Natürlich mit Voranmeldung, klar, sonst hätten wir nicht einmal den Treffpunkt erfahren.«

»Was lief dann ab am Treffpunkt?«, wollte Kramer wissen. »Noch mehr Bier? Und Räuchern am Lagerfeuer?«

»Die sind sehr zackig aufgestellt.« Rieken ging auf Kramers Einwurf gar nicht ein. »Klare Befehlsstrukturen, es gibt sogar einen General! Der war allerdings nicht anwesend, aber sonst alle Dienstgrade von Oberst bis Unteroffizier. Gefreite natürlich auch. Dazu wir und ein paar andere als Gäste. Das war praktisch, so mussten wir uns an den Arbeiten nicht beteiligen.« Er grinste: »Bei denen muss man sich hocharbeiten, buchstäblich. Kochen, auf- und abdecken, saubermachen, das besorgen alles die Rotärsche. Verzeihung, ich meine die unteren Dienstgrade.«

»Und was machen die höheren?«, fragte Kramer.

»Referate«, antwortete van Dieken. »Vorträge. Über alles Mögliche. Weltlage, Pulverfass Nahost, Festung Europa,

Gefahr durch den Euro, korrupte Altparteien, Migrantenflut, die Corona-Lüge. So was eben.«

»Migrantenflut?« Kramers Miene war gewohnt undurchdringlich.

»Nee, das hieß anders«, sagte Rieken. »Umvolkung! Genau, das war's.«

»Richtig.« Van Dieken nickte seinem Kollegen dankbar zu. »Ist bereits in vollem Gange, mehr als jedes dritte Kind stammt schon von Migranten ab, überall bauen sie ihre Synagogen, und lange dauert es nicht mehr, dann plärren sie ihre Hassgebete per Lautsprecher durch unsere Städte, fünfmal am Tag! Hier und da passiert das auch schon.«

»Moscheen«, sagte Kramer. »Nicht Synagogen. Das sind die anderen.«

»Richtig, das verwechsle ich immer«, sagte van Dieken. »Moscheen, genau. Die von den Muslimen. Die anderen, die wurden ja schon … also überwiegend … ich meine, damals …« Er geriet ins Stottern, nicht zuletzt, weil Rieken ihm Zeichen machte, die er nicht zu verstehen schien.

»Vorträge und Referate also«, sagte Kramer. »Gab es denn auch etwas Praktisches? Geländeübungen, Aufmärsche, Nahkampfaktionen?«

»Gab es alles!« Van Dieken war wieder in seinem Element. »Das haben die Jüngeren auch mit Begeisterung mitgemacht. Für uns ältere Jahrgänge gab es Radtouren und Wanderungen. Ach ja, und Schießübungen natürlich! Das ganze Bundeswehrbesteck, von der Pistole bis zum leichten Maschinengewehr.« Der Graubart sprudelte nur so vor Begeisterung. »Die hatten sogar einen Grenzstreifen aufgebaut, alles nur angedeutet, aber sehr gut gemacht, und wir mussten Grenzsicherung simulieren. Illegale Übertritte verhindern und so. Mann, dabei haben wir vielleicht Munition verbraten!«

Rieken schlug beide Hände vor sein Gesicht. Van Dieken verstummte. »Ist was? Stimmt doch, was ich sage, oder etwa nicht?«

»Kollegen«, sagte Kramer, »da ich einmal den Diensteid abgelegt habe, gehe ich davon aus, dass ihr das auch gemacht habt. Wisst ihr noch, worauf?«

Van Dieken riss verwundert die Augen auf. »Auf Deutschland natürlich!«, rief er. »Und auf die Gesetze. Dass wir sie achten und schützen werden. Ist ja unser Job. Wieso?«

»Ein bisschen genauer?«, hakte Kramer nach, den Blick auf Rieken gerichtet.

»Auf die Bundesrepublik Deutschland«, murmelte der. »Außerdem auf die Verfassung des Landes Niedersachsen. Und die Gesetze und so.«

»Die Verfassung schützen«, wiederholte Kramer. »Macht man das mit verunglimpfenden Vorträgen und Schießübungen an Grenzzaunattrappen?«

Riekens Blick rollte gen Decke, während van Dieken gegen Kramers sarkastischen Unterton immun zu sein schien. »Genau darum geht es NeroZero!«, rief er begeistert aus. »Hat man doch gesehen, wie nötig das ist! Zum Beispiel in Griechenland, als der Türke uns die Flüchtlingshorden auf den Hals geschickt hat, um die EU-Außengrenze zu überrennen und alle möglichen Seuchen ins Land zu tragen! Da ging es doch um unseren Schutz, um unser Überleben als Volksgemeinschaft! Darum haben wir das auch nicht allein dem Griechen überlassen; wer konnte wissen, ob der das gebacken kriegt! Nee, da waren auch Kameraden von uns dabei. Die haben ordentlich mitgemischt bei der Abwehr dieser versuchten Invasion. Einige haben ganz schön was abgekriegt. Echte Kriegsverletzungen!«

Kramer konnte sich gut an die Bilder erinnern: junge Männer aus Deutschland, soldatisch frisiert und martialisch gekleidet, mit klaffenden Kopfwunden und blutüberströmten Gesichtern. Angeblich hatte die griechische Antifa angereiste deutsche Neonazis in Empfang genommen und so zugerichtet. »Haben sich Maik und Marcel auch solche Kriegsverletzungen geholt?«, fragte er.

Ehe Rieken ihn bremsen konnte, hatte van Dieken schon genickt. »Maik kam mit gebrochener Nase zurück«, berichtete er freimütig, »und Marcel hatte einen Cut in der linken Augenbraue. Musste nicht mal genäht werden, nur geklammert, aber immerhin!«

»Versteh uns nicht falsch.« Rieken breitete die Arme aus. »Das ist doch genau das, was unser Beamteneid verlangt! Wir wenden Bedrohungen von Staat und Verfassung ab – und zwar die echten, die ernsthaften Bedrohungen! Ist zwar gerade Mode, immer mit dem moralischen Zeigefinger nach rechts zu deuten. Aber woher kommt denn die wahre Bedrohung unseres Landes? Doch nicht von denen, die unsere Grenzen dicht und unsere Straßen sicher halten wollen! Die wahre Bedrohung kommt von links, von den weichen Gutherzchen, die ihr eigenes Nest ständig mit Kritik beschmutzen und all das herschenken wollen, was unser Land und unser Volk ausmacht. Bis nichts mehr da ist zum Verschenken, weil alles übernommen wurde. Wenn es so weit ist, dann ist es zu spät. Das wollen wir verhindern.«

»*Wir* wollen das verhindern?«, fragte Kramer zurück. »Wer ist *wir*? Ich dachte, ihr seid gar nicht mehr bei NeroZero aktiv. Oder habe ich das falsch verstanden?«

»Ach, das ist ja nicht nur NeroZero.« Wieder war es van Dieken, der einfach lossprudelte. »Da ist auch noch das Netzwerk. Vor allem das Netzwerk! Was glaubst du wohl, wie viele Kollegen inzwischen dazugehören! Das beschränkt sich längst nicht mehr auf Hessen, das ist … au!« Wütend funkelte er seinen Kollegen Rieken an, der ihm einen Tritt versetzt hatte, und hob seinen rechten Fuß, um sich den Knöchel zu reiben. Dabei rammte er sein Knie unter die Tischplatte. Zwei halbvolle Kaffeebecher, die seit der letzten Besprechung herumstanden, fielen um und ergossen ihren Inhalt über die Hosenbeine der beiden Graubärte. Rieken und van Dieken sprangen auf, beide fluchend und zappelnd.

Kramer blieb bewegungslos sitzen. Seine steinerne Miene verriet nichts davon, wie es hinter seiner Stirn arbeitete. Macht ihr nur Slapstick, dachte er, damit windet ihr euch aus dieser Nummer nicht heraus! Er war sich sicher, das Ende eines Fadens zwischen den Fingern zu halten. Den würde er aufwickeln, ganz egal, wie lange das dauerte. Er war sehr gespannt, wie dick das Knäuel sein würde, das er am Ende in den Händen hielt.

27.

»So.« Stahnke winkte Oberkommissar Ekinci, der seinen Wagen schwungvoll vom Parkplatz lenkte, kurz hinterher; dann rammte er beide Hände in die Taschen seines dünnen Übergangsmantels. »Jetzt sind wir unter uns.«

Annika Brühl und er standen am Ufer des kleinen Auricher Binnenhafens, dort, wo der Ems-Jade-Kanal abknickte und ein paar Bootsstege maritimes Flair zu verbreiten versuchten. Seine Kollegin musterte ihn von der Seite. »Da kann ich dir nicht widersprechen«, sagte sie. »Ist ja offensichtlich. Und nun?«

»Erzähl mal«, brummte Stahnke. »Wie war das damals mit dem Jungen?«

Annika Brühl schnappte nach Luft. »Wieso Junge? Was unterstellst du mir?«, fauchte sie. »Was geht dich das überhaupt an?«

Stahnke machte eine Vierteldrehung, stand ihr direkt gegenüber, den saugenden Blick seiner wasserblauen Augen an ihr Gesicht geheftet. Ihre braunen Augen blitzten kampflustig. Gefletschte Zähne würden dazu passen, dachte der Hauptkommissar. Stattdessen mahlten ihre Kiefer im Leerlauf. Verbissen und verspannt. Er hatte gewusst, dass es so frontal nicht leicht werden würde. Aber alles andere wäre ihm unehrlich vorgekommen. Unanständig.

»Mit wem du schläfst, geht mich überhaupt nichts an«, sagte er. »Mich interessieren auch nicht ein paar Jahre Altersunterschied. Oder die Hautfarbe. Aber ich weiß, dass nicht alle das so sehen.«

Er wartete ein paar Sekunden. Sah sie erröten und ihren Blick senken. Dann setzte er nach: »Wir sind jetzt ein Team, du, er und ich. Und die anderen. Da muss ich Dinge wissen, die ich von anderen nicht wissen müsste.«

Ihre gesenkten Wimpern flatterten leicht. Gleich wird sie weinen, dachte Stahnke, na bravo, und dann darf ich wieder raten, ob es Krokodilstränen sind oder nicht! Dabei fiel ihm das so schwer.

Aber sie weinte nicht, und als sich ihre Lider hoben, war ihr Blick offen und klar. Auch ernst, bitter ernst. »Es war eine harte Zeit für mich damals«, sagte sie leise, aber präzise artikulierend. »Das ständige Mobbing der Kerle um mich herum hat mich kaputt gemacht. Keine Anerkennung, kein Respekt, keine Akzeptanz. Nur Nidal war nett zu mir. Beziehungsweise normal, so wie es sich gehört unter Kollegen, mehr nicht. Zunächst jedenfalls. Ich habe mich an ihm festgehalten, weil er das Einzige war, das mir Halt gab.« Sie verstummte, starrte Stahnke nur an, bis der bestätigend nickte. Erst danach fuhr sie fort. Wie ein Absatz in einem Bericht, schoss es ihm durch den Kopf.

»Ich war ihm dankbar«, sagte sie. »Groß gedankt habe ich ihm nicht, nur Signale ausgesandt, ganz unbewusst. Hier ein Lächeln, dort eine Berührung am Arm. Nidal war sehr empfänglich dafür, das habe ich schnell gemerkt. So ein junger, hübscher Kerl – das hat mir auch geschmeichelt. Hat mir gutgetan.«

»Ein junger, hübscher, verlobter Kerl«, knurrte Stahnke. »Verlobt mit der Frau, die damals noch in einer anderen Stadt lebte, die er inzwischen geheiratet und mit der er Kinder hat. Hat es dich überhaupt nicht gestört, in eine funktionierende Beziehung einzubrechen wie ein Wolf … wie eine Wölfin in einen Schafspferch?«

Jetzt lächelte Annika Brühl. Es sah schwermütig aus. »In eine wirklich funktionierende Beziehung kannst du nicht einbrechen«, behauptete sie. »Keiner kann das! Ein Loch im Zaun muss es schon geben, damit das klappt. Um in deinem Bild zu bleiben.«

Stahnke schwieg. Es war besser so, denn in seinem Kopf formte sich das Bild einer Wildsau, die den Zaun eines Pferchs im Galopp und mit Karacho durchbrach. Einen stabilen, völlig intakten Zaun. Da macht es sich jemand ziemlich leicht, dachte er und nickte. Absatz.

»Außerdem war Nidal mindestens so geschmeichelt wie ich«, fuhr die Hauptkommissarin fort. »Du weißt ja, als Polizist wirst du nach Können und Kameradschaft bewertet – als Polizistin auch nach Aussehen. Oder vor allem nach Aussehen. Und wenn ich damals auch dienstlich kein Bein auf den Boden bekommen habe, an meinem Aussehen hatte keiner etwas zu meckern. Da galt ich als Hauptgewinn. Das sah Nidal auch so.«

Stahnke verzog den Mund. War das wirklich so, konnten männliche Polizisten besser gucken als denken? Er wollte widersprechen, sah jedoch schnell ein, dass es nur sein Korpsgeist war, der das wollte. In solchen Momenten merkte er deutlich, dass er zwar Teil der großen Herde war, aber doch ein Außenseiter. Sogar mittendrin. Also nickte er lieber.

»Das Problem war nur, dass wir nun zwar einander hatten, aber von allen anderen noch stärker ausgegrenzt wurden.« Annika Brühl seufzte. »Also Sackgasse statt Ausweg. Nidal merkte das auch. Für ihn war das neu, er ist kontaktfreudig und ein lustiger Vogel, er kam bis dahin überall klar, ganz egal, mit wie vielen Vorurteilen die Leute ihm begegneten. Diesmal war es anders; das behagte ihm nicht. Ich merkte genau, dass unser Ding für ihn kein Dauerzustand war. Wir haben uns nur gegenseitig immer weiter in die Isolation gedrängt. Also musste ich etwas tun.«

»Du allein? Keiner, der dir hätte helfen können?«, fragte Stahnke. Albert Hayungas Dementi hatte zwar überzeugend geklungen, aber das war noch lange kein Beweis.

»Leider nein.« Annika Brühl verkroch sich wieder hinter ihren Augenlidern. »Wäre schön gewesen, aber nein. Dabei wurde das Mobbing immer schlimmer. Ich hatte einen Versetzungsantrag gestellt, der wurde abgelehnt, die Sache sickerte durch. Damit war ich endgültig zum Abschuss freigegeben.« Sie atmete ein, tief und bebend. »Dann habe ich von der Razzia erfahren.«

»Gegen wen?« Stahnke überlegte, wie die Unterwelt Wiesbadens wohl aufgestellt sein mochte. Oder vor etlichen Jahren aufgestellt gewesen war. Rotlicht, Rauschgift, Russenmafia? Oder arabische Clans? Letztere hatte er besonders gefressen, weil deren zur Schau getragene Verachtung für staatliche demokratische Strukturen den Rechtsradikalen immer wieder billige Munition lieferte. Warum mussten die es den Nazis auch so einfach machen!

Annika Brühls Antwort überraschte ihn. »NeroZero.«

»NeroZero? Dieser rechtsradikale Kriegerverein?«, platzte er heraus.

Seine Kollegin versteifte sich. »Viele Leute versuchen, die Welt zu retten«, erwiderte sie spitz. »Jeder auf seine Weise. Die eben auf ihre.«

»Wohl eher ihre Welt«, schnaubte Stahnke. »Oder vielmehr ihre Weltsicht! Am deutschen Wesen sollte die Welt schon einmal genesen. Schon ein paar Mal! Ist richtig gut gelaufen, wie man weiß.«

»Du auch?« Sie starrte ihn an, die Augen ungläubig gerundet. »Hab' schon gehört, dass du links angegrünt worden sein sollst, von deiner Freundin oder vielmehr Ex-Freundin – aber ich habe doch niemals geglaubt, dass das stimmt! So ein autoritärer Typ wie du!«

»Sina hat damit gar nichts zu tun!«, schnauzte Stahnke. Das war gelogen, und das wusste er. »Außerdem bin ich weder links noch grün, ich habe nur meinen eigenen Kopf, und was ich weiß, das weiß ich, verdammt! Dass diese neurechten Lemminge auf dem Holzweg sind, der über die Klippe führt, das weiß ich. Das sehe ich direkt! Du etwa nicht?« Stopp, dachte er, seit wann geht es hier um mich? Muss ich mich etwa rechtfertigen?

»Hör dich doch reden!« Annika Brühl schüttelte den Kopf. »Unser Land wird überschwemmt von Fremden, von kulturell anders Geprägten mit fremder Religion, weil einige hierzulande denen die Türen weit aufgemacht haben – und wenn ein paar von uns die Gefahr erkennen und die Türen wieder schließen wollen, bezeichnest du die als Lemminge? Ausgerechnet! Erkennst du denn gar nicht, wie falsch du liegst?«

Ich erkenne mehr und mehr, dachte Stahnke. Vor allem, dass ich zu viel rede. »Was war mit dieser Razzia?«, fragte er knapp.

Annika Brühl strich sich die Haare zurück. »Nidal hatte das mitbekommen«, sagte sie. »War nicht direkt beteiligt, seine Einheit sollte nur in Bereitschaft sein, also sagte er unsere Verabredung zum Essen ab. Ich fragte nach dem Grund, er erzählte mir, was er wusste – warum auch nicht unter vertrauten Kollegen?« Nachdenklich schüttelte sie den Kopf.

»Was hast du mit diesem Wissen gemacht?«, fragte Stahnke.

»Gehandelt«, antwortete sie. »Gedealt, wenn du so willst. Hab' meine Chance erkannt. Und sie genutzt.«

Stahnke schwieg. Und nickte. Absatz.

»Unter den Mobbern gab es einen, der war der schlimmste von allen«, fuhr seine Kollegin fort. »Ein Jungspund, sogar jünger als ich, aber schon einen Rang über mir. Fingerlang Ehrgeiz. Deutschnational. Und ein Frauenhasser vor dem Herrn. Also nicht etwa schwul – du weißt schon.«

Stahnke nickte. Er wusste.

»Der gehörte dazu«, sagte Annika Brühl. »Das wusste ich auch von Nidal. Er hatte den Aufkleber gesehen, innen an seiner Spindtür. NeroZero. Damals hatten die noch solche Aufkleber, inzwischen sind sie deutlich konspirativer geworden. Außer im Netz natürlich. Jedenfalls habe ich beschlossen: alles oder nichts. Bin zu dem Typen hin und habe ihm gesagt, was ich wusste, unter vier Augen, einfach so. Ohne Bedingungen. Dann hab' ich ihn stehen lassen.«

Stahnke wartete, aber mehr kam nicht. Auch nicht, als er nickte. Also fragte er: »Was wurde aus der Razzia?«

»Schlag ins Wasser«, antwortete Annika Brühl. »Paar Fahrtenmesser wurden gefunden, kleine Wurfäxte, eine Armbrust. Alles frei verkäuflich. Dabei hatte man mit einem richtigen Waffenlager gerechnet, bis hin zu vollautomatischen Sturmgewehren, Kriegswaffen also, und Munitionsvorräten für einen kleinen Bürgerkrieg. Unsere Tippgeber haben sich anschließend ganz schön was anhören müssen!«

»Und sonst? Propagandamaterial, indizierte CDs, Abzeichen verfassungsfeindlicher Organisationen?«

»Gar nichts! Die hatten gründlich aufgeräumt.« Die Hauptkommissarin nickte anerkennend. »Das bisschen Spielzeug, das sie dagelassen haben, machte die Sache noch überzeugender. Die Informanten standen total blöde da, wie Hysteriker, die eine Armbrust nicht von einer MP unterscheiden können.«

»Und du?«, fragte Stahnke. »Wie ging es mit dir weiter?«

Annika Brühl zuckte mit den Schultern. »Mit mir? Eitel Sonnenschein, von einem Tag auf den anderen. Oder vielmehr über Nacht, das trifft es besser. Volle Akzeptanz, von der ganzen Mannschaft! Als ob es nie anders gewesen wäre.«

Verrat, dachte Stahnke, ganz klar. Verrat von Dienstgeheimnissen, vor allem jedoch Verrat an der Sache, für die sie alle als Polizei einstanden. Freiheit, Verfassung, Recht und Gesetz. Verraten und verkauft für ein Linsengericht. Für ein besseres Leben in Uniform. Sie hatte es ja selbst als Deal bezeichnet. Tatsächlich hatte sie wie eine gewissenlose Dealerin gehandelt.

»Hatte dieser Mobber denn derart großen Einfluss auf die Kollegen?«, fragte er. »Ich dachte, der war noch sehr jung, also eher ein kleines Licht?«

»Vom Dienstgrad her schon«, bestätigte Annika Brühl. »Aber bei NeroZero muss er damals schon einer der Höheren gewesen sein.«

Und deswegen konnte er einfach so das Verhalten seiner Kollegen bestimmen? Womöglich auch der Höherrangigen? Stahnke hatte den Polizeiapparat, in dem er nicht das kleinste Rädchen war, nie für ideal und fehlerlos gehalten. Jetzt aber stellte er ihn sich als eine morsche Hülle vor, ausgehöhlt von gierigen braunen Termiten, kaum mehr als ein Trugbild, das bei der nächsten größeren Belastung zu Staub zerfiel. War es schon so weit? Alles nur wegen solcher Typen wie diesem, diesem …

»Wie hieß der Mann eigentlich?«, fragte er.

»Der Ex-Mobber? Heineke, Leonhard Heineke«, antwortete seine Kollegin, ohne zu zögern. »Natürlich nannten ihn alle Leo. Nach meiner Aktion hat er mich bei jeder Gelegenheit angegrinst und angehimmelt. Ich vermute mal, dass das Waffenlager bei ihm gewesen ist. Ohne mich wäre er hochgegangen wie eine Leuchtkugel.«

»Dann hatte er dir eine Menge zu verdanken«, knurrte Stahnke. »Mehrere Jahre Knast hast du ihm erspart. Und seinen Beamtenstatus gerettet.« War er bereit, für sie dasselbe zu tun? Der Hauptkommissar rang mit sich.

Annika Brühl bemerkte es nicht. »War wohl so«, sagte sie leichthin. »Hat ihm aber nicht viel genützt. Ein gutes Jahr später ist er trotzdem aus dem Dienst rausgeflogen. Warum genau, weiß ich nicht. Kurz davor hatte ich wieder eine Versetzung eingereicht; diesmal wurde sie bewilligt. Inzwischen war ich dienstlich so weit gesettelt, dass ich auch ohne Leos Rückendeckung überall klargekommen bin.«

Stahnke spürte einen kalten Hauch; fröstelnd zog er seinen dünnen Mantel zusammen. Das Wasser des Auricher Hafens aber lag unbewegt da, glatt wie ein Spiegel.

»Weißt du denn, was aus dem Mann geworden ist?«, fragte er.

»Ja klar!« Sie grinste. »Immobilienmakler ist er geworden! In dem Beruf ist viel mehr Geld zu machen als in unserem Laden. Hat er mir neulich selber erzählt.«

»Erzählt? Er dir?« Stahnke war baff.

»Ja, die Welt ist klein! Er arbeitet in Westerstede, bei Hofmann, seit mehreren Jahren schon. Leitet die Hauptstelle. Habe ihn wiedergetroffen, kaum dass ich meinen Dienst in Aurich angetreten hatte. Du hast ihn übrigens auch schon gesehen.«

»Ich?« Der Hauptkommissar hatte Mühe, seinen Unterkiefer oben zu halten.

»Ja genau! Gestern, auf der Schießbahn! Einer von den drei Typen, die auf der anderen Seite geschossen haben. Der kleinere von denen.«

»Der war das?« Stahnke nickte und rieb sich die rechte Schulter, als ob das Muli ihn gerade eben erst getreten hätte. Hart und schmerzhaft.

Danach schob er seine linke Hand wieder in die Tasche. Alte Gewohnheit, um sich selbst daran zu hindern, Tatorte mit falschen Spuren zu kontaminieren. Es war reiner Zufall, dass dabei nicht die Tasche seines Mantels, sondern die Hosentasche erwischte. Seine Finger stießen auf etwas, das sonst nicht darin steckte. Es war länglich und aus Metall, mit einer Öffnung am dünneren Ende. Die Patronenhülse! Die hatte er ganz vergessen!

»Wir müssen nach Leer«, teilte er seiner Kollegin mit. »Wo steht dein Wagen?«

28.

Ekinci nahm seinen Fuß vom Gas, hielt dann aber doch nicht an. Hier stand weit und breit kein einziges Auto an der Straße, sein Wagen würde sofort auffallen, wenn er ihn direkt gegenüber von Birgit Hemkens Einfahrt abstellte. Also fuhr er langsam weiter, einige 100 Meter, bis er eine Seitenstraße fand, die durch ein Buswartehäuschen und ein paar Bäume sichtgeschützt war. Er bog ab, parkte, stieg aus und ging zurück. Zielstrebig schritt er aus, weder zu hastig noch zu langsam. Müßige Schlenderer machten sich hier auf dem Dorf ebenso verdächtig wie allzu Eilige.

Das Grundstück war riesig. Eigentlich waren es zwei; das war ihm beim ersten Besuch gar nicht aufgefallen. Erst jetzt bemerkte er die zweite Brücke über den tiefen Straßengraben, die zu keinem Haus führte, sondern direkt auf Birgit Hemkens Abenteuerspielplatz. Wie weitläufig der war, konnte man von hier aus gar nicht richtig erkennen. Baumgruppen, Büsche und ein künstlich wirkender Hügel schirmten die Sicht auf das Gelände ab.

Ein trockenes Knallen ließ Nidal Ekinci zusammenzucken. Gleich darauf knallte es noch einmal – dann folgte eine ganze Serie von Schüssen, die sich zu einem Stakkato steigerten und dann abbrachen. Entfernte Rufe waren zu hören und lautes Lachen, hell, eindeutig von einer Frau. Die Hausherrin ging anscheinend schon wieder ihrer Lieblingsbeschäftigung nach.

Ekinci hatte die Brücke erreicht, die direkt auf den gepflasterten Weg zur Haustür führte. Kurz entschlossen bog er von der Straße ab und ging schnurstracks auf den Eingang zu. Längeres Zögern hätte nach Herumlungern ausgesehen, und so etwas war hier auf dem Dorf verdächtig.

Als er die Hand nach der Türklingel ausstreckte, bemerkte er, dass die Haustür einen Spaltbreit offenstand. Jetzt zögerte er doch, aber nur zwei Sekunden lang. Dann stieß er die schwere Tür auf und betrat die Diele. »Hallo, Frau Hemken!«, rief er, während er das Türblatt genauso positionierte, wie er es vorgefunden hatte. »Sind Sie zu Hause? Ich hätte noch ein paar Fragen.« Rufen konnte man das kaum nennen, musste er sich eingestehen, es war kaum mehr als ein Raunen. Aber so konnte er später ehrlich behaupten, sich bemerkbar gemacht zu haben.

Das geräumige Wohnzimmer rief Erinnerungen in ihm wach. Erwünschte und unerwünschte. Schon als er die junge Frau vorhin in Aurich getroffen hatte, in einer dienstlichen Situation und in Gegenwart seiner Vorgesetzten, hatte er eine körperliche Reaktion kaum verhindern können. Hier, in Birgit Hemkens Haus, wo sie selbst in Abwesenheit höchst präsent war, fühlte er sich von ihrer Weiblichkeit komplett übermannt. Und zwar so heftig, dass er kaum aufrecht stehen konnte.

Der Oberkommissar blieb stehen, schloss die Augen und atmete tief durch. Deswegen war er nicht hier! Nein, wirklich nicht. Aber das mit dem tiefen Einatmen war keine gute Idee gewesen, denn auch Birgit Hemkens Duft war in diesem Haus allgegenwärtig.

Ekinci dachte an Stahnke, der heute früh ganz ähnlich gerochen hatte. Was würde der jetzt sagen, was würde er tun? Keine Ahnung, stellte er fest. Aber der Gedanke half.

Er durchquerte den Raum, geräuschlos und weich auftretend wie eine Katze, und spähte aus einem der seitlichen Fenster. Viel erkennen konnte er nicht, denn überall standen Grünzeug und Parcours-Hindernisse im Weg, aber er hörte wieder das helle Lachen und das Rufen unterschiedlicher Stimmen. Die hübsche Birgit war also nicht allein. Gut so, dachte Ekinci, dann war sie beschäftigt.

Er suchte ein Büro, ein Arbeitszimmer. Ein schmaler Flur führte in den hinteren Teil des Hauses. Eine der Türen gehörte zu einem hellen, geräumigen Bad mit Whirlpool und Duschlandschaft. Hatte Birgit Hemken hier seine bekleckste Jacke zu säubern versucht, angetan nur mit Sport-BH und Leggings, von der Anstrengung erhitzt und glänzend vor Nässe? Schon der Gedanke trieb ihm die Hitze in Kopf und Lenden. Warum musste er ausgerechnet auf diesen Typ Frau stehen!

Hinter der nächsten Tür fand er ein Arbeitszimmer. Endlich! Schreibtisch, PC, Bücherregale. Nirgendwo sonst im Haus hatte er bis jetzt Bücherregale gesehen. SPD-Frau Hemken, mit gerade einmal 33 Jahren schon Fraktionsvorsitzende im Kreistag, las offenbar nicht zum Vergnügen. Jedenfalls keine herkömmlichen Bücher. Was las sie denn überhaupt? August Bebel? Aufs Geratewohl griff er ins Regal, zog ein Buch heraus. *Deutsche Opfer, fremde Täter*, lautete der Titel. Hm, Bebel war das nicht. Als Autoren waren Michael Paulwitz und Götz Kubitschek genannt. Kubitschek, das war doch einer der Vordenker der Neuen Rechten! Na ja, dachte der Oberkommissar, warum nicht, man musste auch seine Gegner kennen. Er stellte das Buch zurück und griff sich das oberste Heft von einem Stapel Zeitschriften. *Junge Freiheit*! Er ließ es zurück an seinen Platz fallen, als hätte er sich die Finger verbrannt.

Andere Titel stachen ihm ins Auge: *Bürgerkrieg und Sündenbock*, *Konservativenbeschimpfung*, fünf Bände *Staatspolitisches Handbuch* von Erik Lehnert und anderen. Bücher aus dem Verlag Antaios und natürlich vom Kopp-Verlag. Schulungslektüre der rechten Szene. Was hatte so etwas im Bücherregal einer ostfriesischen Sozialdemokratin zu suchen? In dieser Menge und praktisch ausschließlich?

Auf dem fast leeren Schreibtisch stand ein Laptop, zugeklappt, aber eingeschaltet. Ekinci hob die Klappe vorsichtig mit den Fingerspitzen an. Ein Bildschirmschoner war aktiviert; er bestand aus einem Schriftzug in Frakturschrift. NeroZero.

Rotbraun, dachte der Oberkommissar. Außen rot, innen braun. Diese Birgit Hemken spielte ein falsches Spiel. Eine Neofaschistin unter der Tarnkappe einer Sozialdemokratin! Mit welchem Ziel? Um ihre angeschlagene Partei vollends in Misskredit zu bringen? Oder um die Positionen ihrer anderen, ihrer wahren Partei unter falscher Flagge gesellschaftsfähig zu machen?

Auf jeden Fall trug sie etwas Gefährliches, etwas Gefährdendes in sich. Im Kern verborgen, aus dem Verborgenen wirksam. Ekinci fühlte sich an Drogenkuriere erinnert, die die brisante Ware in ihrem Inneren verbargen, klein verpackt und verschluckt, im Körperinneren über Grenzen transportiert, dort ausgeschieden und verteilt, zur Wirkung gebracht. Wie nannte man diese Leute? Richtig: Mulis. Diese Frau war ein Rotes Muli!

Ekinci runzelte die Stirn. Er hatte so etwas geahnt. Und noch etwas anderes. Deswegen war er überhaupt hier. Würde sich auch diese Ahnung bewahrheiten?

Ein lauter, heller Schrei ließ ihn zusammenfahren. Er war unaufmerksam gewesen, versunken in seine Beobachtungen und Gedanken. Hatte er sich überraschen lassen? Seine rechte Hand steckte bereits unter seinem Reservesakko, die Finger umschlossen den Griff seiner Dienstwaffe. Er war zu allem bereit.

Der Schrei aber war von draußen gekommen, dort wogte immer noch das Paintballspiel hin und her, kein Ende abzusehen. Alles war gut.

Nidal Ekinci nahm sich das nächste Zimmer vor. Aha, die Rüstkammer! Paintballwaffen, Anzüge, Stiefel, Helme. Birgit Hemken war auf Besuch vorbereitet, eindeutig. Sogar auf größere Besuchergruppen. Der Oberkommissar zählte acht vollständige Ausrüstungen; mit den beiden in Gebrauch befindlichen also zehn. Sämtliche Waffen und Kleidungsstücke wiesen Gebrauchsspuren auf. Wer mochte sich wohl in solcher Kopfstärke auf dem Gelände tummeln? Der SPD-Ortsverein wohl nicht. Hatte Frau Hemken ein alternatives Geschäftsmodell daraus gemacht?

Da war aber noch etwas. Ekinci bemerkte es mit Verspätung, vermutlich gerade weil das Ding so groß war. Ein Waffenschrank! Geeignet für mindestens vier Langwaffen, mit seitlichen Extrafächern für Kurzwaffen, Munition und sonstiges Zubehör, zertifiziert nach DIN EN 1143-1 und Klasse 0 ECB-S. Der Oberkommissar kannte sich mit so etwas aus. Diese Variante hatte ein Elektronikschloss, war aber auch mit einem Notschlüssel zu öffnen, für alle Fälle.

Beides jedoch war nicht erforderlich. Ebenso wie die Eingangstür stand die Panzertür des Waffenschranks einen Spaltbreit offen.

Der Oberkommissar griff in sein Sakko – nicht nach seiner Dienstwaffe, sondern nach seinem Smartphone. So viel Leichtsinn reichte auf jeden Fall aus, um der Hausherrin die Waffenbesitzkarte zu entziehen! Dafür genügte auch schon ein Waffenschrankschlüssel in den Händen einer nicht ausdrücklich befugten Person, selbst eines engen Verwandten. Oder auch nur das Wissen darum, wo sich dieser Schlüssel befand. Das deutsche Waffenrecht war streng. Bedauerlich nur, dachte Ekinci, dass Kontrollen so selten stattfanden!

Er aktivierte seine Handykamera und machte eine kleine Fotoserie von der unverschlossenen Schranktür. Dann steckte er sein Smartphone wieder ein, kramte ein paar Latexhandschuhe hervor und streifte sie über. Denn eines wollte er auf jeden Fall vermeiden: dass er Anzeige erstattete wegen eines leeren Waffenschranks! Das Ding sah nämlich neu aus, hätte auch in einem Schaufenster stehen können.

Es war zwar höchst unwahrscheinlich, dass Frau Hemken sich dieses über 200 Kilogramm schwere Ding gerade erst hatte liefern lassen, aber sicher war sicher. Mit spitzen Fingern öffnete Ekinci die Tür.

Nein, der Schrank war nicht leer. Allein drei Langwaffen standen in den Racks, von denen zwei vollautomatische Kriegswaffen und damit in privater Hand auf jeden Fall illegal waren. In den beiden oberen Fächern lagen mehrere Pistolen in Lederhalftern. Die unteren waren mit Munitionskartons vollgestopft.

Erneut griff Ekinci in sein Sakko. Wieder nicht nach seiner Pistole, sondern nach seinem Handy. Es dauerte keine zwei Sekunden, bis er das bereute, denn nach genau dieser Zeitspanne bohrte sich etwas Metallenes in seinen Rücken, das sich stark nach einer Gewehrmündung anfühlte.

29.

»Herr Eik?« Die Tür stand offen, aber Stahnke klopfte trotzdem. Im Umgang mit der Kriminaltechnik achtete der Hauptkommissar stets auf formale Höflichkeit. Das empfahl sich, denn die Kollegen dieses Zweiges waren sehr empfindlich. Ihre Aufgabe war es, den Ermittlern zuzuarbeiten; das war eine dienende Funktion, was sich nicht wegdiskutieren ließ, und das, obwohl mancher Kriminaltechniker eine höhere Qualifikation aufwies als die höherrangigen Kriminalbeamten. Wenn letztere sich dann auch noch aufspielten, als hätten sie es mit Hilfsarbeitern zu tun, konnte es passieren, dass sie lange auf dringend benötigte Informationen warten mussten. Sehr lange zuweilen, und je mehr sie drängelten, desto länger dauerte es. Stahnke wusste das, und weil er nicht gern wartete, war er immer höflich.

»Moin.« Der graue Mann erhob sich hinter seinem Arbeitstisch, wo der Hauptkommissar ihn gar nicht bemerkt hatte, weil Eik mit seiner ebenfalls grauen Umgebung perfekt verschmolzen war. Erst die Bewegung ließ ihn sichtbar werden. Wieder einmal fühlte sich Stahnke wie ein Dinosaurier, nur aus anderen Gründen als sonst; Dino-Augen sollten angeblich vor allem auf Bewegung reagiert haben.

»Was gibt's?«, fragte Eik. »Den Aschenbecher habe ich dem Kollegen Kramer doch schon nach oben gebracht.«

»Aschenbecher? Ach ja, der Zünder.« Gerade noch rechtzeitig fiel Stahnke ein, wovon sein Gegenüber sprach. »Habe mich noch gar nicht auf den aktuellen Stand bringen lassen. Was hat sich denn ergeben?«

»Sich ergeben? Von den Dingen, die ich hier untersuche, hat sich noch nie eins ergeben«, erwiderte Eik mit unbewegtem Gesicht. »Das tun eure Tatverdächtigen vielleicht, aber unsere Artefakte niemals. Die gestehen auch nicht, denen müssen wir jede Information mühevoll entreißen.«

Stahnke grinste und zwinkerte Eik zu. »Dafür dürft ihr eure Beweisstücke foltern«, entgegnete er. »Mit Chemikalien behandeln, mit Säuren und mit jeder Form von Gewalt.

Dürfen wir nicht machen mit unseren Verdächtigen. Jedes Mal, wenn ich das beantrage, gibt es Ärger.«

Eik grinste. »Sie kriegt man nicht so leicht dran, was? Liegt wohl an der Tatsache, dass Sie schon so lange mit Kramer zusammenarbeiten. Wer dessen Pokerface lesen kann, der kommt mit allem klar.« Er streckte seine Hand aus: »Sie haben mir doch etwas mitgebracht, das sehe ich Ihnen an. Keine falsche Scheu, immer her damit!«

Stahnke zog die Messinghülse aus seiner Hosentasche. Eik schnaubte kurz: »Nach Fingerabdrücken brauchen wir also schon mal nicht zu suchen. Und wenn Sie noch eines dieser Stofftaschentücher benutzen, wovon ich mal ausgehe, dann auch nicht nach DNA-Spuren. Also worum geht's?«

»Um etwas Mechanisches«, antwortete Stahnke. »Diese Hülse gehört zu einer Patrone, die mit einem Karabiner 98 verschossen wurde. Typ und Kaliber stimmt mit der Hülse überein, die wir am Tatort der Mordsache Carsten Fecht gefunden haben. Meine Frage: Können Sie feststellen, ob beide Patronen mit ein und derselben Waffe verschossen wurden?«

Eik verzog zweifelnd den Mund und legte den Kopf schief. »Tja, wenn Sie mir zwei Projektile brächten, dann wäre das kein Problem! Durch den Vergleich der Laufspuren, die die Züge auf dem Geschoss hinterlassen … aber das wissen Sie natürlich selbst. Nur wurde das Projektil, das Carsten Fecht getötet hat, bis zum heutigen Tag nicht gefunden; steckt vermutlich noch irgendwo in der Nachbarschaft. Und Sie haben mir auch kein Geschoss mitgebracht, wie ich sehe.«

»Leider«, gab Stahnke zu. Zwar wusste er genau, wo sich das Projektil befand, das zu seiner Patronenhülse gehörte;

dort aber steckten viel zu viele im Kugelfang, und es wäre kaum möglich gewesen, auch nur eines davon sicherzustellen, ohne große Aufmerksamkeit zu erregen.

Trotz seiner Einwände nahm Eik ihm die Hülse aus der Hand und betrachtete sie eingehend. Er runzelte die Stirn, ging zu seinem Arbeitstisch und setzte sich eine Lupenbrille auf. Nahm einen Bleistift, steckte ihn in die Öffnung der Hülse und begann, langsam zu drehen, während er sie eingehend durch die dicken Lupengläser musterte.

Stahnke musste sich zusammenreißen, während er wartete. Wie oft hatten er und seine Kolleginnen und Kollegen vom Außendienst schon auf die Sesselpupser hinter ihren PCs und Arbeitstischen geschimpft, die das Inspektionsgebäude nur zum Feierabend verließen, während die anderen draußen an der Front kämpften, wo das wahre Leben tobte! Dabei wussten sie alle genau, dass ihre Arbeit ohne die stetige Unterstützung durch die Innendienstler sehr viel schwieriger wäre. Wenn nicht gar unmöglich.

»Irgendetwas zu erkennen?«, fragte er trotzdem nach einigen Minuten.

Eik ließ ihn noch ein bisschen zappeln. »Nein«, sagte er dann und nahm die schwere Spezialbrille ab. »Eine Tatsache, die mich immerhin zu einer negativen Auskunft befähigt.« Er ging zu einer Reihe verschiedenfarbiger Ablagekörbe, die an der Wand befestigt waren, griff in einen davon hinein, ohne hinzusehen, und holte einen kleinen Plastikbeutel hervor, der eine Messinghülse enthielt, die der von Stahnke mitgebrachten glich wie ein Ei dem anderen. »Diese Hülse«, verkündete Eik und hob den Beutel hoch, »und diese hier« – er präsentierte die Patronenhülse auf dem Bleistift – »wurden auf gar keinen Fall mit derselben Waffe verschossen.«

Er legte beide Patronenhülsen ab, streifte sich Handschuhe über und öffnete den Beweissicherungsbeutel. »Hier, schauen Sie«, forderte er Stahnke auf und hielt ihm die Hülse vom Tatort unter die Nase. »Sehen Sie die Kratzer? Hier unten, dicht über dem Wulst.«

Der Hauptkommissar gab sich Mühe. Ja, irgendetwas war da. Sah wie eine kleine Schramme aus, fand er, oder vielmehr zwei nebeneinander, ganz dünn und mit bloßem Auge gerade noch zu erkennen. Das sollte etwas Besonderes sein? Immerhin wurden Patronenhülsen mechanisch bewegt, in Magazine gedrückt, in Patronenlager gezwängt, Explosionen ausgesetzt und anschließend in hohem Bogen auf den Boden geworfen. Dass sie dabei Schrammen davontrugen, war kein Wunder.

Eik präsentierte noch einmal die Hülse vom Schießstand und ließ sie langsam um den Bleistift rotieren. »Sehen Sie den Unterschied? Kleine oberflächliche Schrammen gibt es, aber die Auswerferspur fehlt.«

Der Auswerfer! Na klar, von alleine flog eine Hülse nach Abgabe eines Schusses nicht durch das Auswurffenster aus dem Patronenlager heraus. Das besorgten Auszieher und Auswerfer, beides Bestandteile des Verschlusssystems einer Feuerwaffe. Natürlich wusste Stahnke das, aus der Theorie wie aus der Praxis, er hatte nur nicht daran gedacht. Denn seit wann hinterließen Auszieher solche Spuren?

»Der Auszieher der Tatwaffe muss verbogen sein«, beantwortete Eik die ungestellte Frage. »Ganz leicht nur, sodass die Funktion nicht beeinträchtigt ist. Der Schütze hat das vermutlich gar nicht bemerkt.«

Der Hauptkommissar nickte nachdenklich. War das hilfreich? Sicher, wenn auch nicht sehr. Wenn sie die richtige Waffe hätten, irgendwann, dann war Eiks Fund eines der Glieder der Indizienkette, mit der sie den Todesschützen dingfest machen konnten. Hoffentlich. So weit aber war es noch nicht.

Einen anderen Gedanken jedoch konnte Stahnke abhaken. Welchen Grund hätte einer wie Albert Hayunga auch haben können, auf einen karrieregeilen Sozialdemokraten wie Carsten Fecht zu schießen? Allem Anschein nach gab es dafür überhaupt kein Motiv, es bestand nicht die geringste Verbindung zwischen den beiden Männern. Nur dieses Gewehr. Und die passende Munition.

Okay, und das Muli natürlich. Fecht, der sich selbst ein »Rotes Muli« genannt hatte, weil er angeblich so viel für seine Partei und deren Wähler schuftete. Und Hayunga und seine jungen Schützenkameraden, die den Karabiner 98 ein »Muli« nannten, weil es so stark auskeilte, wenn man es nicht richtig behandelte. Ein Spitzname, den vermutlich auch andere benutzten. Und rot war die Waffe auch nicht. Nicht einmal der hölzerne Schaft von Hayungas Karabiner hatte rötlich geschimmert.

Stahnke schreckte aus seinen Gedanken hoch, weil Eik ihn fragend anschaute. »Vielen Dank!«, beeilte er sich zu sagen. »Sie haben mir sehr geholfen.«

»Kann ich noch etwas für Sie tun?«, fragte der graue Kriminaltechniker.

Der Hauptkommissar schnippte mit den Fingern. »Diese Aschenbecher!«, sagte er. »Was haben Sie darüber rausbekommen? Bringen Sie mich doch bitte kurz auf den Stand der Dinge.«

Eik tat es, in knappen, sachlichen Sätzen, faktenreich und meinungsfrei. Stahnke lauschte mit wachsender Aufmerksamkeit, während sich hinter seiner Stirn ein Bild zu formen begann. Unscharf und verschwommen zunächst, dann immer klarer.

Als Eik seinen Kurzvortrag beendet hatte, dankte der Hauptkommissar artig und eilte hinaus. Der Kriminaltechniker schaute ihm kopfschüttelnd nach.

30.

Kramer sah Stahnke über den Hof zur Fahrbereitschaft eilen. Ehe der Oberkommissar sein Smartphone geschnappt und die Kurzwahl aktiviert hatte, rauschte bereits ein mattroter Golf aus der Einfahrt und verschwand über den Kreisel mit dem sinnlosen verrosteten Riesensegel in Richtung Bahnhof. »Der Teilnehmer ist momentan nicht zu erreichen«, verkündete die Automatenstimme an Kramers Ohr. Handy ausgeschaltet! Oder mal wieder verhungert, mangels Ladung. Der schmal gebaute Mann seufzte. Sein Vorgesetzter hatte sich in den letzten Jahren zu einem recht brauchbaren Teamplayer entwickelt; manchmal jedoch erlitt er Rückfälle, und dann war er plötzlich wieder der einsame Wolf früherer Jahre, der rollende Stein, der dem Moos keine Chance ließ, der unberechenbare Einzelgänger, der seinen Eingebungen folgte, häufig blind, in der Hoffnung, dass sein Genie ihn schon zum Ziel führen würde. Oft genug hatte das schon funktioniert. Es war aber auch manches Mal furchtbar schiefgegangen.

Eigentlich hatte er dem Hauptkommissar nur sagen wollen, dass sein lädierter Wagen inzwischen in der Werkstatt stand und die Reparatur des Auspuffs schnell gehen würde, weil alle Ersatzteile verfügbar waren. Bei der Gelegenheit hätte er jedoch gerne die neuesten Informationen mit ihm durchgesprochen. Es war dringend Zeit für einen vernünftigen Austausch, fand er. Die Ermittlungen zerfaserten und zerfransten gerade wie eine billige Flagge im Nordweststurm. Nidal Ekinci war auch nicht zu erreichen – hatte er sich das bei seinem Chef abgeguckt? Hauptkommissarin Annika Brühl kam und ging sowieso, wie es ihr gerade passte. Und Rieken und van Dieken schienen gerade von der Seite der Ermittler auf die der Tatverdächtigen hinüber zu diffundieren. Einzig er selbst, Kramer, hielt noch die Stellung. Was ein ziemlich einsamer Job war.

Sein Telefon klingelte. War Stahnke an der Schranke beim Bahnhof hängengeblieben, hatte er sein Handy aktiviert und Kramers Anrufversuch entdeckt? Oder geruhte Ekinci endlich, ein Lebenszeichen von sich zu geben? Weder noch. »Lüppo Buss hier«, dröhnte das Organ des Inselpolizisten aus dem Hörer. »Stahnke nicht zu sprechen? Ich versuche ihn schon den ganzen Tag zu erreichen!«

»Mir geht es ähnlich.« Das konnte Kramer sich nicht verkneifen. »Worum geht es denn? Kann ich helfen?«

»Du kannst Stahnke sagen, dass Friedo Adams' Alibi sich in Luft aufgelöst hat!«, rief Lüppo Buss, als müsste er sich auch ohne Telefon verständlich machen. »Und zwar nicht in frische Seeluft, das kann ich euch flüstern! Ziemlich anrüchig, die ganze Geschichte.«

Kramer hielt den Telefonhörer ein paar Zentimeter von

seinem Ohr weg. »Er hat dich also belogen«, stellte Kramer sachlich fest. »Warum? Hast du ihn schon in die Zange genommen? Hat er den Mord an Carsten Fecht gestanden?«

»Hab' ich nicht!« Der Inselpolizist wurde immer lauter. »Und hat er auch nicht! Ich bin seitdem gar nicht mehr an ihn herangekommen.«

»Seit wann?«, fragte Kramer. »Und warum denn nicht?« Lüppo Buss spielte sich doch gewöhnlich als eine Art unumschränkter Herrscher von Langeoog auf, dachte der Oberkommissar. Was könnte ihn daran gehindert haben, einen Angestellten der Kurverwaltung erneut zu befragen?

»Die Auricher sind hier«, knurrte der Inselpolizist, nunmehr geringfügig leiser. »FK römisch drei. Die haben Friedo in den Krallen, da kriege ich momentan keinen Stich.«

Kramer musste nicht erst fragen, wofür das dritte Auricher Fachkommissariat zuständig war. »Betrug«, murmelte er. »Und die haben Friedo Adams festgesetzt? Was werfen sie ihm denn vor?«

»Friedo hat kürzlich gebaut«, raunte Lüppo Buss. »Vielmehr umgebaut, neue Ferienwohnungen rund um sein Wohnhaus. Größere Sache. Das war zur selben Zeit, als das Hallenbad renoviert wurde. Inklusive Neugestaltung der gesamten angeschlossenen Gastronomie. Vorzeigeprojekt der Kurverwaltung! Musste alles sehr schnell gehen, weil wegen der Touristen nur im Frühjahr gebaut werden darf. Also wurden mehrere Bautrupps gleichzeitig auf die Insel geschickt. Und rate mal, wer dabei die Aufsicht geführt hat.«

Kramer fand das unnötig. »Und das hat Adams genutzt, um etwas für sich und seinen eigenen Bau abzuzweigen?«

»Etwas?« Der Inselpolizist lachte dröhnend. »So gut wie alles hat er sich von der Gemeinde bezahlen lassen! Baustoffe, Installationen, Maurer, Klempner und Elektriker – alles illegal abgezweigt! Bis auf ein paar Alibikäufe bei Adde Cassens in Esens. Den Rest wollte er mit gefälschten Quittungen belegen.«

»Hat der Mann ernsthaft geglaubt, er käme damit durch?«, fragte Kramer verwundert.

»Muss wohl«, sagte Lüppo Buss. »Sein Abteilungsleiter ist chronisch krank, arbeitet nur ein paar Wochen im Jahr und holt sich dann immer den nächsten gelben Schein. So war Friedo in letzter Zeit nicht nur sein eigener Chef, sondern auch sein eigener Kontrolleur. Als Dauerzustand kann das verlockend sein, schätze ich.«

Kramer konnte das nachvollziehen, wusste diesen dreisten Betrugsfall jedoch bei Engelbert Rykena in besten Händen. »So, wie die Dinge liegen, müssen wir Friedo Adams im Mordfall Fecht dringend erneut vernehmen«, sagte er. »Beziehungsweise du musst. Was denkst du, wie können wir Rykena am schnellsten dazu bringen, uns seinen Beschuldigten zur Befragung zu überlassen?«

»Indem wir ihm helfen«, erwiderte Lüppo Buss wie aus der Pistole geschossen. »Informationen beschaffen, die er sonst mühsam aus Friedo rausquetschen müsste. Der Typ ist nämlich stur. Und da kommt ihr ins Spiel.«

»Ach ja?« Kramer straffte sich. »Dann lass mal hören.«

31.

Die Tür stand offen, aber drinnen war niemand zu sehen. Korridor und Versammlungsraum waren menschenleer, auch im Restaurant befand sich niemand, und die Theke war ebenfalls verwaist. Kein Laut von den Schießbahnen. An einem Samstagnachmittag nicht selbstverständlich, dachte Stahnke. War das Wetter vielleicht zu schön für Hallentraining?

Er hatte den alten Golf, den die Fahrbereitschaft ihm zugeteilt hatte, mitten auf dem Parkplatz abgestellt; es war ja nicht sein eigener Wagen, und Leeraner Kennzeichen waren hier keine Seltenheit, das wusste er von Annika Brühl. Nur wenige andere Fahrzeuge parkten dort. Vermutlich war also irgendjemand im Haus außer ihm. Der Hauptkommissar bewegte sich so leise wie möglich.

Im Restaurant hing ein typischer Geruch: abgestandener Küchendunst, schales Bier, Klobeckensteine. Der Biergeruch verstärkte sich, je näher Stahnke der Theke kam. Ergänzt durch eine weitere Duftnote, die ihn an alte Zeiten erinnerte: kalter Rauch.

Gestern Abend hatte er sich nichts dabei gedacht. Draußen hatten Raucher gestanden, die Eingangstür war häufig auf und zu gegangen, gut möglich, dass die Leute den Geruch in ihren Klamotten reingeschleppt hatten. Wenn es drinnen einen Raucherraum gab, wieso hätte man dann überhaupt zum Rauchen draußen stehen sollen? Aber dafür gab es natürlich einen guten Grund: die Gewohnheit. Die jüngere und auch die mittlere Altersgruppe der Nikotinliebhaber hatten es sich längst angewöhnt, zum Rauchen an die frische Luft zu gehen. Qualmen in geschlossenen Räumen kam den meisten längst abartig vor. Das machten nur noch die älteren Semester. Wenn man sie ließ.

Stahnke stapfte an der Theke vorbei, immer der Nase nach. Öffnete eine weiße Tür, die innen eine Nuance gelblicher war als außen. Dahinter roch es beißend nach Teer und kalter Asche. Die Einrichtung war die gleiche wie im Restaurant, bis hin zu den Almhüttenstühlen mit den ausgesägten Herzen in Griffhöhe. Mit einer Ausnahme: Auf allen Tischen standen Aschenbecher. Gläserne Aschenbecher mit Werbeaufdruck für die Biermarke *Warsteiner*.

Stahnke stand da wie angewurzelt, hinter seiner Stirn rasten die Gedanken. Sie kamen aber nicht von der Stelle. Hayungas Auto, viel und schnell unterwegs mit verschiedenen Fahrern. Die sprechende Autonummer, für die es eine so harmlose Erklärung gab. Die nächtliche Konfrontation auf der Landstraße, glücklich beendet durch einen schwulen Grundschulleiter und eine fette Bürgermeisterin. Die beiden Brandanschläge auf Migranten-Wohnhäuser, in denen die Migranten noch nicht einmal wohnten, mit auffällig platzierten Davidsternen und Zündern aus den gleichen Aschenbechern wie die hier auf den Tischen. Wie hing all das zusammen mit dem Mord an Carsten Fecht? Oder mit dem Bombenanschlag auf das Leeraner Gewerkschaftsbüro?

Irgendwo hinter ihm knallte eine Tür. Stahnke fuhr zusammen. Er schaute sich nach einem Ausgang um, aber der Raucherraum besaß keinen zweiten, nur den, durch den der Hauptkommissar ihn betreten hatte. Fenster gab es genügend, aber der Raum lag im ersten Stock, unten war gepflastert. Außerdem: warum Flucht? Die Tür hatte offen gestanden und er war im Dienst.

Stimmen näherten sich, junge Stimmen, laut und unbekümmert. Jetzt war der Moment, diesen Raum zu verlassen, den Ankömmlingen offen und direkt gegenüberzutreten. Normal. Stahnke jedoch tat das nicht. Stattdessen schmiegte er sich rücklings an die Wand, gleich neben der geöffneten Tür.

»Geil!«, rief einer der jungen Männer, die sich da näherten. »Supergeil! Heute Nacht schon, das ist geil! Jetzt werden wir sie jagen!«

»Ja, wurde vorgezogen«, erwiderte die andere Stimme. Sie klang tiefer, abgeklärter, schien aber ebenfalls einem noch jungen Mann zu gehören. »Tipp vom roten Muli. Die Dinge kommen in Fluss. Weißt ja, Schwungmasse! Treibt sich immer weiter voran, die hältst du nicht auf.«

»Wieso sollte ich?« Die beiden Männer schienen sich jetzt vor der Theke zu befinden. Stahnke hörte etwas klimpern. »Dann können wir unseren Sponsoren mal wieder etwas vorweisen. Ich halte bestimmt nichts auf, hör mal! Ist doch geil!«

»Ist bloß eine Redensart.« Der andere seufzte verhalten. »Natürlich hältst du nichts auf. Du gehörst doch zur Schwungmasse, verstehst du? Mit deiner Wampe!« Ein klatschendes Geräusch, gefolgt von einem gespielt empörten Ausruf, einem Kichern, einem Stampfen und Rumpeln. Gläser schepperten, Hocker scharrten über den Boden. Die beiden schienen sich zu balgen wie übermütige Schuljungen.

Was wurde vorgezogen, fragte sich Stahnke. Welche Dinge waren im Fluss? Was für ein Rotes Muli? Und wieso war der Fülligere der beiden die Schwungmasse?

Das Balgen hörte auf. »Ich hab' Durst, ey!«, ließ sich der jünger Klingende vernehmen. »Ich hol' mir 'ne Cola aus der Kühlung. Du auch eine?«

»Geh mir bloß weg mit dieser Imperialistenbrause!«, wehrte der andere ab. »Außerdem sollst du nicht an den Kühlschrank gehen, wenn Heinz nicht dabei ist, das weißt du doch! Kriegst nur wieder Ärger.«

»Ach, scheiß auf Ärger.« Eine Kühlschranktür schwang auf, Flaschen klirrten. Zuklappen, Zischen. »Wenn die Dinge so im Fluss sind, wer kümmert sich dann noch um eine Flasche Coke?« Wenige Sekunden Stille, dann ein markerschütternder Rülpser. Die beiden Männer brüllten los vor Lachen.

»Okay«, sagte die etwas tiefere Stimme. »Dann lass uns jetzt die anderen Sachen holen. Das, was hier war, haben wir doch komplett, oder?«

»Scheiß dezentrale Lagerung.« Der andere rülpste noch einmal, schwächer, aber alles andere als unterdrückt. Ein kindliches Ritual, dachte Stahnke. »Okay, also die Muni-Kisten haben wir. Die Westen ebenfalls. Unten ist alles wieder zu. Die heißen Eier sind in dem Seesack. C4? Was ist mit C4? Brauchen wir wieder was, wie neulich?«

»Nix. Diesmal wird nicht gesprengt, es wird gemäht! Und die Mähmaschinen holen wir als Nächstes.«

»Versteh ich nicht, warum die nicht auch hier lagern.« Der Rülpser gab sich bockig. »Wäre doch nur logisch! Ich meine, was ist das denn hier?«

»Genau darum doch, du Horst.« Der andere wurde ungeduldig. »Weil es hier auf der Anlage doch immer mal sein kann, dass die Staatsneger kontrollieren kommen, klar? Und wenn die dabei zufällig auf Kriegswaffen stoßen, dann ist unsere Basis hier zum Teufel. Die mögen zwar blind sein, aber du weißt, auch ein blindes Huhn …«

»… trinkt gerne mal einen Korn!« Der Rülpser lachte über seinen eigenen Spruch. »Ja, blind wie die Neger, da hast du recht! Obwohl, dieser eine, das war ein ganz schöner Glotzer! Wie der ständig unser Mädel angeglotzt hat! Dem hättest du die Stielaugen mit dem Knüppel abschlagen können!«

Stahnke ballte die Fäuste, riss sich zusammen, um nicht loszustürmen, hinauszurennen zu diesen beiden Kerlen, seine Pistole zu zücken und die Typen zusammenzufalten. Noch nicht, noch nicht! Er musste sie reden lassen, weiterreden lassen, das war besser, als sie auszuquetschen. Auch wenn das, was da aus ihren Mäulern quoll, schwer zu ertragen war. Heiße Eier und Mähmaschinen! Diese Kerle redeten von Mord, einem geplanten Massenmord. Und vermutlich redeten sie auch von seinem Kollegen Nidal.

»Nicht nur die Stielaugen!«, sagte die tiefere Stimme. »Der Typ war spitz wie Nachbars Lumpi! Biggi hat den aber auch ganz schön aufgegeilt. Ja, das kann sie, unser kleines Teufelchen. Heiß, scharf und lecker, aber gar nicht gut für den Magen.« Er lachte fett und dreckig. Der andere stimmte ein.

»Kannste laut sagen«, meinte danach der mit der jünger klingenden Stimme. »Ist ihr prompt in die Falle gegangen, das Kerlchen. Der Kleine ist erledigt. Fehlt noch der Dicke.«

Stahnkes Kehle wurde eng. Unter seiner Schädeldecke fühlte es sich eisig an. Nidal? Sie hatten Nidal? Was hieß das? Hatten sie ihn etwa …

Er riss seine Dienstwaffe heraus, trat das Türblatt beiseite und katapultierte sich aus dem Raucherraum heraus, Pistole in Vorhalte. Die beiden Männer an der Theke glotzten ihn überrascht an. Überrascht, nicht entsetzt. Der Blick des größeren und fülligeren der beiden haftete nur kurz an ihm, irrte dann seitlich weiter. Das gefiel Stahnke nicht.

Etwas traf seine Hand, so hart, dass sich die Finger von alleine öffneten. Seine Pistole fiel zu Boden, schlug auf den Dielenbrettern auf. Der Schmerz kam mit Verspätung, ebenso wie das Blut, das aus der tiefen Schramme quoll, die sich über seinen Handrücken zog. Aus dem toten Winkel rechts vorne tauchte eine massive Gestalt auf. Heinz, der Barmann. In der Hand hielt er einen großen Schraubenzieher.

Als Stahnke wieder nach vorne schaute, stand der kleinere der beiden Männer dicht vor ihm. Was er in der Hand hielt, sah verdammt nach Nidal Ekincis Dienstwaffe aus. Der Mann zielte auf Stahnkes Stirn, aus nächster Nähe. Dann wirbelte er die Waffe blitzschnell herum, holte aus und hämmerte ihm den Griff auf den Kopf. Aus.

32.

Kramer parkte direkt gegenüber der Haustür. Die Nachbarin der Fechts, eine drahtige alte Frau mit kurzem weißem Haar, bearbeitete gerade ihre Vorgartenbeete mit einer Hacke. Sie nickte dem Oberkommissar stumm zu. Kramer erinnerte sich, die Frau in der Mordnacht kurz befragt zu haben. Sie war vom Gewehrknall geweckt worden und hatte auch den Schrei gehört, von dem Noack berichtet hatte, aber als sie endlich ihren Bademantel übergeworfen und durch den Haustürspion nach draußen gelugt hatte, war schon alles vorbei gewesen. Offenbar war ihr seitdem nichts Neues einfallen, denn sie wandte sich umgehend wieder ihren Blumen, Büschen und Bäumchen zu.

Der Oberkommissar überquerte die schmale Wohnstraße. Er klingelte nicht an der Haustür, sondern ging am Gebäude vorbei nach hinten in den Garten, wie Frau Fecht es ihm am Telefon aufgetragen hatte. Er fand die Hausherrin in einem Beet hockend vor, in Gummistiefeln und weiter Hose, ein buntes Tuch um den Kopf.

Cornelia Fecht erhob sich stöhnend. »Gartenarbeit ist echt nicht meins«, bemerkte sie und pellte sich die hellblauen Haushaltshandschuhe von den manikürten Fingern. »Aber was soll ich machen, unser Gärtner ist leider verhindert.« Sie sah Kramer strafend an: »Ihre Kollegen haben ihn abgeholt.«

»Abgeholt?« Der Oberkommissar zuckte ratlos mit den Schultern. »Wieso denn? Zur Vernehmung?«

»Wohl eher Abschiebung. Zurück nach Tunesien. Keine Arbeitsgenehmigung.« Sie stapfte über den Rasen zur Terrasse, wo ihre pinkfarbenen Crocs standen, und schlüpfte aus den ungeschlachten grünen Gummistiefeln. »Ausgerechnet den! So fleißig, und vom Gärtnern hatte er echt Ahnung. Man hätte doch lieber jemand anderen abschieben können!«

Billig war er bestimmt auch, darauf würde ich wetten, dachte Kramer, behielt das aber für sich und reichte Cornelia Fecht, die beim Schuhwechsel ins Straucheln kam, lieber seinen Arm als Halt. Carsten Fechts Witwe nickte dankend und führte ihn ins Haus.

In der Terrassentür drehte sich Kramer noch einmal um. Von Gartenarbeit schien Cornelia Fecht wirklich keine Ahnung zu haben, denn das Blumenbeet, in dem sie gewerkelt hatte, sah deutlich schlimmer aus als der restliche Garten drumherum. Die aufgehäufelte Erde war zertrampelt und mit Pflanzenresten übersät. Irgendetwas an diesem Anblick ließ eine Erinnerung in ihm aufblitzen. Weil er aber nicht darauf kam, zuckte er nur die Achseln und ging ins Haus.

Cornelia Fecht führte ihn in den ersten Stock. Dort, gleich neben dem Arbeitszimmer ihres verblichenen Mannes, gab es eine kleine Abstellkammer, eingeklemmt zwischen Treppe und Kamin; ein Räumchen, für das dem Architekten offenbar kein anderer Verwendungszweck eingefallen war. Auf einem Wandregal standen mehrere Reihen Aktenordner, eingestaubt, teilweise zerfleddert und mit handschriftlichen, kaum noch lesbaren Stichworten auf den Rücken. »Viel Glück!«, sagte die Hausherrin schnippisch und ließ Kramer allein.

Der Oberkommissar ging in die Knie und musterte die Ordner einen nach dem anderen, vorerst ohne sie anzufassen. Carsten Fecht sollte Friedo Adams bei dessen Betrügereien unterstützt haben, so lautete die Vermutung der Auricher Kollegen. Er hatte ihm angeblich Baustoffhändler vermittelt, denen es nichts ausmachte, andere Materialien zu liefern, als in ihren Rechnungen standen – solange sie diese überhöht ausstellen durften. Deutlich überhöht sogar, nahm man an, denn Fecht hatte solche Dienste bestimmt nicht aus Freundschaft geleistet, sondern für Geld. Zehn Prozent mindestens. Und noch einmal zehn Prozent von dem, was der Sklavenhändler für seine Zeitarbeitskräfte bekam – so hatte es Lüppo Buss jedenfalls ausgedrückt.

Kramer war mit großer Geduld gesegnet und gehörte zu den wenigen Menschen, die dem Studium von Akten etwas abgewinnen konnten, von innen wie von außen. Diesmal jedoch fehlte ihm die nötige Konzentration. Immer wieder irrten seine Gedanken ab, ständig schob sich ein Bild aus seiner Erinnerung in den Vordergrund. Cornelia Fecht bei der Gartenarbeit. Irgendetwas wollte dieser Anblick bei ihm auslösen. Bloß was?

Er richtete sich auf, stemmte seine Hände ins Kreuz und bog die Wirbelsäule durch. Ging ein paar Schritte über den Flur, dann durch Carsten Fechts Arbeitszimmer zum Fenster. Dort unten war die Straße, eine der bevorzugten Wohnstraßen des sowieso teuren Ortsteils Loga. Gegenüber stand sein Wagen. Die Nachbarin mit dem kurzen weißen Haar pusselte immer noch in ihrem Garten herum. Kramer musterte die Frau, ließ ihren Anblick auf sich wirken. Alles wirkte stimmig. Was, bitteschön, hatte denn bei Frau Fecht nicht gestimmt?

Die Frau von gegenüber befasste sich gerade mit dem größten der Bäume, die ihren Vorgarten zierten. Bestimmt eine besonders edle Gattung, aber in Botanik kannte Kramer sich nicht aus. Auf jeden Fall schien das Gewächs aufwändiger Pflege zu bedürfen, denn die alte Dame hatte ihre Hacke weggelegt und eine Trittleiter angeschleppt. Gerade stieg sie die Stufen hoch, obwohl die Leiter in der weichen Gartenerde kippelte und seitlich einsank, klammerte sich am Stamm fest und unterzog die Stelle, an der sich der Stamm gabelte, einer Musterung aus nächster Nähe. Was war da wohl los, saß dort ein Blatt schief?

Er schüttelte den Kopf und machte sich wieder an seine Arbeit. Jetzt ging es besser; innerhalb weniger Minuten hatte er den richtigen Ordner gefunden, darin den entsprechenden Abschnitt und darin wiederum den passenden Zeitraum. Eine Handvoll quittierte Rechnungen passte zum fraglichen Tatbestand. Ob sie nun fingiert waren oder nicht, sollte seine Sorge nicht sein, darum konnte sich Rykena kümmern. Um die Sache zu beschleunigen, ging Kramer erneut in Fechts Arbeitszimmer, breitete die Blätter auf dem Schreibtisch aus, machte Handyfotos und schickte diese direkt an Lüppo Buss. So, erledigt. Jetzt bekam der Inselpolizist hoffentlich zeitnah Zugang zu Friedo Adams.

Kramers Blick fiel wieder aus dem Fenster. Diese Nachbarin stand immer noch auf ihrer Trittleiter und fingerte an ihrem Baum herum. Balancierte auf den Spitzen ihrer winzig kleinen Gummistiefel, während die Leiter unter ihr immer weiter einsank und sich zur Seite neigte, und fuhrwerkte mit einem Ding, das wie ein Pflanzdorn aussah, am Stamm herum. Was hatte die Frau nur vor? Die Statistik der tödlichen Haushaltsunfälle bereichern?

Der Oberkommissar ging die Treppe hinab ins Erdgeschoss und schaute sich nach Cornelia Fecht um, konnte sie aber nirgends entdecken. Nur die Gummistiefel, die sie bei der Gartenarbeit getragen hatte, standen noch am Rand der Terrasse. Wieder spürte Kramer einen Gedanken in seinem Hinterkopf, der sich einfach nicht nach vorne traute.

Er fand Frau Fecht vor der Haustür, genauer gesagt am kniehohen Gartenzaun gegenüber, gleich neben seinem Wagen. Gerade schickte sie sich an, über den Zaun zu steigen, vermutlich um ihre Nachbarin zu unterstützen, deren Leiter sich immer gefährlicher zur Seite neigte. Kramer sprintete über die Straße, setzte über das Zäunchen und griff zu. Gerade noch rechtzeitig, um die weißhaarige Dame vor dem Absturz zu bewahren. Cornelia Fecht wäre zu spät gekommen; sie war beim Übersteigen des Zauns hängengeblieben, ihr pinkfarbener Croc purzelte über die Bodendecker.

Kramer half ihrer Nachbarin von der Leiter. »Diese frechen Bengel, unmöglich ist das!«, schimpfte die Frau, kaum dass sie festen Boden unter ihren Gummistiefeln hatte. Vor Aufregung achtete sie nicht einmal auf die Abdrücke, die sie in der weichen Blumenerde hinterließ. »Ich habe denen schon so oft gesagt, dass sie das lassen sollen! Aber die hören ja nicht. Jetzt ist das Maß voll, jetzt rede ich mit ihren Eltern!«

»Worüber denn?«, erkundigte sich der Oberkommissar. »Was haben diese Bengel denn angestellt?«

»Auf meinen Baum geschossen haben die!«, ereiferte sich die Weißhaarige. »Auf meine Tulpenmagnolie! So was tut man doch nicht. Diese ungezogenen Bengel!«

»Geschossen?«, fragte Cornelia Fecht, die auf einem Bein zu ihrem verlorenen Schuh gehüpft war und ihn gerade wieder anzog. »Womit denn geschossen? Mit diesen Paintballdingern? Da ist doch nur Lebensmittelfarbe drin, die ist nicht schädlich.«

»Von wegen Lebensmittelfarbe! Das sind richtige Geschosse!« Die Nachbarin war jetzt richtig sauer. »Luftgewehr mindestens! Könnt ihr selber gucken, da oben steckt noch ein Geschoss drin.«

Ehe Cornelia Fecht auch nur den Mund zubekam, hatte Kramer die Trittleiter schon sicher platziert und bestiegen. Im Stamm der Magnolie, unter der Rinde halb verborgen, steckte tatsächlich etwas. Etwas Metallenes. Für eine Diabolo-Luftgewehrkugel eindeutig zu groß. Kramer wusste sofort, was das war. Und er konnte nur hoffen, dass die weißhaarige Dame mit ihrem Pflanzdorn nicht allzu viele Kratzer darauf hinterlassen hatte.

Von der Höhe der Trittleiter fiel sein Blick auf die beiden Frauen, die nebeneinander im Blumenbeet standen. Im selben Moment war dem Oberkommissar klar, was ihm die ganze Zeit nicht hatte einfallen wollen. Er wollte sich mit der flachen Hand an die Stirn schlagen, aber dafür war sein Stand auf der obersten Leiterstufe doch nicht sicher genug.

33.

Ekinci stöhnte, und selbst das tat weh. Sein Gesicht war eine einzige geschwollene Masse mit zwei verklebten Schlitzen anstelle der Augen. Seine Lippen waren wulstig und taub, zwei bizarre Fremdkörper. Seine Nase fühlte sich an, als sei sie gebrochen. Wie viele Male, konnte er nicht sagen. Sie hatten ihn abwechselnd festgehalten und geschlagen, immer ins Gesicht, immer wieder, bis er am Boden lag. Und dann hatten sie getreten, die Männer ebenso wie die Frau, mit Schuhen, die dafür gemacht zu sein schienen, andere damit zu quälen. Die Frau hatte ein ärmelloses Top getragen und Shorts, richtige Hot Pants, eng und sexy. Dazu Schuhe von Doc Martens. Sie hatte gelacht, während sie ihn trat, laut und hell gelacht, weil er es immer noch nicht sein lassen konnte, sie anzustarren.

Er hatte es verdient, ausgelacht zu werden, dachte Nidal Ekinci. Wie konnte er sich so wenig im Griff haben! Das sollte, das musste ihm eine Lehre sein, schwor er sich hoch und heilig. Sofern er noch dazu kam, diese Lehre auch zu ziehen. Zweifel waren angebracht.

Wegen seines zweitbesten Sakkos brauchte er sich keine Illusionen zu machen, das war hinüber. Endgültig. Es war mit verkrusteten Blutflecken übersät, mehrfach eingerissen und an den Ellbogen durchgescheuert, als sie ihn über den Hof in dieses Nebengebäude gezerrt hatten. Dass er sich übergeben hatte, weil sie ihn auch in den Magen getreten hatten, war noch das geringste Problem. Dieses Nebengebäude jedoch war einmal ein Stall gewesen, anscheinend vor Kurzem noch; Birgit Hemken hatte ihn wohl nachträglich zugekauft oder gepachtet. Und sich nicht die Mühe gemacht, die Koben und Rinnen gründlich reinigen zu lassen. So lag Ekinci mit seinem zweitbesten Sakko jetzt auch noch in den Resten der Hinterlassenschaften von Schweinen. Ausgerechnet!

Er wusste nicht genau, wie lange er hier schon lag. Lange genug jedenfalls, dass sein Sakko sich mit Jauche vollgesogen hatte. Der Geruch musste intensiv sein, sonst hätte er ihn durch seine zerschlagene Nase nicht so deutlich wahrnehmen können. Sogar seine verklebten Augen tränten.

Sie waren zu viert gewesen, Birgit Hemken und drei Männer, zwei davon auffallend groß. Vier Leute in vier Paintballoveralls. Zwölf statt zehn also im Bestand, ein Dutzend, sein Denkfehler. Aber ein unwichtiger, denn mit einem Gewehrlauf im Rücken hätte er sich auch gegen nur zwei Angreifer nicht wehren können.

Alle vier hatten sich an ihm müde geprügelt, gedroschen und getreten. Dann hatten sie ihn in den Stall verfrachtet, in der Gülle gewälzt und mit seinen eigenen Handschellen gefesselt. An einen hüfthohen Stahlbügel, der an einen Wellenbrecher vor einem Fußballstadion erinnerte, nur dicker und stabiler, mit beiden Enden fest im Boden einbetoniert. Wozu mochten die Dinger mal gedacht gewesen sein? Um fette Sauen von noch fetteren Ebern zu trennen? Jetzt hing er an einem dieser enormen Stahlrohre fest, von denen er nur loskommen konnte, wenn er bereit war, sich eine Hand abzubeißen.

Die vier hatten noch allerhand geredet während der Prozedur. Laut, hämisch, bedenkenlos. Der da, der zerschlagene Typ mit dem Jauchensakko und den gefesselten Händen, der spielte doch keine Rolle mehr! Der war quasi schon … tot? So gut wie tot? War er das schon?

Tot. Das Wörtchen tat seine Wirkung wie ein heller Glockenschlag. So gut wie tot. Aber getötet hatten sie ihn nicht. Warum nicht? Weil sie außer Landes flüchten wollten, irgendwohin, wo es kein Auslieferungsabkommen gab? Sicher nicht. Aber dann durften sie ihn auf keinen Fall freilassen, überlegte Ekinci. Nicht nach dem, was sie ihm angetan hatten. Sie mussten ihn töten. Und seine Leiche verschwinden lassen. Warum hatten sie das noch nicht getan?

Der Oberkommissar ordnete seine Gedanken. Es gelang ihm besser und besser. Leider wurde mit dem Denken auch der Schmerz immer klarer und pointierter. Ohnmacht war eben etwas Gnädiges. Aber für Gnade hatte er gerade keine Verwendung. Ebenso wenig wie seine vier Peiniger.

Sie hatten ihn nicht getötet, weil sie noch eine Verwendung für ihn hatten. Vielleicht nur eine mutmaßliche Verwendung – »Lass ihn liegen, man kann nie wissen!« – Verwendung wofür? Und als was? Als Zahlungsmittel, als Tauschobjekt? Nidal Ekinci schloss die Augen, aber das half nichts. Diese Erklärung blieb eine halbe.

Es gab aber noch eine andere: Sie hatten ihn nicht getötet, weil sie dazu keine Erlaubnis besaßen. Weil Töten nicht zu ihrem Kompetenzbereich gehörte. Für normale Menschen klang das nach Irrsinn, für organisierte Verbrecher dagegen zwingend logisch. Ekinci kannte sich aus.

Waren das organisierte Verbrecher? Diese vier jungen Leute, okay, also vier überwiegend noch junge Leute, Paintballer, Spielkälber, Tagediebe? Auf Plattdeutsch »Unnösel«, das hatte er gelernt. Sahen so Soldaten einer Mafia-Armee aus? Klare Antwort: natürlich. So oder ganz anders, aber eben auch so.

Zwei junge Männer, beide groß, der eine schlank, der andere bullig. Maik und Marcel Hofmann. Welcher war wer? Egal – junge Kerle dieser Art waren doch nur Verbrauchsmaterial. Das galt für jede Armee der Welt, die legalen wie die illegalen. Bestimmt auch für rechtsradikale Kriegervereine wie NeroZero.

Der dritte Mann, kleiner und nicht mehr ganz so jung, schien ein anderes Kaliber zu sein. Schneidiger Typ, hatte das Zeug zum Offizier, noch kein Anführer, aber im Aufstieg begriffen. Er war Ekinci bekannt vorgekommen. Hatten sich ihre Wege früher schon mal gekreuzt?

Und die Nummer vier. Der kleine Teufel mit dem Elfengesicht. Mit dieser unglaublichen Figur, dieser bezaubernden Ausstrahlung! Selbst hinter blutigen Lidern stand ihr Bild ihm wie eine himmlische Verlockung vor den zerschlagenen Augen. Oh ja, ein Zauber, keine Frage! Aber ein böser Zauber. Also ein Fluch. Welchen Rang mochte sie in der Hierarchie des Bösen bekleiden? Der Oberkommissar hatte keine Vorstellung. Damit kannte er sich nicht aus.

Inzwischen war sein Geist richtig wach, und sein Körper, bebend vor Schmerzen, begann, auf Signale zu reagieren. Er klammerte sich mit beiden Händen an den Bügel, an den er gefesselt war, und zog sich mühsam zum Sitzen hoch. Zeit für eine Bestandsaufnahme. Pistole und Smartphone hatten sie ihm weggenommen, klar, und auch seine Taschen ausgeleert. Papiere, Geldbörse, Schlüssel, Taschenmesser, alles weg. Den Gürtel hatten sie ihm gelassen, aber das hier war ja auch kein Gefängnis. Es war weit schlimmer.

Der Stall war weitläufig und hoch, die Fenster waren klein und sehr schmutzig. War es deswegen so dämmerig hier drinnen, oder wurde es bereits Abend? Schwer zu sagen. Möglicherweise war er längere Zeit besinnungslos gewesen, auch wenn er sich daran nicht erinnern konnte.

Fünf dieser Bügel waren nebeneinander in den Betonboden eingelassen; ihn hatten sie an den gefesselt, der der Seitentür, durch die sie ihn hereingeschleift hatten, am nächsten lag. Entlang der Wände standen und hingen allerhand Gerätschaften, die vermutlich alle mit Ackerbau und Viehzucht zu tun hatten und ihm vollkommen fremd waren; er war ein Stadtmensch, immer gewesen, und das aus Überzeugung. Mit einem Haufen Autoteile, die gleich daneben aufgestapelt lagen, konnte er schon mehr anfangen. Alte Kotflügel, Türen und Haubenbleche ließen vermuten, dass dieser Teil des Stalls einmal einem Autobastler als Lager gedient hatte. Aber dieses Zeug befand sich meterweit außerhalb von Ekincis Reichweite.

Durfte er auf Hilfe von seinen Kollegen hoffen? Die mussten ihn hier erst einmal finden. Beziehungsweise Stahnke müsste das, die anderen hatten überhaupt keine Ahnung, wo er hingewollt hatte. Hätte er doch Kramers Anruf vorhin entgegengenommen! Nidal Ekinci seufzte laut.

Von irgendwoher kam ein Echo. Das kam ihm merkwürdig vor, denn eigentlich war dieser Stall trotz seiner Größe überhaupt nicht hallig. Zur Überprüfung wollte er einen Ruf ausstoßen, brachte aber nur einen heiseren Krächzer hervor. Sofort schmeckte er wieder Blut in seinem Mund. Und natürlich hörte er keinerlei Echo.

Vorhin, als seine vier Peiniger auf ihn eingeschrien hatten, laut und wild und durcheinander, hatte es auch kein Echo gegeben. Für die kaum noch verständliche Kakophonie hatten die Leute mit ihrem Gebrüll selbst gesorgt. Fetzen davon stiegen aus seiner Erinnerung hoch. »Umnieten« war darunter, »abschlachten« gehörte dazu. Sogar »auslöschen«. Irgendwer sollte »ausgelöscht« werden, eine größere Gruppe wohl, mit »Eiern« und »Mähmaschinen«. Dass diese Eier Handgranaten waren, konnte Ekinci nur raten. Was unter den »Mähmaschinen« zu verstehen war, hatten die beiden großen Kerle aber sehr anschaulich vorgespielt. Maschinenpistolen.

Die Gruppe plante einen Anschlag. Etwas Größeres, ein Blutbad. Nur wo? Und an wem?

Auch darüber hatten die NeroZero-Terroristen allerhand durcheinander gebrüllt. Nigger, Türken, Migrantenpack, okay, so etwas schrien solche Leute reflexhaft, das ließ keine konkreten Rückschlüsse zu. Die Typen konnten sowieso keinen Türken von einem Kurden unterscheiden und keinen Libanesen von einem Marokkaner.

Was noch? Nidal Ekinci wollte sich die Stirn reiben, mit sämtlichen Fingern, das half manchmal. Aber als er es versuchte, spannte sich die Handschellenkette an dem Stahlbügel, den er gezwungenermaßen umarmte, und unterband seine Bewegung. Und als er stattdessen seinen Kopf nach vorne neigte, stieß er mit der Stirn an das dicke, unverrückbar einbetonierte Stahlrohr. Das Geräusch erinnerte an einen dumpfen Gong.

Als es verklang, war da noch etwas anderes. So wie vorhin. Das war kein Echo, stellte Ekinci fest, das war eine Stimme, die von draußen kam! Jemand hatte jemand anderem etwas zugerufen. Anscheinend ein Mann. Da, eben wieder! Ein lauter Ruf aus größerer Entfernung, hier drinnen gerade noch hörbar. »Bölken« nannte man diese Art der Kommunikation – noch so ein Wort aus Ekincis frisch erworbenem Schatz. Hier auf dem Land, wo die Grundstücke groß waren und die Häuser weit auseinander standen, schien es üblich, sich auf diese Weise zu unterhalten. Ging gar nicht anders.

Er lauschte auf die Antwort, konnte aber keine vernehmen. Also stand der Gesprächspartner wohl noch weiter weg. Wenig Chancen für ihn, selbst durch Rufen auf sich aufmerksam zu machen, zumal er nur mit Mühe und Schmerzen einen Ton hervorbrachte. Ekinci stellte sich den Rufer vor, einen älteren, beleibten Mann, der hemdsärmelig und mit Hosenträgern auf seiner Scholle stand, selbstzufrieden an seiner Stummelpfeife nuckelnd …

Pfeife! Jetzt fiel es ihm wieder ein. Davon hatten die vier Terroristen gesprochen, vielmehr gebrüllt. Den »widerlichen Wasserpfeifenlutschern« hatten sie die Auslöschung angedroht. Offenbar planten sie den Überfall auf eine Shisha-Bar. Wo in der Nähe gab es welche? In jeder größeren ostfriesischen Stadt. Welche war von hier aus die nächste? Das war Leer, die Kreisstadt, das Mittelzentrum auch für die Gemeinde Moormerland und damit für Warsingsfehn und Jheringsfehn. In Leer kannte Ekinci zwei Shisha-Bars, eine im Innenstadtbereich, eine gleich am Ortseingang, in Loga, nicht weit von der Autobahn. Welche davon würde er aufs Korn nehmen, wenn er einen Terrorüberfall plante? Mit mehreren Autos vorfahren, rein in den Laden, Waffen leerschießen, schnell raus und weg – wo ging das am besten? Keine Frage. In Loga.

Draußen bölkte wieder die Männerstimme. Der Typ schien die Ruhe weg zu haben, aber ewig würde er dort sicher nicht stehen. Nidal Ekinci musste sich bemerkbar machen, jetzt gleich, sofort. Bloß wie? Er schaute sich im Halbdunkel seines Gefängnisses um und hoffte auf eine zündende Idee.

34.

Als Stahnke aufwachte, dröhnte sein Kopf, und alles um ihn herum dröhnte auch. Es war stockdunkel und eng, seine Unterlage hart. Er musste ins Innere der Trommel eines Riesen geraten sein. Gerade traf ihn wieder ein mächtiger Schlag von unten und katapultierte ihn an die Decke. Er schrie auf und wollte sich abstützen, aber das ging nicht, denn seine Hände waren gefesselt, auf dem Rücken. Seine Beine konnte er nicht einmal ausstrecken.

In seiner langen Polizeilaufbahn war er schon mehrmals niedergeschlagen, betäubt, gefesselt, eingesperrt oder verschleppt worden. Auch angeschossen oder sonst wie verletzt. Das aber war neu. Wo war er hier, was hatten die Kerle mit ihm gemacht?

Der Boden unter ihm wippte, eine starke Verzögerung ließ ihn zur Seite rollen, ein paar Handbreit nur, dann war da eine Wand. Außerhalb seiner Trommel quietschte es, dann ertönte eine Hupe. Da hatte er bereits kapiert, dass sie ihn in einen Kofferraum gesperrt hatten. Von welchem Auto wohl? Er tippte auf einen schwarzen Audi mit der Nummer AUR – AH 818.

Der Wagen beschleunigte. Waren sie auf der Autobahn? Eher nicht, dachte Stahnke, denn das Fahrzeug bockte und rumpelte erheblich. Die Stöße taten weh, in seinem Kopf ebenso wie in seinen strapazierten Arm- und Schultergelenken. Und in seiner Blase. Wie lange hielten ihn die NeroZero-Leute nun schon gefangen? Mehrere Stunden mussten es schon sein, denn die Blase spannte stark, obwohl er heute seit dem Mittagskaffee nichts mehr getrunken hatte.

Der Wagen verzögerte, kam zum Stillstand. Bog ab, wodurch Stahnkes Nacken gestaucht wurde, fuhr wieder schneller. Einige Male ging das so, rechts herum und links herum, mal schneller, mal langsamer. Dann fuhr das Auto eine Weile gleichmäßig flott und geradeaus. Danach zwei Schlenker kurz hintereinander, und der Wagen stand. Ein zweiter Motor näherte sich, knurrte laut und drohend, ehe er erstarb. Türen knallten. Wurde es ernst?

Die Kofferraumhaube hob sich elektrisch. Stahnke musste blinzeln, kniff die Augen vor dem ungewohnt hellen Sonnenlicht zusammen. Mit Verspätung erkannte er, dass es nicht die Sonne, sondern eine Taschenlampe war, die ihn blendete. Es dämmerte, der Abend war angebrochen.

Hinter der Taschenlampe standen zwei Männer, nur als

Umrisse erkennbar. Zwei hohe und breite Silhouetten. Die Makler-Brüder Hofmann? So groß schienen sie wiederum nicht zu sein, dachte Stahnke. Wer dann?

Der mit der Lampe gab dem anderen einen Wink. Der andere Mann beugte sich vor, packte Stahnke mit beiden Händen am Kragen, drehte ihn herum und zog ihn rücklings und ruppig aus dem Kofferraum. Der Gefesselte schürfte sich die Handgelenke an der Ladekante auf, stieß sich die Kniekehlen und prellte sich die Fersen, gab aber keinen Laut von sich. Egal, wohin dies führt, dachte er, den Gefallen tue ich denen nicht.

Stehen bleiben konnte er allerdings nicht, denn seine Beine wollten ihn nicht tragen. Der grobe Mann brachte ihn in eine sitzende Position, lehnte ihn gegen den Wagen wie einen Kartoffelsack. Stahnke erhaschte einen Blick auf das Nummernschild. Hayungas Wagen, wie vermutet. Der Mann, der ihn herausgezerrt hatte, war Heinz, der Barmann mit dem Steingesicht. Auch jetzt verzog er keine Miene.

Der andere Mann ging vor Stahnke in die Hocke, während aus dem großen dunklen Transporter, der hinter dem Audi angehalten hatte, mehrere Männer ausstiegen, große, athletisch wirkende Männer in schwarzer, eng anliegender Kleidung. Mehrere von ihnen schlugen sich seitwärts in die Büsche. Der Platz, auf dem sie parkten, war geschottert und von dichtem Gestrüpp umgeben. Anscheinend war man hier ungestört.

Die Hockende knipste die Taschenlampe aus. »Du kannst einiges wegstecken, Herr Hauptkommissar«, sagte er. »Bist noch einer vom alten Schlag, was, Stahnke?«

»Du kannst mich auch mal, Albert Hayunga«, knurrte Stahnke zurück. »Los, nimm mir die Fesseln ab, dann zeig ich dir, von welchem Schlag ich bin.«

Die jungen Männer, die sich im Hintergrund halblaut unterhalten hatten, verstummten. Steingesicht Heinz baute sich drohend hinter dem Hockenden auf. Der aber lachte. »Bell du nur«, sagte er leise. »Du zahnloser Köter! Weißt du überhaupt, warum du noch die Puste hast, um hier herumzukläffen? Weil du noch genau einen Auftritt zu absolvieren hast. Für uns. Nur darum! Danach hast du ausgeschissen.«

»Pissen würde mir reichen für den Moment«, erwiderte Stahnke. Er starrte Hayunga ungerührt ins Gesicht. Jahrelang arbeitete er nun schon mit seinem Kollegen Kramer zusammen, versuchte Tag für Tag, dessen Pokerface zu imitieren. Das zahlte sich jetzt aus.

Hayunga streckte einen Arm aus, ließ sich von Barmann Heinz auf die Füße helfen. Auf dem groben Schotter boten seine plumpen Schuhe keinen sicheren Halt. »Soll ich dich gleich hier auspusten lassen?«, zischte er Stahnke an. »Provozierst du mich deswegen? Damit du die Rolle, von der ich sprach, nicht mehr spielen kannst? Du irrst dich, mein Lieber! Es ist nämlich keine Hauptrolle. Du wirst deinen letzten Furz als Statist lassen, so wie du dein ganzes Leben einer gewesen bist.« Er schwankte ein wenig; als Heinz ihn stützen wollte, stieß er ihn grob zur Seite. »Ich war auch Statist, die meiste Zeit meines Lebens! Bis mir so ein verfickter Sandneger die Füße kaputtgeschossen hat. Danach hab ich's endlich gemerkt. Rechtzeitig für einen Rollenwechsel. Aber genug gequatscht, es wird Zeit.« Er gab Heinz einen Wink: »Mach ihn los und lass ihn pissen! Nicht, dass er uns noch den Kofferraum einsaut.«

»Jawohl, Herr General«, antwortete Heinz.

35.

Das Geschoss in seiner Jackentasche fühlte sich nicht nur schwer an, sondern auch heiß – so heiß, dass er fürchten musste, es könnte sich jeden Moment durch das Taschenfutter brennen. Das Ding wollte ins Labor, und zwar schnell, auf der Stelle! Kramer jedoch hatte zuerst noch etwas anderes zu klären. »Bitte zeigen Sie mir Ihre Gummistiefel!«, sagte er.

»Wie bitte?« Die weißhaarige Dame, die händeringend und mit Tränen in den Augen verfolgt hatte, wie der Oberkommissar mit seinem Taschenmesser die Gewehrkugel aus dem Stamm ihrer geliebten Tulpenmagnolie gepult hatte, schnappte empört nach Luft. »Wieso das denn jetzt noch? Was ist denn mit meinen Stiefeln nicht in Ordnung?« Trotz ihrer ablehnenden Worte präsentierte sie ihm ihre winzigen Füße, einen nach dem anderen.

»Entschuldigung, ich meinte nicht Sie«, sagte Kramer. »Frau Fecht, wenn ich Sie bitten dürfte?«

»Meine Gummistiefel?« Die Witwe lachte künstlich. »Bitte, wenn Ihnen das etwas gibt!« Beim Übersteigen des kniehohen Zauns verlor sie erneut einen ihrer offenen Schuhe.

Die Gummistiefel standen immer noch am Terrassenrand. An ihnen war nichts Besonderes, gar nichts, außer, dass sie neuwertig aussahen. Und dass sie die Größe 44 hatten.

»Ihre Stiefel?«, fragte der Oberkommissar und musterte Cornelia Fechts Füße. Besonders klein und zierlich waren die nicht, aber sicher kleiner als Größe 40.

Frau Fecht zuckte mit den Schultern. »Unsere. Carsten hat sie gekauft, als unser Garten gerade neu angelegt war, aber so gut wie nie verwendet. Für mich lohnt es sich auch nicht, eigene anzuschaffen. So selten, wie ich in den Garten gehe! Klar, in diesen Torfkähnen rutsche ich hin und her, aber ich will damit schließlich keine Rennen laufen, nicht wahr?«

Kramer nickte. Er ging hinüber zu der Stelle, an der die Hausherrin vorhin das Blumenbeet verwüstet hatte, und musterte die Sohlenabdrücke in der weichen Erde. Sie waren etwas verwischt, aber deutlich erkennbar, genau wie der, den die Spurensicherung nach dem Mord an Carsten Fecht hier im Garten gefunden hatte. Wenn man wusste, wonach man suchte, konnte man ahnen, dass die Abdrücke nicht ganz so tief waren wie die eines hochgewachsenen und entsprechend schweren Mannes. Aber hinterher war man immer schlauer.

Die fragliche Spur konnte also so gut wie jeder hinterlassen haben, der Zugang zu solch einem Stiefel hatte, egal ob Mann oder Frau, Schuhgröße 44 oder kleiner – und zwar mit voller Absicht, denn anders war solch ein einzelner sauberer Abdruck nicht zu erklären. Diese Spur war eine falsche. Wer hatte sie damit täuschen wollen?

»Wo bewahren Sie diese Stiefel auf?«, fragte der Oberkommissar. Weder im Haus noch bei den Gartengeräten hatten seine Kollegen nach der Tat welche gefunden.

»Im Kofferraum«, erwiderte Cornelia Fecht und wedelte mit der Hand vage in Richtung Straße. »Man weiß ja nie. Manchmal muss ich auch bei meiner Mutter mal in den Garten.«

»Im Kofferraum Ihres Wagens also?«

»Na sicher! In seinem tollen Porsche hätte Carsten doch

so etwas nicht geduldet.« Cornelia Fecht verdrehte die Augen. »Außerdem hat er mein Auto sowieso immer als Zweitwagen genutzt, wenn sein Goldstück mal wieder in der Werkstatt war. Oft genug, ohne mich vorher zu fragen! Jedenfalls liegen die Stiefel immer da drin, wenn ich sie nicht gerade benutze.« Sie schaute Kramer herausfordernd an.

Der schaute unbewegt zurück. »Frau Fecht, darf ich Sie bitten, mich in die Polizeiinspektion zu begleiten? Ich würde Ihre Aussage gerne aufnehmen. Und die Gummistiefel ins Labor bringen, zusammen mit dem Geschoss, das ich gerade im Baum Ihrer Nachbarin entdeckt habe. Bei der Gelegenheit können wir dann Ihre Hände gleich auf Schmauchspuren untersuchen lassen.«

»Schmauchspuren? Sie meinen – ob ich geschossen habe?« Sie starrte ihn großäugig an, versuchte ein ungläubiges Lachen, das ihr jedoch im Hals steckenblieb. »Ernsthaft jetzt?«

»Frau Fecht«, sagte Kramer ernst. »Das Geschoss hat den Schädel Ihres Mannes durchdrungen und dann den Baumstamm gegenüber getroffen. Dass wir es nicht gleich entdeckt haben, liegt daran, dass meine Kollegen unter falschen Voraussetzungen gesucht haben.« Mit beiden Armen versuchte er, die Flugbahn eines Geschosses anzudeuten. »Sie gingen davon aus, dass der Schütze ein Mann war – mit entsprechender Körpergröße. Dann wäre das Projektil auf der anderen Straßenseite deutlich niedriger eingeschlagen. Wie groß sind Sie?«

»Ein Meter 63«, antwortete Cornelia Fecht wie gegen ihren Willen.

»Damit läge der Abschusspunkt also deutlich niedriger als bei einem durchschnittlich großen Mann«, dozierte Kramer. »Die Zielhöhe dagegen bleibt jeweils gleich – der Kopf

Ihres Mannes. Jenseits der Straße jedoch wäre die Höhendifferenz der Geschossbahn dann schon erheblich.« Er hob seinen linken Arm deutlich an. »In dieser Höhe haben unsere Kriminaltechniker einfach nicht gesucht.«

Cornelia Fecht erwiderte nichts. Sie war leichenblass geworden.

36.

Nidal Ekinci umarmte den einbetonierten Stahlbügel. Zwangsweise, denn seine Handgelenke waren dahinter durch Handschellen miteinander verbunden. Diese Art der Fesselung ließ ihm einigen Bewegungsspielraum; so hätte er sich hinstellen, setzen oder hinlegen können. Problematisch wurde es, sobald er beide Hände benutzen wollte. Das war nicht nur schwierig, das war praktisch unmöglich.

Komplett ausgeschlossen war es, sein stinkendes Sakko auszuziehen. Nicht des Gestanks wegen, sondern weil er etwas damit versuchen wollte. Es war jedoch physikalisch unmöglich, solange er die Stahlbänder nicht abbekam. Seine Hose, ja, die hätte er ausziehen können. Aber so weit wollte er nicht gehen.

Blieb der Gürtel. Aus dem konnte er sich herauswinden; auch einen Schuh auszuziehen, war nicht weiter schwierig. Der hatte zum Glück ein Schnürband, das Ekinci an der Gürtelschnalle festknotete. So weit, so gut. Aber jetzt! Er war weder Angler noch Lassowerfer. Mit gefesselten Händen schon gar nicht.

Der erste Wurf wäre beinahe schon der letzte gewesen, denn das Gürtelende rutschte ihm aus der verschwitzten Hand. Der Schuh schlitterte über den staubigen Boden und zog den Ledergürtel mit sich wie eine widerspenstige Schlange. Der Oberkommissar schimpfte, dass ihm die Lippen bluteten. Er musste sich flach auf den Bauch legen, die Arme über den Kopf strecken, so weit es ging, und mit aller Kraft an den Handschellen ziehen, bis der Schmerz in den Handgelenken unerträglich wurde. Erst dann konnte er mit der anderen Schuhspitze den verlorenen Gürtel erreichen und ihn ganz vorsichtig, Zentimeter für Zentimeter, zurück in seine Reichweite ziehen. Als er das geschafft hatte, fühlte er sich so ausgepumpt wie nach einem Marathonlauf. Zwar hatte er in seinem Leben noch nie einen absolviert, aber so musste es sich anfühlen.

So, neuer Versuch. Diesmal legte er sich hinter den Stahlbügel, stemmte sich mit der Schulter dagegen, um seine Armlänge voll ausnutzen zu können. Und er warf den Schuh nicht, er schleuderte ihn, sodass der Gürtel voll gestreckt war, als er sein Ziel traf. Ekinci hielt den Atem an. Was passierte jetzt?

Gar nichts passierte. Der Turm aus Autoteilen, den er ins Visier genommen hatte, stand wie eine Eins. Mehrere aneinander gelehnte Türen bildeten das Fundament, Motor- und Kofferraumhauben formten eine Deckschicht, gekrönt von allerlei Kotflügeln, Scheinwerfern, Spiegeln und anderem

Zeug. Die Konstruktion sah filigran und wackelig aus, war jedoch überraschend stabil. Man sollte diese Dörfler nicht unterschätzen, dachte Nidal Ekinci. Verdammt!

Draußen ließ sich der ferne Rufer erneut vernehmen. Klang das etwa wie ein Abschiedsgruß? Wenn dieser Mann erst seine Haustür hinter sich geschlossen hatte, war alles zu spät. Ekinci musste handeln, und zwar sofort.

Der Schuh am straff gespannten Gürtel hatte sich hinter der Unterkante der vordersten Tür verklemmt. Vorsichtig begann der Oberkommissar zu ziehen, wie ein Angler, der einen großen Hecht nicht durch unbedachtes Reißen vorzeitig vom Haken verlieren wollte. Der Schuh hielt. Ekinci erhöhte den Zug. Jetzt nur nicht abrutschen mit den schweißnassen Händen!

Die vorderste Autotür kratzte über den Boden. Erst nur ein paar Zentimeter, dann begann sie zu rutschen und fiel scheppernd zu Boden. Mäßig laut scheppernd. Der Rest des Blechturms blieb ungerührt stehen.

Ekinci fluchte und lauschte. Stellte fest, dass beides zugleich keinen Sinn ergab, und biss sich auf die blutigen Lippen. Nun schrie er vor Schmerz. Verflucht! Viel Lärm war das nicht gewesen. Hatte er ausgereicht, um den Nachbarn dort draußen herzulocken? Er hielt den Atem an.

Alles, was er hören konnte, war ein leichtes Schaben. Dann noch ein Quietschen. Und plötzlich stürzte der ganze Blechturm doch noch ein. Diesmal übertraf der Lärm all seine Vorstellungen. Trommelbands, Percussion-Ensembles, Marching Drum-Lines, mittlere Auffahrunfälle – all das war nichts gegen das Getöse, das durch den gesamten Stall und gegen seine Trommelfelle brandete. Es grenzte an eine Explosion! Und wie bei einer echten Explosion kam nach dem Schall der Staub. Dicke, gut abgelagerte Schichten mussten das gewesen sein. Jetzt drängte ein Großteil davon in seine Augen und durch Mund und Nase in seine Bronchien. Ekinci hustete, röchelte und spuckte.

Dann lauschte er. Wie lange konnte es dauern, vom Nachbarhaus bis hierher zu gehen, von der Neugier getrieben? Eine Minute oder zwei? Man durfte den Graben und die Brücken nicht vergessen. Vielleicht klingelte der Nachbar auch zuerst beim Wohnhaus, versuchte, Birgit Hemken zu informieren, dass in ihrem Nebengebäude irgendetwas umgefallen war, etwas Größeres. Wie lange dann? Drei Minuten, vier, fünf?

Längst atmete Nidal Ekinci wieder. Das war wieder möglich, weil der Staub sich bereits setzte. Hatte das alles nichts gebracht? Es war zum Verzweifeln.

Das leise Kratzen hätte er fast überhört. Kam es von der Tür? Oder hatte sich nur irgendwo ein Blechteil verkeilt, um sich verspätet zu lösen und gleich zu Boden zu scheppern? Nein, es kam von der Tür, eindeutig. Und das unterdrückte Gemurmel auch. Das schien Plattdeutsch zu sein, aber von der Sorte, die Nidal Ekinci noch nicht verstand. Dazu musste man wohl hier geboren sein, dachte er, während er alle Luft sammelte, die sein geschundener Körper aufnehmen konnte. »Hey!«, rief er so laut, dass es ihn schier zerriss. »Hey, ich bin hier drinnen! Bitte helfen Sie mir! Hey, hallo, Hilfe!«

Als er keuchend verstummte, hatte das Kratzen aufgehört. Auch die plattdeutsche Stimme war verstummt. Panische Angst griff nach Ekincis Eingeweiden und quetschte sie zusammen. Hatte der Nachbar aufgegeben? War er schon wieder verschwunden?

Im nächsten Augenblick flog die Seitentür auf, so heftig, dass sie wuchtig an der anderen Seite gegen die Wand krachte. Dämmeriges Abendlicht fiel von draußen herein und fing sich in großen Staubwolken, die erneut aufgewirbelt worden waren. In der Türöffnung stand ein stämmiger älterer Mann, die linke Schulter noch zum Stoß vorgeschoben, und schaute missbilligend auf das Chaos aus Autoteilen. »Watt is datt dann hier?«, knurrte er. Dann fiel sein Blick auf Ekinci. »Un well büst du?«

Wer ich bin, will er wissen, kombinierte der Oberkommissar. »Polizei!«, krächzte er mühsam. »Ich …« Mehr brachte er nicht heraus, der Staub gab seiner Stimme den Rest. Außerdem fiel ihm ein, dass er nichts mehr bei sich hatte, um sich auszuweisen. Ob dieser eingeborene Moormerländer einem wie ihm ohne Legitimation abkaufte, bei der Kriminalpolizei zu sein?

»Polizei, ganz genau!« Der stämmige Alte stemmte die Fäuste in die Seiten und machte sich damit noch breiter, als er ohnehin war. »Dor will ick di woll henbrengen, weetst Bescheed! De sallen dor wall achter komen, watt du hier anricht' hest.« Er stapfte auf Ekinci zu und streckte seine Hand aus. »Kumm du man eben mit mi mit!«

Er hält mich für einen Einbrecher, dachte Nidal Ekinci. Er hatte zwar nur die Hälfte verstanden, aber so viel war klar. Dachte der Mann, er wäre hier eingedrungen, um alte Autoteile zu stehlen? Und wäre dabei versehentlich unter die Lawine geraten, die er selbst ausgelöst hatte? Nun ja, wenn jemand diesen Schrott für wertvoll genug hielt, um ihn aufzuheben, dann mochte es auch jemanden geben, der ebenso dachte und das Zeug stehlen wollte. Die Wunden in Ekincis Gesicht waren durch das ihn umgebende Chaos gut zu erklären – nicht jedoch die Tatsache, dass er hier mit seinen eigenen Handschellen an den Stahlbügel gekettet war. Merkte der Typ das denn nicht? Vorwurfsvoll hob Ekinci die gefesselten Hände.

»Nu kiek eens an!«, staunte der stabile Mann. »Hebben de Schandarms all hier west? Wo kann datt dann angohn?«

Der Oberkommissar räusperte sich, dann riss er seinen Mund so weit auf, wie die Schwellungen und Blutergüsse es zuließen. »Der Gendarm bin ich!«, stieß er hervor. »Ich bin Polizist! Oberkommissar aus Leer! Mehrere Leute haben mich überwältigt, zusammengeschlagen und hier angeschlossen. Schlüssel und alles andere haben sie mir geklaut. Hören Sie, Sie müssen …« Keuchend hielt er inne. Zu mehr reichte seine Puste nicht. Hatte er den Mann überzeugen können? Und falls ja, was sollte der tun? Stählerne Handschellen waren auch mit einer Metallsäge nicht so einfach zu knacken.

Der mutmaßliche Nachbar jedoch nickte zustimmend. »So ist dat! Ick harr mi all wunnert.« Mit diesen Worten zog er Ekincis Schlüsselbund aus der Jackentasche. »Ich docht, een van de Schlötels hörr to de Döör hier, man keeneen wull passen. Und de hier was vööls to lütjet.« Er hielt den kleinsten Schlüssel aus dem Bund hoch. Es war der Handschellenschlüssel.

37.

»Sie spinnen doch«, sagte Cornelia Fecht. Nicht zum ersten Mal.

Kramers Stoikermiene blieb unbewegt. Er war Beleidigungen gewohnt. Hatte hier und jetzt auch Schlimmeres erwartet. Eine wie die Witwe von Carsten Fecht, hatte er gedacht, eine aus dem regionalen Politadel, die es gewohnt ist, jeden Wunsch von den rot angepinselten Lippen abgelesen zu bekommen, so eine rastet doch aus, die brüllt den ganzen Laden zusammen, ehe sie zuletzt einknickt. Aber nichts davon. Das eine war bisher noch nicht passiert, das andere nicht absehbar.

»Ich habe für die Tatzeit ein Alibi«, beharrte Cornelia Fecht. »Ich war den ganzen Tag über bei meiner Mutter, hab' sie gepflegt. Von mittags bis abends. Die Putzfrau kann das bezeugen. Die Pflegerin auch.«

»Geputzt wurde bis 17 Uhr«, sagte Kramer. »Der Pflegedienst verließ das Haus eine Stunde später. Ab dann waren Sie mit Ihrer Mutter allein. Und Ihre Mutter war leider die meiste Zeit nicht bei Bewusstsein, wegen ihrer opiathaltigen Medikamente. Ich fürchte, dass Sie für die Tatzeit leider kein Alibi haben.«

»Aber ich war es nun einmal nicht«, wiederholte Frau Fecht. »Wie können Sie das nur behaupten? Sie spinnen doch.«

Sie schaute ihn an, offen und provokant. Aber nicht lange, dann senkte sie ihre Wimpern. So sah Schuldbewusstsein aus, das wusste Kramer aus langjähriger Erfahrung. Aber war das gleichbedeutend mit Schuld?

»Als wir Sie nach dem Mord an Ihrem Mann benachrichtigt haben, sind Sie nicht gleich gekommen«, sagte Kramer.

Sofort traf ihn Cornelia Fechts wütender Blick, ohne Wimpernabblendung und voller Hass. »Dieser Hurenbock von einem Drecksack! Sollte ich für den auch noch meine kranke Mutter allein lassen? Wer den aus der Welt geschafft hat, der hat sich einen Orden verdient. Das habe ich Ihrem jungen Kollegen schon erzählt.«

»Wiederholte eheliche Untreue ist ein starkes Mordmotiv«, sagte Kramer ganz ruhig.

»Mag sein. Kann ich gut nachvollziehen. Trotzdem war ich es nicht.« Wieder senkte Cornelia Fecht den Blick. Was hatte sie zu verbergen? Etwa doch den Mord an ihrem Mann?

Der Vernehmungsraum, in dem sie saßen, war denkbar nüchtern eingerichtet, geradezu kahl. Nicht einmal einen venezianischen Spiegel gab es, nur eine altmodisch klobige Kamera über dem quadratischen Resopaltisch, an dem sie einander gegenübersaßen, und Kramers Diensthandy, das zwischen ihnen auf der Tischplatte lag, um das Gespräch aufzuzeichnen. Er durfte nicht vergessen, anschließend die Audiodatei ins Schriftliche übertragen zu lassen, überlegte Kramer. Rieken oder van Dieken konnten sie abtippen. Am besten überspielte er alles auf einen USB-Stick …

USB-Stick. Eheliche Untreue. Mareike Feeken.

»Sie wollten Ihren Mann vielleicht nicht ermorden«, sagte der Oberkommissar. »Aber heimzahlen wollten Sie es ihm, nicht wahr? Indem Sie ihn öffentlich bloßgestellt haben. Deshalb haben Sie der Lokaljournalistin der *Ostfriesen-Post* die Dateien mit den Chats zugespielt. Vor allem die mit den privaten. War es Absicht, dass Sie sich ausgerechnet an Mareike Feeken gewandt haben? Eine Ihrer ehemaligen Rivalinnen?«

Da war er wieder, der offene Blick. Nicht mehr provokant, sondern erschrocken. Offen und schutzlos. Erwischt, sagte dieser Blick. Ganz kurz nur, dann hatte sich Cornelia Fecht wieder im Griff. Aber dieser Augenblick hatte genügt.

Das wusste sie auch. »Sie spinnen doch«, sagte sie trotzdem, aber das klang so lahm, dass es als Eingeständnis durchging. Zusammen mit der Röte, die über ihre Wangen flutete.

»Haben Sie ihn mehr gehasst als die Frau, mit der er Sie betrogen hat?«, fragte Kramer. »Ich meine, als die letzte Frau in der langen Reihe?«

»Die Frau gehasst? Überhaupt nicht!« Cornelia Fecht lachte bitter. »Ich wusste doch, wie er sein konnte, wie er es machte, wie er sie rumgekriegt hat. Fast jede, die er wollte. Er war ja nicht dumm, mein Carsten, er hat immer nur die gewollt, die er auch kriegen konnte. Nein.« Sie schüttelte energisch den Kopf. »Nicht die Feeken und auch nicht die anderen Frauen. Wenn ich eine Frau gehasst habe, dann mich selbst! Dafür, dass ich mir das all die Jahre habe gefallen lassen. Dabei hätte ich das gar nicht nötig gehabt.«

»Weil Sie finanziell unabhängig waren«, stellte Kramer fest. Er rechnete mit einer Bestätigung durch die Befragte, aber die blieb aus. »Oder warum?«

Carsten Fechts Witwe ging nicht darauf ein. »Wenn einer meinen Hass wirklich verdient hat, dann er«, fuhr sie fort. »Carsten selbst. Er war doch der, von dem alles ausging! Er war der Täter. Er war die Sau. Die rote Sau.« Wieder lachte sie auf: »Wie er sich immer selbst als Muli bezeichnet hat! Weil er angeblich die ganze Arbeit gemacht hat, immer schwer gebuckelt und geschleppt für seine Partei, die Genossen und die Wähler. Ha, als ob! Lange Tage hat er gehabt, viele Stunden abgerissen, das stimmt, aber für wen? Doch immer nur für sich selbst! Von wegen Rotes Muli. Er war eine Sau.«

»Wie kamen Sie denn auf die Idee mit den Chats?« Jetzt war es an Kramer, nicht auf Cornelia Fechts Ausbruch einzugehen. »Gab es Chatgruppen, zu denen Sie Zugang hatten? Und über die Sie von den, äh, den anderen Gruppen erfuhren?«

»Ich und in Carstens Chatgruppen?« Die Frau schnaubte verächtlich. »Kein Stück! Sein ganzer Politikzirkus hat mich nie wirklich interessiert. Und seine Fickgeschichten hat er mir natürlich nicht auf die Nase gebunden. Glauben Sie vielleicht, wir hätten neckische Dreier geschoben?« Da war er wieder, ihr herausfordernder Blick. Sie hatte zurück in die Spur gefunden.

Da kannst du lange gucken, dachte Kramer. Seine Wangen blieben blass. »Wie haben Sie dann von diesen Chats erfahren?«, fragte er. »Und wie haben Sie das Material in die Hände bekommen? War Ihr Mann unvorsichtig mit seinen Passwörtern?«

»Carsten doch nicht.« Cornelia Fecht machte eine abwehrende Handbewegung. »Der Mann war so was von misstrauisch, was seinen Parteikram anging, der hat immer alles unter Verschluss gehalten! Aus guten Gründen, wie man inzwischen weiß. In anderen Dingen war er nicht so vorsichtig; Schlüssel ließ er gerne mal rumliegen. Aber Passwörter niemals.«

»Woher hatten Sie die Informationen dann?«

Sie überkreuzte die Arme vor der Brust. »Von einem Freund«, sagte sie leise.

»Von welchem Freund?«

»Das tut nichts zur Sache. Wichtig war, dass ich Carsten endlich mal so richtig einen reinwürgen konnte«, sagte Cornelia Fecht lauter als nötig.

»Von wem?«

»Das sage ich Ihnen nicht!« Jetzt schrie sie. »Und wenn Sie sich auf den Kopf stellen! Das sag' ich nicht, das ist allein meine Sache.«

»Frau Fecht«, sagte Kramer mit einer Ruhe, die selbst Heilige rasend machen konnte, »dies ist eine Mordermittlung. Nichts von dem, was der Wahrheitsfindung dienlich sein kann, ist allein ihre Sache.« Hoffentlich fragt sie mich nicht, wo im Grundgesetz das steht, dachte er dabei.

Sein Smartphone meldete sich. Ärgerlich über die Störung, wollte er den Anruf schon wegdrücken, aber als er sah, wer da anrief, nahm er ihn doch an. »Nidal! Wo bist …« Er hörte einen Motor aufheulen und Reifen quietschen. »Nidal, telefonierst du schon wieder beim Autofahren?«

Danach hörte er eine ganze Weile schweigend zu.

38.

Ehe sie ihn wieder in den Kofferraum des schwarzen Audi sperrten, hatten sie ihm Hände und Füße erneut gefesselt. Weniger fest als zuvor, bemerkte Stahnke, aber immer noch zu fest, um die Plastikbänder abzustreifen. Außerdem hatten sie ihn geknebelt. Das war nicht verwunderlich, denn vermutlich näherte man sich dem zukünftigen Tatort. Welcher Ort, welche Tat auch immer, auf keinen Fall konnten Hayunga und seine Leute dabei jemanden gebrauchen, der im unpassenden Moment seine Klappe aufriss. »Der General«! Idiotisch, lächerlich sogar, aber Stahnke war nicht nach Lachen zumute. Es waren viele, sie hatten Waffen und sie schienen entschlossen, das war nicht witzig.

Die Art, wie sie ihn geknebelt hatten, machte ihn stutzig. Warum kein Klebeband, warum nicht einfach ein Streifen Panzertape? Tat weh beim Abreißen und hinterließ Hautreizungen, manchmal sogar kleine Wunden, wenn man Pech hatte, aber das konnte den Kerlen doch egal sein! Warum hatten sie sich die Mühe gemacht, ihm ein Verbandspäckchen in den Rachen zu stopfen und ihm Mund und Nacken mit weichen Mullbinden zu umwickeln?

Weil sie noch etwas mit ihm vorhatten. Das hatte der Alte ganz offen gesagt. Aber warum packten sie ihn deswegen in Watte, nachdem sie ihn vorher niedergeschlagen und gefesselt hatten?

NeroZero. Mehr als ein Netzwerk rechtsgerichteter Polizisten und Soldaten. Ein Geheimbund, gewaltbereit und offenbar gut trainiert, mit militärischen Strukturen, Befehl und Gehorsam ohne den hinderlichen demokratischen Mitsprache-Schnickschnack, den solche Leute zutiefst verachteten. Mit einem General an der Spitze. Und er, Stahnke, hätte diesen General längst dingfest machen und in Gewahrsam haben können! Wenn er nur nicht so blind und so blöde gewesen wäre. Von wegen Geburtstag am 8. Januar! Wie hatte er nur auf dieses Märchen reinfallen können!

Ja, wie? Weil Annika Brühl ihm diesen Mist aufgetischt hatte. Wie tief steckte seine neue Kollegin mit drin in diesem braunen Sumpf? Dass sie sich schuldig gemacht hatte, indem sie sich seinerzeit bei diesen Brüdern lieb Kind gemacht hatte, das hatte sie bereits zugegeben. Aber war das schon alles? Stahnke hegte Zweifel.

Zweifel hatte er auch daran, ob er sich in seiner Situation den Luxus leisten konnte, noch am aktuellen Fall herumzuknobeln. Er war doch längst ein Teil davon. Demnächst vielleicht Teil der Opferstatistik. Denn am Leben lassen würden ihn Hayunga und seine Leute sicher nicht. Jedenfalls hatten sie das nicht vor.

Das Geholper, stellte der Hauptkommissar fest, war bereits seit geraumer Zeit weniger geworden; der Wagen rollte auf glattem Asphalt einigermaßen ruhig dahin. Jetzt spürte Stahnke auch wieder die Verzögerung, die ihn in Richtung Innenwand drückte. Der Audi stoppte ab, kam zum Stehen. Fuhr wieder an, ging in eine Linkskurve. Langsam fuhr er weiter, aber nur noch ein Stückchen, dann hielt er wieder an. Das Motorengeräusch erstarb. Das Grollen des Kastenwagens näherte sich von hinten und brach ebenfalls ab. Hatten sie ihr Ziel erreicht?

Von draußen waren Schritte zu hören. Dann gedämpfte Stimmen. »Der Migranto-Bulle ist gesichert«, meldete jemand. »Angebunden im Stall, das passt doch! Meine Gruppe ist vollzählig angetreten, Ausrüstung wie besprochen.« Eine Männerstimme, die Stahnke vage bekannt vorkam.

»Er lebt also noch?«, erwiderte Hayunga. »Das passt mir überhaupt nicht.«

»So lautete die Anweisung.« Die erste Stimme klang unsicher, sogar ängstlich.

»Jaja. Die Lage hat sich geändert.« Hayunga schien verärgert zu sein. »Umgehende Anpassung, verstanden? Sobald wir hier fertig sind. Am besten, ihr fackelt die ganze Bude da draußen ab.«

»Abfackeln?« Eine jünger klingende Männerstimme mischte sich ein. »Mensch, Albert, wieso das denn? Das ist ein wahnsinnig toller Stützpunkt! Der ist doch …«

»Was fällt dir ein, Mensch! Komm mir nicht mit *Albert*, verstanden?« Jetzt war der Alte richtig sauer. Er beherrschte die Kunst, seine Leute im Flüsterton derart anzuschnauzen, dass es durch Mark und Bein ging. »Wenn ich euch etwas befehle, dann heißt es jawoll und Fresse halten! Verstanden?«

»Jawoll!«, kam es im Chor zurück. Mindestens dreistimmig.

»Die Bude ist heiß, die könnten wir sowieso nicht mehr nutzen«, erklärte der General etwas versöhnlicher. »Wir treten unmittelbar in die nächste Phase ein, da müssen wir uns von solchem Ballast trennen. Macht euch keine Sorgen, dafür gibt es doppelt und dreifach Ersatz, sehr bald schon. Ist bei uns ja nicht wie bei armen Leuten!«

Die jüngeren Männer lachten pflichtschuldig.

»Außerdem kann uns das Haus auf die Weise noch etwas nützen. Der kleine Sandneger muss weg, das geht durch ein Feuer am besten. Wir machen noch so eine False-Flag-Aktion draus, das sorgt für Verwirrung bei den Systemknechten und lenkt schön von uns ab. Passt auch, ihr deponiert einen Judensternanhänger und noch irgendetwas Israelisches in dem Haus, verstanden? Haben wir genügend im Depot. Juden ermorden muslimischen deutschen Polizisten, na, wenn das nichts ist! So machen wir's.«

»Jawoll, Herr General!«

Stahnke lief es so eisig über den Rücken, dass es ihn schüttelte. Dabei schwitzte er wie ein Schwein hinter seinen Mullbinden. Sie hatten Nidal, sie wollten ihn töten! Das traf ihn wie ein Axthieb, das war schlimmer, als dass sie ihn selbst hatten. Und ihn bestimmt ebenfalls töten wollten. Nidal Ekinci, das war die nächste Generation, das war die Fortsetzung von so viel Begonnenem. Nidal war für ihn wie ein Schutzbefohlener, wie ein Sohn, dachte er und war total überrascht. Und geschockt.

»Leo! He, Leo!« Eilige Schritte näherten sich. Leichte Schritte, passend zur weiblich klingenden Stimme. »Herr Oberleutnant!«

»Vorerst kein Wort darüber zu ihr«, zischte Hayunga. »Das erfährt sie noch früh genug! Ihr beiden, Abmarsch. Position wie befohlen.«

Birgit Hemken, kombinierte Stahnke. Die kleine Elfe, auf die Nidal so offensichtlich stand, dass es peinlich war. In deren Haus, vielmehr in deren Stall sein junger Kollege jetzt gefangen war und auf seine Ermordung wartete. Tod durch Verbrennen stand ganz oben auf Stahnkes Liste unbeliebter Todesarten. Wie mochte es Nidal ergangen sein? Hatte die Frau ihn in die Falle gelockt?

Schwere Schritte trampelten fort, die leichten kamen zum Stillstand. »Herr General, ich melde, alle Abteilungen in Position«, sagte Birgit Hemken gedämpft, aber zackig. »Objekt unauffällig. Keine Security zu sehen. Lage entspricht der jüngsten Aufklärung.«

»Gut«, knurrte Hayunga. »Dann wollen wir nicht länger zögern. Jede weitere Minute erhöht die Gefahr der Entdeckung. Herr Oberleutnant, Sie übernehmen! Aber vorher holen wir noch unser Trumpf-As aus dem Ärmel.«

Wie von Geisterhand öffnete sich die Kofferraumklappe. Stahnke blinzelte in das Streulicht einer entfernt stehenden Straßenlaterne. Drei Silhouetten hoben sich gegen den ansonsten dunklen Himmel: Hayunga, Birgit Hemken und der Dunkelhaarige von der Schießbahn, der mit dem trotzig vorgereckten Kinn. Leo, der Oberleutnant.

Hayunga, der General, gab den anderen ein stummes Zeichen. Sie zogen Stahnke aus dem Kofferraum, durchschnitten seine Fußfesseln und stellten ihn auf die Beine, beiderseits gestützt und festgehalten. Hayunga trat vor ihn und hielt seine rechte Faust hoch. Etwas baumelte daran, direkt vor Stahnkes Augen. Eine Halskette mit silbernem Anhänger. Ein kleiner Davidstern. Hayunga streifte ihm die Kette über den Kopf und die Mullbinden. »So, mein Lieber«, zischte er. »Jetzt bist du Teil des Plans! Die werden sich ganz schön wundern, wenn sie dich finden mit diesem Ding um den Hals. Und einer MP in den Händen. Mitten zwischen den anderen Leichen.«

Die Halskette war kurz, Stahnkes Kopf dick. Hayunga zerrte, die Mullbinden lockerten sich. Der Hauptkommissar spuckte seinem Gegenüber den Verbandspäckchenknebel mitten ins Gesicht. »Meinst du, meine Kollegen wüssten nicht, dass ich kein Jude bin?«, fragte er dabei so ruhig, dass es ihm selber unheimlich war. »Und dass ich wirklich nie einer war, kriegt spätesten Doktor Mergner raus. Bei der Obduktion.«

Blitzschnell hatte Birgit Hemken eine Pistole gezückt und drückte Stahnke die Mündung von unten an den Hals. Oberleutnant Leo klaubte das Verbandspäckchen von der Straße auf und stopfte es ihm zurück in den Mund, dreckig wie es war. Dann zerrte er die Bandagen darüber.

»Wen interessiert denn die Wahrheit?«, höhnte Hayunga. »Die Leute glauben, was sie glauben wollen. Und wenn man ihnen ein bisschen Angst macht, dann glauben sie auch das, was wir wollen, dass sie es glauben sollen! Da sorgen schon unsere Internetbrigaden dafür. Die und ihre unermüdlichen Bot-Bataillone! Und dafür, dass wir ganz genau wissen, wem wir was unter die Nase reiben müssen, um die gewünschte Reaktion zu erzielen, hat schon jemand anderes gesorgt. Heil Rotes Muli!« Er lachte, und seine beiden Helfer lachten mit, genau synchron, dreckig und unterdrückt.

Stahnke spürte ein Würgen im Hals, das noch am wenigsten von dem dreckigen Knebel in seinem Mund kam. Er schaute sich um. Sie standen in einer engen, düsteren Seitenstraße, die von der Logaer Hauptstraße abzweigte. Genau dort, an der Straßenecke, stand das Gebäude, um das es offenbar ging. Die Shisha-Bar! Dort wollten die NeroZero-Neonazis ihr Gemetzel anrichten, unter falscher Flagge, um es anderen in die Schuhe zu schieben, in diesem Fall Israel beziehungsweise den Juden allgemein, um so Verwirrung zu stiften, Hass zu erzeugen und diesen in die gewünschte Richtung zu lenken. Na klar, so hing das alles zusammen! Die Brandstiftungen an Wohnhäusern für Migranten, der Anschlag auf das Gewerkschaftsbüro mit dem Mord an einem antirassistischen Bevollmächtigten, die Erschießung des SPD-Politikers Carsten Fecht – all das führte auf diesen Höhepunkt hin. In einer menschenverachtenden Logik. Die Übelkeit, die Stahnke spürte, verstärkte sich.

Inwieweit sich der Fecht-Mord in diese Kette fügte, verstand der Hauptkommissar zwar noch nicht. Wohl aber, was Nidal Ekinci und ihm selbst bevorstand. Sein junger Kollege würde sterben, um als muslimisches Opfer angeblicher israelischer Zionisten die Wut weiter Bevölkerungskreise mit Migrationshintergrund in die sattsam bekannte antisemitische Richtung zu lenken. Und er selbst sollte als Attentäter sterben, mit der Waffe in seinen kalten, toten Händen, um das Vertrauen in den Staat und seine Institutionen nachhaltig zu untergraben. Daher hatten sich seine Kidnapper bemüht, Knebelspuren in seinem Gesicht zu vermeiden. Wie sie die Fesselungsmale an seinen Hand- und Fußgelenken erklären wollten, war ihm zwar nicht klar. Sollte das jedoch jemals Thema werden, konnte es ihm völlig egal sein. Tote scherten sich nicht um so etwas.

»Vorwärts!«, sagte Hayunga. Mit Stößen in den Rücken trieben sie Stahnke voran, eisern zupackende Hände hinderten ihn am Straucheln und Stürzen, eine Laufmündung an seiner Wirbelsäule vertrieb jeden Gedanken an Flucht. Schneller als erhofft hatten sie die Straßenecke erreicht. Schon standen sie vor dem Eingang der Shisha-Bar.

Zwei Mann gingen voran, drückten die Türen zur Seite, sicherten mit ihren Sturmgewehren nach drinnen. Im Vorraum war niemand; der Durchgang zum Gastraum war von roten Samtvorhängen verdeckt. Orientalische Musik waberte gedämpft durch die Ritzen, ebenso wie stark parfümierter Tabakdunst. Drinnen unterhielten sich Menschen. Stahnke starrte auf den blutroten Stoff, der das Einzige war, das diese Leute noch von ihrem Tod trennte. Unschuldige Menschen, sinnloser Tod. Seine Augen füllten sich mit Tränen.

Hayungas Truppe rückte nach, ein Dutzend Leute vielleicht, lauter Männer bis auf Birgit Hemken, alle mehr oder weniger jung, mit Ausnahme des Generals und seines Adjutanten Heinz. Paladin in der Schlacht, Helfer im Alltag, abends Mundschenk – Stahnke fühlte sich an *Die drei Musketiere* erinnert. Absurder Gedanke, fand er, auch wenn die glänzenden Helden aus Dumas' Roman letztlich für ein verkommenes Regime kämpften. Trotz dieser Parallele zu viel der Ehre, eindeutig.

Hinter ihnen wurden die Türen geschlossen. Alle standen

jetzt bewegungslos, die Waffen durchgeladen, die Blicke auf Hayunga geheftet. Der Alte nickte. Die Vorhänge wurden zur Seite gerissen, die Truppe marschierte ein, gefolgt vom wehrlosen Stahnke und seinen Bewachern. Es beginnt also, dachte er. Das Grauen.

Der große Gastraum war indirekt beleuchtet; dichte Rauchschwaden aus mehreren Wasserpfeifen streuten das schummrige Licht zusätzlich. Voll besetzt war das Lokal nicht, obwohl Samstag war; immerhin ein Trost, fand Stahnke, das begrenzte den Blutzoll. Die meisten Gäste saßen in den Nischen an den Rändern, die noch sparsamer beleuchtet waren. Im Mittelbereich war nur ein einziger Tisch besetzt, mit drei Personen, von denen eine ihnen den Rücken zuwandte. Die beiden anderen erkannte Stahnke sofort. Graue Haare, graue Bärte, ein aufsässig wirkendes Grinsen um die Mundwinkel.

»Rieken und van Dieken!«, rief Oberleutnant Leo überrascht aus. »Was macht ihr denn hier? Ihr seid doch gar nicht eingeteilt!«

Die beiden Graubärte antworteten nicht. Stattdessen erhoben sie sich und zeigten die Maschinenpistolen, die sie umhängen hatten. Schussbereit, wie es aussah. Verflucht, dachte Stahnke, ich wusste es! All die Jahre immer diese grenzwertigen Sprüche – die gehören also auch dazu!

Der dritte Mann am Mitteltisch drehte sich um. Auch dieses Gesicht erkannte der Hauptkommissar, obwohl es fast bis zur Unkenntlichkeit zerschlagen war. »Polizei«, nuschelte Oberkommissar Nidal Ekinci zwischen seinen geschwollenen Lippen hindurch. »Waffen weg und Hände hoch! Sie sind alle festgenommen.«

Ein Klappern und Rauschen brandete durch den Saal, als sämtliche anderen Gäste gleichzeitig von ihren Plätzen aufstanden. Waffen rieben über Schutzwesten, Stiefel trampelten auf Parkettboden, Helme mit Splitterschutzvisieren wurden über Köpfe gestülpt. Binnen Sekunden stand der NeroZero-Bande eine gleich große Polizeitruppe gegenüber, bis an die Zähne bewaffnet und gerüstet. Mitten drin der kleine Nidal Ekinci mit seinem dreckigen Sakko und seiner Dienstpistole in der Hand. Stahnke spürte Tränen über seine Wangen rollen.

Die Angreifer standen wie erstarrt. Wieder waren aller Augen auf den alten Hayunga gerichtet, ihren Anführer, den General. Sein Signal, seine nächste Aktion würde entscheiden, dessen war Stahnke sich bewusst. Seine beiden Wächter hatten ihn schräg hinter dem Alten postiert. So konnte er sehen, dass der jetzt seine rechte Hand unter seinen blauen Schießpullover schob, hinten, Höhe Hosenbund. Die Beule verriet, was dort steckte. Wenn Hayunga jetzt seine Pistole zog, wenn er schoss, war das Blutbad nicht zu verhindern. Sein Leben mochte der General dabei verlieren, aber sein Ziel hätte er erreicht.

Stahnke war an den Händen gefesselt und außerdem geknebelt, aber zwei Zentner wog er trotzdem. Er federte in den Knien und setzte zum Sprung an.

Die Frau neben ihm war aufmerksam. Und sie war schneller. Der Lauf ihrer Waffe bohrte sich in seinen Rücken, genau in der Höhe, wo ihn seit der Explosion im Gewerkschaftshaus die angebrochene Rippe schmerzte. Anstatt sich auf Hayunga zu werfen, jaulte er laut auf und knickte seitlich ein. Wütender Schmerz flammte durch sein Hirn, zu grell, als dass er sich auf den Beinen hätte halten können.

Eine Geschossgarbe fetzte durch den Raum, ganz kurz nur, trotzdem mussten das fünf oder sechs Projektile gewesen sein. Eines davon pfiff haarscharf über Stahnkes stoppeligen Kopf hinweg. Die anderen erzeugten trockene, dumpfe Klatschgeräusche. Stahnke kannte das. Treffer auf weiche Ziele. Jetzt gibt es kein Halten mehr, dachte er, während er ächzend zu Boden ging. Etwas Hartes traf seine geschundene Rippe und sorgte für einen kurzen Blackout.

Hinter ihm flogen die Eingangstüren auf, krachten hart gegen die Türstopper; eine Scheibe ging klirrend zu Bruch. »Polizei, Waffen weg, Sie sind umstellt!«, rief eine volltönende Baritonstimme, befehlsgewohnt und so laut, als käme sie aus einem Brustkorb vom Umfang eines Weinfasses. »Dies ist unsere einzige Warnung. Waffen ablegen und Hände hinter den Kopf, aber zackig!«

Als Stahnke wieder klar sehen konnte, sah er seinen Kollegen Kramer im Eingangsbereich der Shisha-Bar stehen, nur halb so breit wie er selbst und doch unverrückbar wie ein Fels. Wo war das SEK, das er hierher gelotst hatte, wo war die aufmarschierte Hundertschaft? Allem Anschein nach stand die neben ihm, bestand aus einem Mann und sah genauso klein und grau aus wie Kriminaltechniker Eik. Immerhin hatte er eine Waffe in der Hand – vermutlich aus der Asservatenkammer.

Wieder blickten die Angreifer auf ihren General. Sie sahen einen alten Mann, der röchelnd und aus mehreren Schusswunden blutend auf dem Boden lag, flankiert von zwei seiner ebenfalls getroffenen Gefolgsleute. Geschossen hatte Rieke Rieken, der immer noch mit gefletschten, vom ständigen Teegenuss braun verfärbten Zähnen dastand. Außer ihm hatte niemand im Raum einen einzigen Schuss abgegeben. Bis jetzt.

Die Ersten, die ihre Waffen niederlegten, waren Marcel und Maik, die beiden Immobilienmakler. Die anderen NeroZeros folgten ihrem Beispiel. Keiner kam auf die Idee, dass draußen womöglich keine zahlenmäßig überlegene Kavallerie auf das Signal zur Attacke wartete. Die Polizisten aus dem Shisha-Saal, die so überzeugend das Bar-Publikum gespielt hatten, rückten in den Vorraum ein und erledigten den Rest. Handschellen klickten, Plastikfesseln ratschten. Unter den schwer bewaffneten Kolleginnen und Kollegen entdeckte Stahnke mehrere, die seit Jahren ihre Schreibtischstühle während der Dienstzeit nicht mehr verlassen hatten. Kramer und Ekinci mussten schnelle und gründliche Überzeugungsarbeit geleistet haben. Ein Gefühl tiefer Dankbarkeit durchflutete ihn.

Eine graubärtige Gestalt tauchte vor Stahnke auf, so bleich im Gesicht, dass sich der Bart zum ersten Mal seit vielen Jahren dunkel von der Haut abhob. Rieken klappte ein Taschenmesser auf und befreite seinen Vorgesetzten von den Handfesseln; seine Hände zitterten dabei so stark, dass der Hauptkommissar befürchten musste, zu guter Letzt doch noch seinen Blutzoll zu entrichten. »Es tut mir leid«, stammelte der Veteran, »es tut mir wirklich leid.« Seine MP schlenkerte unkontrolliert und ungesichert vor seinem mageren Bauch herum.

»Alles gut, Kollege«, erwiderte Stahnke, ergriff Riekens Hand und ließ sich auf die Beine helfen. Mit der anderen Hand streifte er ihm den Gewehrriemen von der Schulter und händigte die Waffe dem nächstbesten Kollegen aus. Wie es der Zufall wollte, war es Kriminaltechniker Eik. »Können Sie gleich zur Untersuchung mitnehmen«, sagte Stahnke. »Dass sämtliche abgefeuerte Geschosse der ganzen Aktion aus dieser Waffe stammen, steht zwar außer Frage, aber Vorschrift ist Vorschrift.«

Riekens MP-Garbe hatte gesessen, so viel stand fest. Sein erstes Geschoss hatte Oberleutnant Leo an der Hüfte getroffen und außer Gefecht gesetzt; der Mann lag bewusstlos in einer Blutpfütze, die immer größer wurde, obwohl ihm bereits ein Notverband angelegt worden war. Gleich drei Kugeln hatten Hayunga in Bauch und Brust erwischt. Sein Atem ging laut und rasselnd, aber er war bei Bewusstsein. Geschoss Nummer fünf hatte Stahnkes Kopf knapp verfehlt, und das nur, weil Birgit Hemken ihn mit ihrem Rippenstoß gerade rechtzeitig zu Fall gebracht hatte. Musste er ihr dafür etwa dankbar sein?

Wie er feststellte, hatte sich das erledigt. Das sechste und letzte Geschoss von Riekens Feuerstoß hatte die junge Frau in die Brust getroffen, genau ins Herz. Sie musste auf der Stelle tot gewesen sein.

Stahnke richtete sich auf und fand sich Auge in Auge mit Rieken wieder. »Was genau tut dir eigentlich leid?«, fragte er leise.

»Na, dass ich beinahe … mit diesen Leuten … ich verstehe es selbst nicht mehr«, stammelte Rieken. »Und dass ich beinahe dich … ich meine, Sie … hab' gar nicht richtig gezielt, war ein reiner Reflex … beinahe, das mag ich mir gar nicht vorstellen!«

Ich auch nicht, dachte Stahnke. »Ist schon gut«, sagte er. Ob es das wirklich war? Darüber würde er noch lange und intensiv mit Kramer reden müssen. Und mit Ekinci. Wo war der Kleine überhaupt?

Nidal Ekinci hockte neben Albert Hayunga. Der Alte hatte blutigen Schaum vor dem Mund, trotzdem sah sein Gesicht weniger schrecklich aus als das des jungen Oberkommissars. »Die Runde geht an euch«, stieß er röchelnd hervor, begleitet von Geräuschen, die möglicherweise ein Lachen darstellen sollten. »Glaubt aber bloß nicht, dass das schon alles war! Wo diese jungen Leute herkommen, da gibt es noch viel mehr davon. Und solche wie mich gibt es auch überall. Glaubt nicht, dass das alles war!«

»Was soll denn da noch kommen?«, erwiderte Stahnke. Seine Beine schmerzten, als er sich hinkniete, um den Alten besser verstehen zu können. »Noch mehr Heldentaten? Häuser anzünden, Bomben legen, Gewerkschafter umbringen? So was in der Art? Damit kriegt ihr euer Viertes Reich nicht aufgebaut. Da muss schon ein bisschen mehr kommen.«

»Kommt auch. Kommt auch, versieh dich nicht.« Hayungas Atem rasselte immer lauter. »Das waren doch nur kleine Übungen, um die Jungs bei der Stange zu halten! Heute, das sollte das erste Gesellenstück werden. Blöd. Aber dann klappt es eben nächstes Mal, verlass dich drauf. Du kannst nicht überall sein.« Ein Hustenanfall schüttelte seinen ganzen Körper. »Genauso wenig wie ich.«

»Und der Mord an Carsten Fecht?«, fragte Nidal Ekinci. »Was sollte das sein? Ein Meisterstück?«

Hayunga glotzte ihn verständnislos an. »Fecht? Dieser Sozen-Bonze? Was hab' ich mit dem zu tun?« Aus seinen Mundwinkeln lief ihm Blut übers Kinn.

»Erschossen mit einem Karabiner 98«, sagte Stahnke. »Genau eure Handschrift.«

»Falsch.« Hayunga kämpfte um jedes Wort. »Leute wie den müssen wir nicht töten. Wenn es soweit ist, kommen die von alleine zu uns. Eklige Arschkriecher, aber nützlich.«

»Und was war mit Lars Noack?«, setzte Stahnke nach. »Genickbruch nach Unfall durch Nackenschlag mit einer Stahlroute? Wollt ihr das auch nicht gewesen sein?«

Ein hämisches Grinsen verzog Hayungas Gesicht; es sah aus wie der leibhaftige Tod. »Ein bisschen was«, röchelte er mit letzter Kraft, »müsst ihr auch noch tun.« Dann kippte sein Kopf zur Seite.

Als Stahnke aufblickte, stand Doktor Mergner über ihn gebeugt. »Wo kommen Sie denn auf einmal her?«, platzte er heraus.

»Kollege Kramer«, hauchte Mergner; wieder einmal schien seine Stimme von ganz weit her zu kommen. »Vorausschauend wie immer. Kündigt mir Tote an, die es noch gar nicht gibt – und jetzt gibt es sie.« Sein bedauernder Blick streifte den Leichnam von Birgit Hemken und blieb an Hayungas Leiche haften. »Dank Ihrer gütigen Mithilfe«, sagte er tadelnd. »Sie haben nicht einmal versucht, diesem Herrn hier zu helfen, so begierig waren Sie, Ihre Fragen loszuwerden! Wer weiß, vielleicht könnte der Mann noch leben.«

»Könnte er?«, fragte Stahnke ungerührt.

»Mit zwei Lungensteckschüssen und perforierten Herzkranzgefäßen? Ganz sicher nicht«, hauchte Mergner und wandte sich dem bewusstlosen Oberleutnant zu. »Auf den hier könnten Sie noch wetten. Aber ich warne Sie, das Risiko ist erheblich.«

Als Stahnke sich ächzend erhob, überfiel ihn ein Schwindelgefühl; kurzzeitig verlor er die Orientierung, ruderte haltsuchend mit beiden Armen. Jemand packte seine Hand, stützte seine Schulter, hielt ihn aufrecht. Dankbar lächelte er ihm zu. Es war Kramer.

»Du brauchst dringend Ruhe«, sagte der Oberkommissar. »Komm, lass dich von den Sanis kurz durchchecken und dann ab nach Hause. Ich schätze, wir sind hier soweit fertig.«

Stahnke schüttelte den Kopf. »Ich fürchte, das sind wir noch lange nicht«, sagte er.

39.

Als Stahnke am Sonntagmorgen früh um 7 Uhr und entgegen ausdrücklicher ärztlicher Anordnung die Leeraner Polizeiinspektion betrat, kam Nidal Ekinci ihm schon entgegen, Pflaster im Gesicht und einen Becher Kaffee in der Hand. »Die Brüder Hofmann sprudeln wie muntere Quellen«, sagte der Oberkommissar und grinste, soweit es die Klebestreifen zuließen. »Ich gehe sofort wieder hin, musste nur kurz zum Klo und Treibstoff nachfüllen.« Er hob seinen Becher: »Kommst du mit? Im Moment ist van Dieken drin und sorgt hoffentlich dafür, dass der Redestrom nicht versiegt.«

»Van Dieken?« Stahnke glaubte sich verhört zu haben. »Wieso machst du das denn nicht mit Kramer zusammen? Der hat doch viel mehr Erfahrung.«

»Na ja.« Ekinci sog zischend Luft durch seine Zähne, als hätte er sich die Finger verbrannt. »Im anderen Befragungsraum sitzt Cornelia Fecht. Die hatte Kramer über Nacht im Arrest zwischengelagert; heute früh muss die Befragung dringend fortgeführt werden. Annika meinte, es wäre gut, wenn das eine Frau macht. Dagegen konnte Kramer nichts sagen, aber er wollte sie auch nicht alleine machen lassen … weißt schon.«

Stahnke nickte. Ja, er wusste, und die Kollegen wussten auch. Sie hatten sich abends noch ausgetauscht. Vertrauen war eben empfindlicher als das feinste Porzellan.

Im Gang vor den Vernehmungsräumen stoppte Ekinci. »Um eines muss ich dich noch bitten«, flüsterte er. »Wenn die Rede auf Leonhard Heineke kommt …«

»Auf wen?«, fragte Stahnke. »Ach, du meinst diesen Leo? Den sogenannten Oberleutnant? Hat der eigentlich überlebt?«

»Genau darum geht es«, sagte Ekinci mit gedämpfter Stimme. »Als die beiden gestern Abend abgeführt wurden, sahen sie Leo in seinem Blut liegen, ohne Bewusstsein, und hielten ihn für tot. Ich habe sie in diesem Glauben gelassen. Seitdem erzählen sie alles, was wir wissen wollen.«

»Und Leo hat die Schuld an allem, möchte ich wetten«, knurrte Stahnke. »Clever, aber anfechtbar. Was sagt denn der Rechtsbeistand der Hofmanns dazu?«

»Kein Wort bisher«, sagte Ekinci mit unschuldigem Augenaufschlag. »Der Herr verspätet sich leider. Kommt aus Hannover, und das Bremer Kreuz ist mal wieder komplett dicht. Aber die jungen Männer hatten nichts dagegen, ohne ihren Anwalt anzufangen.«

»Nidal, Nidal!« Stahnke schüttelte den dicken runden Kopf. »Du mit deinen orientalischen Methoden! Macht man das so in Kurdistan?«

»Ich habe in Berlin studiert«, erwiderte Ekinci. »Und ja, ich glaube, dort macht man es so.«

»In Neukölln vielleicht!«, schnaubte Stahnke. Leiser setzte er hinzu: »Was ist nun mit Leonhard Heineke? Hat er überlebt oder nicht?«

»Keine Ahnung.« Er zückte sein Smartphone und hielt es hoch: »Schau, ich habe hier eine WhatsApp-Nachricht von Doktor Mergner, aber ich denke nicht daran, sie zu öffnen. Solange ist es mit Oberleutnant Leo genauso wie mit Schrödingers Katze.«

»Er kann gleichzeitig sowohl als lebendig wie auch als tot gelten«, sagte Stahnke. »Glaube bloß nicht, dass ich das nicht wüsste! So, und jetzt rein da.«

Van Dieken sah erleichtert aus, als seine Vorgesetzten den Raum betraten. Alleine fühlte er sich offensichtlich unwohl, zumal alleine mit zwei Verdächtigen. Sein Kollege und Kumpel Rieken war suspendiert; das war so üblich nach Schusswaffengebrauch mit Todesfolge. Eilig stand van Dieken auf und bot Stahnke seinen Stuhl an. Als der Hauptkommissar ihn mit einem Nicken entließ, war er noch eiliger draußen.

Stahnke hielt sich zunächst zurück, ließ Ekinci die Gesprächsfäden aufnehmen, zusammenknüpfen und fortführen. Er bewunderte seinen jungen Kollegen dafür, dass er so ruhig und äußerlich gelöst dasitzen und mit zwei Menschen reden konnte, die ihn gestern noch übelst zugerichtet und nur deshalb nicht getötet hatten, weil ihr Anführer den Befehl dazu noch nicht gegeben hatte. Natürlich war es gegen jede Vorschrift, Ekinci dieses Verhör führen zu lassen; Stahnke nahm sich vor, das Protokoll selbst zu unterzeichnen. Einen Einspruch des verspäteten Rechtsbeistands würde das nicht verhindern, aber darum scherte sich der Hauptkommissar im Augenblick nicht. Was er brauchte, waren Informationen. War Durchblick. Hingen all die Verbrechen der letzten Tage nun zusammen oder nicht? Was war mit dem Mord an Carsten Fecht? Und das Rätsel, dass Hayunga ihm mit seinen letzten Atemzügen aufgegeben hatte, musste auch gelöst werden.

Ekinci fasste zusammen. »Maik und Marcel Hofmann, Sie geben also zu, gemeinschaftlich die beiden vorab genannten Objekte der Stiftung *Integer pro Integration* in Aurich durch selbstgebaute Zeitzünder sowie handelsübliches Superbenzin in Brand gesetzt zu haben, mit dem Ziel, beide Häuser unbewohnbar zu machen, um so Migrantenfamilien am Einzug zu hindern?«

»Leo war das!«, erwiderte Marcel Hofmann eilig. »Leonhard Heineke, hatten wir doch schon gesagt. Ich habe nur den Wagen gefahren, den vom Gen… von Albert Hayunga.«

»Und ich hab' nur Schmiere gestanden«, ergänzte Maik Hofmann. »Das Feuer hat Leo gelegt.«

»Ihre Beteiligung am Bombenanschlag auf das Gewerkschaftsbüro in Leer geben Sie ebenfalls zu«, fuhr Ekinci ungerührt fort. »Wobei auch in diesem Fall …«

»Leo hat die Bombe gelegt«, unterbrach Maik Hofmann. »Er hat sie auch selber gebaut. Leo konnte so was, war ja mal beim Bund. Und dann bei der Polizei. Die können das.« Blinzelnd starrte er den Oberkommissar an, als sehe er ihn plötzlich mit anderen Augen. »Ich war zwar dabei, hab' aber nur Schmiere gestanden.«

»Ich habe den Wagen gefahren«, ergänzte sein Bruder.

Stahnke beugte sich vor. »Sie fahren viel Auto, ja? Wie regeln Sie das eigentlich, wenn Sie mit beiden Fahrzeugen unterwegs sind, mit dem Audi und dem schwarzen Sprinter? Wer fährt dann welchen Wagen?«

»Den Audi fahre immer ich!«, sagte Marcel Hofmann stolz und schickte seinem Bruder einen triumphierenden Blick. »Maik fährt den Kasten. Außer, wenn ich mal nicht kann, dann darf er auch den Audi. Sonst nicht.«

»So wie neulich nachts? Als der Nebel so dicht war?«, fragte Stahnke.

»Nee, kein Stück!«, antwortete Marcel Hofmann. »Da musste Maik natürlich den Kasten fahren, ich war ja dabei.«

»Danke.« Stahnke nickte ihm zu. »Kommen wir jetzt zu dem Abend, als Sie Lars Noack aufgelauert haben. Sie erinnern sich, der Stadtrat aus Leer? Sie haben sein Auto gewaltsam gestoppt und ihm das Genick mit einer Stahlroute gebrochen. Warum eigentlich?«

Maik Hofmann warf seinem Bruder einen vernichtenden Blick zu. Dann stieß er hervor: »Leo. Das war auch Leo.«

»Verstehe«, sagte Stahnke, ebenso ruhig wie zuvor Ekinci. »Sie haben nur die beiden Autos gefahren, Leo Heineke hat Lars Noack das Genick mit einer Stahlroute gebrochen. Ich wiederhole: warum?«

Marcel Hofmann zuckte mit den Schultern. »Befehl vom Alten«, sagte er. »Ich meine, vom General. Albert Hayunga.«

Stahnke stemmte beide Ellbogen auf die kleine Tischplatte. »Warum?«, wiederholte er.

»Warum, warum!« Maik Hofmann verlor die Fassung. »Weil er das Ding haben wollte, dieses Teil vom Roten Muli! Das hatte dieser Noack bei sich, wollte es auch wohl abgeben, aber er wusste schon zu viel darüber. Darum, wenn Sie es genau wissen wollen!«

Diesmal war es an Marcel, seinen Bruder giftig anzuschauen.

»Was für ein Ding?«, fragte Stahnke. »Und was ist dieses Rote Muli?«

»Das Ding ist so ein Computerteil«, murmelte Maik Hofmann. Unter den Blicken seines Bruders sackte er in seinem Stuhl zusammen. »Externe Festplatte, glaube ich, so von der Größe her. War in einem braunen Umschlag, hab' ich gar nicht aufgemacht, sondern gleich weitergegeben. Wie befohlen.«

»An das Rote Muli?«

»Nee, da kam es doch her! Also ursprünglich. Dieser Noack hatte es nur aufbewahrt, für alle Fälle, falls doch mal die Bullen … na ja. Weitergereicht haben wir es an Friedo.«

Stahnke legte seinem Kollegen die Hand auf den Unterarm, ehe er reagieren konnte. »Friedo, und wie weiter?«

Maik und Marcel Hofmann tauschten erneut Blicke. Danach schwiegen sie.

»Friedo Adams?«

Vier Augen weiteten sich.

»Von Langeoog?«

Zwei Paar Augenlider wurden gesenkt.

Stahnke erhob sich. »Bring die beiden in ihre Zellen«, wies er Ekinci an. »Wenn ihr Rechtsanwalt doch noch kommt, soll van Dieken übernehmen, okay? Du machst den Bericht und legst ihn mir zur Unterschrift vor.«

»Und du, was machst du?«, fragte Ekinci aufsässig.

»Ich?« Stahnke dreht sich noch einmal um, eine Hand schon auf der Türklinke: »Ich gehe mal nachschauen, wie es unserem Freund Leonhard Heineke geht.«

Er genoss den Anblick, der sich ihm bot, volle zwei Sekunden lang, dann verließ er den Raum.

40.

»Liebe Frau Fecht«, sagte Kramer mit aller ihm zur Verfügung stehenden Verbindlichkeit, »Sie sind mir noch eine Auskunft schuldig.«

»Ich bin Ihnen noch etwas schuldig?«, zischte Cornelia Fecht. »Wohl eher umgekehrt, Sie Flegel! Mich einfach in dieses Loch werfen zu lassen! Eine Unverschämtheit war das. Haben Sie da drin schon mal eine Nacht verbracht?«

Kramer schüttelt mitleidig den Kopf. Tatsächlich hatte er das schon, sogar mehr als einmal, nämlich während der Zeit, als er in Emden gewohnt und der Dienst es ihm manchmal unmöglich gemacht hatte, zum Schlafen nach Hause zu fahren. Er wusste, wie dünn und hart die Matratzen in den Arrestzellen waren und wie kalt die Kacheln und die Edelstahl-Toilettenbecken. Aber das tat hier nichts zur Sache. »Es tut mir wirklich leid, Frau Fecht, aber die Umstände, Sie verstehen? Ein Großeinsatz, es ging einfach nicht anders.«

Man musste schon genau hinsehen, um Cornelia Fecht die Nacht im Arrest anzusehen. Hier und da ein Knitterfältchen in ihrer topmodischen Kleidung, eine leichte Asymmetrie in der Frisur, winzige Wischer in den Mund- und Augenwinkeln. Kleine Risse in der Fassade, dachte Kramer. Symbolträchtig vielleicht; die Abwehr stand nicht mehr sicher.

»Sie möchten wirklich keinen Anwalt?«, fragte Annika Brühl.

»Nein.« Cornelia Fecht schüttelte den Kopf. »Wozu denn? Der Fall ist gelöst, Sie haben doch alle erwischt, die daran beteiligt waren. Ermittlung abgeschlossen, oder wie das bei Ihnen heißt. Mission accomplished. Lassen Sie mich jetzt gehen, dann ist die Angelegenheit für mich erledigt.«

»Bedaure«, sagte Kramer. »Für den Mord an Ihrem Mann liegt uns leider kein Geständnis vor. Wir stehen also an genau demselben Punkt, an dem ich mich gestern so überhastet verabschieden musste.«

»Ja aber, ich dachte … ich hatte gehört …« Ihr Blick irrte zu Annika Brühl, glitt an deren unbewegter Miene ab. Was hat die ihr erzählt, fragte sich Kramer. Und warum, so ohne Not?

»Wir hatten über Ihr Alibi gesprochen«, fuhr der Oberkommissar fort. »Die Putzfrau und die Pflegerin haben das Haus Ihrer Mutter lange vor der Tatzeit verlassen, Ihre Mutter selbst bekommt starke Sedativa, sodass sie leider zu keiner exakten Aussage fähig ist. Es wäre wirklich gut, wenn Sie jemanden benennen könnten, der bezeugen kann, wo Sie sich am bewussten Abend aufgehalten haben. Aber leider gibt es niemanden, richtig?«

Cornelia Fechts Wimpern flatterten. Ihre zerdrückte Frisur zitterte, ihre Lippen bebten. Etwas wollte heraus. Kramer wartete geduldig.

»Doch«, stieß Cornelia Fecht schließlich hervor. »Doch, es gibt jemanden.«

»Wen?«, fragte Annika Brühl.

Die Befragte schluckte hörbar. »Jemanden, der sehr wichtig geworden ist«, sagte sie heiser. »In meinem Leben. Seit einiger Zeit. Immer wichtiger. Und inzwischen …«

»Wie heißt Ihr Lover?«, fragte die Hauptkommissarin. Kramer wäre beinahe die Pokermaske verrutscht. Frauen untereinander! Das hätte er sich nie zu fragen getraut.

»Bernhard«, sagte Cornelia Fecht leise. »Bernhard Vogelmann. Ein Kollege von Ihnen.«

»Aus Westerstede! Wie passend.« Kramer rief sich den blonden hünenhaften Kommissar ins Gedächtnis. War der nicht reichlich jung? Aber natürlich hütete er sich, so etwas auszusprechen.

»Ist der nicht reichlich jung für Sie?«, fragte Annika Brühl ungerührt.

»Müssen Sie gerade sagen!«, giftete Cornelia Fecht zurück. »Von Ihnen hört man ja auch so dies und das! An Ihrer Stelle würde ich ganz still sein.«

Das saß; Annika Brühl schnappte nach Luft. Kramer fühlte sich bestätigt. Und fragte sich gleichzeitig nach der Quelle dieser sehr privaten Information, die er selbst auch nicht von Nidal, sondern über Stahnke erhalten hatte. Beide hatten das bestimmt nicht Cornelia Fecht auf die Nase gebunden. Also … »Hat Bernhard Vogelmann früher in Hessen gearbeitet?«, fragte der Oberkommissar.

»Nicht, dass ich wüsste.« Cornelia Fecht guckte überrascht. »Wieso?«

Annika Brühl verstand den Sinn der Frage sofort. Sie schüttelte kaum merklich den Kopf.

»Oder hatte er Verbindungen dorthin?«, hakte Kramer nach. »Vielleicht Kontakte zu einem … Netzwerk?«

Cornelia Fecht verzog geringschätzig den Mund: »Ja, hatte er. Ging aber nicht lange. Er sagte, das wären alles Idioten. Solche Typen wie dieser Friedo Adams. Mit dem war er mal eine Weile verkumpelt, bis er genug von ihm hatte. Berni meinte, das wäre ein Spinner, dafür sei ihm seine Zeit zu schade.«

»Friedo Adams von Langeoog?«, vergewisserte sich Kramer. »Und wissen Sie noch, wie sich dieses Netzwerk nannte?«

Cornelia Fecht nickte zweimal. »Ja, der von Langeoog. Und das Netzwerk hieß NeroZero. Irgendwelche Verschwörungstheoretiker, Sie wissen ja: Die Erde ist flach, trotzdem innen hohl, und da wohnen Echsenwesen drin, die alle jüdisch sind und im Geheimen die ganze Welt beherrschen. Total bekloppt, diese Typen.«

Wäre es nur so simpel, dachte Kramer. »Und deswegen hat Kommissar Vogelmann sich von diesem Netzwerk losgesagt?«, fragte er. »Haben die das denn so einfach akzeptiert?«

»Er war nie wirklich drin«, antwortete Cornelia Fecht. »Anders als dieser Adams. Der ist ständig zu den Treffen der Gruppe gefahren. Vermutlich tut er das heute noch.«

»Genau wissen Sie das nicht? Weil Bernhard Vogelmann auch den Kontakt zu Friedo Adams eingestellt hat?«

»Weitgehend.« Cornelia Fecht zögerte: »Bis auf neulich, vor zwei oder drei Tagen, da haben sich die beiden nochmal getroffen. Ich weiß es, weil Berni sich deswegen verspätet hat. Friedo Adams hätte ihm etwas zur Aufbewahrung gegeben, sagte er, das hätte er noch zu sich nach Hause bringen und wegpacken müssen. Irgendetwas Computermäßiges. Eine externe Festplatte oder so. Computer sind echt Bernis Ding. Darum konnte er mir auch so einfach die Chats …« Sie erschrak und schlug sich die Hände vor den Mund.

»Bernhard Vogel ist der Hacker?«, fragte Annika Brühl. »Er hat mit seinen Enthüllungen die Affäre um die Intrigen und Diffamierungen Ihres Mannes ausgelöst? Und alles, was daraus folgte?«

»Nicht zuletzt Carsten Fechts Tod«, stellte Kramer fest.

»Das alles in Ihrem Auftrag«, ergänzte die Hauptkommissarin.

Cornelia Fecht lehnte sich zurück und kreuzte ihre Arme vor der Brust. Sie schien bereit und in der Lage, mit dieser Schuld zu leben.

»Hat Vogelmann diese Festplatte immer noch bei sich?«, fragte Kramer.

»Bis gestern schon«, erwiderte Cornelia Fecht und schaute ihn vorwurfsvoll an. »Seitdem sitze ich bekanntlich hier fest, abgeschnitten von neueren Entwicklungen.«

»Weil Sie uns bekanntlich bis jetzt Ihr Alibi verschwiegen haben«, sagte Annika Brühl in schneidendem Ton. »Also, von wann bis wann waren Sie am Abend des 30. April bei Bernhard Vogelmann? Oder war er bei Ihnen, in der Wohnung Ihrer Mutter?«

Kramer zog sein Smartphone aus der Tasche. »Ich gehe mal rasch telefonieren, okay?« Seine ranghöhere Kollegin gönnte ihm nur ein kaum sichtbares Nicken. Kramer verließ den Vernehmungsraum und zog die Tür hinter sich zu.

Auf dem Gang stieß er beinahe mit Stahnke zusammen. »Gut, dass ich dich treffe«, sagte er, das Mobiltelefon schon am Ohr. »Ich habe wichtige Neuigkeiten!«

»Genau dasselbe wolle ich auch gerade sagen«, erwiderte Stahnke.

41.

Hauptkommissar Engelbert Rykena war selbst am Telefon. »Moin, Kramer, wie läuft's in Leer? Wir hören ja wilde Sachen von euch. Habt ihr wirklich gestern Abend mit einem Haufen Bürohengste SEK gespielt?«

»Ach, Sie wissen doch, die Leute reden viel.« Kramer

stand der Sinn gerade nicht nach solchem Geplänkel. »Dafür hätte ich gerne dringend etwas von Ihnen gewusst. Es geht um Friedo Adams, den Langeooger.« Dabei fiel ihm etwas ein: »Die Kaufbelege, die ich gestern geschickt habe, die haben Sie doch bekommen, oder?«

»Ja, super, vielen Dank nochmal! Das war genau der Baustein, der uns noch gefehlt hatte.« Rykena war eindeutig in Plauderlaune. »Als wir ihm die Ausdrucke vor die Nase gehalten haben, ist Adams eingeknickt. Ist ja nicht der Hellste, unser Friedo, aber bis dahin hatte er sich wacker geschlagen in der Vernehmung. Nicht in Widersprüche verwickelt, alles konsequent abgestritten. Aber schließlich kam er doch nicht umhin, die Karten auf den Tisch zu legen. Umfassendes Geständnis, unterschrieben und gesiegelt. Nicht zuletzt dank eurer Leeraner Amtshilfe. Wie gesagt, die Firma dankt!«

»Sehr schön, das freut mich.« Kramer spürte Stahnkes ungeduldigen Blick. »Könnte ich ihn denn jetzt vielleicht mal sprechen? Friedo Adams, meine ich?«

»Adams?« Rykena klang bass erstaunt. »Nee, tut mir leid. Das geht nicht.«

»Äh, wieso nicht? Schläft er vielleicht nach dem langen Verhör? Dann möchte ich darum bitten …«

Rykena lachte. »Tja, dass er schläft, will ich nicht ausschließen. Aber wenn, dann wohl bei sich zu Hause, nehme ich an. Nach seinem Geständnis haben wir ihn natürlich gehen lassen.«

»Einfach so?« Kramer konnte es nicht fassen.

»Was heißt hier einfach so?« Rykena klang ungehalten. »Es gibt Regeln für so was, das sollten Sie doch wissen! Er hatte gestanden, also gab es keine Verdunkelungsgefahr mehr. Er hat einen festen Wohnsitz, das spricht gegen

Fluchtgefahr. Und außerdem – ein Betrüger ist schließlich kein Raubmörder! Es muss doch alles verhältnismäßig sein.«

»Wann ist Friedo Adams denn bei Ihnen raus?«, erkundigte sich Kramer.

»Noch gar nicht lange her. Halbe Stunde vielleicht? Wenn Sie ihn dringend sprechen möchten, könnte ich Ihnen seine Handynummer geben; die würde nur nicht viel nützen, weil wir sein Smartphone einbehalten haben.«

Verarschen kann ich mich alleine, dachte Kramer, bedankte sich jedoch höflich und beendete das Gespräch. »Adams ist vor einer halben Stunde aus der Polizeiinspektion Aurich raus«, setzte er Stahnke in Kenntnis.

»Ruf sofort Vogelmann an«, entschied der. »Ich habe eine Befürchtung.«

Kommissar Bernhard Vogelmann war nach dem ersten Klingeln dran. Der Geräuschkulisse nach war er mit dem Auto unterwegs. »Ja, Friedo Adams hat mich angerufen«, bestätigte er. »Ist noch keine halbe Stunde her. Neue Nummer, Prepaidhandy. Er wollte etwas zurück, das er mir in Verwahrung gegeben hatte.«

»Händigen Sie ihm die Festplatte auf keinen Fall aus!«, rief Kramer laut, denn die Verbindung war instabil. »Die brauchen wir dringend!«

Ein paar Augenblicke lang hörte Kramer nur Motorbrummen und das Rumpeln eines Autos. »Sie wissen also Bescheid«, stellte Vogelmann dann fest. »Was hat es denn mit dem Ding auf sich? Ist das heiße Ware? Dann bring ich es lieber direkt nach Leer.«

»Ja, das wäre am besten«, sagte Kramer. »Sie sind offenbar gerade unterwegs; wann können Sie denn hier sein?«

»Stopp«, sagte Stahnke und pflückte seinem Kollegen

das Smartphone vom Ohr. »Vogelmann, Moin, Stahnke hier. Wie hatten Sie denn die Übergabe an Adams geplant?«

»Er wollte herkommen«, antwortete der Westersteder Kommissar. »Weil ich gerade Kontrollfahrten mache, wollten wir uns am Ortsrand treffen, bei dem großen Wohnmobilhändler.«

Der Hauptkommissar überlegte kurz. »Etwas zu weit weg für uns«, sagte er dann. »Hören Sie, Vogelmann, rufen Sie Friedo Adams an und erzählen Sie ihm von einem überraschenden Einsatz, der Ihnen dazwischengekommen ist. Sie müssten, sagen wir mal, nach Apen, das ist dicht an Ostfriesland. Ändern Sie die Verabredung auf Hesel, in einer halben Stunde. Wir möchten nämlich gerne dabei sein.«

»Alles klar«, bestätigte Bernhard Vogelmann. »Und wo genau in Hesel?«

Stahnke erklärte es ihm.

Der Heseler Wald war die größte zusammenhängende Waldfläche Ostfrieslands. Das hieß noch nicht viel, denn für Waldreichtum war die Region nicht bekannt, aber 600 Hektar waren schon eine Menge, fand Stahnke. Die Gegend war Landschaftsschutzgebiet; viele Menschen sprachen sogar von einem »Urwald«, dabei war dieser Wald erst im 19. Jahrhundert angelegt worden, um Sandverwehungen zu stoppen. Allerdings als Mischwald, und das allein machte einen naturnahen Eindruck. Zumal das Gebiet des Leeraner Geestrückens, auf dem der Wald lag, nicht ostfrieslandtypisch flach, sondern wellig und hügelig war. Bei bis zu 16 Metern über dem Meeresspiegel bekam mancher Einheimische schon Atemnot.

Mitten durch den Heseler Wald verlief eine Landesstraße, die direkt von Hesel nach Remels führte und von dort nach

Westerstede. An dieser Straße gab es Parkplätze für Ausflügler; einer davon lag dicht an einem großen Waldspielplatz und war ein bekannter Treffpunkt. Dorthin hatte Stahnke seinen Kollegen Vogelmann dirigiert. Für zwei Menschen, von denen einer aus Westerstede kam und der andere aus Aurich, musste dieser Treffpunkt logisch erscheinen. Für beide einigermaßen gut zu finden und zu erreichen.

Aber noch ehe sie das Ortsschild der Gemeinde Hesel passiert hatten, beschlichen Stahnke Zweifel an seinem Plan – zumindest was die Erreichbarkeit anging. Da steckten sie bereits mittendrin im Stau. Na klar, das Wochenende nach dem 1. Mai war beliebt bei Kurzurlaubern, und immer, wenn Ferien- und Urlaubszeit war, herrschte in Hesel Stau. Mehr oder weniger. Gerade jetzt mehr. Ich hätte es wissen können, schalt sich Stahnke im Stillen. Kramers Seitenblick ließ erahnen, dass seine Gedanken in die gleiche Richtung gingen.

Die Option, von ihrem polizeilichen Sonderrecht Gebrauch zu machen und über den Bürgersteig zu fahren, zog nicht, denn auf Höhe Alter Postweg hatte sich ein gewaltiger Lkw festrangiert. Bei seinen ungelenken Versuchen, den Dinosaurier in die richtige Richtung zu zwingen, blockierte der Fahrer minutenlang beide Fahrspuren und die Fußgängerwege gleich mit. Die Einweisungsversuche eines wohlmeinenden Passanten erinnerten an die Abwehr einer Wespenattacke und machten alles nur schlimmer. Als dann auch noch beim Überfahren des Bordsteins ein Reifen platzte und seine hochkomprimierte Luft beim Entweichen den Straßenstaub aufwirbelte wie ein Kanonenschuss, gerieten die wartenden Autofahrer derart in Verzweiflung, dass einige sogar das Hupen einstellten. Derweil verstrich die Zeit erbarmungslos. Stahnke wischte sich den Schweiß von der Stirn. Konnten sie es noch rechtzeitig schaffen?

Die Antwort lautete nein. Es dauerte noch weitere fünf Minuten, ehe Kramer endlich einkuppeln und weiterfahren konnte, drei Minuten bis zum Abbiegen an der Ampelkreuzung und weitere vier bis zum Parkplatz beim Waldspielplatz. Genau um diese vier Minuten kamen sie zu spät. Stahnke fluchte leise, als er den Streifenwagen mit der WST-Nummer bereits stehen sah, direkt neben einem Golf, der die Werbung einer Autovermietung trug. Weder Vogelmann noch Adams waren zu sehen. »Die machen die Übergabe auf dem Spielplatz«, sagte Kramer und deutete auf einen weiteren Wagen, der in einiger Entfernung abgestellt war. »Vielleicht waren hier Leute, als sie eintrafen.«

Bis zum Spielplatz waren es nur ein paar Schritte. Der sandige Platz lag in einer Senke; neben Schaukeln, Seilbahn und Rutsche gab es ein Häuschen weiter hinter, ein Spielhaus vielleicht oder einen Kiosk für die Hochsaison. Gleich vornean standen Vogelmann und Adams, zwei ostfriesische Hünen wie aus dem Bilderbuch, dicht beieinander im Gespräch. Vogelmann hielt ein braunes Kuvert in der Hand, Adams streckte seine danach aus.

»Zugriff«, murmelte Stahnke und griff nach seiner Pistole.

Es knallte ebenso laut wie vorhin, als der Lkw-Reifen geborsten war, und Stahnke hätte sich kaum gewundert, eine Spur aufgewirbelten Sandes zu sehen. Stattdessen nahm er einen rötlichen Nebel wahr, genau dort, wo eben noch die Köpfe der beiden hochgewachsenen Männer gewesen waren. Beide waren nicht mehr zu sehen. Wem von ihnen hatte der Schuss gegolten?

Die nächste Kugel fetzte Holzsplitter und Rindenstücke aus einem 100 Jahre alten Baum direkt neben Stahnke. Die

Frage, wem dieser Schuss galt, erübrigte sich. Seine Instinkte ließen ihn Deckung nehmen, ehe er diesen Gedanken zu Ende gedacht hatte. Halb hinter dem Baum, halb hinter einer Sandwelle. Woher war der Schuss gekommen? Vorsichtig lugte er in Richtung des Spielhäuschens. Das nächste Projektil verfehlte ihn nur um Haaresbreite. Da war kein Stümper am Werk, dachte er.

Kramer, der mehrere Meter weiter links in Deckung gegangen war, erwiderte das Feuer. Gut gemeint, aber wenig aussichtsreich, fand Stahnke. Das waren 30 Meter, zu weit für einen sicheren Kernschuss mit einer Kurzwaffe. Ihr Angreifer verfügte über ein Gewehr und verstand damit umzugehen.

Ein Gewehr. Jedes Gewehr hatte seinen eigenen Klang, das war wie eine Sprachfärbung, ein Dialekt. Diesen Klang hatte der Hauptkommissar schon gehört, hatte es nur nicht gleich gemerkt, weil sich Schallwellen unter freiem Himmel anders ausbreiteten als unter einem Dach. Einem Hallendach. Dem Dach eines Schießstandes. War das wirklich der Sound eines Karabiners 98? Eines Mulis?

Als Stahnke links von sich eine Bewegung bemerkte, glaubte er zunächst, Vogelmann wäre zu ihnen her gerobbt. Oder Friedo Adams, je nachdem, wen der erste Schuss getroffen hatte. Es war aber Kramer, der in geduckter Haltung nach vorne stürmte, um hinter dem nächsten Baum wieder Deckung zu nehmen. Eine Kopfbewegung forderte Stahnke auf, Gleiches zu tun.

Das hatte der überhaupt nicht vorgehabt. Eher hielt er es für angezeigt, sein Handy zu zücken und Verstärkung herbeizurufen. Das jedoch würde dem Schützen Zeit verschaffen, sich zurückzuziehen, hinein in den Wald, wo er auch einem größeren Polizeiaufgebot leicht entkommen konnte. Vor allem würde derjenige, der da getroffen worden war, inzwischen wohl verbluten. Falls er überhaupt noch lebte. Vermutlich war es diese Sorge, die Kramer antrieb.

Während Stahnke sich noch sammelte, war Kramer schon wieder auf den Füßen, rannte gebückt zum nächsten Baum, den er gleichzeitig mit der nächsten Kugel erreichte. Wieder spritzten Borkenfetzen durch die Luft. Der vierte Schuss. Fünf Patronen enthielt das Magazin eines Karabiners 98. Einen Schuss hatte der Unbekannte also noch – wenn seine Waffe denn ein solcher Karabiner war. Wenn sie diesen einen Schuss noch abwarteten …

Kramer wartete nicht. Schon warf er sich wieder nach vorn, peilte den nächsten Baum an. Der fünfte Schuss aber traf ihn schon auf halber Strecke. Das Projektil riss ihn zu Boden. Kramer fiel auf sein Gesicht und bewegte sich nicht mehr.

Stahnke schrie entsetzt auf. Seine Hände zitterten, als er seine Pistole auf das Spielhäuschen richtete. Viermal zog er durch, dann rannte er los, packte Kramers reglosen Körper unter den Achseln und schleppte ihn über den sandigen Untergrund bis hinter die nächste Bodenwelle, so schnell er konnte. Keuchend beugte er sich über seinen Kollegen, betastete seinen Hals, versuchte, an Mund und Nase Atem zu erspüren. Überall hinterließ er rote Spuren, denn seine Hände waren voller Blut.

Aus den Augenwinkeln erhaschte er eine Bewegung. Unwillkürlich riss er die Arme hoch. Wo war seine Pistole? Dort, zwischen den Bäumen, wo eben noch Kramer gelegen hatte. Wo war dessen Waffe? Auch die Hände seines bewusstlosen Kollegen waren leer.

Eine Gestalt huschte vorbei. Weit an ihnen vorbei, dorthin, wo vorhin Vogelmann und Adams gestanden hatten.

Wo einer von ihnen vom ersten Gewehrschuss gefällt worden war. Wo hielt sich der andere auf? Falls Vogelmann der Getroffene war, dürfte Adams inzwischen über alle Berge sein, dachte Stahnke. Er horchte, hörte aber kein startendes Auto, nur das Rauschen und Hämmern des rasenden Pulses in seinen Ohren.

Dann ein Schrei, ein wütendes Rufen. Ein trockener Schlag. Schnelle, leichte Schritte, brechende Zweige. Etwas Buntes blitzte wirbelnd zwischen den Bäumen hindurch. Etwas anderes schimmerte rötlich in den Sonnenstrahlen, die einen Weg durchs Blätterdach gefunden hatten.

Auch Stahnkes Hände hatten etwas gefunden. Kramers Puls, der kräftig klopfte, seinen Atem, der spürbar strömte. Der Hauptkommissar schlug das Jackett seines Kollegen auf. Da war die Wunde, eine tiefe Fleischwunde seitlich am Brustkorb, ordentlich blutend. Nicht schön, aber sterben würde Kramer daran nicht.

Stahnke sprang auf, rannte in Richtung Parkplatz. Ohne Pistole. Es galt, bei den Autos zu sein, ehe der Schütze einsteigen und starten konnte. Da kam es auf jede Sekunde an, und Stahnke war alles andere als ein guter Sprinter.

Er hatte an das einzeln stehende fremde Auto gedacht, rannte sofort darauf zu, als er den Parkplatz erreicht hatte. Die Gestalt aber erhob sich schon hinter Friedo Adams' Mietwagen. Stahnke blickte aus nächster Nähe in die Mündung eines Karabiners 98. Das polierte Holz des Schaftes glänzte rötlich in der Maisonne.

»Die fünf Schuss sind schon weg«, keuchte Stahnke.

»Ersatzmagazin«, erwiderte Christel Röben.

Etwas fiel zu Boden. Ein brauner Umschlag landete zwischen ihren Gummistiefeln, die in allen Farben des Regenbogens leuchteten.

»Deswegen?«, fragte Stahnke. »Dafür bringen Sie Menschen um? Zwei, vielleicht drei? Ist es das wert?«

Die Gewehrmündung zitterte leicht, blieb aber auf Stahnkes Kopf gerichtet. »Zwei, drei oder vier«, sagte Christel Röben. »Jeder hat ein Recht auf Notwehr, wenn seine Existenz bedroht ist. Jeder Mensch und jedes Volk. Was ich mir aufgebaut habe, das will ich nicht wegen ein paar Hungerleidern verlieren, wegen Kreaturen, die selber nichts auf die Reihe kriegen. Dagegen wehre ich mich. Das ist mein natürliches Recht.«

Stahnke beobachtete sie genau, sah, wie sie die Waffe hielt, wie sie den Kolben in ihre Schulter drückte. Sie war eine geübte Schützin. Deshalb riss sie auch den Abzug nicht einfach durch, sondern suchte zuerst den Druckpunkt, ganz unwillkürlich, obwohl ihr Ziel unmittelbar vor ihr stand.

Dieser Sekundenbruchteil genügte Stahnke. Genau im richtigen Moment schlug er die Gewehrmündung zur Seite. Der gewaltige Knall des Schusses gleich neben seinem Ohr betäubte ihn. Das Rote Muli bäumte sich in den Händen der überraschten Schützin auf und trat hart nach hinten aus. Christel Röben stieß einen schrillen Schrei aus und taumelte nach hinten. Genau gegen Bernhard Vogelmann, der soeben am Waldrand aufgetaucht war und ihr mit seinen langen Armen die Waffe entriss.

»Erst der Schuss, dann der Schrei, genau wie in der Mordnacht«, murmelte Stahnke vor sich hin, während sein Kollege der Mörderin von Carsten Fecht Handschellen anlegte. »Was ist mit Friedo Adams?«, fragte der Hauptkommissar, während er sein Handy hervorholte. »Einen Krankenwagen oder zwei?«

»Einen«, antwortete Vogelmann dumpf. »Friedo hat's hinter sich. Die Kugel hat ihm den halben Hals zerfetzt, er ist mir unter den Händen verblutet.« Er zeigte seine Handflächen vor, die genauso rot befleckt waren wie Stahnkes.

»Also nur einen für Kramer«, sagte der Hauptkommissar und wählte die 112.

»Hier«, stöhnte Kramer, der im selben Moment zwischen den Bäumen auftauchte, schwankend und blass wie ein Geist, sein Jackett blutig und zerfetzt. »Alles im Griff? Dann brauchst du die wohl nicht mehr.« Er hielt Stahnke dessen eigene Dienstwaffe hin.

Stahnke machte das Telefonat kurz, dann nahm er seine Pistole entgegen und steckte sie ein. »In diesen Zeiten«, knurrte er, »werde ich ohne Knarre nicht mal mehr aufs Klo gehen.«

42.

»Sag mal, Kramer«, fragte Stahnke über beide Schreibtische hinweg, »hast du davon gehört, dass das Bundeskriminalamt das ganze NeroZero-Netzwerk ausgehoben hat, mit allen Hierarchiestufen, Unterführern und Mitläufern, mit Basis und ideologischem Überbau, bis in die kleinsten Verästelungen hinein? Dass jetzt mit eisernem Besen gekehrt und der gesamte Polizeiapparat ordentlich durchgelüftet wird, um diesen braunen Spuk ein für alle Mal zu beenden? Hast du?«

Oberkommissar Kramer schaute seinen Vorgesetzten mit großen Augen an. »Nein«, erwiderte er, »davon habe ich nichts gehört.«

»Komisch«, sagte Stahnke. »Ich auch nicht.«

Kramer hob seine Mundwinkel um wenige Millimeter. Den ersten Tag war er jetzt wieder im Dienst, nur auf eigenes Drängen und gegen alle Warnungen des Amtsarztes gesundgeschrieben. Insgesamt drei Mal hatte Stahnke ihn im Krankenhaus besucht, immer nur kurz; jedes Mal hatte er dabei diesen Spruch zum Besten gegeben. Ab jetzt würden sie einander wieder täglich gegenübersitzen. Jeden Tag dieser faule Witz? Kramer war noch keine 50, das bedeutete eine Menge Arbeitstage bis zu seiner Pensionierung.

»Kommt vielleicht noch«, sagte er lakonisch. »Das BKA ist immerhin dran. Es ist doch erst zwei Wochen her, dass die den Fall an sich gezogen haben.«

»Zwei Wochen und einen Tag«, versetzte Stahnke. »Und was ist seitdem passiert? Gar nichts.«

»Das würde ich so nicht sagen.« Kramer bewegte vorsichtig seine Schultern; die Schusswunde am Brustkorb war gut verheilt, aber die frische Narbe spannte noch und fühlte sich unangenehm an. »Die Herren Maik und Marcel Hofmann sind ebenso überführt wie ihr Immobilienkollege und Netzwerkvolksgenosse Leonhard Heineke. Und was Christel Röben betrifft …«

»Apropos Oberleutnant Leo!«, unterbrach ihn Stahnke. »Da hast du richtig was verpasst! Als der endlich über den Berg und wieder vernehmungsfähig war und wir ihm die Aussagen seiner beiden Paintballkumpel vorgespielt haben, da hättest du den mal sehen sollen! Vor allem hören! Er hat es den beiden Vögeln richtig gegeben – verbal, meine ich jetzt. Hat haarklein erzählt, wer von beiden wo dabei gewesen und was genau getan hat. Von wegen immer nur den Wagen gefahren und Schmiere gestanden! Maik und Marcel stecken metertief mit drin. Beihilfe zum Mord ist das Mindeste, worauf die Anklage lauten wird.«

Kramer nickte versonnen. »Ich nehme an, Leonhard Heinekes Aussage ist korrekt abgewickelt worden? Mit Rechtsbeistand, ausreichend Pausen und ohne dass jemand …« Er tat so, als wollte er Druck auf seine eigene Wunde ausüben. Allein der Gedanke ließ ihn schaudern.

»100-prozentig korrekt!«, strahlte Stahnke. »Kein Nidal Ekinci im Raum, stattdessen hat mir Dedo de Beer höchstpersönlich assistiert. Alles blütenweiß und vor jedem Gericht verwendbar. Und das Schönste …«

Kramer lächelte mild. »Kann ich mir denken. Die unverwertbaren Aussagen der Herren Hofmann sind dadurch, dass Leo Heineke sie quasi richtiggestellt und dabei zu großen Teilen wiederholt hat, und zwar unter vorschriftsgemäßen Umständen, gleich mit reingewaschen worden. Clever, muss ich sagen. Stahnke, aus dir hätte ein guter Gauner werden können.«

Der Hauptkommissar überhörte das, trotzdem stahl sich ein säuerlicher Zug in seine Miene. »Blöd nur, dass uns das etwas kostet«, murrte er. »Leo Heinekes Anwalt hat einen Deal mit der Staatsanwaltschaft ausgehandelt. Sein Mandant bekommt Kronzeugenstatus.«

»Erzähl mir nicht, dass der mit zweieinhalb Jahren davonkommt, davon die Hälfte mit der U-Haft verrechnet und der Rest auf Bewährung!«, empörte sich Kramer. Jetzt schmerzte seine Narbe richtig.

»So billig doch nicht«, beruhigte ihn Stahnke. »Nicht nach dem Mord an Lars Noack. Dass er es war, der den tödlichen Schlag geführt hat, ließ sich nicht abstreiten. Zumal die Durchsuchung des Hauses von Birgit Hemken unter anderem auch die Tatwaffe zutage gefördert hat. Teleskopschlagstock mit Fingerabdrücken, DNA und allem. Aber 15 Jahre werden es nicht. Zehn vielleicht. Wenn es sehr gut für ihn läuft, vielleicht auch nur acht.«

»Und dann tobt er wieder hier herum.« Kramer schüttelte den Kopf. »Bis dahin gibt es bestimmt einen neuen General.«

»Vielleicht jetzt schon, wer weiß«, unkte Stahnke.

»Erzähl doch mal, wie es mit dem Roten Muli weitergegangen ist«, forderte Kramer ihn auf.

»Rotes Muli?« Stahnke grinste. »Welches meinst du? Carsten Fecht, der sich selbst so bezeichnete, um mit seiner ach so vielen Arbeit für die Partei anzugeben? Oder diesen wunderschönen Karabiner 98 mit seinem nachgearbeiteten Schaft aus rotem Elsbeerenholz, mit dem Christel Röben dich beinahe in die ewigen Jagdgründe geschickt hätte? Sehr präzise Waffe, aber tückisch; hat zweimal heftig nach seiner Besitzerin getreten, hart wie ein Muli. Ein Rotes Muli eben.«

Kramer schüttelte den Kopf. »Nicht die beiden. Das wahre Rote Muli, das unter falscher Flagge für die Braunen gearbeitet hat. Du weißt, wen ich meine. Christel Röben selbst.«

»Christel Röben«, wiederholte Stahnke. »Ein tragischer Fall. Und ja, ich weiß, dass ich von einer Mörderin rede. Trotzdem. Kommt aus kleinen Verhältnissen, arbeitet sich hoch, bildet sich, steht zu ihren Wurzeln, hat ein hochentwickeltes soziales Gewissen. Aber auch die Überzeugung, dass ihr für ihren Einsatz ein Gegenwert zusteht. Ein gesichertes Leben in Wohlstand. Das ist nicht vermessen, das wollen wir alle, oder?«

»Na klar.« Kramer zuckte mit den Schultern – und bereute es sofort.

»Christel Röben engagiert sich bei den Sozialdemokraten; sie hat, wie wir wissen, eine Affäre mit Carsten Fecht. Durch ihn lernt sie die andere Seite des sozialen Engagements kennen: Gier, Ellenbogenmentalität, Egoismus, Verlogenheit. Sie erkennt, dass die Werte, mit denen sie aufgewachsen ist, von vielen verachtet und nur als Deckmäntelchen genutzt werden. Dass genau diese Leute in ihrer Partei Karriere machen – und damit bestimmen können, dass auch in Zukunft nur ihresgleichen an die Fleischtöpfe kommen. Das macht sie wütend, aber das weckt auch ihren Neid. Letzterer wird vordergründig befriedigt durch ihren Aufstieg zur Geschäftsführerin der Stiftung *Integer für Integration*. Damit ist sie nun auch im Establishment angekommen.«

»Auf einer Stufe mit Carsten Fecht«, warf Kramer ein.

Stahnke nickte. »Diese Stiftung kümmert sich, wie der Name schon sagt, um Migranten, vor allem Flüchtlingsfamilien, besorgt ihnen Beihilfen, Förder- und Fortbildungsmaßnahmen, Jobs und Wohnungen. Mit anderen Worten: All das, was sich Christel Röben so hart hat erarbeiten müssen, bekommen diese Leute gratis. Einfach so. Ohne dafür Leistung zu erbringen. Oder auch nur die Bereitschaft zu zeigen.«

»Moment.« Kramers Hand fuhr hoch; diesmal konnte er einen Schmerzlaut nicht unterdrücken. »Das klingt mir sehr nach rechter Propaganda! Kriegsflüchtlinge brauchen eben Hilfe, sie haben alles verloren, wie damals die Vertriebenen aus Pommern, Ostpreußen und Schlesien, ihre Kinder sind traumatisiert. Außerdem wollen viele von ihnen arbeiten, aber ihr Status lässt das nicht zu!«

»Du hast völlig recht«, sagte Stahnke. »Das ist auch rechte Propaganda. Hört man heutzutage nicht mehr nur auf NPD-Kundgebungen und Stammtischen, sondern sogar im Bundestag und in sämtlichen Landtagen. Daher hab ich's aber nicht, sondern direkt aus dem Mund von Christel Röben. Ich zitiere die Vernehmungsprotokolle, sinngemäß.«

»Woher dieser Gesinnungswandel?«, fragte Kramer.

Stahnke rieb sich das schlecht rasierte Kinn. »Christel Röben ist sich dessen nicht bewusst. Sie streitet einen solchen Wandel sogar ab! Das Einzige, das sie zugibt, ist Angst. Verlustangst. Um den materiellen Status, ihre Gleichberechtigung als Frau, ihren Lebensstil, unser aller Freizügigkeit ganz allgemein. Das sah sie bedroht. Das zu verteidigen, sah sie sich im Recht. Nicht nur im eigenen Interesse, sondern für uns alle! Da kommt ihre alte Denke dann wieder durch – nur unter anderen Vorzeichen. Diese Vorzeichen haben sich nicht von alleine verändert, sondern sie wurden verändert. Ein schleichender Prozess, der sich in den letzten Jahren abgespielt hat. Nicht nur in Christel Röbens Kopf, sondern in vielen Köpfen! Da sickert etwas ein, das machen sich viele gar nicht bewusst. Friedo Adams war einer davon. Wir kennen doch alle irgendwelche Leute, die plötzlich anders ticken als früher! Und die sich auf einmal trauen, das rauszulassen.«

»Rieken«, murmelte Kramer. »Und van Dieken.«

Stahnke hob die Augenbrauen: »Was ist mit denen?«

»Och.« Kramer schüttelte den Kopf. »Gar nichts. Die fielen mir nur gerade ein.« Auch Nidal Ekinci hatte ihn am Krankenbett besucht, und sie hatten eine Vereinbarung getroffen, die die beiden Graubärte betraf. Viele Dienstjahre hatten die nicht mehr vor sich; die sollten sie dort verbringen, wo Nidal und er sie im Auge behalten konnten.

Kramer spürte, dass Stahnke mit dieser Antwort nicht zufrieden war. Um dem saugenden Blick seiner blassblauen Augen auszuweichen, begann er, seine Post zu sortieren. Ein paar große braune Umschläge waren darunter. Dabei fiel ihm etwas ein. »Diese Festplatte«, fragte er, »was genau war da eigentlich drauf?«

»Eine Zauberformel«, antwortete Stahnke. »Für die Weltherrschaft.«

»Aufgezeichnet bei einer jüdischen Verschwörung auf dem Friedhof von Prag?«, fragte Kramer, ohne eine Miene zu verziehen.

Stahnke schüttelte den Kopf. »Nein, nicht so ein Vogelschiss von den Abgehalfterten für Dumme«, erwiderte er. »Viel gefährlicher! Eine Formel, wie man Angst zu Geld macht. Auf dem Umweg über Wählerstimmen.«

»Formel? Du meinst ein Computerprogramm.«

»Genau. Wusstest du, dass es ein Programm gibt, das dir sagt, welchem Menschen du zu welchem Zeitpunkt in welcher Situation ganz genau welche Frage stellen musst, um seine Haltung in eine bestimmte Richtung zu kippen? Um ihn damit zu der von dir gewünschten Handlung zu bringen, zum Beispiel zu einer veränderten Stimmabgabe? Und das Ganze mit einer hohen Wahrscheinlichkeit?«

Kramer nickte. »Ja, das wusste ich«, sagte er schlicht. »So haben die Russen seinerzeit Donald Trump geholfen, die amerikanischen Präsidentschaftswahlen zu gewinnen. Das Programm war aber nicht auf deren Mist gewachsen, sondern stammte von *Oxford Analytica*.«

»Hätte ich mir denken können«, knurrte Stahnke. »Dass du das weißt, meine ich.«

»Dieses Programm war auf der externen Festplatte?« Kramers Stimme klang zweifelnd. »Das würde so in Deutschland aber gar nichts nützen. Es müsste umgeschrieben werden, angepasst an die Lebensverhältnisse der verschiedenen gesellschaftlichen Gruppen bei uns, mit allen regionalen Abweichungen und so weiter. Nur dann wäre es wirksam.«

»Das wusste ich!«, sagte Stahnke triumphierend. »Und genau das war da drauf, ausgearbeitet von den cleversten, gerissensten und gewissenlosesten Informatikern, die für Geld zu haben waren. Schwarzes Geld natürlich. Oder braunes, politisch gesehen. Aber du weißt ja, Geld stinkt nicht.«

»Solch ein Programm?«, fragte Kramer ehrfürchtig. »Das wäre wirklich wie eine Zauberformel. Nicht gerade für die Weltherrschaft, aber bestimmt mit großen Auswirkungen auf die nächste Bundestagswahl.«

»Dazu noch ellenlange Adressenlisten«, ergänzte Kramer. »Von SPD-Mitgliedern, außerdem von allen, die sich jemals für diese Partei interessiert, Materialien und Infos angefordert oder an Veranstaltungen teilgenommen haben. Genau um diese Klientel ging es. Weil das die Leute sind, die sich früher im breiten Mittelstand sicher aufgehoben und von der SPD gut betreut und verstanden gefühlt haben. Aber jetzt, da die Schere zwischen Arm und Reich immer weiter auseinanderklafft und der Mittelstand sich verraten fühlt, auch, weil die SPD mehr und mehr den Genossen der Bosse spielt – jetzt haben diese Leute Angst. Angst um das Erreichte, Angst um die Qualität ihrer Existenz. In dieser Angst sind sie bereit, demjenigen zu folgen, der die richtigen Signale sendet und die gewünschten Antworten gibt. Auch wenn diese Antworten falsch sind.«

»Und dieses geniale Programm hat Christel Röben umgeschrieben?«, fragte Kramer ungläubig.

»Nein«, sagte Stahnke, »sie hat die Listen besorgt. Sie hatte die nötigen Kontakte, so als Rote unter Roten. Sie hatte auch Helfer, zum Beispiel Lars Noack, der in Geldnot war und empfänglich für Versprechen. Ihre wahren Absichten verbarg Christel Röben in ihrem Inneren. Wie die Drogenkuriere der Kartelle, die die Ware im eigenen Körper transportieren. Daher nannten die Rechten sie das Rote Muli.«

»Und das Programm?« Kramer ließ nicht locker.

»Das Programm hat Hayunga in Auftrag gegeben. Wo, muss das BKA rausfinden.« Er lachte bitter. »Woher das Geld kam, wissen wir schon. Von Sympathisanten aus der Schweiz. Das sind teils dieselben Familien, die schon die Nazis finanziert haben.«

»Aber Christel Röben hat es nicht für Geld getan?«

»Nein. Sie handelte aus ehrlicher Überzeugung. Gespeist aus ihrer Angst vor dem Verlust …« Stahnke stockte. »Okay, letztlich ging es auch ihr ums Geld«, fuhr er fort. »Aber das war ihr anscheinend nicht bewusst.«

»Carsten Fecht muss sehr wohl etwas gewusst haben«, sagte Kramer. »Wie wäre er sonst ins Schussfeld geraten?«

Stahnke nickte. »Wie viel er wusste, wissen wir nicht. Auf jeden Fall hat er geahnt, dass es eine Festplatte mit brisantem Material gab, das Christel Röben für den politischen Gegner gesammelt hatte. So etwas war für ihn nicht ungewöhnlich; er kannte viele Politiker, die Parteiverrat begingen, wenn es ihrem persönlichen Vorteil nutzte. Fecht ließ Christel Röben also nicht auffliegen, sondern behielt sein

Wissen für sich, um es bei Gelegenheit nutzbringend verwenden zu können.« Der Hauptkommissar holte tief Luft. »Als dann seine Chats gehackt wurden und seine Machenschaften aufflogen, gehörte Christel Röben zu denjenigen, die ihn dafür kritisierten. All denen drohte Fecht an, sie im Gegenzug ebenfalls öffentlich bloßzustellen. Christel Röben wusste, was das bedeutete. Damit hatte Carsten Fecht sein Todesurteil gesprochen.«

»Und die Waffe?«, fragte Stahnke.

»Erbstück.« Der Hauptkommissar breitete die Arme aus. »Röbens Großvater war bei der Heimwehr, Hitlers letztem Aufgebot. Die bekamen die Waffen, die noch da waren, teilweise Museumsstücke. Als die Kanadier in Leer einrückten, hat Opa Röben das Ding im Garten vergraben, eingefettet und in Segeltuch verschnürt. Und vergessen. Als er kurz vor seinem Tod dement wurde, kam ihm die Waffe wieder in den Sinn. Nur seine Enkelin hörte auf sein Gebrabbel, grub das Ding aus, nachdem ihr Großvater tot war, und ließ es von einem Fachmann herrichten, ihm zum Gedenken. Mit einem rot schimmernden Schaft, das schien ihr passend. Über diesen Restaurator lernte sie auch Albert Hayunga kennen. Dass der Restaurator den Karabiner auch wieder schussbereit gemacht hatte, fiel ihr erst später auf; sie hatte das Gewehr für reine Deko gehalten und daher auch nie angemeldet. Als aber Carsten Fecht zur Bedrohung für sie wurde, fing sie an zu üben. Rate mal wo!«

»Keine Ahnung«, sagte Kramer.

»Im Heseler Wald!«, verriet Stahnke. »So schließt sich der Kreis!«

»Sehr witzig«, murmelte Kramer und betastete vorsichtig seine Schussverletzung. »Aber eines verstehe ich immer noch nicht.«

»Und das wäre?«, fragte Stahnke großmütig. Endlich einmal war er besser informiert als sein Kollege; ein seltener Umstand, den er genoss.

»Warum eine Festplatte?«, fragte Kramer. »Solch ein Programm und solche Listen, die hätten doch locker auf einen USB-Stick gepasst! Diese Sticks heutzutage, die fassen gewaltige Datenmengen und sind viel einfacher zu transportieren. Und zu verstecken.«

Stahnkes Mund klappte karpfenartig auf und zu. »Na ja, vermutlich waren die Daten einfach auf dieser Festplatte drauf«, erwiderte er lahm. »Warum hätte man sie auf einen Stick kopieren sollen?«

»Kopie ist das Stichwort«, sagte Kramer. »Wetten, die NeroZero-Leute haben Sicherungskopien angefertigt? Ist doch so üblich! Bestimmt sind welche im Umlauf. Wurde bereits danach gesucht?«

Darauf wusste Stahnke keine Antwort. »Ist jetzt Sache des BKA«, murmelte er.

»Na dann.« Kramer lehnte sich zurück. »Demnächst sind wieder Bundestagswahlen. Dann werden wir's erleben.«

Am Abend ging Stahnke zum *Kulturspeicher*, dem Veranstaltungszentrum direkt neben der Leeraner Stadtbibliothek. Die Eingangstür war verschlossen; ein handgeschriebenes Schild verkündete: »Gründungsversammlung verlegt in den Ostfriesenhof!« Murrend schwang sich der Hauptkommissar auf sein Fahrrad.

Während er über das uralte Pflaster des Wilhelminengangs holperte und am Rathaus vorbei in die Neue Straße fuhr, kam ihm Annika Brühl in den Sinn. Seine Hände krampften sich um den Fahrradlenker, als ob er ihn abreißen wollte. Die Hauptkommissarin war zwar vom Dienst suspendiert, aber allem Anschein nach würde kein Verfahren gegen sie eröffnet werden, weil der potenzielle Hauptbelastungszeuge Albert Hayunga tot war. Ihr schweres Dienstvergehen in Wiesbaden war verjährt. Angeblich hatte Annika Brühl ein neues Versetzungsgesuch eingereicht, irgendwohin in die Neuen Bundesländer. Unglaublich, dachte Stahnke, gab es dort nicht schon genug von ihrer Sorte?

Er bog in die Groninger Straße ein. Das Hotel-Restaurant *Ostfriesenhof* lag direkt am Ledadeich. Schon von Weitem sah Stahnke, dass Parkplätze und Fahrradständer total überfüllt waren; der Zustrom von Interessierten hielt unvermindert an.

Jelto Harms und Wilma Lünsdorf wühlten sich durch eine dichte Menschentraube, um ihn zu begrüßen, beide strahlend und mit geröteten, glänzenden Gesichtern. »Ist das nicht toll?«, freute sich Wilma Lünsdorf; in den letzten Wochen schien sie ein paar Kilo abgenommen zu haben. »So viele Menschen, die genauso wie wir finden, dass es Zeit wird für eine neue Partei! Eine soziale Partei, die sich für die Interessen der Mehrheit einsetzt. Und die das vor allem auch so meint!«

»Man könnte auch sagen, es wird Zeit für eine alte Partei«, sagte Jelto Harms. »Eine Partei, die an die Stelle tritt, von der sich die SPD schon vor vielen Jahren entfernt hat.«

»Das hat die USPD schon versucht«, unkte Stahnke. »Später die Linkspartei. Und jetzt Sie? Als ›Die Unpopulären‹?«

Wilmas Lünsdorf musste lachen. »Das war doch nur ein Arbeitstitel!«, rief sie. »Inzwischen haben wir einen anderen Favoriten. Wir nennen uns ›Die Roten‹!«

»Wie damals ›Die Grünen‹!«, pflichtete Harms ihr bei.

»Aber Sie wissen schon noch, wie lange es gedauert hat, bis aus den Gründungs-Grünen die Grünen von heute wurden?«, fragte Stahnke. »Wie viele quälende Diskussionen und Abspaltungen es gegeben hat? Wie viele Irrwege? Da liegt ein Haufen Arbeit vor Ihnen!«

»Wissen wir!«, sagte Wilma Lünsdorf. »Aber wir wissen auch, wofür! Für die Menschen, die so oft enttäuscht worden sind und die endlich eine politische Heimat finden sollen. Für alle Menschen in diesem Land, die sich nach Gerechtigkeit sehnen!«

»Nicht wenige dieser Enttäuschten sind frühere Sozialdemokraten«, ergänzte Jelto Harms. »Oder deren Wähler. Um die werben wir ganz explizit. Ich weiß, dass andere das auch tun. Wir müssen unbedingt verhindern, dass sie denen auf den Leim gehen.«

»Damit haben Sie vollkommen recht«, sagte Stahnke, und er fragte sich, ob der Grundschulrektor eine Ahnung davon besaß, wie recht er hatte. »Ich wünsche viel Erfolg. Meine Stimme bekommen Sie.«

»Das ist doch ein Anfang!«, freute sich Harms.

Die vielen nachrückenden Menschen hatten sie förmlich in den großen Saal hineingeschwemmt. Auf der Bühne begann gerade eine Folk-Band zu spielen, irgendein revolutionäres Lied offenbar. Nicht wenige im Saal sangen mit. »Wir müssen nach vorne!«, rief Harms seiner angehenden Parteigenossin zu und zog sie mit. »Machen Sie es gut, Herr Hauptkommissar! Bei der Wahl verlasse ich mich auf Sie!«

»Und Sie können sich auf uns verlassen!«, rief Wilma Lünsdorf, während sie sich durch die Menge in Richtung Bühne drängte. »Wir werden alles geben, wir werden schuften wir die Mulis! Wie die Roten Mulis!«

»Bloß das nicht«, murmelte Stahnke vor sich hin. Aber als die Menschen um ihn herum rhythmisch zu klatschen begannen, da klatschte er entschlossen mit.

ENDE

Hauptkommissar Stahnke ermittelt:

1. und 2. Fall: Ein anderes Blatt / Thors Hammer
ISBN 978-3-939689-11-9

3. Fall: Ebbe und Blut
ISBN 978-3-8392-2664-3

4. Fall: Der Tod läuft mit
ISBN 978-3-934927-86-5

5. Fall: Fürchte die Dunkelheit
ISBN 978-3-8392-2665-0

6. Fall: Solo für Sopran
ISBN 978-3-939689-63-8

7. Fall: Der siebte Schlüssel
ISBN 978-3-934927-99-5

8. Fall: Wut und Wellen
ISBN 978-3-939689-34-8

9. Fall: Sand und Asche
ISBN 978-3-939689-15-7

10. Fall: Zorn und Zärtlichkeit
ISBN 978-3-939689-64-5

11. Fall: Der Fluch der goldenen Möwe
ISBN 978-3-86412-013-8

12. Fall: Langeooger Lügen
ISBN 978-3-8392-2667-4

13. Fall: Ostfriesische Verhältnisse
ISBN 978-3-86412-077-0

14. Fall: Langeooger Serientester
ISBN 978-3-8392-2883-8

15. Fall: Langeooger Dampfer
ISBN 978-3-8392-2666-7

16. Fall: Hetzwerk
ISBN 978-3-8392-2830-2

weitere:
Stahnke und der Spökenkieker
ISBN 978-3-8392-2668-1

Kurz und schmerzlos
ISBN 978-3-939689-65-2

Ostfriesen morden anders
ISBN 978-3-8392-2875-3

Friesisches Inferno
ISBN 978-3-86412-209-5